Catharina Ingelman-Sundberg

Jetzt kriegt jeder was ab

D1942721

Roman

Aus dem Schwedischen
von Stefanie Werner

SCHERZ

MIX
Papier aus verantwortungsvollen Quellen
FSC® C083411

Erschienen bei FISCHER Scherz

Die schwedische Originalausgabe erschien 2014 unter dem Titel ›Låna är silver, råna är guld‹ bei Bokförlaget Forum, Stockholm. Die Publikation erfolgt durch die freundliche Vermittlung der Grand Agency, Stockholm
© Catharina Ingelman-Sundberg 2014

Für die deutsche Ausgabe:
© S. Fischer Verlag GmbH, Frankfurt am Main 2015
Satz: Dörlemann Satz, Lemförde
Druck und Bindung: CPI books GmbH, Leck
Printed in Germany
ISBN 978-3-651-02229-4

Für Lena Sanfridsson,
Barbro von Schönberg
und Inger Sjöholm-Larsson
mit einem innigen Dankeschön
für euer unvergessliches Engagement!

Champagner gleich nach einem Diebstahl macht wirklich ein bisschen träge.

(Märtha, 79 Jahre)

PROLOG

Als die polizeilich gesuchte Rentnerin Märtha, 79 Jahre alt, den Käse, die argentinische Wurst und die erlesene Meeresfrüchtepastete in ihre große geblümte Stofftasche einpackte, war das der Beginn eines ganz neuen Lebens.

Die Klimaanlage rauschte, die Einkaufskörbe klapperten, und die Geräuschkulisse des Supermarktes war ermüdend. Höchste Zeit, wieder in die Suite des Hotel Orleans zurückzukehren, wo sie mit ihren Freunden wohnte. Ein Drink und etwas zu knabbern würde ihnen vor dem nächsten Casinobesuch am Abend guttun. Immerhin befanden sie sich in Las Vegas. Märtha summte zufrieden vor sich hin. Mit ein bisschen Moltebeerenlikör in der Innentasche zockt es sich doch gleich viel besser.

»Meine Lieben, jetzt gehen wir zurück ins Hotel und lassen es uns schmecken«, sagte sie und verdeckte ihr kurzgeschnittenes weißes Haar unter dem großen Sonnenhut. Ihre gepflegten Hände hatten die Tasche fest im Griff, und die schwarzen Ecco-Schuhe schlugen auf den Bürgersteig. Ihre Rentnerkumpel Snille, Kratze, Anna-Greta und Stina nickten und bezahlten brav ihre Einkäufe an der Kasse, ehe sie Märtha hinaus folgten. Seit sie Schweden nach ihrem letzten Robin-Hood-Streich verlassen hatten, war ein gutes halbes Jahr vergangen, und sie hatten sich sehr bedeckt gehalten. Aber jetzt hatten sie genug. Wenn einem langweilig ist, lebt man einfach nicht. Höchste Zeit, wieder etwas auf die Beine zu stellen.

Vor dem Supermarkt wartete Barbie, der Hund des Hotelportiers, und daneben standen ihre Rollatoren. Der Cockerspaniel kläffte fröhlich und sprang an Märthas Tasche hoch, aus der es so gut roch. Die fünf Rentner oder die Seniorengang, wie sie sich zuweilen nannten, führten Barbie ab und zu aus. Nachdem Märtha die kleine Hündin ein bisschen gestreichelt hatte, schob sie sie freundlich, aber bestimmt wieder nach unten auf den Boden. Dann sah sie sich um, und als alle so weit waren, ging sie los. Die anderen liefen hinterher.

Die weißen Hotelgebäude erhoben sich hoch über ihren Köpfen, und der Asphalt glitzerte. Die Neonschilder blinkten, die Hitze war drückend, und ein Polizeiauto raste an ihnen vorbei. Schon nach wenigen Schritten blieb Märtha völlig durchgeschwitzt stehen. Keuchend bog sie in die Hayes Street ab, zog ihren Fächer heraus und begann, *Im Frühtau zu Berge wir ziehn* zu summen. Bald würde sich die Seniorengang in Las Vegas unvergesslich machen. Sogar in Las Vegas.

1

Die Angestellten im Juweliergeschäft de Beer, das am Ende der Straße lag, hätten vielleicht reagieren sollen. Aber die Sicherheitsschleuse öffnete sich sofort, und die Wachmänner machten freundlich Platz, als die drei bärtigen, hektischen jungen Männer den Laden betraten. Zwei von ihnen führten Blindenhunde mit sich, und der dritte half seinen Freunden, den Weg an den Verkaufstresen zu finden. Die Verkäuferin lächelte sie freundlich und voller Mitgefühl an. Die Männer grüßten höflich und sagten, sie würden sich gern ein paar Diamanten mit Brillantschliff anschauen. Dann zogen sie ihre Pistolen.

»Her mit den Diamanten!«

Die Verkäuferin und ihre Kollegen wichen instinktiv zurück, und sie tastete nach dem Alarmknopf, zog aber gleichzeitig die Schubladen mit den funkelnden Edelsteinen heraus. Ihre Hände zitterten, als sie die Steine auf den Tresen legte. Zwei Männer drängten die Wachmänner an die Wand und entwaffneten sie, während der dritte die Diamanten eilig in den eigens angefertigten Hundehalsbändern verschwinden ließ. Zu den glänzenden Kostbarkeiten legte er schnell noch einen dunkelblauen Saphir und ein paar andere Steine, die in der Werkstatt noch nicht geschliffen worden waren. Die Diebe leerten alle Schubladen und merkten nicht, dass die Verkäuferin den Alarmknopf drückte. Als die Sirene losging, kippten sie schnell noch die letzten Steine in die Hundehalsbänder, zogen den Reißverschluss zu und rannten hinaus. Der Letzte sorgte für einen Kurzschluss, damit die Sicherheitstür hinter ihnen zufiel und nicht mehr zu öffnen war.

Draußen auf der Straße nahmen die drei Männer die Perücken vom Kopf, ließen aber ihre Sonnenbrillen auf. Dann spazierten sie gemächlich die Straße entlang, als sei nichts geschehen. Den Trick mit den Blindenhunden hatten sie schon einmal angewendet. Er funktionierte hervorragend, die Leute waren einfach abgelenkt.

Die Männer sahen wie beliebige Fußgänger aus, und ohne große Eile bogen sie um die Ecke in die Hayes Street ein, wo sie ihr Auto geparkt hatten. Aber nach ein paar hundert Metern konnten sie es sich nicht verkneifen, sich umzudrehen, um zu sehen, ob sie jemand verfolgte. Da stolperten sie direkt in eine Seniorengruppe hinein, die fast den gesamten Fußweg versperrte. Die fünf Alten sangen aus vollem Halse und machten hinter ihren Rollatoren Bewegungen, die wie Tanzschritte aussahen. Die Diebe starrten sie an.

»See you vor«, sagte Märtha, und sie und ihre Freunde setzten wieder zu trällern an. Dreißig Jahre lang hatten sie demselben Chor angehört, und es machte ihnen viel Spaß, laut und deutlich zu singen.

»Im Frühtau zu Berge wir ziehn, fallera«, schmetterten sie mehrstimmig, und wie immer, wenn sie dieses Lied sangen, wurden sie ein bisschen sentimental und bekamen Heimweh. Sie lebten in ihrer eigenen Welt, ihnen war gar nicht klar, was eigentlich um sie herum passierte, und eilig hatten sie es auch nicht, denn Barbie erschnüffelte immer viele interessante Dinge. Sie waren gerade eben an vielen Restaurants, Juwelierläden und einem Casino vorbeigekommen, und Märtha musste schmunzeln. Las Vegas war eine Stadt für Abenteurer, und sie und ihre Freunde gehörten hierher.

»Give way!«, schrie der Mann mit den Blindenhunden.

»Give me away selbst, Idioten!«, konterte Märtha, doch sie trat einen Schritt zurück, als einer der Hunde ihr die Zähne zeigte. Besser jetzt freundlich sein, dachte sie blitzartig und tastete nach der argentinischen Gewürzwurst, während Snille gleichzeitig die Pastete an sich zog. Aber der große Schäferhund ließ die Leckerbissen links liegen, knurrte bedrohlich und sprang vor, um Märtha ins Bein zu beißen. Zum Glück gelang es Snille, seinen Rollator rechtzeitig dazwischenzuschieben, und im nächsten Moment hing der Hund mit dem Halsband am Rollatorkorb fest. Da reagierte Barbie.

Die kleine Hündin brach in Panik aus, als ihr der große Schäferhund zu nahe kam, sie bellte jämmerlich und zog so sehr, dass Stina die Leine losließ. Heulend machte sich Barbie auf und davon, die Leine hinter sich herschleifend, worauf sich der andere Blindenhund, ein schwarzer Labrador, ebenfalls losriss und ihre Verfolgung aufnahm. Barbie war nämlich ein sehr niedlicher kleiner Hund, der überdies gerade läufig war.

»Fuck, fuck, das Halsband!«, riefen die Männer, als sie den Labrador mit den Diamanten verschwinden sahen. Zwei von ihnen rannten hinterher. Blieb nur noch der Schäferhund, der noch immer im Rollator festhing, übrig, und mit ihm der Dieb, der genervt versuchte, das Tier freizubekommen.

»I am furchtbar sorry«, sagte Märtha.

»Fuck you«, antwortete der Mann.

»If you can take it easy, it goes better«, fuhr Märtha fort, beugte sich vor und gab gute Ratschläge, wirklich ihre allerbesten. Doch wie der Typ auch zog und zerrte, das Halsband bewegte sich keinen Millimeter. Da ertönten die Sirenen vom Polizeiwagen. Der Dieb erstarrte und zog so fest an der Leine, dass dem Schäferhund das Halsband herunterrutschte und im Rollator hängen blieb. Voller Panik rannte er die Straße vor, den Schäferhund im Schlepptau.

»Hey stop! You forgot your dogband in the rollator«, schrie Märtha und winkte wie wild, aber statt anzuhalten sprang der Mann in sein Auto. Seine Kumpanen hatten das Martinshorn auch gehört, gaben die Jagd nach dem schwarzen Labrador auf und flüchteten ebenfalls zum Auto. Schnell öffneten sie mit der Fernbedienung den Wagen, sprangen hinein und fuhren ohne ihre Hunde los. Dann verschwanden sie mit quietschenden Reifen um die Ecke.

»Das waren aber merkwürdige Blinde! Die scheinen ihre Hunde überhaupt nicht zu brauchen!«, brummte Märtha. Und dann öffnete sie das Halsband, so wie sie es dem Mann auch vorgeschlagen hatte. Sie atmete auf, schüttelte langsam den Kopf und murmelte: »Das kennt man ja, Männer hören selten auf einen guten Rat!«

Märthas alter Freund Snille warf einen Blick auf das Halsband.

»Leg es einfach in den Korb am Rollator, wir rufen die Besitzer dann später an. Bestimmt steht ihr Name auf der Innenseite.«

Alle fanden, dass das eine gute Idee sei, und sobald sie Barbie wieder eingefangen hatten, spazierten sie zum Hotel zurück. Aber jetzt hatten sie den schwarzen Labrador im Schlepptau, und als sie am Hotel angekommen waren, begriff Märtha, dass sie wohl oder übel gezwungen waren, auch dessen Besitzer ausfindig zu machen. Sie nahm dem Hund das Halsband ab und legte es in den Korb am Rollator, da kam der Portier auf sie zu.

»Thank you so much«, rief er überschwänglich, hob seinen kleinen Liebling hoch und verschwand schnellen Schrittes mit Barbie auf dem Arm in die Eingangshalle. Der Labrador bellte und sprang hinterher, doch weiter kam er nicht, denn die großen Glastüren schlossen sich direkt vor seiner Nase. Zerknirscht starrte er noch eine ganze Weile durch die Scheiben, bevor er enttäuscht mit hängenden Ohren davontrottete. Zurück blieb die Seniorengang mit zwei Hundehalsbändern.

»Oben im Zimmer habe ich eine Lupe. Auf dem Lederband steht bestimmt etwas Kleingedrucktes, oder vielleicht ist unter dem Reißverschluss auch ein Zettel deponiert«, sagte Märtha, und dann fuhren alle mit dem Fahrstuhl hinauf in den achten Stock und betraten die Suite Nummer 831.

»Ist das Leben nicht sonderbar, man weiß nie, was als Nächstes passiert«, zwitscherte sie eine Weile später, als sie ihren abendlichen Drink mit ein paar Happen servierte und die Lupe hervorholte. »Dann schauen wir doch mal nach, was da steht.«

Märtha betrachtete die Innenseite des Halsbandes, aber wo sie auch suchte, nirgends konnte sie Buchstaben oder Initialen finden. Enttäuscht öffnete sie den Reißverschluss, um nachzusehen, ob sich dort vielleicht ein Zettel mit dem Namen des Besitzers befand. Da rieselte plötzlich etwas zu Boden. Kratze beugte sich vor, hob ein paar Teile davon auf und legte sie auf den Teller.

»Hundebonbons im Halsband, was für eine praktische Idee!«

2

»Hundebonbons? Das glaube ich kaum«, sagte Märtha und tastete eins der Steinchen ab. »Wenn das so wäre, dann hätten die Hunde in Las Vegas wohl kaum noch einen Zahn im Maul. Fühl mal, wie steinhart die sind.«

Alle beugten sich nach unten, nahmen die kleinen Teilchen in die Hand und betrachteten sie im Licht. Dann hörte man nur noch, wie einer nach dem anderen die Luft anhielt, und plötzlich war es totenstill.

»Meine Güte, die sehen ja aus wie Diamanten. Wie richtige Diamanten!«

Vor dem Hotelfenster glitzerte die Stadt. Die Beleuchtung der Reklameschilder sprang an, das Licht pulsierte, die Neonleuchten flackerten in bunten Schleifen. Und die Seniorengang war soeben über einen Haufen Diamanten gestolpert.

Die fünf Rentner starrten auf die Edelsteine, die sie in der Hand hielten, und strichen sanft und vorsichtig über ihre Oberfläche. Widerwillig legten sie sie zurück auf den Couchtisch.

»Wir haben keine Ahnung, woher sie stammen und wem sie gehören. Entweder gehen wir zur Polizei, oder wir schenken sie dem Diebstahlfonds«, sagte Märtha, die mit erhobenem Zeigefinger an ihren Fonds Gittergroschen erinnerte. Dort landete nämlich ihr gestohlenes Geld, und daraus entnahmen sie die Summen, die sie Institutionen, die in Geldnot waren, und Bedürftigen, denen das Schicksal übel mitgespielt hatte, zukommen ließen.

»Die Polizei? Stellt euch vor, die denken, wir hätten die Diamanten geklaut«, überlegte Stina, die Jüngste der Gang.

»Und dann landen wir in einem amerikanischen Gefängnis. Nein, danke, dann ist es mir lieber, wir behalten die Diamanten«, meinte Anna-Greta, die ihr Leben lang in einer Bank gearbeitet hatte. »Wir verkaufen sie und zahlen das Geld auf den Gittergroschen ein. Wir können jeden Zuschuss gebrauchen.«

Alle nickten ernsthaft. Obwohl sie um die achtzig waren, arbeiteten sie mehr denn je. Sie hätten den Diebstahlfonds auch gleich Drehtür nennen können, denn das Geld, das dort ankam, war im nächsten Moment wieder verschwunden. Kaum hatten die alten Freunde ein bisschen zusammengestohlen, hatten sie die Beute schon wieder verschenkt. Allein in Las Vegas gab es fast siebentausend Obdachlose, und heutzutage waren auch viele zu Hause in Schweden in Not. Deshalb hatte die Seniorengang jetzt angefangen zu sparen und sich zum Ziel gesetzt, mindestens 500 Millionen Kronen herbeizuschaffen und das Geld auf lange Sicht für sich arbeiten zu lassen. Die Zinsen würden die Kosten für die Altenbetreuung, kulturelle Belange und vieles andere zu Hause decken, wenn sie selbst sich längst zur Ruhe gesetzt hatten. Sie konnten ja nicht ewig so weitermachen und bis zum Ende ihres Lebens Diebstähle begehen.

Seit dem sonderbaren Vorfall in der Hayes Street war eine Woche vergangen, und Märtha und ihre Freunde tranken Kaffee und knabberten Kekse und Schokoladenwaffeln in Märthas Suite. Nachdem ihnen die Diamantendiebe über den Weg gelaufen waren, hatten sie versucht, sich sehr unauffällig zu verhalten. Sie hatten nicht einmal das Hotel verlassen, und der Portier hatte mit seiner kleinen Barbie selbst Gassi gehen müssen. Denn so viel war den Freunden klar – dass die Diamanten Diebesgut waren und die Räuber hinter ihnen her, stand außer Frage. Wenn die Polizei die Diebe nicht schon eingelocht hatte.

»Können wir beschließen, dass wir die Diamanten behalten und sie von jetzt an als unsere eigenen betrachten?«, fragte Märtha, als alle ihren Kaffee ausgetrunken hatten.

»Aber sicher! Die Diamanten gehören jetzt uns!«, riefen die Alten wie aus einem Munde und ließen ein Hurra folgen, denn das Beste, was einem passieren konnte, war, etwas zu stehlen, das bereits gestohlen worden war. So hatten sie die Beute quasi geschenkt bekommen, und das war ein noch viel besseres Gefühl. Neben der Kaffeekanne funkelte der Haufen Diamanten, und wenn die Sonne durch das Panoramafenster hineinschien, schimmerten die Steine in farbenfrohen Lichtkaskaden. Die einen mit Brillantschliff, andere tropfenförmig … Jemandem hatten diese Steine gehört, aber wem? In Las Vegas gab es Juweliere wie zu Hause in Schweden Wurstbuden, deswegen schien es unmöglich, die Besitzer zu recherchieren. Das Beste würde sein, sie nähmen die Steine mit nach Schweden und verkauften sie dort, um das Geld in den Gittergroschen einzuzahlen.

Diese Entscheidung musste gefeiert werden! Kratze stand auf und holte eine Flasche Champagner und fünf Gläser. Er war einst Ober auf dem Kreuzfahrtschiff *M/S Kungsholm* gewesen, und so öffnete er souverän und mit vollendeter Eleganz die Champagnerflasche, ohne dass es knallte und ohne dass der Korken auf einem seiner Freunde oder im Kronleuchter landete. Es kam auch nicht vor, dass das Getränk überlief. Nein, er war wirklich ein Profi, nicht ein edler Tropfen ging daneben.

»Zum Wohle, ihr Schurken«, sagte Märtha, und dann trompeteten alle noch fröhlich ein paar Takte vom *Champagnergalopp*, bevor sie die Gläser hoben und austranken. Rasch verbreitete sich eine wohlige Stimmung im Zimmer. Alle fünf waren auf rührende Weise einer Meinung, und nun galt es, die Diamanten heil nach Hause zu schmuggeln. Tatsächlich hatten Märtha und Snille bereits ein paar Vorkehrungen getroffen. Die Griffe an ihren Rollatoren waren schon abgeschraubt.

»Wollen wir die Diamanten wirklich dort verstecken?«, fragte Stina, steckte ein paar der Steine in einen der Griffe und schüttelte so, dass es klapperte. »Hört mal, das kann uns verraten!«

»Ach was, wir denken uns was aus, dass es nicht klappert, oder wir füllen die Edelsteine stattdessen in unsere Stöcke«, antwortete Snille, der der Ingenieur und Erfinder der Gang war und mit seinem Gehstock wedelte.

»Ja, die Stöcke eignen sich besser«, meinte auch Märtha.

»Okay, in einem Griff mischen wir kleine Kieselsteine und Diamanten, und die anderen stopfen wir nur mit Kieselsteinen voll. Wir füllen sie so voll, dass nichts rasseln kann. Dann verstauen wir die Stöcke in einer Golftasche. Das müsste klappen«, schlug Snille vor.

»Wie pfiffig«, antwortete Märtha. »Du hast immer so tolle Ideen.«

»Aber die Diamanten machen mir Sorgen«, meinte Stina ängstlich. »Ich finde, wir sollten morgen nach Hause fliegen.«

»Nein, nicht vor dem Coup«, protestierte Märtha. »Vergiss nicht, weswegen wir eigentlich hier sind. Wir werfen unsere Pläne doch nicht über den Haufen, nur weil wir zufällig über ein paar Edelsteine gestolpert sind. Auch wenn wir sie mitzählen, fehlen uns noch Unmengen Millionen im Gittergroschen. Denk daran, dass die Seniorenbetreuung ständig mehr Geld schluckt.«

»Ja, heutzutage braucht man für fast alles in der Gesellschaft Zuschüsse, damit es funktioniert«, stimmte Anna-Greta ihr zu.

Schweigend saßen sie da. Wenn die Gesellschaft nicht mehr so funktionierte, wie sie sollte, dann mussten eben andere einspringen, und die Seniorengang hatte sich diese Rolle ausgesucht. In einer Welt, in der die Reichen reicher wurden und die Armen ärmer, fühlten sie sich geradezu in der Pflicht, Verbrechen zu begehen, um denen, die am Rande der Gesellschaft standen, unter die Arme zu greifen. Darum hatten sie einen Monat lang Pläne geschmiedet, um ein Casino in Las Vegas auszurauben. Das würde ihnen eine Menge Geld einbringen, ein paar Diamanten mehr oder weniger waren also keinerlei Grund, die Sache jetzt abzublasen.

»Ja, dann sollten wir unseren Plan doch ausführen«, meinte

Snille vorsichtig. Märtha hatte den morgigen Abend vorgeschlagen. Sie kam ja ständig auf neue Ideen, so dass es nicht ganz leicht war, ihr zu folgen. Er sah sich in dem Zimmer um, das sie bald wieder verlassen würden. Mehrere Monate lang hatten sie Roulette gespielt und mehr als hundert Millionen herausgeholt, aber jetzt war es an der Zeit, die Summe aufzurunden. Sie kannten die Blicke des Securitypersonals. Die Männer mit den Ohrhörern flüsterten in ihre Telefone und streiften dicht an den Tischen vorbei, sobald sich die fünf zum Spiel des Abends einfanden. Die Lage wurde langsam kritisch. Man darf es einfach nicht übertreiben oder mit zu hohen Einsätzen spielen. Snille überschlug kurz die Summen. Im vergangenen Jahr hatten sie, ein paar kleinere Diebstähle und Falschspiel eingerechnet, 240 Millionen Kronen für den Gittergroschen eingenommen. Einschließlich der Diamanten lagen sie momentan sicherlich bei ungefähr 340 Millionen. Es fehlten ihnen also noch etwa 160 Millionen, bevor die Zinsen die Seniorenbetreuung und all die anderen Dinge, die der Staat vernachlässigte, tragen würden. Das war auch der Grund, warum Märtha Stinas Idee aufgegriffen hatte, das Casino zu überfallen. Zu stehlen ging nämlich schneller, als beim Roulette zu Geld zu kommen, fand Märtha. Und sie war immer recht ungeduldig.

»Okay, wir packen heute Abend unsere Koffer, bringen morgen den Überfall über die Bühne, und dann fliegen wir nach Schweden zurück«, sagte Märtha.

»Aber warum wollen wir eigentlich diesen Megacoup veranstalten? Ist es nicht gemütlicher, zu Hause in Schweden zu klauen?«, fragte Snille mit einem Mal. Er war in Sundbyberg groß geworden und konnte zwar fünf Sprachen sprechen, aber er hatte vorher nie im Ausland gelebt und fühlte sich so fern von zu Hause doch ein bisschen unsicher.

»Mein Lieber. Wir brauchen diese 160 Millionen. Was soll denn sonst werden, wenn wir mal zu alt sind, um Verbrechen zu begehen?«, antwortete Märtha. »Hier können wir doch das ganz große

Geld machen. Wir können erst in Rente gehen, wenn die, die nach uns kommen, von den Zinsen unserer zusammengeklauten Besitztümer leben können.«

»Das sind ziemlich große Pläne, kleine Märtha«, seufzte Snille.

»Aber es steht fest, dass wir weitermachen müssen. Die Banken zahlen heutzutage so niedrige Zinsen«, fügte Anna-Greta hinzu.

»Ja schon, das ist richtig«, murmelte Snille, der mit Wirtschaft an sich nicht viel am Hut hatte.

»Dann prost auf den Gittergroschen *All inclusive*«, lächelte Märtha.

»All inclusive?« Kratze sah etwas verwirrt aus.

»Natürlich. Der Diebstahlfonds muss ausgeweitet werden. Heutzutage, da der Wohlstand in ganz Europa zerbricht, ist der Gittergroschen für Pflege, Schule und Soziales da und vieles mehr ...«

»Aber Märtha, das ist ja schrecklich viel. Wir dürfen nicht den Überblick verlieren«, meinte Snille, dem langsam etwas angst und bange wurde. »Eins nach dem anderen!«

»Ich sehe es auch so wie Snille«, stimmte Anna-Greta zu. »Wir können kein Geld verteilen, das wir noch nicht haben.«

»Warum denn nicht, viele Staaten machen es genauso! Wenn die das können, dann können wir das erst recht. Außerdem ist der Casinoplan wasserdicht. Wir werden eine Menge Geld einsacken«, erklärte Märtha und gestikulierte weit ausholend mit den Armen. Da fuhr ihr ein Schmerz hinein, und sie verzog das Gesicht. Sie hatte völlig vergessen, dass sie den Arm überanstrengt hatte, als sie die halbe Nacht vor einem der Spielapparate gehockt hatte.

Doch war der Casinoplan wirklich wasserdicht? Die anderen sahen sich etwas verunsichert an, und vor allem schielten sie zu Stina hinüber. Sie machte sich meist zu viele Gedanken, und mehr als einmal hatte sie sie schon in brenzlige Situationen gebracht. Stina stammte aus Jönköping, hatte eine streng religiöse Erziehung genossen und war immer sehr ängstlich gewesen, wenn es galt, sich auf etwas Neues einzulassen. Seit sie in Las Vegas waren, hatten ihre

Freunde alles versucht, um Stinas Selbstbewusstsein zu stärken, mit der Folge, dass es ihnen allzu gut gelungen war. Jetzt hatte sie jedwede Hemmung verloren.

Märtha stand auf und holte einen Eimer aus der Bar. Er war voller Kieselsteinchen und Sand. Beides hatte sie tagsüber besorgt. Entschlossen schraubte sie den Griff ihres Spazierstocks ab.

»Apropos hier in Las Vegas zuschlagen ... es ist ja schon eine Weile her, dass wir ein Verbrechen begangen haben«, versuchte Snille es noch einmal und räusperte sich. »Wir sind ein bisschen eingerostet. Überschätzt du dich nicht möglicherweise, kleine Märtha? Ich meine, es handelt sich ja nicht um einen normalen kleinen Banküberfall in Schweden. Du willst, dass wir eines der bestbewachten Casinos der Welt beklauen. Sie haben bewaffnetes Securitypersonal, Videoüberwachung und ...«

»Aber Snille. Ist das nicht eine herrliche Herausforderung?«, erwiderte Märtha und begann, den Stock mit Kieseln und Diamanten zu befüllen. »Alles wird klappen, du wirst schon sehen«, fuhr sie fort und streichelte ihm aufmunternd über die Wange. »Ich wette um 100 000 Dollar, dass es uns gelingt.«

»Hör dich doch mal reden! Dich hat die Spielsucht gepackt«, stöhnte er und betrachtete trübselig seine abgekauten Fingernägel.

»Vielleicht noch etwas Kaffee«, versuchte Märtha zur Ablenkung. »Ich hole noch eine Tasse, dann könnt ihr euch in der Zwischenzeit um die Waffeln kümmern«, sagte sie und stand auf.

Nachdem Märtha allen nachgeschenkt hatte, schraubte sie den Griff ihres Spazierstocks wieder fest. Dann stand sie auf, um die Pläne vom Casino zu holen. Sie musste den anderen Mut machen. Ein Casino in Las Vegas auszurauben war keine Kleinigkeit, da hatten ihre Kameraden schon recht. Es würde nicht leicht werden, und deshalb betrachtete sie es als ihre Pflicht, die anderen zu unterstützen und aufzumuntern.

»Ich weiß, dass wir die Pläne schon tausendmal angeschaut haben, aber ich finde, wir sollten die Zeichnungen zur Übung bis morgen auswendig können. Keiner darf vor die falsche Tür oder in den falschen Flur geraten«, sagte sie und legte die Zeichnungen vor sich auf den Tisch.

»Du gibst wirklich nie nach«, seufzte Kratze. »Willst du vielleicht, dass wir nach dem Kaffee auch noch eine Gymnastikstunde einlegen?«

Märtha tat so, als hätte sie das überhört. Sie achtete zwar sehr darauf, fit zu bleiben, aber jetzt war nicht der richtige Zeitpunkt für Gymnastik. Die volle Konzentration galt jetzt dem Überfall. Ein letzter Coup zum Abschied, dann würden sie Amerika verlassen. Denn der Erlös ihrer illegalen Tätigkeiten wurde bitternötig gebraucht. Wenn die Seniorengang dazu beitragen konnte, dass es den Menschen, die es nicht leicht hatten, etwas besser ging, hatten sie schon viel gewonnen. Dann konnten sie und ihre Freunde ihre kriminelle Karriere ad acta legen und in den Jahren, die ihnen noch blieben, das Leben genießen.

Am nächsten Tag packten alle ihre Sachen und machten sich reisefertig. Am Nachmittag genehmigten sie sich wie gewöhnlich ein kleines Schläfchen. Beim Abendessen war nicht zu übersehen, dass die Stimmung ein wenig angespannt war, aber alle rissen sich zusammen, so gut es ging. Nach der Stärkung mit Hummer und Champagner fühlten sie sich jedoch gut vorbereitet auf das abendliche Abenteuer.

Snille und Kratze zogen elegante, schwarze Anzüge an, während sich Märtha, Stina und Anna-Greta in Seide und Tüll hüllten und lange, breite Schaltücher überwarfen. In der Suite 831 duftete es nach Parfüm und Rasierwasser, und als es darum ging, die Reißverschlüsse der Abendkleider zu schließen, waren Snille und Kratze sofort zur Stelle.

Snille sah man an, dass er sich nicht besonders wohl in seinem Aufzug fühlte, das war immer so, wenn er seine eingelaufene Fünfzigerjahrehose und sein kariertes Flanellhemd ablegen sollte. Der dunkle Anzug mit Krawatte und weißem Tuch in der Brusttasche war ihm so fremd, dass er versehentlich ins Taschentuch schnäuzte und es zurück in die Tasche stopfte, woraufhin ihm Märtha im Handumdrehen ein neues Tuch besorgte. Kratze hingegen, der Charmeur, fühlte sich pudelwohl in seinen eleganten Kleidern und präsentierte sich in seinem Anzug mit aufrechter Haltung und selbstsicherem Lächeln. Stina trug ein hellblaues Kleid mit Trägern und einen großen rosafarbenen Hut, während Anna-Greta in ihrem rauschenden Abendkleid, das so altmodisch war, dass man meinen konnte, sie stammte selbst aus irgendeinem der letzten Jahrhunderte, über den Flur schritt. Ansonsten interessierte sie sich nicht für Kleider, wenn man ihr die Wahl gelassen hätte, hätte sie viel lieber einen ausgewaschenen Jogginganzug getragen, egal wie er aussah. Oder noch besser, wenn jemand ein Kleiderspray erfunden hätte, mit dem man sich die Kleider einfach aufsprayen konnte, hätte sie das wirklich glücklich gemacht.

Als sie alle also ordentlich herausgeputzt waren und sich mit einer Tasse Kaffee gestärkt hatten, holte Märtha noch einmal die Zeichnungen hervor.

»Der Personalraum liegt schräg gegenüber von den Toiletten, direkt neben dem Notausgang am Ende des Gangs. Wir sollten es als einen schnellen Grab-and-run-Coup betrachten«, sagte sie und fuhr langsam mit dem Finger über das Papier.

»Run und run und grab und grab. Sind dir jemals rennende Rollstühle begegnet?«, murmelte Kratze, der eine kleine Schwäche für Sarkasmus hatte. Denn an diesem Abend würden sie nicht wie üblich ihre Rollatoren einsetzen, sondern stattdessen elektrische Rollstühle.

»Auf jeden Fall sollte es schnell gehen!«, sagte Snille zufrieden und sah aus, als führte er etwas im Schilde. Für einen kurzen Moment war Märtha etwas verunsichert, denn sie hatte gesehen, wie er den ganzen Nachmittag an den Rollstühlen herumgebastelt hatte. Aber bestimmt hatte er wieder eine gute Idee gehabt. Snille war ein technisches Genie, und bislang hatte er sie nie enttäuscht. Kein Grund also, ihm zu misstrauen.

»Hört auf zu kabbeln, versucht lieber, euch das hier zu merken«, sagte Märtha und hielt die Zeichnung, die voller bunter Striche war, in die Luft. Ein großes Kreuz hatte sie dort gemacht, wo sich der Personalraum befand, und ein paar kleinere da, wo die Fluchtwege waren. Die fünf versuchten, sich den Plan ein letztes Mal gut einzuprägen, räusperten sich ab und zu und brummelten vor sich hin. Kratze fingerte an seinem Halstuch.

»Jeder sagt, in Las Vegas sei es unmöglich, ein Verbrechen zu begehen, aber du, Märtha, meinst, wir können sie alle an der Nase herumführen.«

»Ist das nicht ein Ansporn, es auszuprobieren?«, entgegnete Märtha schlagfertig, obwohl sie tief im Inneren durchaus wusste, dass etwas schiefgehen konnte. Aber das behielt sie für sich. Alles andere wäre fatal für das Selbstvertrauen der Gruppe.

»Jetzt, wo wir uns dazu entschieden haben, sollten wir uns nicht verrückt machen«, fand Stina und zog ihren Lippenstift heraus. Natürlich war ihr mulmig zumute, und sie wagte nicht den kleinsten Gedanken daran zu verschwenden, möglicherweise in einem amerikanischen Gefängnis zu landen. Aber weil das Ganze ursprünglich ihre Idee gewesen war, war sie nun auch dafür, sie auszuprobieren. Eines Tages, als sie auf dem Weg zur Toilette gewesen war, um ihr Make-up aufzufrischen, hatte sie bemerkt, dass die Tür zum Personalraum einen Spalt offen stand. Sie hatte hineingesehen und festgestellt, dass man dort die Spielmarken aufbewahrte, ganz ohne Bewachung. Meine Güte!

Das hatte sie gleich ihren Freunden erzählt: »Wenn man an diese Marken kommen könnte … ihr wisst, was ich meine.«

Mehr war nicht nötig gewesen, um die Abenteuerlust der Seniorengang neu zu entfachen. Die fünf Freunde hatten das Funkeln in den Augen der anderen gesehen, und die Sache war klar gewesen. Jetzt war es endlich so weit!

»Also gut, als Nächstes das Casino«, sagte Märtha und legte die Zeichnung auf den Tisch. »Viel Glück euch allen. Wir treffen uns hinterher auf dem Parkplatz, okay?«

Zustimmendes Gemurmel war die Antwort.

»Habt ihr auch alle eure Flugtickets!«

»Hör auf, uns zu bemuttern«, fiel Kratze ihr ins Wort. »Und den Flughafen finden wir auch allein.«

Märtha wurde rot. Es war nicht leicht, alles und alle im Auge zu behalten, aber gleichzeitig nicht zu viel zu dirigieren und zu befehlen. Aber sie war ja schließlich diejenige gewesen, die ihre Freunde auf die schiefe Bahn gebracht hatte, und da wollte sie natürlich nicht, dass sie Schiffbruch erlitten.

»Nur noch eins. Vergesst die Luftballons nicht.«

»Ja, natürlich, wegen der Überwachungskameras«, murmelte Kratze.

»Und trinkt am Abend nicht zu viel«, ermahnte Anna-Greta.

»Nur so viel, dass wir *auf natürliche Weise* durcheinander sind«, kicherte Stina.

»Also wie immer«, antwortete Snille.

Märtha griff nach der Zeichnung, stand auf und schob sie in den Schredder.

»Ich hoffe, wir haben jetzt wirklich alles im Kopf«, meinte Stina ängstlich mit Blick auf die dünnen Papierstreifen, die am anderen Ende des Geräts wieder herauskamen. »Stellt euch vor, wir vergessen etwas!«

»Werden wir schon nicht«, sagte Kratze und drückte ihr zur Ermutigung die Hand.

»Wir können ja schließlich nicht während des Überfalls mit einem Plan in der Hand herumlaufen«, sagte Anna-Greta und schob ihre Fünfzigerjahrebrille über die Stirn.

»Nicht wahr?«, stimmte Märtha zu, holte die Papierstreifen aus dem Schredder und spülte sie die Toilette hinunter.

3

Die gedämpfte Geräuschkulisse lag wie eine Wolldecke über dem Raum. In dem Spielsalon mit seinem roten, flauschigen Teppichboden gab es weder Fenster noch Uhren. Die hohen, dunklen Tische mit ihren grünen Spieldecken und Rouletterädern zogen Unmengen von Leuten an, die meisten von ihnen auf der Suche nach dem Glück. Der Spielteufel saß mitten unter ihnen, doch man konnte ihn nicht sehen.

Dicke Männer in Anzügen oder Hawaihemden wanderten von Tisch zu Tisch und traten nervös auf dem roten Teppich von einem Fuß auf den anderen. Damen in langer Abendgarderobe und mit Juwelen behangen beugten sich über die Spieltische, schoben einen Stapel Spielchips in die Mitte und zupften an ihren Fingernägeln. Im Hintergrund hörte man das Klimpern der Spielautomaten.

»Heute setzen wir richtig viel«, sagte Märtha und stieß fast mit Anna-Greta zusammen, die gerade mit ihrem Elektrorollstuhl an den Spieltisch gefahren kam. Die Freundin, die so lang und dünn wie ein Fallrohr war und aussah wie aus einem Mary-Poppins-Film (es fehlte nur noch der Regenschirm), konnte in letzter Sekunde noch ausweichen. Sie warf Märtha einen etwas säuerlichen Blick zu.

»Immer mit der Ruhe! Wir haben das Wenden doch gestern geübt. Und fahr um Himmels willen niemanden über den Haufen, denn dann kommen die Wachleute.«

»Nein, nein. Keine Verkehrsunfälle hier drinnen«, setzte Märtha an, verstummte aber auf der Stelle. Die Sicherheitsleute waren schon auf dem Weg in den Personalraum. Märtha schielte zur Türöffnung. Sie hatten sich darauf geeinigt, dass sie heute die erste Gelegenheit ergreifen wollten, damit dort noch viele Spielchips lagen, aber so früh ... sie waren ja gerade erst am Roulettetisch angekommen.

»Was für eine komische Lampe sie hier an der Decke hängen haben. Die ist mir gestern gar nicht aufgefallen«, sagte Kratze, der an der langen Seite des Spieltisches geparkt hatte. Er sah zu einem glitzernden, schüsselartigen Ding genau über dem Roulettetisch hinauf.

»Ach, nur noch eine Kamera«, sagte Märtha und versuchte, forsch zu klingen. »Denk einfach nicht dran. Im Sicherheitsraum haben sie bestimmt ein ganzes Meer von Überwachungsbildschirmen, da spielt einer mehr oder weniger keine Rolle. Wahrscheinlich beobachten sie uns genau in diesem Moment.«

Kratze zog seinen Stahlkamm heraus und brachte sein Haar in Ordnung. Das war ein Reflex. Er wollte immer gut aussehen und genoss es, von anderen beobachtet zu werden. Die Freunde behaupteten sogar, dass er seine Hosentaschen absichtlich mit Münzen vollstopfte, wenn er durch die Sicherheitskontrollen ging. Er freute sich nämlich auf die Leibesvisitation der Damen. Nun steckte er den Kamm zurück in die Tasche, strich seinen Pony glatt und setzte den Strohhut auf. Der war zwar nicht schön, aber an diesem Abend unverzichtbar.

»Mach dir keine Sorgen wegen der Kameras. Bevor die Wachleute reagieren, sind wir längst zur Tür hinaus«, fuhr Märtha eilig fort. Sie versuchte, selbstsicher zu klingen, doch ihr Herz raste auch. Sie befeuchtete ihre Lippen, nickte den anderen zu und schob zum Schein einen Stapel Spielmarken auf den Spieltisch. »Wir dürfen das Spielen nicht vergessen, wisst ihr!«

Märtha wollte immer gewinnen, aber für heute hatten sie beschlossen, so viel zu verlieren, wie es ging. Sie wollten vermeiden, die Aufmerksamkeit der Wachen zu erregen. Der Croupier stieß das Rouletterad an, und die Kugel sprang hoch. Aus Gewohnheit setzte Märtha auf Farbe. Heute wäre es besser, wenn Schwarz käme. Und dann fiel ihr ein, dass sie heute Abend die Einsätze nicht verdoppeln wollten. Eilig legte sie einen Stapel Marken auf die Null. Die gewann wirklich nie.

»Rien ne va plus!«, sagte der Croupier und ließ seinen Blick über den Tisch gleiten. Er blieb an Märtha hängen, als würde er sie verdächtigen, aber dann stieß er die Kugel an, die einige Male hüpfte, bevor sie liegen blieb. Auf der Null.

»Ach nein«, sagte Stina und schob ihren Sonnenhut hoch. Ein Gewinn, das war gegen ihren Plan. Märtha warf wieder einen Blick an die Decke. Die Lampe schien sich bewegt zu haben. Am besten, sie verlor jetzt ordentlich hoch, dachte sie sich, und setzte noch einmal auf die Null. Im selben Augenblick bemerkte sie, dass die Tür zum Personalraum geöffnet wurde und einer der Wachleute auf dem Weg dorthin war. Märtha tastete mit der Hand nach dem Sitzregler.

»Snille, es ist so weit«, zischte sie, da wurde die Tür schon wieder geschlossen. Im selben Moment stürzte die Kugel ab und fiel erneut auf die Null.

»Was um Himmels willen, so was habe ich noch nie erlebt!«, stammelte sie und sah entgeistert zu, wie der Croupier ihr einen riesigen Berg Spielmarken zuschob. Ein paar Männer mit Ohrhörern näherten sich dem Spieltisch und blieben direkt hinter ihr stehen. Jetzt *muss* ich verlieren, dachte Märtha und setzte alles, was sie hatte, auf Schwarz.

»Jetzt lass es bitte danebengehen!«, murmelte sie. Und da, gerade da, ging die Tür zum Personalraum auf, und gleichzeitig blitzte es oben an der Decke, und die Kugel fiel klimpernd herunter auf Schwarz. Einer der Sicherheitsleute griff zu seinem Mobiltelefon.

»Was zum …«, stöhnte Märtha atemlos.

»Habt ihr gesehen, da ist die Bande mit den Alten wieder.« Stewart, ein Wachmann in den Vierzigern, warf einen Blick auf den Bildschirm vor sich. »Mann, die räumen vielleicht ab. Erst die Null und jetzt auch noch Schwarz. Diese Idioten ruinieren uns. Ich gehe jede Wette ein, dass da etwas faul ist.«

Der Sicherheitsraum über dem Casino sah aus wie ein Fernsehgeschäft, in dem alle Geräte gleichzeitig liefen. An allen Wänden flimmerten in zwei Reihen Bildschirme, die Bilder aus verschiedenen Räumen und Spielebenen zeigten, in der Mitte stand ein ellipsenförmiger Tisch, an dem das Wachpersonal saß. Von Zeit zu Zeit zoomten sie jemanden näher heran, der ihnen verdächtig vorkam.

»Nur weil sie gerade ein bisschen Glück haben. Nein, lass gut sein. Die haben bald alles wieder verspielt«, antwortete sein Kollege, den sie Bush nannten. Er hatte welliges Haar wie der Ex-Präsident und war mindestens ebenso patzig. Der einzige Unterschied war, dass er keine Kriege führte.

»Glück? Das hast du jetzt jeden Tag gesagt, und du lagst immer falsch damit. Nein, die knöpfen wir uns jetzt vor!« Stewart schlug mit der Handfläche so heftig auf den Tisch, dass sein Handy einen Satz machte.

»Jetzt komm wieder runter. Lass sie noch eine Weile weitermachen, das ist gute Unterhaltung.«

»Und die Ballons an den Stühlen? Wir haben doch nicht Thanksgiving, verdammt nochmal. Und schau dir die Sonnenhüte mal an. Die müssen alle völlig verrückt sein.«

»Das ist doch witzig! Und ist dir aufgefallen, dass sie heute elektrische Rollstühle haben. Hoffentlich kollidieren sie nicht miteinander.«

»Ich habe diesen Job als Sicherheitsbeamter doch nicht angenommen, um Alte im Rollstuhl zu verfolgen. Nein, wir schmeißen sie jetzt raus. Mir reicht's. Und danach kümmern wir uns um den Typ da hinten am Black-Jack-Tisch. Diesen Zocker. Er trägt eine Sonnenbrille, wer weiß, ob er da drin nicht einen Sender versteckt hat.«

»Du verdächtigst ihn nur, weil er ein paarmal hintereinander gewonnen hat? Jetzt fahr echt mal runter, Stewart.« Der Kollege gähnte. »Außerdem gehen die Alten jetzt an die Bar. Hast du gesehen, ihre Körbe sind voller Spielmarken? Hoffen wir mal, dass sie die alle noch verlieren.«

Stewart beugte sich zum Bildschirm vor und zoomte sie näher heran.

»Nein, die wollen nicht zur Bar. Die steuern die Toiletten an.«

»Dorthin werde ich ihnen bestimmt nicht folgen!«

»Aber fünf Leute müssen doch wohl kaum alle gleichzeitig aufs Klo. Ich gebe den Kollegen Bescheid.« Stewart griff zu seinem Handy und wählte.

Für einen kurzen Moment starrte Märtha den Haufen Spielchips an, den der Croupier ihr hingeschoben hatte, dann kippte sie sie in ihren Korb. Wieder warf sie einen Blick in Richtung Personaleingang. Die Tür stand einen Spalt offen, und vermutlich war der eine Wachmann noch im Raum. Länger konnten sie nicht warten. Sie setzte den Strohhut auf und knuffte Snille kurz in die Seite.

»Action!«, flüsterte sie und hob den Hut an, was das Zeichen für die anderen war. Stina, Anna-Greta und Kratze setzten ihre Strohhüte auf, gingen im Geiste noch einmal durch, was zu tun war, und folgten ihr.

Snille steuerte seinen Elektrorollstuhl zu den Toiletten hinüber, und gerade als er an der Personaltür war, bekam er einen heftigen Hustenanfall. Als der Wachmann zur Tür hinausging, beugte Snille sich vor, und beim nächsten Husten flog sein Gebiss heraus. Der Sicherheitsbeamte sah den nach vorn gebeugten Alten zerstreut an, dann zog er an der Tür und begab sich mit dem Sicherheitskoffer in der Hand in Richtung Spielsalon. Snille sah kurz auf, grinste übers ganze Gesicht und hielt für die anderen den Daumen hoch. Er hatte ins Schwarze getroffen. Das Gebiss lag auf der Türschwelle, so dass die Tür nicht ins Schloss fallen konnte.

»Ich muss mir die Nase pudern!«, sagte Stina, den Sonnenhut tief ins Gesicht gezogen. Sie steuerte die Damentoilette an, doch als sie auf Höhe des Personalraumes war, tat sie so, als sei mit ihrem Rollstuhl etwas nicht in Ordnung. Beherzt kippte sie den Joystick vor und zurück, so dass der Stuhl ein paarmal im Kreis fuhr, während Snille die Tür öffnete. Dann nahm sie Anlauf und fuhr rückwärts mit voller Kraft über die Türschwelle, dicht gefolgt von Kratze, Märtha und Anna-Greta. Snille schaute sich um, schob den Sonnenhut zurecht und folgte den anderen.

»Die Ballons!«, gestikulierte Märtha, und Snille machte sie los. Elegant schwebten sie unter die Decke.

Hoffentlich verdecken sie die Kameralinsen auch komplett, dachte Märtha, doch stattdessen sagte sie: »Okay, jetzt geht's los!«

Stina nahm geschwind die Rückenkissen der Rollstühle ab, in denen sie spezielle Kassen verstaut hatten, die aussahen wie jene, die im Casino für die Chips benutzt wurden. Sie schnüffelte. Leider rochen sie noch immer nach Wein, aber dagegen konnten sie jetzt auch nichts mehr tun. Snille hatte es nicht gerade leicht gehabt, Bag-in-Boxen in falsche Cash-Boxen zu verwandeln, aber mit Folie und silberner Farbe hatte es hingehauen. Außerdem war der Wein darin köstlich gewesen, so dass alle recht viel Spaß bei der Vorbereitung gehabt hatten. Snille und Märtha öffneten den Lagerraum. Dort bewahrte man die Aluminiumkoffer auf, in denen sich die Kassen voller Spielchips befanden. Snille hatte eine ganze Weile zu tun, bis es ihm gelang, das komplizierte Schloss der Koffer zu knacken, doch plötzlich strahlte er bis über beide Ohren, und da erklang ein deutliches Klicken, als das erste Schloss aufsprang. Schnell begann die Gang, ihre leeren Kassen gegen die vom Casino auszutauschen, und als sie damit fertig waren, steckte Stina die Kassen mit den Chips in ihre Rückenkissen, zog rasch die Reißverschlüsse zu und verteilte sie auf die Rollstühle. Danach verschloss Snille die Koffer wieder, stellte sie an Ort und Stelle zurück und zog die Tür zu.

»Hoffen wir, dass die Wachen das nicht bemerkt haben«, murmelte Märtha und sandte ein Stoßgebet zu den Ballons unter der Decke. »Wenn mal bloß kein kleiner Spalt frei geblieben ist.«

»Darum haben wir ja die Sonnenhüte aufgesetzt«, beruhigte sie Snille. »Und jetzt machen wir uns aus dem Staub.«

»Und die Ballons?«, fragte Stina.

»Und das Gebiss?«, fügte Märtha hinzu.

Einen Moment lang kam ein wenig Unruhe auf, doch am Ende hatten sie alle Dinge beseitigt und saßen wieder in ihren Rollstühlen, als sei nichts geschehen. Etwas angespannt umfassten sie ihre Joysticks und gaben Vollgas, wobei sie ganz vergaßen, dass Snille die Motoren ja frisiert hatte. Kaum hatten sie die Bedienungsvorrichtung nach unten gedrückt, gingen die Fahrzeuge ab wie Raketen.

»Ach du …«, rief Anna-Greta und verlor fast ihren Hut.

»Ich habe doch gesagt, dass ich sie frisiert habe«, schnaubte Snille.

Aber als sie auf der anderen Seite der Türschwelle im Flur ankamen, mussten sie notbremsen. Zwei Sicherheitsbeamte standen vor ihnen.

»Was machen Sie hier? Hier dürfen Sie sich nicht aufhalten«, schimpfte der größere und kräftigere der beiden und stellte sich ihnen in den Weg.

»Aber die Toiletten? Die waren doch gestern noch hier«, antwortete Märtha schlagfertig.

»Meine Lieben, die Toiletten befinden sich am Ende des Gangs«. Der jüngere Sicherheitsbeamte zeigte dorthin.

»Nein, gestern waren sie noch hier, das weiß ich ganz sicher«, antwortete Märtha stur.

»Wenn Sie am Eingang rechts abbiegen, dann …«

»Nicht dort, da sind doch die Spieltische, mich führen Sie nicht an der Nase herum.«

Da griff der stämmige Wachmann an ihren Rollstuhl und drehte ihn zum Flur.

»Dort!, habe ich gesagt.«

»Ach so«, sagte Märtha und drückte den Joystick nach unten. »Da waren die Toiletten. Ups, geht das schnell«, konnte sie gerade noch sagen, bevor sie mit Vollgas zu den Damen losschoss, dicht gefolgt von den anderen. Snille und Kratze besuchten die Herrentoilette, und etwas später rollten sie hinaus auf den Parkplatz, wo ihr Treffpunkt war.

»Hat's geklappt?«, fragte Märtha. »Hast du den Radiosender installieren können?«

»Ja. Ich habe ihn an der Rückseite des Spiegels im Toilettenraum befestigt«, sagte Snille.

»Gut, dann können wir eine Nachricht an die Sicherheitsleute absetzen, wenn nötig. Gute Arbeit, Snille«, lobte sie ihn. Sie lächelten sich an, nickten und fuhren dann wie besprochen weiter zum Hotel. Im Foyer hielten sie vor den Aufzügen.

»Achter Stock, aber bitte schnell!«, sagte Märtha.

»Stell dir vor, Snille hätte die Aufzüge auch frisiert«, seufzte Anna-Greta.

Oben im achten Stock war weder Zeit für Sherry noch für Champagner, denn sobald sie hineingerollt waren, rissen sie die Kassen aus den Kissen heraus.

»Wunderbar, ich hätte keine Sekunde länger mit diesem harten Metall im Rücken ausgehalten«, stöhnte Kratze, massierte sich das Kreuz und reichte Snille die Kassen. Sein Kamerad öffnete das Schloss, nahm die Spielchips heraus und legte sie in die Körbe.

»Echte Waren, die man eintauschen kann«, wieherte Anna-Greta und verdrehte die Augen, völlig entzückt von dem farbenfrohen Haufen.

Es war recht mühsam, alle Kassen zu leeren und den Inhalt in die Körbe zu füllen, doch am Ende hatten sie die Spielchips herausgeholt und die Berge mit Schals und Sonnenhüten bedeckt.

»Jetzt kommt das Schwierigste«, sagte Märtha. »Wir müssen so tun, als sei das ein ganz normaler Spielgewinn gewesen und dieser

Abend nicht anders als die übrigen Abende, wenn wir ordentlich gewonnen haben.«

»Warum haben wir am frühen Abend dann versucht zu verlieren?«, fragte Kratze.

»Um nicht unnötig Aufmerksamkeit auf uns zu ziehen, hast du das vergessen?«, hielt Märtha schlagfertig dagegen, musste aber gleichzeitig zugeben, dass sie etwas verquer gedacht hatte – denn natürlich wäre es auffällig gewesen, wenn sie den ganzen Abend lang nichts gewonnen hätten und dann mit einer Wechselkasse gekommen wären, in der mehrere Millionen lagen. Kriminell zu sein erforderte wirklich ein gewisses Gehirnjogging, das weit über das Übliche hinausging, dachte Märtha. Wesentlich mehr als Sudoku, Kreuzworträtsel oder Selbsthilfebücher.

»Und wenn das Personal nun misstrauisch wird?«, fragte Stina ängstlich und zeigte auf den proppenvollen Korb.

»Ach was, wir tun einfach so, als seien wir ein bisschen durcheinander«, sagte Märtha. »Jetzt gehen wir. Zeit für den nächsten Schachzug!«

Die Seniorengang fuhr mit dem Aufzug nach unten, rollte aus dem Hotel heraus und kehrte zum Casino zurück. Sicherheitshalber hatten sie die Spielchips gut verdeckt, trotzdem hatte Märtha den Eindruck, dass die Sicherheitsleute sie genau im Auge behielten, als sie sich der Kasse zum Geldumtausch näherten. Und wirklich – einer von ihnen justierte gleich seinen Ohrhörer, schnappte sich einen Kollegen und stoppte sie dann barsch.

»Entschuldigung, meine Damen, aber würden Sie uns bitte zur Kontrolle folgen.« Der Wachmann blickte sie streng an.

»Ach herrje«, stammelte Anna-Greta.

»Wir haben doch nur vergessen, unsere Spielmarken umzutauschen«, sagte Märtha gelassen. »Stellen Sie sich vor, so zerstreut kann man sein!«

»Ja, ich glaube, wir haben ein bisschen zu viel Champagner getrunken«, fügte Stina mit nervösem Kichern hinzu. Der Sicherheitsbeamte griff nach einem Chip aus ihrem Korb und hielt ihn gegen das Licht.

»Mmh«, sagte er.

»Ja, stellen Sie sich vor, wir haben vergessen, die Chips einzutauschen. Diese Elektrorollstühle haben uns sooo abgelenkt«, erklärte Snille.

»Wir sind die nicht gewohnt, wissen Sie, und deshalb hatten wir genug damit zu tun, mit den Fahrzeugen zurechtzukommen«, fügte Anna-Greta hinzu und fuhr zur Veranschaulichung direkt gegen die Wand, so dass sie ihren Hut verlor. Einer der Sicherheitsbeamten hob ihn auf.

»Thank you, darling«, wieherte Anna-Greta. »To swing ist immer schwierig.«

Aber die Wachleute ließen sich nicht ablenken.

»Sind Sie bitte so freundlich, und stehen Sie auf! Wir wollen einen Blick auf die Körbe werfen.«

Da steckte die Dame, die an der Kasse saß, den Kopf herein und sagte laut und deutlich:

»Ich kann für sie bürgen! Die alten Leute sind Stammgäste und kommen häufig mit so vielen Spielchips.«

Die Sicherheitsbeamten wirkten daraufhin ein wenig irritiert, traten aber einen Schritt zurück, und Kratze blinzelte der Dame an der Kasse dankbar zu. Sie begann, die Chips zu zählen, während die Wachleute misstrauisch dabei zusahen. Snille sah ihnen an, dass sie nicht so leicht aufgeben würden, und warf Märtha einen bedeutungsvollen Blick zu.

»Jetzt?«

Märtha nickte, und ganz diskret drückte er auf die Fernbedienung für den Radiosender, der in der Toilette befestigt war. Die aufgenommene Nachricht wurde abgespielt, und im nächsten Moment presste der eine der Sicherheitsleute seinen Ohrstöpsel etwas fester ins Ohr. Er riss die Augen auf und packte seinen Kameraden am Arm.

»Alarm! Let's run!«

Die zwei Männer rannten in Richtung Spielsalon, und Snille machte ein zufriedenes Gesicht.

»Der Radiosender hat perfekt funktioniert. Sobald die Leute einen Befehl bekommen, verlieren sie komplett den Verstand!«

Märtha musste lächeln. Es war nicht leicht gewesen, den Befehl für die Wachen aufzunehmen, und man konnte auch nie wissen, ob zwischenzeitlich irgendjemand auf die Idee gekommen war, den Sender in der Toilette zu entfernen. Doch alles lief wie geritzt. Sie zwinkerte Snille zu.

»Snille, du bist ein Genie. Du hast keine Ahnung, wie sehr ich dich mag!«

Und obwohl sie gerade dabei waren, ein durchaus kompliziertes Verbrechen zu begehen, lief er bis auf die Kopfhaut rot an.

Als die Dame die Spielmarken eingewechselt hatte, verstauten Märtha und ihre Freunde die Bündel Dollarnoten in den Rollstuhlkörben, wickelten sie in Schaltücher ein, zogen sie zu und legten etwas darüber. Dann machte Kratze einen tiefen Diener, setzte sein charmantestes Lächeln auf und dankte der Dame für ihre Unterstützung, bevor Märtha und die anderen schnellstmöglich die Spielbank verließen. Als sie auf die Straße kamen, gaben sie Gas. Ihnen standen die Haare ab, als sie mit einer geübten Handbewegung den Joystick nach unten drückten und mit ihren frisierten Rollstühlen zum Hotel düsten. Während Snille und Kratze die Kassen versteckten, brachten die anderen die Scheine auf die Bank, damit Anna-Greta sie wie immer vom Konto der Seniorengang in Las Vegas auf die Empfängerkonten in Schweden überweisen konnte. Sobald sie fertig waren, riefen sie ein Taxi, das sie auf direktem Wege zum Flughafen befördern sollte.

Der nächste Tag war ungewöhnlich heiß. Ein unangenehmer, qualmender Gestank stieg von dem Asphaltkocher auf, neben dem die vier Bauarbeiter den Straßenbelag ausbesserten. Den ganzen Tag schon hatten sie Kies und Asphalt ausgelegt, und langsam wurden sie müde. Einige von ihnen hatten sich Taschentücher ums Haar gebunden, damit ihnen der Schweiß nicht in die Augen lief, andere hatten ihre Schirmmütze tief ins Gesicht gezogen. Etwas weiter vorn rollte eine Dampfwalze mit riesengroßen Reifen über die schwarze, klebrige Fahrbahn, vor und zurück, immer wieder. Ein ordentliches Stück hatten die Männer schon geschafft, aber fertig waren sie noch nicht. Der Weg bis zum Hotel Orleans musste bis zum Abend neu asphaltiert sein, und ein Drittel fehlte noch. Da ertönte plötzlich ein sonderbares Geräusch. Erst nahm keiner davon Notiz, doch dann trat der Dampfwalzenfahrer auf die Bremse und sprang aus seinem Fahrerhäuschen. Geschickt vermied er es, in den frischen Asphalt zu treten, und ging zu dem Loch, das sie gerade auffüllten. Er beugte sich vor und wühlte ein bisschen im Kies. An der Kante des Asphalts bemerkte er eine graue Metallplatte. Er räumte ein paar Steine zur Seite und sah, dass sich am Rand des Metalls ein kleines Schloss befand. Neugierig grub er weiter, gelangte tiefer nach unten und zog einen verbeulten, kastenartigen Haufen Metallschrott hervor. Er besah ihn von allen Seiten und hielt ihn hoch, damit ihn jeder sehen konnte.

»Habt ihr so was schon mal gesehen? Die Reste einer Kasse. Wie um Himmels willen kommt die hierher?«

4

In der ziegelroten Polizeidienststelle Kronoberg in Stockholm saß Kommissar Blomberg, die Hände im Nacken, die Füße auf dem Schreibtisch. Sein Bildschirm flackerte auffordernd, doch er hatte keine Lust auf Überstunden. Bald würde er in Pension gehen, deshalb war es höchste Zeit, einen Gang runterzuschalten. Apropos Pension … Er setzte sich auf, gab das Passwort ein und loggte sich ins Intranet der Polizei ein. Ja, der Pensionsfonds der Polizei. Nicht verkehrt, mal auszurechnen, wie viel eigentlich nach der Pensionierung an Rente übrig blieb. Aus seiner Zeit als selbständiger Unternehmer, als er noch klebrige Gesichtscremes in der Garage zusammengerührt hatte, besaß er beachtliche Steuerschulden. Das Geschäft war zwar hervorragend gelaufen, doch er hatte es mit der Buchführung nicht so genau genommen. Dafür musste er heute noch zahlen, hoffentlich reichten die Pensionszahlungen dafür überhaupt! Er gab seinen Code ein, und da erschienen tabellarische Übersichten über das Pensionskonto. Natürlich waren das private Aktivitäten während der Arbeitszeit, aber mein Gott … Wie viele Wochenenden war er immer zur Stelle gewesen und hatte gearbeitet, wenn die Kollegen sich geweigert hatten? Er klickte sich durch die verschiedenen Untermenüs und rief die Übersicht der Zahlungseingänge auf. Um Himmels willen, das waren ja nur winzige Summen! Wer zahlte auf dieses Konto eigentlich ein, und welche Ausgaben wurden davon bestritten? Die Polizei hatte ihm eine besondere IT-Ausbildung finanziert, deshalb war er in der Lage, diese Transfers einzusehen. Er reckte sich zu der Schale, in der die Bonbons lagen, und nahm sich eine Handvoll. Im selben Augenblick flackerte der Bildschirm auf. Der Saldo des Kontos war gestiegen. Unheimlich, um diese Zeit arbeitete doch in der Bank kein Mensch mehr? Aber über das Geld für die pensionierten Kommissare freute er sich sehr. Das konnten sie gebrauchen. Er selbst benötigte jede Öre. Seine Miete war erschreckend erhöht worden, plus die alten Steuerschulden … Er musste an die Wirtschaftskriminellen denken, gegen die er in seinen vielen Dienstjahren ermittelt hatte. Sie besaßen Luxusapartments, Segelboote, Porsche und all so was, während er, der ein echter IT-Experte war, ein paar läppische Tausender im Monat verdiente. Kein anderer wusste, wie man sich in Mail- oder Bankkonten einhackte, ohne dass die Besitzer es merkten. Und trotzdem hatte man ihm keine Gehaltserhöhung gewährt. Blomberg brummte vor sich hin und wollte eben noch einmal in die Schale mit den Bonbons greifen, da flackerte der Bildschirm wieder auf. Der Saldo des Pensionsfonds war noch einmal um einige Hunderttausend gestiegen. Wer in Gottes Namen unterstützte denn pensionierte Polizisten mit einer knappen halben Million? Er musste den Überweiser ausfindig machen. Wenn jemand so großzügig zahlte, vielleicht konnte er seine Schenkungen *noch* ein bisschen erhöhen? Ja, vielleicht konnte er … ja, warum nicht einfach einen gemeinnützigen Verein gründen? Alles überweisen auf … Nein, nein, das durfte er nicht einmal denken. Das wäre ja richtig kriminell!

Mit einem Mal bekam er es mit der Angst zu tun, er fuhr den Computer herunter und stand auf. Es war besser, jetzt nach Hause zu gehen und die Katze zu füttern. Außerdem hatte er ja schon Bier und Chips für das Hockeymatch am Abend eingekauft.

Am kommenden Abend hielt er sich jedoch länger im Büro auf und gab an, er mache Überstunden. Als gegen neun Uhr abends alle nach Hause gegangen waren, loggte er sich erneut in den Pensionsfonds ein und fand Einzahlungen von vierhunderttausend Kronen vor. Woher stammte dieses Geld? Seine Finger flitzten über die Tastatur. Nach einer Weile hielt er inne, wippte auf seinem Stuhl vor und zurück und versuchte, die Informationen zu verdauen. Das Pensionskonto der Polizei hatte das Geld von einer Bank in Las Vegas bekommen. Aber die schwedische Polizei hatte doch dort gar keine Zweigstelle? Kommissar Blomberg stand auf und holte sich eine Tasse Kaffee. Einen doppelten Espresso. Denn so viel war ihm klar – die nächsten Stunden würde er am PC verbringen. Er tippte sein heimliches Passwort ein und klickte sich wieder bis zum Pensionskonto durch. Hier konnte es nicht allzu schwer sein, das Absenderkonto in Las Vegas ausfindig zu machen. Warum nicht einfach ein Konto für eine Stiftung eröffnen und das Geld dorthin transferieren? Keiner würde das nachprüfen. Er lächelte vor sich hin und fühlte sich mit einem Mal richtig vermögend. Endlich konnte er seine EDV-Kenntnisse nutzen. Und mit etwas Glück würde über Nacht vielleicht noch die eine oder andere Überweisung aus Las Vegas eintreffen.

5

»Und ich soll wirklich aus heiterem Himmel aufs Gepäckband fallen? Da kommt man sich doch blöd vor«, beschwerte sich Anna-Greta und verzog das Gesicht. »Jedes Mal, wenn wir ein Ding drehen, muss ich umkippen. Bin ich zu etwas anderem nicht zu gebrauchen?«

Als die Seniorengang auf dem Stockholmer Flughafen Årlanda landete, war es früh am Morgen. Plötzlich wieder zu Hause zu sein kam ihnen ganz unwirklich vor, außerdem waren sie müde von der langen Reise. Märtha und die anderen blinzelten, doch noch konnten sie sich nicht richtig entspannen. Das Flugzeug aus Kopenhagen war gerade gelandet, und gleich würde das Gepäck aus Amerika ankommen. Koffer, die aus den USA kamen, nahm der Zoll gern genau unter die Lupe, während man mit Koffern, die von einem nordischen Land ausgecheckt wurden, weniger gründlich war. Also galt es, sich Gepäckaufkleber vom Flieger aus Kopenhagen zu besorgen.

»Keiner kann so gut stolpern wie du, Anna-Greta, aber wenn du partout nicht willst, dann kann ich für dich umfallen. Nur dann müsst ihr anderen den Rest erledigen«, schlug Märtha vor.

»Das kriegen wir hin, meine Liebe«, meinte Snille.

Märtha nickte und stellte sich direkt vor die Öffnung von Gepäckband drei. Neugierig schielte sie auf die breiten, schwarzen Gummiriemen, und durch einen Spalt konnte sie sehen, wie das Gepäck auf einem Wagen gerade angeliefert und abgeladen wurde. Das Band fing an zu laufen, und die ersten Koffer erschienen. Als zwischen einigen ein bisschen Platz war, war die Gelegenheit gekommen. Jetzt, dachte sie, tat so, als würde sie stolpern und fiel quer aufs Gepäckband. Sie landete auf dem Bauch zwischen Koffern, und ihr Hut verrutschte. Wenigstens habe ich keinen Unterschenkelhalsbruch bekommen, dachte sie stolz, aber ich bin ja auch ein altes Turnmädchen und war im Verein. Rudernd segelte sie zwischen Koffern und Taschen davon, und es sah so eigentümlich aus, dass niemand reagierte. Und während das Band lief, verdeckte Snille den Nothalt gut. In der Zeit entfernten Kratze, Anna-Greta und Stina schnell die Kofferaufkleber von den vorbeifahrenden Koffern. Als die Freunde fünf Stück zusammengerafft hatten, nickte Snille Märtha zu, die mit erstaunlicher Schnelligkeit ganz allein vom Band heruntersteig. Die erschrockenen Zuschauer konnten aufatmen.

»Man darf nicht zu dicht ans Band herangehen, das steht auf dem Schild. Ich hätte besser aufpassen müssen«, sagte sie neunmalklug und strich ihr zerzaustes Haar glatt. Und dann zog sie mit ihren Freunden weiter zu Band fünf, wo das Gepäck aus Chicago erwartet wurde. Sicherheitshalber hatten sie einen Stop-over in Chicago eingelegt, um eventuelle Verfolger abzuhängen.

Im selben Augenblick blinkte die Schrift an der Anzeigetafel auf, und die Koffer aus Chicago purzelten auf das Band. Märtha und ihre Freunde stapelten ihre Koffer nach und nach auf zwei Kofferkulis. Dann noch die Rollatoren und schließlich die Golftasche. Märtha und Anna-Greta tauschten ganz schnell die Aufkleber gegen die mit der Flugnummer von Kopenhagen und ließen die anderen verschwinden.

»Und die Golftasche, brauchen wir für die keinen Aufkleber?«, fragte Anna-Greta.

»Oh. Dann haben wir wohl einen zu wenig. Aber das merkt bestimmt keiner, so viel Gepäck, wie wir haben«, sagte Märtha und versuchte, überzeugt zu klingen.

»Wir können einen Koffer doch auch einfach stehen lassen«, schlug Snille vor.

»Ja, vielleicht den von Anna-Greta? Ich meine … ihre Kleider sind doch sowieso nichts Besonderes …«, setzte Kratze an.

»Nie im Leben! Darin sind mein Hut und meine Kleider und alle meine Gesundheitsschuhe!«

»Du lieber Gott!«, stöhnte Kratze auf.

»Ach was, eine Golftasche unter dem ganzen anderen Gepäck. Das wird doch keinem auffallen. Wir gehen an der Kontrolle einfach vorbei«, meinte Märtha.

»Das denken sich Schmuggler auch«, entgegnete Stina. »Und weißt du, was mit denen passiert?«

»Und denk an das, was sich in den Stöcken befindet«, schob Snille hinterher.

»Ach was, lasst uns jetzt gehen, sonst machen wir uns noch verdächtig«, drängelte Märtha und ging als Erste in Richtung Zollkontrolle, die anderen dicht hinter ihr. Sie kamen der Reihe nach ohne Probleme durch, und Märtha war schon fast an den Ausgangstüren, als plötzlich eine Stimme hinter ihr herrief.

»Entschuldigung, wären Sie so freundlich, noch mal herzukommen. Was ist mit dieser Golftasche?«

Ein blonder Zollbeamter in den Vierzigern winkte sie zur Seite, und erst tat sie so, als hätte sie ihn weder gesehen noch gehört, aber als er neben sie trat und ihr die Hand auf die Schulter legte, blieb ihr keine Wahl. Der Mann hob die Golftasche auf einen marmorähnlichen Tisch und fing an, sie zu durchsuchen.

»Da sind ja nicht gerade viele Golfschläger drin«, stellte er fest und hielt ihre Gehstöcke in die Luft. Snilles Stock mit den Reflektoren fiel ihm besonders ins Auge.

»So ist es!«, antwortete Märtha und lief rot an.

»Wie kommt es, dass sie Spazierstöcke in einer Golftasche transportieren?«

Märtha schluckte und musste an die Diamanten denken.

»Wo soll man seine Stöcke denn sonst verwahren, wenn man nicht Golf spielt?«

Der Zollbeamte kratzte sich im Nacken und schaute sie verwirrt an. Er wog mindestens zehn bis fünfzehn Kilo zu viel, dafür war seine Frisur der letzte Schrei und ums Handgelenk trug er ein modisches Lederarmband.

»Die Stöcke müssen wir wohl scannen.«

Jetzt hatten Stina und Anna-Greta auch bemerkt, dass etwas schieflief, sie machten kehrt und blieben neben Märtha stehen. Die sah ihre besorgten Blicke und holte einmal tief Luft.

»Scannen? Sie meinen so einen Apparat, der einen durchleuchtet, wenn man zum Doktor geht? Wie aufregend!«, fing sie an. »Wissen Sie, ich hatte Bauchschmerzen, und der Arzt hat mich mehrmals geröntgt. Und meine Fußgelenke, oh jemine! Davon sollten Sie mal die Röntgenbilder sehen. Der Knochen im Fuß selbst sieht aus wie ein Mikadostab. Es ist kein Vergnügen, alt zu sein, das kann ich Ihnen sagen. Durchleuchten Sie jetzt gerne meine Diamanten, dann kann ich sie auch mal sehen. Wie Gold aussieht, weiß ich ja, denn das habe ich beim letzten Flug geschmuggelt.«

»Soso, ich verstehe.« Der Zollbeamte kramte weiter in der Tasche.

»Aber mit Gold werden die Stöcke einfach zu schwer«, fuhr Märtha fort. »Deshalb bin ich zu Diamanten übergegangen. Oder sagt man Smaragde, wenn die Steine grün sind? Natürlich wenn sie nicht aus Glas sind, denn als ich sie eingefüllt habe, waren sie durchsichtig. Oder waren sie doch eher blau? Ach, Unsinn, jetzt hab ich mich wieder geirrt. Können Sie sich noch an alles erinnern, Herr Zollbeamter? Die Röntgenärzte wissen ja so viel. Ich habe auch Bilder von meinen Gallensteinen. Waren die riesig! Wollen Sie sie sehen? Na ja, das war natürlich, bevor ich angefangen habe, Plutonium im Nabel zu schmuggeln. Davon habe ich auch ein paar Fotos.«

Märtha quasselte wie ein nie versiegender Wasserfall, Stina hatte Mühe, ernst zu bleiben, und Anna-Greta brach in solch ein donnerndes Gelächter aus, dass sie den Zollbeamten beinahe zu Fall gebracht hätte.

»Ja, scannen Sie mal unsere Spazierstöcke. Dann haben Sie Ihren Kollegen morgen beim Kaffee etwas zu erzählen«, machte Märtha weiter. »Aber um auf meinen Arztbesuch zurückzukommen. Als er im Magen Plutonium gefunden hatte, sagte er …«

Anna-Gretas wieherndes Lachen wurde immer schlimmer, und der Zollbeamte sah sich hilfesuchend nach seinen Kollegen um. Doch die waren mit anderen Reisenden beschäftigt, da war also keine Rettung in Sicht. Der Zollbeamte stand einen Moment lang regungslos da, überlegte, und dann steckte er die Stöcke zurück in die Golftasche.

»Danke, das war alles.«

»Aber meine Diamanten im Nabel?«

Der Zollbeamte verbeugte sich, und Märtha konnte gar nicht schnell genug hinauskommen, dicht gefolgt von den anderen. Kaum hatten sie das Gebäude verlassen, winkte Märtha ein Taxi heran, und als sie sich kurz darauf zu den Freunden umdrehte, die auf dem Rücksitz Platz genommen hatten, war ihr Gesicht voller Lachfalten.

»Den Leuten ist es heute so unangenehm, wenn sie auf ältere Menschen stoßen, dass man ihnen wirklich jeden Bären aufbinden kann. Ihr hättet sein Gesicht sehen sollen, beinahe hätte ich ihn noch getröstet. Aber jetzt ist es das Beste, schnell von hier wegzukommen. Ab nach Stockholm! Jetzt lassen wir uns von der Großstadt verschlucken.«

»Verschlucken hin oder her«, brummte Kratze, der hinten saß.

»Das Clarion Hotel wäre gut, oder?«, fuhr sie fort, ohne eine Antwort abzuwarten. »Da sind viele internationale Gäste, und sie kennen sich mit den vorläufigen Personennummern aus, die Leute wie wir, die hier in Schweden ›angewandert‹ kommen, benötigen.«

»Ja, unsere neue Identität«, gluckste Anna-Greta zufrieden. »Ich fand es sicherer, uns neue Pässe zu besorgen. Unsere alten Verbrechen wurden ja nicht aufgeklärt, und ich wette, dass die Polizei noch immer nach uns sucht. Es hat zwar ein paar Monate gedauert, bis ich alles organisiert hatte, aber jetzt haben wir die neuen Pässe. Und wir können unsere richtigen Namen sogar behalten, weil sie so häufig vorkommen.«

Nach fast einer Stunde in dichtem Verkehr kamen sie im Hotel an und checkten ein. Der Portier half ihnen, das Gepäck in den Fahrstuhl zu schaffen, und erst als sie in ihrem Zimmer angekommen waren, stellte Märtha fest, dass etwas nicht stimmte. Überhaupt nicht stimmte. Die Golftasche fehlte. Sie hatte sie in der Zollkontrolle stehen gelassen.

Der Restaurantbereich war bis auf ein paar wenige Personen wie ausgestorben. Ein Ober räumte Tassen und Untertassen neben dem Kaffeeautomaten auf, und an einem Tisch vor dem Fenster saß ein älteres Paar und las die Zeitung. Ein paar Geschäftsleute, die mit dem Essen schon fertig waren, schoben ihre Teller zur Seite, wischten sich schnell den Mund ab und sprangen auf, um zum nächsten Termin zu hetzen. Märtha und ihre Freunde waren spät dran und wollten nur schnell etwas in den Magen bekommen, bevor sie sich endlich ein Schläfchen gönnten. Märtha beruhigte sich mit einer Tasse Kaffee und ein paar belegten Broten und wartete ab, bis alle etwas zu essen hatten, bevor sie sich zu erzählen traute.

»In der Zollkontrolle? Das kann doch nicht waaahr sein, die Golftasche mit uuunserem gesamten Privatkapital?«, heulte Anna-Greta.

»Du meinst, du …«, murmelte Stina, öffnete die Handtasche und tastete nach ihren Blutdrucktabletten.

»Das ist doch wohl verdammt nochmal nicht möglich?«, schnaubte Kratze. »Die Diamanten sind weg?«

Märtha hielt sich die Hände vors Gesicht und fing an zu schluchzen. Snille rückte vorsichtig näher.

»Aber liebe Märtha, nimm nicht die ganze Schuld auf dich. Wir anderen haben es doch auch nicht gemerkt«, sagte er und legte den

Arm um sie. »Wir waren alle so müde. So was kann schnell passieren. Und erst recht nach so einer langen Reise. Ach meine Liebe, das wird sich schon finden!«

»Aber Diamanten in einem Wert von mindestens …«, stöhnte Anna-Greta und begann, im Kopf nachzurechnen. Da sie auf Djursholm aufgewachsen war, war sie einen gewissen Lebensstandard gewohnt, aber jetzt sah es nicht so gut aus.

»Wir scheinen irgendwie mit unseren Verbrechen erfolgreich zu sein, aber dann verlieren wir die Beute. Vielleicht sollten wir künftig mit der Mafia zusammenarbeiten, damit so etwas nicht noch einmal passiert«, witzelte Snille.

»Nee, was soll das denn«, rief Anna-Greta und ließ aus Versehen ihren Teebeutel in Märthas Kaffeetasse fallen.

»In Krimis kommt es nie vor, dass die Täter ihr Geld wieder verlieren«, sagte Stina, die nun ein bisschen selbstsicherer klang, da sie ihre Blutdruckmedizin eingenommen hatte.

»Wir werden die Tasche schon zurückbekommen, und wenn wir uns jetzt ein bisschen ausruhen, dann sieht die Sache morgen schon ganz anders aus«, versuchte Märtha, die anderen zu besänftigen.

»Dann geh und leg dich hin und träume süß vom Fundbüro«, murrte Kratze.

Märtha sah Kratze böse an und kämpfte mit den Tränen. Da sprang Snille mit einem Mal auf, so dass das Porzellan schepperte.

»Manche setzen ja alles auf eine Karte. Ich aber nicht. Wir werden schon noch eine Weile zurechtkommen.« Und dann zog er sein zerknittertes Fünfzigerjahrehemd aus der Hose und zeigte allen sein rundes Bäuchlein. Über den grauweißen Haaren um den Nabel saß ein Tapeverband direkt über der Mulde. Er lächelte verschmitzt.

»Das Gute an Diamanten ist, dass sie nicht so groß sind. Ich habe drei in meinem Nabel versteckt.«

6

Der Zollbeamte Carlsson gähnte herzhaft und überließ seinem Kollegen erleichtert die nächste Schicht. Eine arbeitsreiche Nacht lag hinter ihm, und von den zweihundertundsechzig Passagieren vom letzten Flug hatten einige versucht, Cannabis und Glückspillen zu schmuggeln. Aber der Gipfel war diese Tante mit der Golftasche gewesen. Hatte geplappert wie ein Wasserfall. Und dann dieses Gerede von Plutonium im Nabel. Wie plemplem konnte man sein? Na, zum Glück konnte er nun endlich nach Hause fahren und sich ausschlafen.

Er steckte den Stift ein, verabschiedete sich von den Kollegen und war schon auf dem Weg hinaus, als sein Blick auf die Golftasche fiel. Ach ja richtig, die hatte er ganz vergessen. Am besten gab er sie gleich ab.

»Die nehme ich zur Vernichtung mit«, sagte er und hob die Tasche hoch, so dass die Stöcke darin klapperten.

»Aber diese Dame hatte doch gar nichts zu verzollen«, widersprach sein Kollege. »Dann geht die Tasche doch nicht zur Vernichtung, oder? Die Frau hat die Tasche doch nur vergessen. Leg sie einfach in den Abstellraum.«

»Na gut«, murmelte Carlsson. »Dann eben in den Abstellraum.«

Er gähnte noch einmal. Im Schichtdienst zu arbeiten war nicht ohne. Schläfrig schlenderte er mit der Golftasche unter dem Arm hinüber zum Abstellraum.

»Satan!«

Die Tür war abgeschlossen. Er stellte die Tasche ab, tastete nach seinen Schlüsseln und probierte ein paar von ihnen aus. Keiner passte. Er sah sich um, denn eigentlich hatte er keine Lust, noch einmal zurückzulaufen. Aber hier konnte er die Tasche auch nicht stehen lassen. Dann konnte er sie genauso gut mit nach Hause nehmen, obwohl das gegen die Vorschriften verstieß. Aber da würde er sie einfach im Flur abstellen und am nächsten Tag wieder mit zur Arbeit nehmen. Die Idee der Frau war gar nicht so schlecht gewesen. Wenn die Stöcke gut in die Tasche passten, dann taugte sie sicher auch hervorragend als Schirmständer. Zufrieden über seine gute Idee pfiff er auf dem ganzen Weg zur Garage leise vor sich hin. Jetzt würde er nach Hause nach Sollentuna fahren und sich ausschlafen. Und was sprach dagegen, sich am nächsten Tag krank zu melden? Er war wirklich hundemüde, eigentlich richtig überarbeitet. Am besten machte er sich gleich einen gehaltvollen Grogg, ein paar Brote und kam ein bisschen runter.

Am folgenden Morgen erwachte der Zolldienstbeamte Carlsson spät und mit einem ordentlichen Kater. Schlaftrunken trabte er in den Flur. Mit abwesender Miene tastete er nach der Zeitung im Briefschlitz, bis er darauf kam, dass seine Frau sie schon vor ein paar Stunden herausgeholt haben musste. Er gähnte, machte einen Bogen um ein paar Kinderstiefel, die im Flur lagen, stolperte trotzdem und fiel geradewegs über die Golftasche. Darinnen knackte es, und er stand benommen wieder auf. Golftasche, er spielte doch gar nicht Golf ... Da fiel ihm diese bescheuerte Tante wieder ein, und er hob die Tasche auf. Einer der Stöcke hatte einen Schlag abbekommen, und der Griff war abgefallen. Er schaute in den verchromten Griff hinein und entdeckte etwas Glitzerndes. Neugierig schüttelte er ihn, und da fielen eine ganze Menge kleine Steine hinunter auf den Boden. Granit, Feldsteine, Quarzkristalle und ein paar geschliffene Glasstückchen. Die alte Tante hatte etwas von Diamanten gefaselt. Konnten das möglicherweise ...? Er schüttelte die anderen Stöcke. Nichts Besonderes, außer dass sich ihr Griff abschrauben ließ. Darin lagen auch kleine Steinchen in verschiedenen Farben und Größen. Vielleicht war das eine Methode, den

Stöcken die richtige Schwere und Stabilität zu geben? Immerhin billig und praktisch. Und dann hatte dieses Tantenmonster sich auch noch über ihn lustig gemacht und gemeint, das seien Diamanten. Hatte sie nicht gesagt, sie trüge auch noch Edelsteine im Nabel? Er betrachtete den kaputten Griff, doch ihm fiel keine Lösung ein, wie er ihn reparieren könnte. Wie sollte er erklären, dass er eine verzollte Ware mit nach Hause genommen hatte – das war nämlich verboten – und sie ihm zufällig auch noch kaputtgegangen war? Das Beste würde sein, so zu tun, als sei nichts passiert, und die Klappe zu halten.

Schläfrig setzte er sich in Bewegung, um ein Kehrblech zu holen, doch dann überlegte er es sich anders. Nein, zuerst das Frühstück. Er schlurfte in die Küche, stellte die Espressomaschine an, schmierte sich ein paar Käsebrote und machte es sich mit der Zeitung gemütlich. Er las ein bisschen, aß sein Frühstück und wollte sich gerade noch ein Brot schmieren, als er den leeren Fressnapf seines Hundes bemerkte. Natürlich, er musste ja dem Hund etwas zu fressen geben, und die Fische sollte er auch noch füttern. Gestern hatte er eine Dose Fischfutter und eine Packung Hundefutter gekauft. Carlsson stand auf, lief am Aquarium vorbei und ging in den Flur, wo er seine Tasche abgestellt hatte. Als er den Kies sah, kam er auf eine Idee. Hatte nicht sein Sohn gesagt, dass er gern ein paar richtig schöne Steine in seinem Aquarium hätte? Carlsson pfiff kurz vor Freude, holte eine Kehrschaufel und fegte die kleinen Steinchen zusammen. Dann kippte er den Inhalt ins Wasser und strich den Boden ein bisschen glatt. Danach nahm er die Dose mit dem Fischfutter und kippte das Trockenfutter für die Fische hinterher. Zufrieden trat er einen Schritt zurück. Wirklich schöne Steine. Tatsächlich, das Aquarium glitzerte.

7

Die geräumige alte Villa, die einst einem Großhändler gehört hatte, lag im Schärengarten vor Stockholm an einem Hang mit Blick aufs Meer. Selbst an einem grauen und unfreundlichen Tag war dieses Fleckchen unbeschreiblich schön. Im Sommer würde der Bootssteg in der Abendsonne baden, und ein wenig oberhalb des Strandes lag ein gepflegter Garten mit Terrasse, einem großen Schuppen, einem Erdkeller und einem Gewächshaus.

»Wie bestellt!«, rief Märtha aus und sah die anderen glückselig an. Sie und die anderen von der Seniorengang liefen durch den Garten und strahlten. Kratze phantasierte darüber, was er im Gewächshaus anbauen könnte, und Stina saugte die kalte, feuchte Luft des Erdkellers ein und dachte an all das leckere Essen, das sie hier lagern würden. In den zwei großen Kellerräumen war jede Menge Platz für Kartoffeln, Pflaumen, Äpfel und anderes Obst, und an den Wänden hatte der Vorbesitzer breite Regale aufgestellt, in denen man alles von Milch über Met bis zu Weinen lagern konnte. Eine braun gebeizte Tür führte vom Erdkeller zum Lager, in dem man Werkzeug und Gartengeräte unterbringen konnte. Direkt nebenan befand sich ein altmodischer, sehr geräumiger Tischlerschuppen mit Werkbank und Drechselbank. Snille war entzückt, als er sah, dass der Vorbesitzer des Anwesens eine ganze Menge Werkzeug stehen gelassen hatte, und voller Begeisterung fuhr er mit der Hand über die Tischlerbank, im Geiste schon bei all den Dingen, die er dort würde basteln können. Er lächelte glücklich und legte Märthas Hand in seine.

»Meine Liebe, ich glaube, hier hätten wir es richtig gut«, sagte er. »Ich finde, wir sollten zusagen.«

Der Makler fuhr mit der Besichtigung fort und erklärte mit energiegeladener Stimme:

»Norra Lagnö hier auf Värmdö ist ein ruhiger und hübscher Ort mit vielen schönen, alten Villen. Es ist, als wäre man ins neunzehnte Jahrhundert zurückversetzt. Das müsste doch gut zu Ihnen passen?«

»Vielen Dank. Ganz so alt sind wir noch nicht«, antwortete Märtha und blickte hinauf auf die Villa, die sie über eine Anzeige in der lokalen Zeitung gefunden hatten. Das Haus sah ziemlich alt und renovierungsbedürftig aus, aber das traf auf sie fünf ja auch zu, daher war es eigentlich egal, dachte sie sich.

»Schauen Sie mal! Apfelbäume und Johannisbeersträucher«, fuhr der Makler fort und zeigte auf ein paar Bäume und Büsche, die die Treppe, die zum Haus führte, umrahmten. »Und wenn es wärmer wird, können Sie ihren Kaffee in der Gartenlaube inmitten der Fliedersträucher trinken, wenn Sie möchten.« Er zeigte auf die Terrasse, wo ein paar weiße Holzmöbel unter einer Plane hervorlugten. Dann sprang er mit ein paar wenigen Schritten die Treppe hinauf zur Eingangstür, schloss auf und bat Märtha und ihre Freunde in den Flur.

In der alten Villa duftete es nach Holz, und es roch wie früher. Der Fußboden knarrte. Bereits im Flur verbreitete dieses Haus Gemütlichkeit.

»Und wie sind die Nachbarn?«, fragte Stina.

»Sehr sympathisch. Ein paar junge Männer weiter oben am Hang und eine alleinstehende Frau, so in den Vierzigern, direkt gegenüber.«

»Alleinstehend? Ach wirklich«, sagte Kratze.

»Schauen Sie sich hier die phantastische Aussicht an«, fuhr der Makler fort und öffnete die Tür, die zur rundum verglasten Veranda führte. In der Bucht waren zwei Finnlandfähren zu erkennen, die auf dem Weg nach Stockholm waren. Ein kleineres Boot mit Außenborder sah neben ihnen wie ein winziges Schneckenhaus aus.

»Wirklich eine grandiose Aussicht, aber das Haus?«, fragte Märtha. Die Diamanten in Snilles Nabel hatten nur ein paar Millionen gebracht, davon konnten sie sich nicht zu jedem Preis ein Haus leisten. Obwohl sie noch mehrmals in Årlanda gewesen waren und nach der Golftasche gesucht hatten, hatten sie sie nicht mehr finden können. Märtha und Anna-Greta hatten beim Zoll nachgefragt, das Fundbüro eingeschaltet, im Parkhaus nachgesehen und noch einmal das Fundbüro behelligt. Auch Kratze und Snille hatten es probiert, doch vergeblich. Es war nicht einfach, so ganz ohne Gepäckband und ohne Namensanhänger. Zudem mussten sie ja mit Bedacht vorgehen. Die Polizei sollte schließlich nicht darauf kommen, dass die Seniorengang sich wieder in Schweden befand.

»Man hat das Gefühl, dass die Treppe schwankt«, sagte Märtha, als sie auf dem Weg nach oben war.

»Ja, sie knarrt ein bisschen, aber Holz ist nun mal ein lebender Werkstoff. Diese schöne, alte Villa ist doch mit einem Neubau nicht zu vergleichen. Das hier ist vintage.«

»Vintage?«

»Alt und wertvoll«, erklärte der Makler und zeigte ihnen eines der Schlafzimmer. Snille wippte skeptisch auf den Holzdielen.

»Und die Rossameisen, sind die auch Vintage?«, fragte er und zeigte auf ein paar Ameisen, die aus den Spalten hervorkamen.

Der Makler tat so, als hätte er das nicht gehört, und öffnete stattdessen die Terrassentüren. Vor ihnen lag die offene Förde. Das Meer glitzerte, Möwen flogen über die Eisschollen, und die beiden Finnlandfähren waren zu Silhouetten am Horizont geworden.

»Dem kann man einfach nicht widerstehen, habe ich recht?«

»Das sind ja nur kleine Boote. Als ich auf dem Indischen Ozean gesegelt bin, war das etwas anderes«, sagte Kratze.

»Lang ist's her«, unterbrach ihn Anna-Greta. »*Tu doch einfach so,* als sei es das Meer!«

»Wie soll ich so tun!?«, schnaubte Kratze. »Der Indische Ozean friert doch nicht zu!«

»Wasser ist Wasser«, murmelte Stina, doch sie bereute es schnell, als sie seinen entsetzten Gesichtsausdruck sah. Als junger Mann war Kratze auf fünf der sieben Weltmeere gesegelt, und darauf war er mächtig stolz. Wer unternahm heutzutage noch solche Fahrten? Künftig sollten sie ihm etwas mehr Lob und Wertschätzung entgegenbringen, beschloss sie. Immerhin hatte sie ihn ja sehr gern, war sogar ein bisschen in ihn verliebt, und dann sollte sie das auch zeigen. Sie waren jeden Tag zusammen, da passierte es schnell, dass man es für selbstverständlich hielt, dass der andere da war. Im Übrigen könnte auch er versuchen, ihr etwas mehr Aufmerksamkeit zu schenken, ein Blumenstrauß ab und zu wäre schon wunderbar. Auf dem Weg ins Obergeschoss fasste sie ihn am Arm, stellte sich auf die Zehenspitzen und gab ihm einen gehauchten Kuss auf die Wange.

»Mehrere Dachpfannen sind kaputt, die Dachrinnen sind voll von vergammeltem Laub, und der Schornstein hat Risse. Das ist nichts für uns. Von heruntergekommenen Häusern soll man die Finger lassen«, sagte Snille, nachdem sie alles genau unter die Lupe genommen hatten.

»Ja, diese Bruchbude können Sie wem anders andrehen«, pflichtete Kratze bei.

»Aber Sie zahlen den Preis doch vor allem für die *Lage*«, setzte der Makler an.

»Würden Sie uns bitte ein Taxi rufen«, fuhr Märtha fort – ganz nach dem Plan, den sie sich vor dem Besichtigungstermin zurechtgelegt hatten. Sie hofften, dass sie durch ihr gespieltes Desinteresse ein paar hunderttausend Kronen sparen würden. Oder gar Millionen. Also lamentierten die Alten weiter, und erst, als der Makler den Kaufpreis noch einmal um zwei Millionen reduziert hatte, sagte die Seniorengang zu. Und da staunten sie nicht schlecht, wie tief sie den Preis heruntergehandelt hatten.

Zwei Wochen später zogen sie ein. Um bei den praktischen Dingen Unterstützung zu haben, stellten sie Stinas arbeitslosen Sohn Anders, der zwei Kinder hatte und um die fünfzig war, sowie seine sieben Jahre jüngere Schwester Emma, die sich gerade in Elternzeit befand, an.

Emma kam es gerade recht, jemand anderen zur Kinderbetreuung zu holen. Die Mutterrolle war nichts für sie, und sie war heilfroh, dass sie einen jüngeren Mann geheiratet hatte. Er kümmerte sich gern um Malin, es machte ihm richtig Spaß. Natürlich liebte sie ihre Tochter, doch sie vertrat energisch die Meinung, dass ein Kind nicht zu sehr auf die Mutter fixiert sein sollte – das hatte sie in irgendeiner Zeitschrift gelesen. Sie ließ sich leicht von den aktuellen Modeströmungen beeinflussen und probierte auch immer die neusten Diäten und Rezepte aus.

An einem grauen Tag im November fuhren sie und Anders hinaus in den Myrstig, wo ihre Mutter mit ihren Freunden eingezogen war. Sie wollten sich deren neues Zuhause ansehen. Anders hielt mit seinem alten Volvo vor der großen Villa, kratzte sich an den Bartstoppeln und musterte die heruntergekommene Bude.

»Wir sollten aufpassen, dass wir uns hier nicht für jeden Handwerkerjob einspannen lassen«, sagte er grinsend. Die Schwester nickte.

»Wir helfen ihnen bei den alltäglichen Dingen, aber die großen Arbeiten dürfen andere übernehmen.«

»Obwohl wir ihnen natürlich schon unter die Arme greifen sollten, damit sie sich richtig einleben können«, meinte Anders. »Und da sie ja schwarz bezahlen, kann ich mit der Familie vielleicht in der Innenstadt wohnen bleiben. Das können sich normale Arbeiter ja gar nicht mehr leisten.«

Während die Geschwister Möbel und Kartons hineintrugen, die

Räume einrichteten und Besorgungen machten, bestellte Anna-Greta alles, was die Seniorengang benötigte, im Internet. Fröhlich tirilierend kaufte sie auf diversen Shopping-Seiten alles von Möbeln und Hausrat über Gartenwerkzeuge bis hin zu Büchern. Anders, der einiges von Autos verstand, half ihr, einen gut erhaltenen VW-Bus zu finden, ein Fahrzeug, das über genügend Platz verfügte und das ihr privater Transporter werden sollte.

Mehrere Tage waren sie alle damit beschäftigt, das Haus in Ordnung zu bringen, und in ausgelassener und fröhlicher Stimmung möblierten sie das Wohnzimmer im Erdgeschoss und ihre persönlichen Schlafzimmer. Snille und Kratze hatten sich beide in denselben, großen Raum verliebt. Er hatte gestreifte Tapeten und einen wunderbaren Blick aufs Meer. Erst als Snille einsah, dass man nur von diesem Zimmer aus die Schiffe beobachten konnte, überließ er es Kratze. Aber das war nicht schlimm, denn er bekam stattdessen einen noch größeren Schlafraum, der zudem Wand an Wand mit Märthas Zimmer lag.

Die cremefarben gestrichene alte Villa mit ihren weißen Fensterbänken und den vielen Sprossen war eine Meisterleistung des Schreinerhandwerks und passte perfekt zu ihnen. Neben einem Flur und den Schlafzimmern im Obergeschoss gab es eine Bibliothek, ein Esszimmer, eine Küche und noch eine herrliche verglaste Veranda im Erdgeschoss. Zu früheren Zeiten hatte hier sicher eine Familie mit vielen Kindern und reichlich Bediensteten gewohnt. Jetzt gehörte alles der Seniorengang.

»Mutter wird es gut hier haben«, sagte Anders, als alle sich eingerichtet hatten.

»Solange sie sich beherrschen können und nicht hinter Schloss und Riegel landen«, antwortete Emma.

»Glaubst du das wirklich? Dass sie sich wieder einen neue Coup ausdenken?«, fragte Anders.

Emma zuckte mit den Schultern und lächelte schräg.

»Ich glaube gar nichts.«

Nach und nach sah die Villa wohnlich aus, und die Seniorengang fühlte sich langsam zu Hause. Die Schlafzimmer waren gemütlich. Märtha liebte ihre geblümten Tapeten, und Stina und Anna-Greta freuten sich sehr über die Holzböden und die helle Farbe der Wände. In der Bibliothek kam es einem so vor, als hätte man die Einrichtung Carl Larsson höchstpersönlich überlassen. Die Täfelung und die Leisten waren in zarten Pastelltönen gestrichen, und unterhalb der Decke verlief eine Borte, auf der Blüten und Zweige abgebildet waren.

»Ich kann gar nicht glauben, wie schön wir es hier haben«, sagte Anna-Greta. »Was für ein Glück, dass wir dieses Altenheim los sind! Und hier ist es sogar noch besser als im Grand Hotel.«

»Wie schön, dass Anders und Emma uns geholfen haben. Ich habe im Radio einen Bericht über den neuen ambulanten Hilfsdienst gehört«, berichtete Stina. »Eine Frau hat innerhalb von sechs Monaten siebzig verschiedene Pfleger gehabt!«

»Dass das überhaupt erlaubt ist«, schimpfte Kratze und ballte seine Fäuste. »So kann man doch nicht mit Menschen umgehen!«

»Stimmt genau. Deshalb werden wir ja auch weiterarbeiten, bis es vielen so gut geht wie uns«, antwortete Märtha.

Und da lächelten sie alle und ließen ihrer Phantasie freien Lauf, welche Freude ihre Schenkungen auslösen würden. Ihre Betrügereien beim Spiel und der Überfall hatten ihnen schließlich ein beträchtliches Sümmchen eingebracht.

Doch obwohl sie in der Las-Vegas-Zeit wirklich Glück gehabt hatten, hatten sie die fünfhundert Millionen Kronen, die sie brauchten, noch nicht beisammen. Sich auf der faulen Haut auszuruhen stand nicht zur Diskussion, dachte Märtha. Sie mussten zusehen, dass Geld in die Kasse kam. Vielleicht würde es mit einem kleinen Coup gelingen, einem ganz unschuldigen, kleinen kriminellen Akt, der ihnen Geld verschaffen, aber gleichzeitig nicht allzu viel abverlangen würde.

Allerdings hatten die fünf ihre Kondition schleifen lassen und mussten sich nun als Erstes darum kümmern, wieder in Form zu kommen, bevor sie an neue Verbrechen denken konnten. Märtha recherchierte im Internet und fand nach einer Weile eine günstige Ausrüstung von einem ehemaligen Fitnessstudio. Laufband, Hanteln, Seile und Rudermaschinen warteten nun im Garten darauf, dass endlich der Fitnessraum im Keller fertig werden würde. Vor Freude rieb sie sich die Hände, bald würde sie wieder fit sein und mehr Kraft haben.

Stina saß oft in der Bibliothek oder auf der Veranda. Sie hatte eine ganze Menge klassische Literatur von einem älteren Sammler aufgekauft und obendrein noch eine Kiste mit englischen Krimis. Während sie die Bücherregale füllte, summte sie vor sich hin oder rezitierte eine bekannte Strophe oder ein Gedicht. Schon lange war es ihr nicht mehr so gutgegangen.

Snille genoss das Leben ebenso. Er hatte sich ein altes Motorrad besorgt, an dem er im Hof herumschraubte. Eigentlich hätte er gern eine Harley-Davidson gehabt, aber weil die viel zu teuer war, hatte er sich mit einer Maschine aus dem Ersten Weltkrieg zufriedengeben müssen.

Kratze inspizierte das Gewächshaus und grübelte, welche Pflanzen er darin ziehen könnte. Tomaten wären es auf jeden Fall, vielleicht auch Gurken oder Weintrauben. Dann spazierte er durch den Garten, betrachtete die Beerensträucher ganz genau und begann, Pläne zu schmieden, was er im Frühjahr neu pflanzen wollte. Von Zeit zu Zeit schielte er zum Nachbarhaus hinüber. Die Frau, die er hinter den Gardinen nur schemenhaft gesehen hatte, schien spannend zu sein. Sie hatte kohlrabenschwarzes Haar.

Anna-Greta hingegen hatte lange auf verschiedenen Internetseiten gesucht und schließlich einen schönen Schallplattenspieler gefunden, dazu fünfzehn Umzugskartons voller Schallplatten. Ihre Freunde hatten zuerst gemault, doch als sie ihnen versprochen hatte, ihre Volksmusik und Akkordeonmusik nicht öfter als einmal am Tag aufzulegen, waren sie einverstanden. Zudem befanden sich in der Sammlung auch mehrere Platten mit Chorgesang, und das war praktisch, wenn sie sich ein neues Repertoire aneignen wollten. Zwar sangen sie mittlerweile nicht mehr so oft, seit sie mit ihrem Chor »Stimmgabel« nicht mehr auftreten konnten, doch das hieß noch lange nicht, dass sie keine Musik mehr machten.

Jedes Mal, wenn Anna-Greta eine Schallplatte auflegte, musste sie an ihre alte Liebe Gunnar denken. In solchen Momenten ging sie im Kreis herum oder starrte abwesend aus dem Fenster. Sie hatte einige Male versucht, Gunnar anzurufen, doch sie bekam nur den Anrufbeantworter zu hören. Jetzt tat es ihr leid, dass sie den Kontakt zu ihm nicht gehalten hatte. Obwohl sie ihre Freunde um sich hatte, fühlte sie sich doch ein wenig einsam.

Als sich alle in ihrem neuen Zuhause eingelebt hatten, versammelte Märtha ihre Freunde in der Bibliothek zu einer wichtigen Besprechung.

»Wir können jetzt nicht mehr *Seniorengang* heißen, weil der Name hier in Schweden zu bekannt ist. Wir müssen uns umtaufen«, sagte sie.

»Ich finde, wir sollten einen internationalen Namen haben«, schlug Kratze vor, immerhin war er derjenige, der in seinem Leben am meisten gereist war.

Also diskutierten sie über Halloween, Angel Birds, Grey Oldies, Hidden Diamonds und einige andere Vorschläge, bis sie am Ende an *Outlaw Oldies* Gefallen fanden.

»Das passt in die Zeit«, schmunzelte Märtha, und dann gingen Snille und sie vor an die Straße, wo ihr Briefkasten stand, und klebten das Namensschild darauf. Die großen, schwarzen Buchstaben waren nicht zu übersehen. Ab sofort sollte alle Post an die Outlaw Oldies, Myrstig 2, Norra Lagnö auf Värmdö geschickt werden. Die fünf Senioren hatten ein neues Zuhause gefunden. Und einen überheblichen, ja gefährlichen Namen.

8

Im obersten Geschoss der gelben Villa, die oben am Hang lag und auch aus dem 19. Jahrhundert stammte, brannte Licht. Die alte Holzkate, in der die jungen Männer wohnten, hatte weiß gestrichene Sprossenfenster, eine massive Eingangstür und braun gebeizte Treppen. Aber die schwarz lasierten Latten am Treppengeländer sahen aus wie Flügel, und die Geländer waren weiß und rot. Diese Farben waren kein Zufall, denn die Bewohner dieses Hauses gehörten einer stolzen Motorradgang an, die es in der Hierarchie der Clubs schon weit gebracht hatte. Die BandAngels waren Prospects und Hangarounds der HadesEngel. Wenn sie sich bewährten, hatten sie Aussicht auf die Aufnahme als Mitglied in diesen angesehenen Club. Und die Jungs in der gelben Villa fanden, dass das der coolste Motorradclub war, den es gab.

»Jetzt gehen wir aber endlich los und holen uns unsere Kohle«, sagte Tompa, stand von seinem Sessel auf und ging hinaus in den Flur. Seine Hose klang wie ein altes Ledersofa, und unter den schweren Stiefeln knarrte der Boden. Tompa Eriksson und Jörgen Smäck, zwei kräftige Rocker in schwarzen Klamotten, zwängten sich in ihre Lederjacken und in die Stahlkappenstiefel. Sie griffen nach dem Schlagring, der im Regal lag, und nahmen Handschuhe und Helme mit. Dann suchten sie nach ihren Halstüchern und zogen die Sturmhauben über, ehe sie hinausgingen.

Es war ein kalter Tag, und deshalb wickelten sie ihre Halstücher mehrfach um den Hals. Dann setzten sie sich ordnungsgemäß ihre Helme auf, bevor sie die Motorräder anwarfen. Mit Geheule sprangen die Motoren an, und die zwei Männer rollten den Hang hinunter. Dort, wo die Briefkästen an der Straße aufgereiht standen, stoppte Tompa kurz, um nach der Post zu sehen. Er wollte den Briefkasten gerade aufschließen, da fiel sein Blick auf den Kasten der neuen Nachbarn.

»Hast du das gesehen? *Outlaw Oldies*!«

Die beiden Männer sahen sich verunsichert an, und Tompa gab vor Nervosität ein paarmal extra Gas.

»Was sind das denn für Typen, die neuen Nachbarn? Die haben hier aber nichts zu suchen.«

»Nein, meine Fresse, die können wir hier nicht gebrauchen!«

»Die sollten wir uns mal vorknöpfen. Aber nicht jetzt.« Tompa ließ den Motor wieder an, und mit Geheul brausten Jörgen und er den Berg hinab.

Als sie in der Pizzeria in Östermalm ankamen, verspürte Tompa eine unangenehme Nervosität. Ein Gefühl, das ihm unterschwellig zu schaffen machte, doch das er verdrängte, so gut es ging. Sie hatten hier einen Job zu erledigen, jetzt war keine Zeit für Grübeleien. Er setzte den Helm ab und ging in die Pizzeria hinein, dicht gefolgt von seinem Kumpel. Anfangs hatte er sich vor dieser Art von Aufträgen gedrückt, aber nach ein paar Malen hatte er sich daran gewöhnt. Die Typen, die nicht bezahlten, waren selbst schuld. Die Männer gingen schnell durchs Restaurant direkt ins Büro. Der Inhaber, der mit einer halbaufgegessenen Pizza, einer Dose Bier und einem Stapel Papier an seinem Schreibtisch saß, zuckte zusammen. Tompa baute sich vor ihm auf, die Hände in die Hüften gestemmt.

»Die Kröten!«

»Sie sind unterwegs.«

»Das hast du letzte Woche auch schon gesagt.«

Der Inhaber holte seinen Schlüsselbund und öffnete mit zittrigen Händen die Schreibtischschublade, wo sich ein Metallkästchen befand. Darin lagen ein paar Hundertkronenscheine.

»Schaut. Mehr habe ich gerade nicht.«

»Aber JETZT ist es an der Zeit, dass du die Kröten rausrückst!«

»Ich schwöre!«

»Das hast du letztes Mal auch gesagt, du mieses Schwein!«

Jörgen verpasste ihm einige harte, gutplatzierte Faustschläge ins Gesicht, so dass er zu Boden fiel. Dann schlug der Rocker weiter auf ihn ein, bis sich der Wirt wimmernd hinhockte.

»Morgen, da bekommt ihr das Geld nach dem Essen, ich verspreche es!«

»Da kriegen wir die Kohle, verstanden!«, sagte Tompa und trat ihm in den Magen. Voller Wut kickte er gegen den Metallkasten, so dass die Geldscheine in alle Richtungen davonflogen. Dann spazierten Jörgen und Tompa aus dem Lokal, als sei nichts geschehen.

Auch am Abend wurde Tompa den Gedanken an den Briefkasten nicht los. Eine Motorradgang als Nachbarn! Der große Flachbildfernseher lief auf höchster Lautstärke, und auf dem Couchtisch standen einige leergetrunkene Bierdosen. Daneben befanden sich Nüsse in einer Schale und eine geöffnete Chipstüte. Kreischende amerikanische Stimmen, dramatische Filmmusik und die Geräusche, wie Leute wild um sich schossen, erfüllten den Raum. Im Sessel saß Jörgen, halb eingenickt, die Fernbedienung in der Hand. Tompa nahm sich eine Handvoll Nüsse.

»Was sind das bloß für Typen, die neuen Nachbarn? *Outlaw Oldies*?«, fragte Tompa. Jörgen Smäck rutschte in seinem Sessel vor auf die Kante.

»Ja. Die sind eingezogen, und dann hat man nichts mehr von ihnen gehört und gesehen.«

»Vielleicht sitzen sie nur da und schnupfen Kokain oder sind nach ihrem letzten Ding untergetaucht.«

»Oder sie dealen mit Erpressung, vielleicht auch das.«

»So dicht neben uns, das gefällt mir gar nicht.«

Jörgen Smäck steckte sich eine Zigarette an und machte ein paar tiefe Lungenzüge. Bei der Gang da unten hatten im Garten Hanteln, Rudermaschinen, Bankpressen und eine Menge anderer Trainingsgeräte gelegen. Das hatte er zufällig zu Gesicht bekommen, bevor sie alles im Keller verstecken konnten. Die neuen Nachbarn waren offenbar durchtrainierte Mordskerle, die nicht in ein Studio gehen, sich aber trotzdem in Form halten wollten. Und dann war da noch ein Riesenauflauf an Autos gewesen, die ihnen Waren geliefert hatten: Waschmaschinen und Trockner, Sofas, Stühle, eine Kreissäge, einen Trennschleifer, einen Hobel, Kronleuchter, haufenweise Bücher, Bilder, ja, das nahm gar kein Ende. Vermutlich alles gestohlen. Aber das Schlimmste war, dass diese lichtscheuen Typen da unten offenbar richtig eingezogen waren.

»Man sieht sie nie. Die halten nur still. Glaub mir, an denen ist was faul«, sagte Tompa.

»Ja, nicht ganz normal, außer dem Großväterchen mit dem Rollator natürlich. Hast du den Alten mit der Mütze gesehen? Der immer draußen ist und schraubt? Jetzt hat er zwei Hupen, Scheinwerfer, einen Pflug und einen Motor an einem Rollator angebracht.«

»Was für ein Kerl! Man sollte diese Alten nicht unterschätzen. Bei der Technik von früher sind diese Großväterchen echt unschlagbar.«

Die beiden Kumpel gingen zum Fenster und schielten hinunter zur alten Villa. Im Obergeschoss brannte Licht, aber sonst war es ruhig. Die neuen Nachbarn wollten wohl vermeiden, dass jemand darauf aufmerksam wurde, dass jetzt jemand dort eingezogen war, doch durch die Gardinen konnte man die Schatten vor den Tapeten sehen. Jörgen klopfte die Asche in die Bierdose und hustete.

»Vielleicht sind sie Prospects.«

»Wannabies für die Grandidos? Mhh. Die sollten wir uns mal anschauen. Ich möchte keinen Schuss in den Nacken bekommen.«

»Ach was, wir haben doch Verstärkung, wenn sich die Lage zuspitzt. Die HadesEngel haben keine Angst.« Jörgen beförderte die

Bierdose in die Ecke, öffnete den Kühlschrank und nahm zwei neue Dosen heraus. Tompa schüttelte den Kopf.

»Wir können die HadesEngel da doch nicht hineinziehen, solange wir noch keine vollwertigen Mitglieder sind. Nee, Fuck, wir schauen uns das Ganze erst mal an. Du weißt schon, wir klopfen mal an der Tür und diskutieren über die Grundstücksgrenze oder so was.«

»Okay, dann nehmen wir aber die Schlagringe mit.«

»Und die Ketten?«

»Brauchen wir nicht, die sehen doch die Tätowierungen.«

»Aber ich werde auf jeden Fall nicht ohne Schutzweste und Lederhose losgehen.«

»Klingt vernünftig. Und die Stiefel mit den Stahlkappen.«

Der Morgen war grau, und ein feuchter Nebel hatte sich über die Bucht gelegt. Märtha hatte ihr Asthmaspray schon einige Male nehmen müssen, und ab und zu hustete sie. Sie war schon früh aufgewacht, und um in die Gänge zu kommen, hatte sie für sich und die anderen Kaffee gekocht. Nach einer Stunde kam Stina auch aus dem Bett, und jetzt betrachtete sie durch das Fenster den trübgrauen Morgen.

»Ihh, was für ein Wetter. Jetzt brauchen wir ein paar Waffeln und frischgebackene Schnecken, um in Schwung zu kommen«, sagte sie und holte Milch, Butter, Hefe und Mehl heraus. Dann suchte sie das Salz, nahm Zucker und Zimt aus dem Schrank und legte los. Jetzt wurde gebacken!

Märtha hingegen holte eine Packung mit Fazers Lakritzstangen hervor. Zitronenlakritze waren Snilles neue Lieblingsbonbons. Wenn er einmal angefangen hatte zu essen, konnte er kaum noch damit aufhören. Also schüttete sie die schwarzen Lakritzstangen in eine Glasschale, die auf dem Küchentisch stand, nicht ohne eine gewisse Erwartungshaltung. Lakritze konnten seine Stimmung immer ganz besonders aufhellen, und sie liebte es, wenn er fröhlich war. Immer öfter ertappte sie sich selbst dabei, dass sie etwas nur tat, um ihm eine Freude zu machen. Seit sie das »Haus Diamant« verlassen hatten, war ihre Freundschaft immer enger geworden, und sie hatten schon so einiges gemeinsam ausgeheckt. Sie waren eine Art Gangsterpärchen geworden, sozusagen eine ältere und nettere Variante von Bonnie und Clyde – und selbstverständlich ohne Schusswaffen. Bei dem Gedanken musste sie kichern.

Von der Treppe waren Schritte zu hören, das war Snille, der aus dem oberen Geschoss hinunterkam. Er strahlte, als er die Schale mit Lakritz entdeckte, zwinkerte Märtha zu und nahm sich eine Handvoll.

»Wenn du wüsstest, wie sehr ich diese Zitronenlakritze liebe«, schwärmte er und ließ sich neben ihr nieder. Und obwohl sie gerade das sehr genau wusste, wurde ihr warm ums Herz, und selig rutschte sie noch etwas näher an ihn heran.

Als auch die anderen hinunterkamen, stand Märtha wieder auf und deckte den Frühstückstisch wie üblich mit Kaffee und Tee, Eiern, Dickmilch, Schinken und belegten Broten. Dann holte sie Gläser aus dem Schrank, eine Schale mit Waffeln und eine Flasche Moltebeerenlikör. Während alle darauf warteten, dass das erste Blech Zimtschnecken fertig würde, gingen Märtha die Ereignisse der letzten Zeit noch einmal durch den Kopf. Obwohl sich alle über den Verlust der Diamanten ärgerten, war die Stimmung gut. Nachdem sie im Altersheim gewohnt hatten, wussten sie jeden Tag, an dem sie über ihr Leben frei verfügen konnten, sehr zu schätzen. Sie mussten nicht in einem Heim leben, keiner sagte ihnen, was sie zu tun und zu lassen hatten, und sie konnten einfach machen, wonach ihnen der Sinn stand.

Da es draußen dunkel war und überall Schneematsch lag, hielten sie sich am liebsten im Haus auf. Märtha hatte gelesen, dass es angebracht sei, nach einem Diebstahl erst einmal unterzutauchen, und das kam ihnen gelegen. Las Vegas war zwar wirklich weit entfernt, aber heutzutage war die Welt ja so globalisiert.

Ihre Tatenlosigkeit hatte sie jedoch ganz träge gemacht, und jedes Mal, wenn Märtha Snille gebeten hatte, die Fitnessgeräte unten im Keller aufzuräumen, war er ihr mit Ausreden gekommen. Stattdessen trank er in Ruhe seinen Kaffee, spielte Karten und schaute jede Menge Kochsendungen im Fernsehen an. Märtha seufzte. Heutzutage kochte ganz Schweden im Fernsehen. Wenn man auf dem einen Programm gerade eine Suppe kochte, schöpfte man in einem anderen Kellen voller Eintopf auf die Teller. Aber was machte daran so viel Spaß, wenn man als Zuschauer immer nur zusehen sollte, wie die anderen aßen, anstatt selbst zum Essen eingeladen zu werden?

Snille und Kratze hatten kürzlich die Computerspiele für sich entdeckt und waren nun richtig Feuer und Flamme. Sie starrten auf ihre Bildschirme wie Spielejunkies und behaupteten sogar, dass das sehr viel spannender sei, als Bücher zu lesen. Daraufhin hatte Stina sie als ungebildet bezeichnet, was zur Folge hatte, dass sich die beiden Freunde diskret in Snilles Zimmer zurückzogen und dazu übergingen, heimlich zu spielen.

Manchmal kamen Anders und Emma zu Besuch, allerdings vermieden sie jetzt die Tage, an denen Märtha mit Kochen dran war. Einmal hatten sie ihr Fischgericht mit Kartoffelgratin probiert, doch da hatte Märtha beim Kochen leider vergessen, die nächste Seite im Kochbuch umzublättern und dadurch die Hälfte der Zutaten unterschlagen. Die Geschwister kümmerten sich jedoch weiterhin darum, bei ihren Besuchen die Gefriertruhen und Vorratsschränke der alten Leute mit Fleisch, Fisch, Beeren und Gemüse zu füllen.

Der Duft der Zimtschnecken wurde immer intensiver, und als zwei Bleche fertig waren, fand Märtha, dass es höchste Zeit sei, alle zu einer Besprechung zu versammeln. Sie mussten weiter nach der Golftasche suchen und ihren Alltag in den Griff bekommen. Nicht zuletzt mussten sie in Erfahrung bringen, wie ihr Geld aus dem Gittergroschen Verwendung gefunden hatte. Märtha wollte mit eigenen Augen sehen können, dass es den alten Leuten in den Heimen jetzt besserging. Und dann waren da ja auch noch die kulturellen Einrichtungen. Sie musste an ihre anonyme Spende an das Nationalmuseum denken, dem sie vorgeschlagen hatten, neue Bilder der französischen Impressionisten anzuschaffen. Hatte das Nationalmuseum wirklich einen neuen Renoir gekauft? Es würde interessant sein, das herauszufinden. Gleichzeitig mussten sie eine Entscheidung treffen, was mit dem verbleibenden Geld im Gittergroschen passieren sollte. Das Geld plus die Zinsen sollte der Förderung der Kultur dienen, Arbeitsplätze schaffen oder an Leute in der Gesellschaft verteilt werden, die im Leben weniger Glück gehabt hatten. Märtha ließ ihren Blick über den Raum schweifen. Ihre Freunde hatten schon die ersten Zimtschnecken stibitzt und hielten bereits die zweite Tasse Kaffee in der Hand. Höchste Zeit, in die Gänge zu kommen.

»Also gut, dann lasst uns mal anfangen mit unserer Besprechung«, sagte sie mit entschlossener Stimme, doch sie wurde von einem Knirschen draußen am Zaun unterbrochen. Vom Kiesweg waren Schritte zu hören, und so ging sie vor ans Küchenfenster, zwischen den Augenbrauen eine Falte vor Ärger. Zwei kräftige Kerle in bulligen Lederjacken kamen auf ihre Haustür zu. Die Männer waren groß und korpulent und bewegten sich breitbeinig, die Arme hielten sie seitlich, etwa so wie Kleinkinder, die in die Hose gemacht haben. Sie trugen schwarze Lederhosen und Westen und hatten klobige, schwarze Stiefel an. Ihre Mienen waren finster, richtig gefährlich.

»Keine Polizei, aber das sieht trotzdem nicht gut aus«, sagte Märtha und ging zaghaft zur Tür. Dann fasste sie sich ein Herz und öffnete ganz langsam. Im nächsten Moment wurde die Tür sperrangelweit aufgestoßen, und eine eiskalte, feuchte Winterluft schwappte in den Flur. Märtha sah die Stiefel mit den Stahlkappen, trat instinktiv ein paar Schritte zurück, versuchte aber dennoch, ein Lächeln aufzusetzen.

»Ach, wie nett, herzlich willkommen! Darf ich Sie zu Kaffee und Waffeln einladen?«

Die Männer wirkten erschrocken, doch als sie den Duft vom frischen Gebäck bemerkten, beruhigten sie sich wieder.

»Jörgen Smäck, euer Nachbar«, sagte der mit den beeindruckenden Muskeln und langem, rattenschwarz gefärbtem Haar. Der Riese hielt ihr die Pranke hin.

»Tompa Eriksson, auch Nachbar«, sagte der Hüne, der seinen Kopf kahlrasiert und im Nacken ein Tattoo hatte. Er nickte zur Begrüßung.

»Märtha Anderson«, antwortete Märtha und versuchte, unbeeindruckt zu klingen.

»Wir würden gern mit der Gang sprechen, die hier eingezogen ist.« Der Hüne stemmte die Hände auf die Hüften.

»Kein Problem. Setzen Sie sich«, antwortete Märtha. Die Jungs mit ihren Lederwesten und schwarzen T-Shirts ließen sich am Küchentisch nieder. Ihre Unterarme waren komplett tätowiert. Stina holte zwei Kaffeetassen aus dem Schrank, doch ihre Hände zitterten, als sie sie auf den Tisch stellen wollte. Mit steifem Lächeln hielt sie den Rockern einen Korb mit frischgebackenen Zimtschnecken hin.

»Bitte schön!«

Die Männer langten ordentlich zu und legten sich ein paar Schnecken neben die Schüssel auf den Tisch. Anna-Greta begrüßte sie etwas zurückhaltend, Stina machte ein paar Schritte rückwärts.

»Und was ist mit den Jungs, kommen die bald?«, fragte Tompa, den Mund voller Zimtschneckenfüllung.

»Wir sind schon da.« Kratze und Snille hielten die Hand hin und stellten sich vor. »Jungs, so wird man nicht jeden Tag genannt. Vielen Dank.«

Die beiden Rocker sahen sich verdutzt an. Märtha holte ihnen zwei Gläser.

»Vielleicht etwas Moltebeerenlikör? Der schmeckt so gut zu den Waffeln.«

Wieder ging ein nervöses Zucken über die Gesichter der Männer, ehe sie sich fassten.

»Echt, Moltebeerenlikör? Na gut, Alkohol ist Alkohol«, sagte der Riese und füllte ihn in seine Kaffeetasse. »Wir wollten unseren neuen Nachbarn nur Guten Tag sagen, aber die sind wohl übers Wochenende verreist?«

»Nein, wir sitzen hier«, antwortete Anna-Greta mit zusammengezogenen Lippen. »Wir haben dieses Haus gekauft, unser neues Seniorenheim.«

»Seniorenheim, was soll das denn?« Der Riese und der Hüne glotzten. Die Jungs ließen ihre Ellenbogen auf den Tisch krachen und zeigten ihre kräftigen Unterarme. Auf der Haut waren feuerspeiende Drachen neben Totenköpfen und Flügeln zu sehen.

»Was für freche Tattoos Sie haben«, sagte Märtha und beugte sich vor. Sie fasste den Ellenbogen des Hünen an. »Aber tut das denn nicht weh, wenn die ihre Nadeln so in einen reinstechen?«

Der Riese schluckte den Moltebeerenlikör in einem Zug und hustete kurz.

»Ach was, das piekst nur kurz. Man ist ja schließlich kein altes Weib. Aber wir haben diese Fitnessgeräte gesehen, die im Garten standen, da dachten wir …«

»Man muss doch in Form bleiben«, erklärte Märtha. »Auch wenn man alt ist, sollte man Sport treiben. Tun Sie das nicht?«

Der Riese und der Hüne sahen sich betreten an und griffen beide nach den Waffeln.

»Schaffen wir nicht. Geschäfte, Motorräder und so.«

Da strahlte Snille plötzlich.

»Sprechen Sie etwa von Harley-Davidsons?«

»Na klar.«

Snilles Augen leuchteten, und er sah mit einem Mal ganz verträumt aus.

»Das war wirklich nett hier …«

»Vielleicht noch ein paar Pfefferkuchen«, fiel Anna-Greta ihm ins Wort.

»Danke, wir verziehen uns lieber mal wieder«, antwortete Tompa, der mit dem Tattoo im Nacken. »Und danke für den Saft.«

»Den Alkohol«, korrigierte ihn der Riese.

Die beiden Rocker standen auf, nahmen ihre Jacken und gingen zur Tür. Märtha griff schnell eine Papiertüte und füllte ein paar Pfefferkuchen hinein. Als sie sie Tompa hinhielt, bemerkte sie, dass auf seinem Handgelenk der Name *Helena* tätowiert war. Kein Pfeil und auch kein Herzchen, aber immerhin. Da musste sie lächeln.

»Schauen Sie mal, hier haben Sie was zu naschen«, sagte sie.

»Oh cool, mal ein etwas anderer Stoff«, platzte der Hüne heraus, bekam aber von seinem Kumpel gleich einen harten Knuff in die Seite. Hier war nicht der richtige Ort, um über Drogen zu reden. Die Männer sahen sich kurz an, hoben die Hand zum Abschied und gingen hinaus. Erst als das Knirschen vom Kiesweg, der hinter dem Zaun begann, zu hören war, wagten die fünf es wieder, den Mund aufzumachen.

»Von dieser Rocker-Gang hat der Makler kein Wort gesagt«, empörte sich Stina.

»Jetzt verstehe ich auch, warum es so einfach war, den Preis der Villa zu drücken«, erklärte Anna-Greta.

»Und was sollen wir jetzt machen?«, fragte Kratze die Freunde in der Küche.

»Uns mit ihnen gutstellen«, antwortete Märtha.

»Aber siehst du das denn nicht? Die sind Mitglieder in so einem scheußlichen Motorradclub«, protestierte Anna-Greta.

»Ja, genau deshalb habe ich sie ja hereingebeten. Sie sind unsere Nachbarn, und wir sollten freundlich zu ihnen sein. Man sollte mit seinen Nachbarn immer gut auskommen.«

»Du bist ja verrückt«, moserte Kratze. »Stell dir vor, die köpfen uns.«

»Wer weiß, vielleicht können wir sie eines Tages noch gebrauchen«, sagte Märtha, und der Duft des Abenteuers wehte wieder durch das Zimmer. »Eins habe ich in diesem Leben gelernt: Man weiß nie, was einen erwartet.«

Oben im Nachbarhaus brannte das Licht noch bis weit in die Nacht, und auch dort gab es eine Besprechung. Die Mitglieder des Motorradclubs hatten viele krumme Dinger am Laufen, von denen niemand etwas wissen durfte.

»Aber was machen wir dann mit den Alten? Was passiert, wenn die rauskriegen, was bei uns abgeht?«, fragte Jörgen Smäck und kratzte sich an seinem Blähbauch.

»Ach was, doch nicht diese grauen Mäuse. Die sind mit ihrer Backerei und den Spielkarten beschäftigt. Die werden uns nicht stören. Aber ich habe eine andere Idee. Warum spannen wir sie nicht für uns ein? So quasi als Handlanger. Ein Besoffener kann etwas ausplaudern, aber diesen Alten glaubt doch kein Mensch. Denen können wir jedes Märchen erzählen.«

»Und?«

»Kapiert ihr denn nicht. Wir schippen ein bisschen Schnee für sie und helfen ihnen, wenn sie etwas Schweres tragen müssen. Und wenn wir dann ihr Vertrauen gewonnen haben, lassen wir sie ein paar Papiere für uns unterschreiben.«

»Mensch Jörgen, du bist wirklich nicht blöd.«

Daraufhin lachten die Jungs laut und ausgelassen und beendeten den Abend fröhlich in der Sauna mit einem Kasten Bier. In dieser Nacht schliefen sie ziemlich gut.

Die Tage verstrichen, doch die fünf von der Seniorengang ließ der Gedanken an die Diamanten nicht mehr los. Nicht nur, weil sie so unglaublich schön waren, sondern weil man für sie sehr viel Geld bekommen konnte, das sie wiederum an Bedürftige weitergeben konnten.

»Höchste Zeit, dass wir uns auf Golfsafari begeben«, schlug Märtha vor. »Die Saison ist bald zu Ende, und die Plätze können jeden Tag winterfest gemacht werden. Wer weiß, vielleicht ist unsere Golftasche ja irgendwo da draußen.«

Snille war der Einzige, der mitmachte. Märtha und er warfen sich in die neuesten Golfklamotten und kauften eine superleichte Golftasche mit Rollen. Dann waren sie fertig. Zwar hatten sie nur einen Golfschläger, doch das war ganz gut so. Bei zu vielen Abschlägen hätten sie sich womöglich noch Knie- oder Schulterprobleme eingehandelt.

Um ganz elegant mit der Umgebung zu verschmelzen und keinerlei Verdacht zu wecken, hatte sich Märtha ein schwarzes Polohemd, eine Strickcap, ein Paar wasserfeste Thermohosen, eine Microfaser-Weste und ein Paar warme Thermosocken zugelegt. Snille seinerseits hatte seine alte Flanellhose in glatte, schwarze Gamaschen gestopft. Am Oberkörper trug er auch eine Microfaser-Weste und darüber einen schwarzen Regenanorak. Doch er hatte sich standhaft geweigert, eine Kappe aufzusetzen. Es fiel ihm schon schwer genug, in diesen Plastikklamotten unterwegs zu sein, ohne eine Miene zu verziehen.

Ihre Suche nach der verlorengegangenen Golftasche begannen sie auf Värmdö. Ihr Transporter musste zu Hause bleiben, stattdessen hatten sie den weniger Aufsehen erregenden Volvo von Anders geliehen. Märtha steckte das Navigationsgerät ein, und auch wenn sie fand, dass diese laute, mechanische Stimme ruhig still sein könnte, wenn sie selbst sprach, gefiel Snille und ihr dieser Ausflug richtig gut, wie sie so von Golfclub zu Golfclub fuhren. Sie fingen beim Värmdö Golf & Country Club an und sahen sich um, ob dort vor dem Clubhaus oder dem Restaurant ein paar Golftaschen herumstanden.

»5er-Holz, Scorekarte und 7er-Eisen«, murmelte Märtha.

»Was hast du gesagt?«

»Nur ein bisschen Golffachsprache, falls jemand fragt, was wir hier zu suchen haben. In den Golfclubs wollen immer alle, dass man Mitglied ist.«

Die meisten Golftaschen hatten Räder und sahen sowohl elegant als auch teuer aus, ihr eigener, der ja eher altmodisch war und in dem die Stöcke verstaut waren, war nicht in Sicht. Also fuhren Märtha und Snille weiter und besuchten noch Ingarö und Nacka, aber auch dort wurden sie nicht fündig.

Müde legten sie eine Pause ein und verspeisten ihr Mittagessen. Danach fuhren sie weiter und klapperten die Clubs nördlich und südlich von Stockholm ab. Auch hier machten sie ausgiebige Spaziergänge und schnüffelten zwischen den Golftaschen herum. Ohne Erfolg. Nachdem sie die Plätze in Lidingö und Danderyd besucht hatten, landeten sie schließlich auf Drottningholm. Aber da waren sie schon so erschöpft, dass sie kaum noch wussten, warum sie eigentlich dort waren. So liefen sie also Hand in Hand über den schönen grünen Rasen und philosophierten über das Leben. Am Ende meinte Märtha:

»Unsere Suche scheint ziemlich sinnlos zu sein … aber immerhin hatten wir einen richtig tollen Tag! Wie wäre es, wenn wir wieder anfangen würden, neue Diebstähle zu planen, dann hätten wir etwas zu recherchieren und könnten weiterhin so schöne Ausflüge machen?«

»Glaubst du etwa, wir könnten sonst keine Ausflüge machen?«, fragte Snille zaghaft.

»Vielleicht schon, aber Verbrechen zu planen ist ein gutes Training für den Kopf. Und ein neuer Coup würde uns mehr Geld einbringen als die paar Diamanten.«

»Das stimmt. Aber man könnte ja auch mit Gehirnjogging anfangen. Dafür gibt es extra Kurse.«

»Da hast du recht«, sagte Märtha. »Wir sollten auch mal nachschauen, was mit unserem Geld aus Las Vegas geschehen ist.«

»Ja, wir müssen feststellen, ob unser Geld sinnvoll eingesetzt worden ist«, stimmte Snille ihr zu. »Doch wie stellen wir das an? Immerhin stehen wir bei der Polizei noch auf der Fahndungsliste.«

Ein kühler Wind fuhr über den Platz, und Märtha zitterte vor Kälte. Snille legte seinen Arm um ihre Schulter, um sie ein bisschen zu wärmen.

»Du meinst, unseren alten Überfall in Täby? Ach, diese Bagatelle. Das wird sich schon alles finden. Und ich habe eine gute Idee!«

Auf dem Heimweg schmiedeten sie ununterbrochen neue Pläne. Das Erste, was sie sich vornehmen wollten, war zu kontrollieren, ob ihr Geld für die richtigen Dinge ausgegeben worden war. Denn Geld, und das wussten sie selbst nur zu gut, konnte leicht auf Abwege geraten.

9

»Märtha, bist du dir wirklich sicher, dass das eine gute Idee ist?« Kratze zupfte nun schon zum zehnten Mal an seinem tütenförmigen Sternknabenhut und sah entsetzlich eingeschnappt aus. »Muss ich den wirklich aufsetzen?«

»Wenn wir einen Lucia-Umzug veranstalten wollen, muss jeder seinen Teil dazu beitragen.« Märtha antwortete in einem Ton, der sagte, dass es nichts mehr zu diskutieren gab. Sie und die anderen der Seniorengang waren auf dem Weg in ihr ehemaliges Altersheim »Haus Diamant«, um festzustellen, was man dort mit ihrer großzügigen Spende verbessert hatte. Sie hatten ganz einfach beschlossen, am Lucia-Tag das Projekt »Wallraffende Senioren«* durchzuführen. Vielleicht waren ihre Vorstellungen davon, wie dieses verdeckte Ermitteln vonstattengehen sollte, etwas abenteuerlich, denn Journalisten, die den Dingen auf den Grund gingen, und Leute, die im Geheimdienst arbeiteten, mussten so einiges mitmachen. Die fünf hatten sich mit den passenden Perücken und Lucia-Kostümen herausgeputzt und waren dann in ihren neu angeschafften Second-Hand-VW-Bus gestiegen.

Jetzt hockten sie da auf den Rücksitzen und übten Tonleitern. Anders saß am Steuer, während Märtha neben ihm Platz genommen hatte und darauf verzichtete, sich einzusingen. Stattdessen summte sie abwechselnd das *Lied von der Heiligen Lucia* und *Stille Nacht, heilige Nacht*.

---

* Die Schweden benutzen »wallraffen« in Anlehnung an Günter Wallraff als Verb. Man könnte auch sagen »Verdeckt ermittelnde Senioren«.

»Wir müssen den Ton halten, wenn wir Santa Lucia singen. *Luciaaaaaa*, so muss es sein. Es klingt nicht gut, wenn der Ton zu schnell aufhört«, sagte sie.

»Und dann müssen wir unsere Stimmen verstellen, damit uns keiner erkennt«, schlug Stina vor.

»Das ist richtig. Gut mitgedacht, Stina!«, lobte Anna-Greta sie.

»Aber Märtha, hör mal. Ist dir eigentlich klar, dass wir alle zusammen fast vierhundert Jahre alt sind? Bist du denn völlig durchgedreht?«, seufzte Kratze.

»Ja, aber wie sollen wir denn sonst überall hineinkommen, ohne dass sie uns erkennen? Du darfst nicht vergessen, dass nach uns gefahndet wird.«

»Aber ich sehe mit diesem Sternknabenhut doch völlig dämlich aus!«, beklagte sich Anna-Greta.

»Ach was, das ist doch nur eine Verkleidung. Jetzt singen wir das *Santa Lucia*-Lied.« Märtha stimmte den ersten Ton an, doch keiner sang mit.

»Muss ich denn wirklich Sternknabe sein, nur weil ich so groß bin?«, beklagte sich Anna-Greta. »Das ist Diskriminierung. Ich will die Lucia sein.«

Glaub bloß nicht, dass es sich so gut macht, wenn wir mit einer bohnenstangenförmigen Lucia mit wieherndem Lachen ankommen, dachte Märtha, doch sie gab sich redlich Mühe, ganz einfühlsam zu antworten.

»Aber Anna-Greta, anfangs wolltest du weder Lucia noch Sternenjungfer sein, weil du es nicht leiden kannst, wenn die Leute dich anstarren. Dann gibt es ja nicht mehr viel Auswahl. Aber wenn du es dir anders überlegt hast, dann kann ich auch Sternknabe sein.«

Es wurde still im Wagen, während die Lichter der Stadt vorbeirauschten. Beleuchtete Schaufenster, in denen rote und silberne Weihnachtsdekorationen hingen, glitzerten hinter den Autofensterscheiben.

»Schlimm ist die Kälte der Mittwinternacht, die Sterne, sie glitzern und funkeln«, fiel Stina ihnen ins Wort, tief beeindruckt von der Weihnachtsstimmung um sich herum. »Viktor Rydberg, ist der nicht wunderbar?« Wie immer schwirrten in ihrem Kopf Zitate ihrer Lieblingsschriftsteller herum, doch niemand hörte ihr zu. Sie waren zu sehr damit beschäftigt, sich auf die Texte der Lucia-Lieder zu konzentrieren.

»Ich will lieber Sternenjungfer sein, denn mit dem Sternknabenhut bin ich ja noch größer«, sagte Anna-Greta entschlossen. Sie musste an Gunnar denken, den sie vor einem Jahr auf dem Schiff nach Finnland kennengelernt hatte. Er hätte gut ein Sternknabe sein können. Er war groß und schlaksig. Schade, dass Gunnar nicht dabei war. Mit seinem Humor und seinem warmherzigen Lächeln hatte er Anna-Greta wirklich gutgetan, und dieser Ausflug hätte ihm sicher Spaß gemacht. Außerdem mochten sie beide Schallplatten und Musik, sie hatten sich immer die guten alten Hits zusammen angehört. Doch er hatte nichts mehr von sich hören lassen, obwohl sie einige Nachrichten auf seinem Anrufbeantworter hinterlassen hatte. Sie hoffte sehr, dass ihm nichts zugestoßen war.

»Dann wirst du eben Sternenjungfer«, legte Märtha daraufhin fest. »Aber vergiss nicht, warum wir hier sind. Wir wollen überall hineinschauen und uns ganz in Ruhe umsehen, ohne dass jemand Verdacht schöpft. Okay? Wir werden kontrollieren, ob das Geld aus dem Gittergroschen auch für die vorgesehenen Dinge verwendet worden ist. Also denkt dran. Dieses Mal müssen wir *nichts* klauen.«

»Nichts klauen«, erklang es im Chor von der Rückbank.

»Und du meinst wirklich, dass wir nicht auffallen? In den Lucia-Umzügen sind doch normalerweise junge, hübsche Mädchen«, meinte Stina mit einem Hauch von Neid in der Stimme.

»Ach wisst ihr, diese Schönheitsideale erfüllt doch kein normaler Mensch. Lasst uns ein neues Ideal erschaffen!«, antwortete Märtha.

»Ein Lucia-Umzug der alten Panther? Nee, ich schaue mir lieber die hübschen Mädchen an«, murrte Kratze.

»Keine schlechte Idee«, schloss sich Snille an, doch er verstummte sofort, als er Märthas eisigen Blick sah.

»Ach was, so wie diese gestylten Lucias im Fernsehen sieht doch in Wirklichkeit niemand aus«, sagte Anna-Greta.

»Genau«, stimmte Märtha zu. »Und außerdem haben wir einen wichtigen Auftrag. Wer kommt schon auf die Idee, dass es Lucias gibt, die wallraffen? Keiner. Wir werden sie alle überraschen.«

»Ja, darauf kannst du Gift nehmen«, murmelte Kratze.

»Aber es ist wichtig zu kontrollieren, ob das Geld auch da angekommen ist, wo es hinsollte«, sagte Anna-Greta. »So läuft das bei jedem Zuschuss und auch bei Geld, das gestohlen wurde, um es wieder zu verschenken.«

»Ja, ja, aber jetzt singen wir *Santa Lucia*«, sagte Märtha und stimmte den Ton an.

»Es ist wichtig, dass wir nicht schief singen.«

Die Seniorengang gab feierlich ihr Repertoire einmal von Anfang bis Ende zum Besten und verstummte erst dann, als Anders vor dem Eingang des Hauses Diamant anhielt. Der dunkel verglaste Eingang sah wenig einladend aus, neben der Tür war kein Weihnachtsbaum aufgestellt, und die Lampe über der Eingangstür war durchgebrannt. Hier und da sah man in den Fenstern vereinzelt eine Kerze brennen, doch nicht in einem einzigen von ihnen waren Adventsbögen aufgestellt.

»Mmh«, sagte Märtha, als alle versammelt davorstanden.

»Wie kommen wir denn hinein? Es scheint abgeschlossen zu sein«, überlegte Stina und drückte den Türgriff nach unten.

»Wenn ich die Cashboxen mit einem Dietrich aufgebrochen habe, dann werde ich mir wohl auch Zutritt zu einem Seniorenheim verschaffen können«, merkte Snille an.

»Ja, nimm den Dietrich, das geht am schnellsten«, meinte Märtha.

Kurz darauf standen sie in dem alten Eternitgebäude aus den vierziger Jahren, und nachdem Märtha noch einmal mit allen durchgegangen war, welche Lieder sie singen wollten, stiegen sie in den Aufzug und fuhren hinauf in ihr ehemaliges Zuhause. Vor der Tür zündeten sie die Kerzen an. Anna-Greta ging voran, Stina, die die Lucia war, ging dicht hinter ihr, und danach folgten Kratze und Snille. Da fiel Märtha auf, dass sie bei ihrem Lucia-Zug einen Denkfehler gemacht hatte. Sie waren jetzt eine Lucia, eine Sternenjungfer, aber in der Tat drei Sternknaben. Sie hätte besser Sternenjungfer bleiben sollen, so wie anfangs besprochen.

»Zuerst das *Santa Lucia*, dann *Bereitet dem Herrn den Weg* und am Ende singen wir *Weihnacht, strahlende Weihnacht.* Und auf dem Weg hinaus singen wir das *Lucia-Lied* noch einmal«, erklärte Märtha und griff nach ihrer Stimmgabel. »Alle bereit?«

Erwartungsvolles Gemurmel war zu hören. Märtha stimmte den Ton an, hob die Arme und alle summten ein »a«. Dann klingelte sie an der Eingangstür zu dem Seniorenheim, in dem sie so viele Jahre verbracht hatten. Lange hatten sie sich dort sehr wohl gefühlt, bis die Einsparungen und die sich ständig verschlechternde wirtschaftliche Situation sie veranlasst hatten, dem Haus den Rücken zu kehren. Aber mittlerweile müsste die Heimleitung ihr Geld aus Las Vegas erhalten haben, und alles sollte besser sein als früher. Voller Erwartung schielten sie hinein, als die Tür aufging. Ein junges Mädchen stand vor ihnen, und da begannen sie, ihre zweistimmige Fassung von *Santa Lucia* zu singen. Majestätisch schritten sie mit brennenden Kerzen in den Gemeinschaftsraum hinein, während Kratze und Snille, die nun ganz hinten gingen, Pfefferkuchen verteilten. Die Bewohner, die am Esstisch saßen und vor sich hin dämmerten, wurden aus ihren Träumen gerissen und dachten wohl, sie seien in einer anderen Welt, doch als sie den Chorgesang hörten, lächelten sie glücklich und nahmen sich schnell noch etwas vom Früchtebrot. Neben dem jungen Mädchen, das die Tür geöffnet hatte, war weit und breit kein Personal in Sicht, und obwohl es der 13. Dezember war, konnte Märtha weder einen Weihnachtsbaum noch Weihnachtsschmuck entdecken. Außerdem war nicht geputzt. War ihr Geld aus dem Gittergroschen denn nicht angekommen?

»The second vers the same as the first«, flüsterte Märtha, als sie ihre Lucia-Lieder alle einmal gesungen hatten, worauf sie sich zu den verschiedenen Zimmern aufmachten. Anna-Greta öffnete eine Tür nach der anderen, und so sangen sie für die, die in den Zimmern saßen. Doch sämtliche Bewohner befanden sich in einer Art Dämmerschlaf und schienen sediert. Die Freunde gingen von Raum zu Raum und wurden immer mutloser. Das hier war kein Heim, das war eine beschämende *Verwahrungsanstalt*! Wie hatte es nur so weit kommen können? Die Räume waren heruntergekommen, und das einzige Zimmer, das sich offenbar in einem besseren Zustand befand als damals, war Snilles Raum. Doch bei ihm war ja immer so viel Unordnung gewesen, dass man nicht genau hätte feststellen können, wie es da tatsächlich ausgesehen hatte. Er hatte seinen Kram schon immer so verstreut, dass man weder Fußboden noch Wände sah.

Die Seniorengang zog nun immer bedrückter durch das ganze Heim, und auch wenn Märtha versuchte, gute Miene zum bösen Spiel zu machen, fiel es ihr nicht leicht, die Tränen zu unterdrücken. Die Armen, die hier untergebracht waren, hatten es noch viel schlechter als sie damals. Was war nur passiert? War das Geld irgendwo zwischen Las Vegas und Stockholm verlorengegangen? Hätte Anita, einundneunzig Jahre alt, sie nicht am Ärmel festgehalten und über das ganze Gesicht gestrahlt, dann wären ihr die Tränen gekommen. Doch Anita war glücklich und lachte.

»Was für ein schöner Lucia-Zug«, sagte sie und biss etwas von einem großen Pfefferkuchen ab. »Die Lucia und die Sternjungfern sehen genauso aus wie wir. Das ist der beste Lucia-Zug, den ich je gesehen habe.«

Und Dolores, dreiundneunzig Jahre alt, lief mit einem Einkaufswagen voller Wolldecken herum und hielt ihnen ein paar Fünfhundertkronenscheine hin, die sie ihnen schenken wollte.

»Das ist für euch, weil ihr so schön singt«, sagte sie und drückte Snille ein paar Scheine in die Hand. »Normalerweise kaufe ich mir von dem Geld vernünftiges Essen, aber ich gebe gern etwas ab. Alle sollen es gut haben und leckeres Essen bekommen.«

Snille sah ratlos aus, doch Märtha nickte ihm zu, dass er die Scheine ruhig annehmen und sich dafür bedanken könne. Er verstand ihr Signal, und auf dem Weg hinaus legte er das Geld heimlich in die Kaffeekasse.

Draußen auf der Straße wurden sie von Anders wieder abgeholt, und dann fuhren sie weiter zu den Häusern Himbeerhof, Erdbeerblüte, Abschiedstrunk und zu noch zwei anderen Seniorenheimen, denen sie Geld gespendet hatten. Aber auch dort ging es den Bewohnern nicht besser. Märtha machte in einem roten Buch Notizen und fluchte unüberhörbar.

»Wer verdammt nochmal hat unser Geld verschleudert?«

Schon bald hingen die Sternknabenhüte nur noch traurig herab, denn alle hatten richtig schlechte Laune bekommen. Da verteilte Märtha noch einmal eine Runde Kerzen. Sie wollte, dass dieser Tag trotzdem gut endete.

»Wir fahren zum Nationalmuseum und schauen nach, welche neuen Bilder sie angeschafft haben. Wir haben dem Museum schließlich auch einige Millionen zukommen lassen, nicht wahr?«

Obwohl sie alle schon vor Müdigkeit gähnten, beschlossen sie, noch einen Blick in das alte, traditionsreiche Gebäude zu werfen. Sie fuhren mit dem Aufzug nach oben, betraten die Ausstellungsräume und sahen sich um. Doch als sie zu den französischen Impressionisten kamen, konnten sie keine neuen Gemälde entdecken, sie sahen nur die, die schon immer dort hingen. Niedergeschlagen streunten sie durch die Säle, bis sie schließlich von ein paar Sicherheitsbeamten gestoppt wurden.

»Wir haben keinen Lucia-Zug bestellt«, sagte der Älteste.

»Lucia-Zug, nein, was reden Sie, wir sind eine Kunstinstallation!«, antwortete Märtha eingeschnappt. Auf dem Heimweg war die Stimmung gedrückt. Alle stellten sich dieselbe Frage: Wo in aller Welt war bloß ihr Geld geblieben?

10

Der Computer surrte, und Anna-Greta schielte zufrieden zu Gunnar hinüber. Er hatte einfach vergessen, seinen kaputten Anrufbeantworter vom Netz zu nehmen, und ihre Mitteilungen deshalb nicht abhören können. Aber als sie ihn endlich an die Strippe bekam, hatte er sie auch sofort wiedersehen wollen. Als es dann so weit war, dass sein Auto vor ihrer Haustür parkte und sie ihn durch den Gartenzaun auf die Haustür zugehen sah, wurde ihr vor Freude ganz warm ums Herz. Wie sehr sie ihn vermisst hatte! Dass manche Menschen einem so guttaten, indem sie einfach nur da waren!

Er begrüßte sie mit einer innigen, bärigen Umarmung, und nach einer Tasse Tee mit Moltebeerenlikör gingen sie hoch in ihr Zimmer und hörten sich ihre neuen Schallplatten an, eine Aufnahme von jemandem, der Bruce Spring… irgendwas hieß. Sie wollte etwas Neues ausprobieren, hatte sich aber fürchterlich aufgeregt, dass man so moderne Musik auf Schallplatten presste. Und die Platte war auch noch so teuer gewesen! In Wirklichkeit hatte sie eine ganze Weile lamentiert, bis Gunnar endlich die gute alte Volksmusik auflegte und das Gesprächsthema wechselte. Er wollte natürlich gern wissen, wie ihre Zeit in Amerika gewesen war, doch er merkte ziemlich bald, dass ihr etwas auf dem Herzen lag.

»Was ist los, Anna-Greta? Ich habe das Gefühl, dass es dir nicht wirklich gutgeht«, sagte er und streichelte ihr sanft über die Wange. Da konnte Anna-Greta nicht länger an sich halten.

»Ich habe all unsere Millionen aus Las Vegas hierher überwiesen, aber nichts von dem Geld scheint angekommen zu sein«, erklärte sie schniefend.

»Das werden wir in Ordnung bringen«, tröstete er sie und griff nach ihrer Hand. »Ich werde das Geld für dich auftreiben!«

Hand in Hand gingen sie hinunter in die Bibliothek, wo die anderen saßen und lasen, alle außer Snille, der in seinem Sessel ein Nickerchen machte. Anna-Greta und Gunnar steuerten direkt auf den Computer zu, und daran erkannte Märtha gleich, dass Gunnar wusste, was geschehen war.

»Es ist einfach schrecklich«, sagte Märtha. »Wir haben den Seniorenheimen im Land Geld überwiesen, aber offenbar ist es verschwunden.«

»Ich habe es gehört, über zweihundert Millionen«, sagte Gunnar und starrte auf den Bildschirm. Er blinzelte unter seinen dichten Augenbrauen und schüttelte den Kopf. Sein Pony fiel ihm in die Augen, und seine langen, schlanken Finger huschten schnell über die Tastatur. Die anderen standen auf und versammelten sich im Halbkreis, um ihm zuzuschauen. Im Hintergrund hörte man das Ticken eines Weckers.

»Wenn so viel Geld verschwindet, ist fast immer etwas faul«, fuhr er fort.

»Ach Gunnar, ich bin so verzweifelt. Natürlich war ich im Stress, aber es hat alles genauso funktioniert wie sonst, wenn ich Geld übers Internet überwiesen habe. Ich habe mir nicht einmal Sorgen gemacht, dass etwas passieren könnte«, schluchzte Anna-Greta.

»Wir werden das schon hinkriegen, warte nur ab …«, tröstete er sie, aber seine Körpersprache verriet etwas anderes. Schließlich war Gunnar kein richtiger Hacker, auch wenn er eine große Leidenschaft für Computer hegte und alles tat, um über jede neue Entwicklung Bescheid zu wissen. Nachdem seine Ehefrau gestorben war, hatte er sich in die Computerwelt gestürzt, und sein Enkel Ola hielt ihn immer auf dem Laufenden. Ola war auch derjenige gewesen, der seinen Großvater ermuntert hatte, die Kreuzfahrt nach

Helsinki mitzumachen, diese Wochenendreise, auf der er Anna-Greta kennengelernt hatte.

»Nicht ganz einfach, in dieses System hineinzukommen. Die Sicherheitsschwelle ist bei den Banken sehr hoch«, murmelte er. »Man kann zwar die Auszahlungen sehen, aber dann ... Dann wird es knifflig.«

Zustimmendes Gemurmel kam von den anderen.

»Mit dem Geld im Netz ist es sonderbar. Einen Moment lang ist es da, und kurz darauf ist es verschwunden. Einfach futsch«, sagte Märtha und starrte auf den Bildschirm, wo null Kronen in mehreren Spalten angezeigt wurden. Nach außen hin versuchte sie, die Ruhe zu bewahren, aber innerlich war sie so aufgebracht, dass sie krampfhaft ihre Hände still halten musste, um nicht ärgerlich auf den Tisch zu hauen.

»Ich begreife es wirklich überhaupt nicht. Die Banken garantieren einem doch, dass es funktioniert«, sagte Anna-Greta. Sie hatte eine Haarspange verloren, und ein Teil ihres Haares fiel ihr nun über die Schultern. Ihre Unterlippe zitterte.

»Ach was! Die Banken sind wie kleine Rotzbengel und klauen Bonbons. Tun unschuldig und lügen so lange, bis ihnen jemand auf die Schliche kommt«, schnaubte Kratze. »Die wissen genau, dass im Netz Unmengen von Geld einfach verschwinden.«

»Macht euch keine Gedanken, wir kriegen das hin«, sagte Gunnar zur Beruhigung, und wieder wurde es still rund um den Tisch. Anna-Greta fand ihre Haarspange wieder und steckte ihr Haar noch einmal hoch. Zum Glück gab es Gunnar. Sein Optimismus war eine der Charaktereigenschaften, die ihr sofort positiv aufgefallen waren. Außerdem gab er seine Kenntnisse über die Computerwelt an sie weiter. Er hatte ihr schon einiges beigebracht. Als er dort vor dem PC saß und versuchte, ihnen zu helfen, stieg ein kribbelndes, warmes Gefühl in ihr auf. Gunnar war ein zuverlässiger Mensch, der sich nicht nur für sie, sondern auch für die anderen einsetzte. Als sie sich kennengelernt hatten, hatte er ihr erzählt, dass ihn Frauen meist gelangweilt hätten, mit Ausnahme von ihr, weil sie anders war. Er nannte sie »seinen spannenden Tornado«, und dass sie ein wenig kriminell war, störte ihn nicht. Schließlich opferte sie sich für die Gesellschaft und dafür, dass es anderen gutging.

»Ich glaube, die Sache wird ein bisschen dauern«, sagte Gunnar nach einer Weile und schob die Brille über die Stirn. »Gebt mir ein, zwei Stunden Zeit, dann sehe ich, was ich tun kann. Ihr könnt ja so lange eine Runde Karten spielen oder irgendetwas anderes Nettes machen.«

Alle außer Anna-Greta verließen die Bibliothek, und bald konnte man laute Tanzmusik hören, die aus den Lautsprechern des Plattenspielers drang. Gunnar hatte offenbar ein paar seiner Platten mitgebracht. Er kam nun mal aus Värmland und legte viel Wert auf Gemütlichkeit, aber jetzt sah er sich vor eine echte Herausforderung gestellt. Zweihundert verschwundene Millionen waren nicht zum Lachen.

Die Zeit verstrich, und Märtha, die in der Küche saß und wartete, wurde langsam nervös. Eine Schallplatte nach der anderen erklang vom Plattenspieler, ohne dass sich etwas tat. Die Recherchen schienen schwierig zu sein, und sie dauerten eine Ewigkeit. Und als Anna-Greta schließlich in der Tür stand, um ihre Freunde zu holen, schien sie vor Verzweiflung geweint zu haben, doch sie war offenbar auch getröstet worden. Denn ihre Wangen waren hochrot, und am Hals hatte sie einen Knutschfleck.

Märtha nahm die Whiskyflasche, sechs Gläser und eine Schale mit gesalzenen Nüssen mit in die Bibliothek. Der Moltebeerenlikör schien ihr in dieser ernsten Situation nicht auszureichen. Schließlich waren ihre Einnahmen, die sie durch Diebstähle und Falschspiel in einem ganzen Jahr erwirtschaftet hatten, im Cyberraum verschwunden, da brauchte man etwas Stärkeres. Der Verlust war so riesig groß, dass sie das einfach nicht verkraften konnte.

»So, dann werden wir jetzt erfahren, was mit unserem Geld geschehen ist«, sagte sie und schenkte ein. »Diese Millionen müssten doch aufzutreiben sein.«

Gunnar reckte sich nach seinem Whiskyglas und nahm einen großen Schluck.

»Whisky ist genau das, was wir jetzt brauchen.«

Danach erklärte er ihnen, wie er die Auszahlungen vom Gittergroschen gefunden hatte und wie es ihm gelungen war, die Kontonummern von fünf Altersheimen, der Königlichen Bibliothek und dem Nationalmuseum in Stockholm zu identifizieren.

»Aber das Mysteriöse ist ...«, setzte er an.

»Genau, das Nationalmuseum«, fiel ihm Märtha ins Wort. »Ich dachte, sie würden davon noch einen Renoir kaufen oder wenigstens irgendeinen französischen Impressionisten.«

»Und das Geld für die Königliche Bibliothek war auch wichtig. Schließlich müssen wir die Literatur fördern«, sagte Stina.

»Ja, und ihr habt auch einen Betrag an das Technische Museum überwiesen, wie ich sehe ...«, fuhr Gunnar fort und sah von seinem Bildschirm auf, »aber ...«

»Ja natürlich sollen die auch Geld bekommen, um die Geschichte der Technik zu dokumentieren«, sagte Snille. »Heute kann kaum noch jemand ein Auto in seine Einzelteile zerlegen.«

»Ihr habt auf diese Konten also Geld überwiesen, aber wenn ich mich da hineinhacke, dann sehe ich keine Überweisungen«, sagte Gunnar, nahm sich eine Handvoll Nüsse und spülte sie mit einem weiteren Schluck Whisky hinunter. »Sie scheinen auf dem Weg verlorengegangen zu sein.«

»Wie, ›auf dem Weg‹!?«, regte Märtha sich auf. »Anna-Greta kennt sich mit Computern aus. Irgendwo muss ein Fehler sein, oder es hat sich ein Hacker ans Werk gemacht.«

Anna-Greta hob den Kopf und machte nun ein zufriedeneres Gesicht.

»Vielleicht ist das Geld einfach falsch gebucht worden?«, fragte Snille nach.

»Wohl kaum«, antwortete Gunnar.

»Und wie ist es mit der Rentenkasse der Polizei? Kann man die Überweisung dorthin nachvollziehen?«, fragte Märtha, der einfiel, dass sie diese Transaktion bei ihrer Aufzählung vergessen hatte. Nach einem rauschenden Fest, bei dem viel Champagner geflossen war, hatten sie sich in überschwänglicher Stimmung überlegt, dass sie auch der Polizei etwas spenden wollten. Es waren zwar nur ein paar hunderttausend Kronen, aber ein bisschen Spaß sollten die Polizisten auch haben, die armen Gesetzeshüter. Vielleicht würde das Geld für ein paar Golfturniere oder für eine Reise nach Gran Canaria reichen.

»Die Polizei, okay, davon hattest du noch nichts erwähnt. Schauen wir mal«, sagte Gunnar und fing an, nach dem Konto zu suchen. »Zugriff verweigert. Einen Moment.«

Eifrig tippte er auf der Tastatur herum und probierte verschiedene Passwörter aus. Plötzlich pfiff er vor Freude.

»Hier ist es. Ich kann hier eine Schenkung von vierhunderttausend Kronen sehen. Das Geld ist angekommen.«

Anna-Greta schlug die Hände vor dem Gesicht zusammen und jammerte.

»Da wollen wir Bedürftigen helfen, die unsere Hilfe wirklich brauchen, und die Einzigen, bei denen etwas ankommt, sind alte, hochbetagte Polizisten.«

»Schon gut, die können auch ein bisschen Aufmunterung vertragen«, meinte Gunnar.

Märtha ging hinüber in die Küche, holte eine Flasche Moltebeerenlikör und eine Schale Schokoladenwaffeln. Whisky allein war irgendwie doch nicht das Richtige.

Gunnar fuhr mit seinen Recherchen fort. Nach einer Weile hielt er inne und starrte verdutzt auf den Bildschirm.

»Ich fasse es nicht. Hier sind Überweisungen in Millionenhöhe auf die Rentenkasse der Polizei eingegangen.«

»Na, Märtha, dir gefiel die Idee doch so gut, pensionierten

Polizeibeamten Geld zu schenken. Supergut, oder?«, meckerte Kratze.

»Aber die haben doch nur vierhunderttausend bekommen, das andere Geld sollte an die Altenpflege gehen.« Anna-Greta putzte sich die Nase und beugte sich über seine Schulter nach vorn.

»Und schaut mal, einen Tag später ist das Geld auf dem Konto nicht mehr vorhanden. Es ist komplett verschwunden«, fuhr Gunnar fort.

»Jemand klaut unser gestohlenes Geld. So eine Unverschämtheit!«, empörte sich Stina.

»Aber wenn das Geld am falschen Ort angekommen ist, können wir es uns doch einfach zurückholen«, schlug Snille vor und versuchte, so zu tun, als hätte er Ahnung von den Dingen, obwohl er von Computern nicht viel verstand. »Ich meine, kann man nicht einfach Crtl+Z drücken? Das geht doch sonst auch.«

Gunnar sah schnell nach unten, damit Snille sein amüsiertes Lächeln nicht bemerkte.

»Leider nein. So etwas kann man nicht einfach mit einer Tastenkombination rückgängig machen. Außerdem ist die Rentenkasse der Polizei verschlüsselt. Wir können uns da nicht einfach einloggen, ohne Spuren zu hinterlassen.«

»Zahlen auf einem Bildschirm, nein danke, da lobe ich mir redliches Gold«, sagte Märtha und goss in ihrer Verwirrung Moltebeerenlikör in ihren Whisky.

»Ob unsere Rocker so etwas können? Ich kann sie ja mal fragen«, bot Snille an, der nach einem Grund suchte, die Nachbarn zu besuchen und sich ihre Motorräder aus der Nähe anzuschauen.

»Oh nein, mit denen lassen wir uns nicht ein«, rief Stina aus. »Ihr habt doch wohl deren Tattoos gesehen!«

»Meine Lieben, da haben wir ja was Schönes angerichtet«, seufzte Anna-Greta, tastete nach ihrem Whiskyglas und kippte den Inhalt fast mit einem Mal hinunter. Die anderen zuckten zusammen. Üblicherweise war ihre Freundin bei Alkohol eher zurückhaltend.

»Aber wisst ihr was – hier ist eine Überweisung über dreizehn Millionen«, sagte Gunnar plötzlich und zeigte auf den Bildschirm.

»Dieselbe Summe, die wir dem Nationalmuseum geschenkt haben«, rief Anna-Greta aus. »Wie kommt das denn?«

»Keine Ahnung, aber wenn ich das hier verfolge, stoße ich auf eine Anwaltskanzlei Beyling. Vielleicht ist das andere Geld da auch gelandet.«

»Anwaltskanzlei Beyling«, wiederholten sie wie aus einem Munde, und ihnen war ziemlich unbehaglich zumute. Bei Anwälten fühlten sie sich immer gleich kriminell.

»Aber dann müssen wir uns das Geld doch einfach dort holen, oder?«, schlug Märtha vor, auch wenn sie schon genau wusste, dass das nicht leicht werden würde.

»Nein, weiter komme ich hier nicht«, murmelte Gunnar. »Das Geld verschwindet in einem Labyrinth aus Konten. Und es gibt Unmengen von Firewalls. Wie die Mauer in Berlin.«

»Firewall hin oder her«, lallte Anna-Greta mit einem Atem, der nach Glenfields stank, »was spielt das denn für eine Rolle. Wir können doch sowieso nicht beweisen, dass das Geld uns gehört. Und wenn wir anfangen, da herumzuschnüffeln, können sie uns zurückverfolgen, und wir landen im Gefängnis. Vergesst nicht, dass die Fahndung nach uns noch läuft.«

Das waren wahre Worte, und sie gingen ihnen durch und durch, so dass alle betreten schwiegen. Sie hatten so viel geschuftet, um das Geld für den Gittergroschen zusammenzubekommen, und dann hatte sie jemand hereingelegt und alles auf ein Konto einer Anwaltskanzlei überführt. Das war einfach zu viel für sie. Die einzigen Geräusche, die man noch hörte, waren das Rascheln in der Schale mit Nüssen oder das Klimpern eines Glases gegen die Whiskyflasche.

»*Wir klauen frohen Mutes und wollen doch nur Gutes …*«, begann Stina zu dichten, doch verstummte, als ihr keine passenden Worte mehr einfielen, die sich auf »Gutes« reimten. Nach solch riesigen

Verlusten war sie einfach nicht in Form. Die anderen auch nicht. Wut und Entsetzen mischten sich mit verzweifelten Lösungsvorschlägen. Am Ende äußerte Anna-Greta:

»Nie im Leben lassen wir sie damit davonkommen. Was wir auch tun, das Geld holen wir uns zurück!«

»Ja, genau! Ich habe auch nicht vor aufzugeben!«, sagte Gunnar.

»Wir auch nicht«, murmelten die anderen und fassten langsam wieder Mut, da Gunnar ihnen seine Unterstützung zugesagt hatte.

»Ja, ihr Lieben. Wir werden uns die Millionen zurückholen, aber im Moment …« Märtha schloss die Augen. »Whisky und Moltebeerenlikör im selben Glas war keine so gute Idee. Ich gehe jetzt schlafen.«

Und ohne eine Antwort abzuwarten, zog sie sich ihre Strickjacke über und sagte gute Nacht. Aber als sie die oberste Treppenstufe erreichte, konnte man hören, dass sie ein Lied summte. Eins, das ganz zufällig von einem Überfall handelte. Und es klang ein bisschen wie das Lied vom Räuber Hotzenplotz.

11

Märtha setzte sich im Bett auf, betrachtete die geblümten Tapeten im Schlafzimmer und zog langsam das Nachthemd über den Kopf. Erschöpft sank sie in die Kissen. Das sauer zusammengeklaute Geld der Seniorengang war futsch! Wie um alles in der Welt sollte sie die verschwundenen Millionen, die den ganzen Weg von Las Vegas gereist waren, zurückbekommen? Mehrere hundert Millionen zu klauen, das war kein Dummer-Jungen-Streich. Vielleicht handelte es sich sogar um Mitglieder der Mafia? Sich mit solchen Leuten anzulegen war riskant. Und im Übrigen waren diese Motorradtypen aus dem Nachbarhaus vielleicht auch gefährlich. Sie und ihre Freunde sollten sich doch lieber wieder in Seniorengang umbenennen. Der Name *Outlaw Oldies* zog möglicherweise noch mehr Motorradclubs an. Sie mussten daran denken, das Schild wieder vom Briefkasten zu entfernen.

Märtha stützte sich auf die Ellenbogen und zog Decke und Kissen zurecht. Mit gefährlichen Zeitgenossen wollte sie definitiv nichts zu tun haben. War es dann nicht wirklich besser, noch einmal von vorne zu beginnen und sich neue Verbrechen auszudenken? Sie konnten wohl kaum hier sitzen und Bridge spielen und Sudokus lösen, während die Armen und Alten Not litten. Nein, es war an der Zeit, dass die Seniorengang wieder zuschlug. Und warum sollten sie nicht einen *richtigen* Banküberfall ausprobieren, so wie die Profis? Sie mussten die Gelegenheit nutzen, solange die Banken noch Bargeld vorrätig hatten. Eigentlich müssten diese Institutionen einen Preis für die raffinierteste Geschäftstätigkeit der

Welt erhalten, dachte sie schläfrig, nahm die Hand vor den Mund und gähnte. Der Berater in der Bank sagte, man sollte sein Kapital auf ihre Konten einzahlen, aber sobald man in die Bank hineinspazierte, um Geld abzuheben, *ging es nicht*! »Weil wir kein Bargeld mehr vorrätig haben«, wie ein lächelnder Bankangestellter Märtha kürzlich erklärt hatte. Und vielleicht musste man heutzutage in den Banken so agieren, wenn man sich Geld lieh, für das es eigentlich keine Deckung gab – mit Goldreserven oder so. Zudem, und das fand Märtha am Unverschämtesten, *strich man für dieses Luftgeld auch noch Zinsen ein*!

Sicherlich würde es der Seniorengang schwerfallen, so einen brillanten Aufschlag zu servieren, und im Vergleich hatte sie fast das Gefühl, dass ein kleiner Bankraub moralisch völlig korrekt war. Aber es war doch wirklich höchste Zeit, dass sich mal jemand gegen die Banken auflehnte. Warum also nicht eine Rentnergang? Märtha knuffte ihr Kopfkissen wieder zurecht, legte sich auf die Seite und zog die Decke bis unters Kinn. Nach einer Weile machte sich ein friedliches Lächeln auf dem faltigen Gesicht breit. Ihre Augenlider fielen zu, und kurz darauf tauchte sie in einen spannenden Traum ein, in dem sie zehn Banken an ein und demselben Tag ausraubte.

Am nächsten Morgen ging Märtha hinunter in den Keller und warf einen Blick auf ihren zukünftigen Fitnessraum. Neben dem Heizungskeller befand sich nämlich ein weiterer Raum, der früher offenbar als Vorratsplatz für Holz und Kohle genutzt worden war. Snille hatte ihr versprochen, dort aufzuräumen, doch seit er das Computerspielen entdeckt hatte, passierte es sehr leicht, dass er alles andere vergaß. Jetzt konnte Märtha aber nicht länger warten. Sie stellte eine Reinigungsfirma an, und Anders und Emma halfen auch. Sie strichen die Wände weiß, installierten Sprossenwände und verlegten Linoleum. Als schließlich alles getrocknet war, schleppten sie die verschiedenen Geräte hinein. Sie montierten sogar diese großen Ringe an der Decke, doch Märtha betrachtete das mehr als eine Art Dekoration. Da oben würde keiner von ihnen hängen können.

Ein paar Tage später war alles fertig, und Märtha rieb sich vor Freude die Hände. Jetzt würden sie wirklich wieder in Form kommen. Von jetzt an gäbe es auch nicht mehr so viel Kuchen und Zimtschnecken, lieber Gemüse und Obst. Die anderen stimmten etwas widerwillig, aber aus alter Freundschaft zu, doch tief in ihrem Inneren ahnten sie, dass etwas im Busche war. Wenn Märtha von Bewegung und Gemüse sprach, lauerte an der nächsten Ecke ein Überfall.

Und schon am nächsten Tag ging es los. Ihr Fitnessraum war nicht sehr groß, daher lag schon nach dreißig Minuten ein Schweißgeruch in der Luft. Märtha strengte sich richtig an, denn diese Trainingsmoral stammte noch aus ihrer Zeit als Turnmädchen, und was man sich in jungen Jahren angeeignet hatte, das gewöhnte man sich auch später kaum wieder ab. Ihre armen Freunde bekamen das heftig zu spüren.

»Eins. Zwei. Eins. Zwei. Mit voller Kraft! Arme und Knie noch ein bisschen höher! Achtung, nicht schummeln, was machst du da, Kratze? Nach oben – aufrichten, Wechsel, Drehung und beugen. Ausschütteln!« Märtha gab die Kommandos und fuchtelte mit den Armen. »Nach unten mit dem Kopf, etwas tiefer, ja, macht so noch ein bisschen weiter …«

Sie schaute sich gewissenhaft um, dass keiner sich drücken konnte, doch an ihrem Schnaufen hörte Märtha, dass sie langsam müde wurden. Ein kleines bisschen noch, nur ein kleines bisschen … Man muss immer ein Stückchen mehr machen, als man kann. Sie dachte mit Dankbarkeit an Anders und Emma, die so nett gewesen waren, ihr beim Umbau des Raumes zu helfen. Sie hatten schon durchschaut, dass Märtha wieder etwas im Schilde führte und sahen wohl ein, dass es ungünstig wäre, wenn einer von ihnen vor den Augen der Polizei stürzen und sich den Oberschenkelhals brechen würde. Plötzlich ging die Musik aus.

»Na so was, offenbar ist unsere Stereoanlage nicht ganz korrekt angeschlossen«, sagte Märtha und lief hinüber zu dem Gerät. Die anderen entspannten sich derweil und fingen an aufzuräumen. »Moment mal, wir hören noch nicht auf. Mit ein wenig Gymnastik werden wir fit …«

»… für neue Banküberfälle«, ergänzte Snille.

»Ich habe noch nichts davon gehört, dass man Sprossenwände, Rudergeräte und Laufbänder braucht, um Verbrechen zu begehen«, murrte Kratze.

»Das Training stärkt die Arme und den Brustkorb, und das ist gut, wenn wir Taschen mit dicken Geldscheinbündeln schleppen müssen«, fuhr Märtha fort, während sie keuchend die Verkabelung kontrollierte. Doch die Stereoanlage war völlig tot. Statt des CD-Players war die Anlage an einen alten Schallplattenspieler angeschlossen – nur, um Anna-Greta zu erfreuen. Aber Schallplatten und moderne Kabel, vielleicht passte das auch nicht recht zusammen. Und natürlich hätte man auch eine andere Auswahl an Liedern treffen können. Als sie Anna-Gretas Volksmusik aufgelegt hatte, hatte Kratze unter Protest den Raum verlassen und die Tür zugeknallt. Dann hatte Märtha ganz diskret Kratzes Lieblingssong von Louis Armstrong gespielt, und nach einer Weile kehrte er tatsächlich wieder zurück.

»Es ist nicht ganz leicht, einen Plattenspieler an diese Anlage anzuschließen«, sagte Snille und platzierte sich hinter Märtha. »Warte mal ab.«

Und dann bastelte er eine Weile daran herum, bis die Musik wieder lief. Märtha sah ihn voller Bewunderung an und ging zurück an ihren Platz.

»Okay. Nach oben – aufrichten, Wechsel, Drehung und beugen. Ausschütteln! Und noch einmaaaal!«, rief sie.

»Verdammt nochmal, mir reicht's«, schimpfte Kratze und brach mitten in seiner Übung ab.

»Aber lieber Kratze, gerade du, der die Frauen so liebt. Wer schaut nicht gern auf einen schönen Männerkörper? Nicht alle leiden an Grauem Star«, sagte Märtha. Kratze machte auf der Stelle kehrt und ging an seinen Platz zurück. Doch bald darauf protestierte Snille.

»Ich finde, wir haben jetzt genug trainiert«, keuchte er und zeigte auf sein nassgeschwitztes T-Shirt. Mit seinem Übergewicht fiel ihm das Workout schwerer als den anderen. Märtha ließ die Arme sinken. Vielleicht nahm sie die anderen auch zu hart ran. Aber wenn man eine Bank überfallen wollte, dann konnte man doch nicht einfach umkippen und mit den Geldscheinen auf dem Bauch liegen bleiben. Doch wenn jetzt alle erschöpft waren, musste sie wohl darauf Rücksicht nehmen.

»Okay, dann lassen wir es für heute gut sein«, sagte Märtha. »Nach dem Duschen treffen wir uns wieder. Dann ist es an der Zeit, bei einem Glas Bier unsere Pläne durchzugehen.«

»*Deine* Pläne«, merkte Kratze an und trabte davon, um sich ein Handtuch zu holen. Stina blickte ihm lange nach.

»Ich weiß nicht, was mit Kratze los ist. Er ist in letzter Zeit so empfindlich geworden.«

»Daran bin sicherlich ich schuld«, seufzte Märtha. »Ich bestimme zu viel. Das mögen Männer nicht.«

»Nein, daran liegt es nicht. Er war in letzter Zeit so zugeknöpft, ich komme gar nicht an ihn heran. Ich habe das Gefühl, er interessiert sich nicht mehr für mich.«

»Aber Stina, du weißt doch, dass er vernarrt in dich ist. Du bist seine beste Freundin.«

»Ja, Freundin, wie du schon sagst. Aber wir waren auch einmal mehr als das, jetzt kommt er mir so abwesend vor.«

»Männer leben in ihrer Welt und wir Frauen in unserer. Von Zeit zu Zeit prallen sie aufeinander, aber man bekommt sie irgendwie nicht unter einen Hut«, tröstete Märtha sie. »Und dann Frauen wie ich, die sagen, wo es langgeht. Das ist eine heikle Angelegenheit, das kannst du mir glauben.«

»Ach pfeif darauf, Märtha, wenn du nicht alles organisiert hättest, dann hätten wir niemals etwas unternommen«, antwortete Stina.

Da ging Märtha, aufgeheizt und verschwitzt, wie sie war, auf ihre Freundin zu und drückte sie herzlich.

»Weißt du was«, sagte sie voller Wärme. »Ich glaube, alles wird sich wieder einrenken, du wirst schon sehen, sowohl mit den Männern als auch mit dem Geld. Am Ende wird alles gut.«

»Da lachen ja die Hühner«, sagte Kratze, der genau in dem Moment an ihnen vorbeilief.

12

Ein paar Stunden später saßen alle im Billardzimmer im Keller zusammen, und jeder hatte sein Bier vor sich stehen, da hörten sie plötzlich das Geräusch von Motorrädern. Es kam immer näher, und Snille begann, glückselig zu strahlen.

»Harley-Davidsons. Und gleich mehrere!«

»Eine ganze Motorrad-Gang. Stell dir vor, die wollen zu uns«, sagte Stina und wurde ganz bleich im Gesicht. Märtha rollte ihren Grundriss von der Handelsbank wieder zusammen und stand auf. Rasch ging sie zu einem der weißen PVC-Rohre, die unter der Decke montiert waren, schraubte den Verschluss ab und ließ ihren Plan dort verschwinden. Dann verschloss sie das Rohr wieder und warf einen Blick aus dem Fenster.

»Die sind bestimmt auf dem Weg zu den BandAngels. Kommt mal her! Die haben auf dem Rücken so komische Flügel aufgenäht, solche mit Totenköpfen. Vielleicht sollten wir besser nach oben gehen«, sagte sie und begab sich zur Treppe. Die anderen sahen hinaus, griffen schnell nach ihren Sachen und folgten Märtha. Kaum waren sie oben angekommen und hatten sich gekämmt, klingelte es auch schon an der Tür. Sie blieben in der Küche stehen und bewegten sich nicht vom Fleck. Schließlich konnte Stina sich nicht mehr beherrschen.

»Wollen wir wirklich aufmachen?«, fragte sie weinerlich.

»Ich gehe hin«, verkündete Kratze heroisch und schritt in Richtung Tür. Er warf schnell einen Blick in den Spiegel und blieb noch einen Moment vor der Türklinke stehen, um seine Haltung zu korrigieren. Dann drückte er die Klinke mit voller Kraft nieder.

»Hallo, ich heiße Lillemor Persson. Ich wohne in dem Backsteinhaus gegenüber«, sprach eine tiefe Frauenstimme.

»Ach so«, antwortete Kratze.

Märtha trat neugierig in den Flur.

»Ich wollte nur mal vorbeischauen, um kurz hallo zu sagen.« Die Frau hatte kräftige Augenbrauen, rabenschwarzes Haar und knallrote Lippen. Ohne eine Antwort abzuwarten, trat sie forsch ins Haus.

»Ja, kein Problem«, murmelte Kratze. »Wir sitzen gerade in der Küche.« Höflich half er ihr aus dem Mantel und zeigte ihr den Weg. Märtha und die anderen begrüßten sie etwas skeptisch, während Kratze sein Halstuch zurechtzupfte und wieder nach dem Kamm tastete.

»Wie wäre es mit einer Tasse Tee?«, fragte er.

»Einer *kleinen* Tasse«, schob Märtha mit dem Gedanken an ihre Besprechung, die ja kaum begonnen hatte, hinterher. Sie hatte gerade erklären wollen, wie sie in die Gewölbe der Bank vordringen könnten, und war auf die Meinung der anderen gespannt. Kratze jedoch war von dem Gedanken an Banküberfälle nicht sehr begeistert. Als er sich auf den Weg machte, um die Teekanne zu holen, ging er dicht an Märtha vorbei.

»Warst du nicht immer diejenige, die gepredigt hat, man soll sich mit den Nachbarn gutstellen?«

Märtha musste an die Fußmatte denken, die Anna-Greta für die Eingangstür gemacht hatte. *Wenn du hübsch, reich und Single bist, dann bin ich zu Hause.* Und diese Rabendame hier trug keinen Ring am Finger und sah verdammt nach Single aus. Als würde sie einen Mann lebendig verspeisen. Mit ihrem Selbstbewusstsein schien sie auch kein Problem zu haben, denn sie hatte bereits am Tisch Platz genommen, und ihre langen Finger wühlten in der Schale mit den Schokoladenwaffeln. Mit einer eleganten Bewegung fischte sie eine Waffel heraus und schob sie sich zwischen ihren rotlackierten Fingernägeln in den Mund. Neugierig sah sie sich um und schielte hinüber in die Bibliothek, so als wolle sie sich jedes einzelne Detail gut einprägen. Als sie die Waffel genussvoll aufgegessen und von Kratze eine Tasse Tee bekommen hatte, zog sie ein Kartenspiel heraus.

»Ich kann Ihnen die Zukunft weissagen, wenn Sie möchten«, sagte sie mit einem blendend weißen Lächeln.

»Weissagen?« Kratze zog die Augenbrauen hoch.

»Ja, ich arbeite mit Tarotkarten und kann Runen legen. Damit sehe ich in die Zukunft.«

Bevor Märtha sie stoppen konnte, hatte sie bereits zwei Reihen mit Tarotkarten in einem Kreuz auf den Tisch gelegt. Sie waren verdeckt. Dann drehte sie sich zu Kratze um und sagte mit belegter Stimme:

»Und jetzt nennen Sie mir Ihr Geburtsdatum.«

Kratze zupfte an seinem Halstuch.

»Na ja, mit dem rückt man ja nicht gleich raus«, meinte er und sah aus, als ob er nichts lieber wolle, als den exakten Tag seiner Geburt zu nennen. Mit Uhrzeit und allem.

»Ich brauche die Zahlen, um Ihr Potential im Leben beurteilen zu können. Vielleicht schauen wir als Erstes mal nach, welche Herausforderungen Ihnen in diesem Jahr bevorstehen.«

»Herausforderungen? Na ja, uns Männern werden in diesem Leben ja ständig neue, schwierige Aufgaben gestellt …«, antwortete Kratze, dessen Wangen nun langsam rötlich zu leuchten begannen.

Die Wahrsagerin schlug die Augenlider zu und nickte.

»Als ich noch auf den Ozeanen gesegelt bin, hatten wir häufig Sturm, und einmal …«, fuhr Kratze fort.

»Wie wäre es mit der Arkana?«, fiel ihm die Wahrsagerin ins Wort und legte ihre Hand auf seine. »Ihr Geburtsdatum!«

Kratze sah die anderen peinlich berührt an, beugte sich vor und flüsterte der Dame etwas zu. Er nannte ihr nicht seinen echten Geburtstag, sondern nur dasselbe Jahr und dann aber den Tag vor seinem wirklichen Geburtstag.

»Wenn Sie das für den Orkan brauchen, dann …«

»*Arkana*, ja genau. Wissen Sie, ich addiere Jahr, Monat und Tage, und so erhalte ich eine Zahl. Darin sehe ich ein Muster. Aber ich glaube, wir lassen die Kleine Arkana aus, die nur die marginalen Ereignisse des Lebens beschreibt, und wenden uns lieber gleich der Großen Arkana zu. Ich sehe nämlich etwas Großes.«

»Das wird das Beste sein«, nickte Kratze. Lillemor deckte die erste Karte auf.

»Ja, genau das habe ich mir gedacht«, sagte sie und sah mit einem überschäumenden Lächeln auf. »Sie sind Licht, Wärme, Reichtum, Erfolg, Freude und Harmonie …«

»Kann schon sein«, antwortete Kratze, dem nun die Röte in voller Pracht im Gesicht stand.

»Aber ein Hohepriester sind Sie nicht, oder?«

»Nein, das ist Märtha«, rutschte es Kratze heraus.

Lillemor griff erneut nach einer Karte.

»Hier sehe ich spannende Ereignisse, die Ihnen im Laufe des Jahres widerfahren werden.«

Kratze zuckte zusammen. Was konnte sie in den Karten eigentlich lesen? Sie konnte doch wohl keine Banküberfälle erkennen …?

»Das Leben wartet auf Sie. Ich kann eine neue Beziehung sehen. Ja, ich sehe …«

»Eine neue Frau?«, fragte Kratze.

»Wenn Sie bereit dafür sind. Die Liebe ist die stärkste Kraft des Universums. Menschen, die Tarotkarten legen, so wie ich, haben eine Schweigepflicht, Sie können mir also alles erzählen«, fuhr sie fort, legte den Kopf etwas schräg und beugte sich vor, so dass er ihr in den Ausschnitt gucken konnte. Da erhob sich Märtha.

»Mir ist schon klar, dass Sie interessante Gesprächsthemen haben, aber das müssen wir leider vertagen. Wir hatten nämlich gerade mit einer Besprechung angefangen.«

Märtha spürte einen ordentlichen Tritt vors Schienbein und sah Kratzes finsteren Blick.

»Sehr schade, dann müssen wir jetzt aufhören, aber vielleicht können wir ein anderes Mal fortfahren«, schlug Lillemor vor und sammelte ihre Karten ein, ohne dabei den Blick von dem Gentleman mit dem Halstuch zu wenden. »Ich wohne da gegenüber in dem Backsteinhaus, unterhalb der Jungs aus dem BandAngels-Club.«

»Aha. Aber vielleicht können wir die Weissagungen auf einen anderen Tag verschieben?«, sagte Märtha bestimmt und wies Kratze an, die Nachbarin zur Tür zu bringen. Erst als sie hörten, wie die Haustür zuschlug, öffnete Stina den Mund.

»Hellseherinnen sind keine Experten für Banküberfälle, also können wir sie hier nicht gebrauchen. Am besten machen wir mit unserer Besprechung weiter!«

Und diesmal klang sie so energisch, dass alle zu verblüfft waren, um auf die Idee zu kommen, ihr zu widersprechen. Doch Kratze war zum Fenster gegangen und stand lange einfach nur da und blickte hinüber zu der Backsteinvilla.

13

Märtha saß in der Küche und nippte an einer Tasse Tee mit Zitrone. Der Tag, an dem der große Banküberfall stattfinden sollte, rückte immer näher. Jetzt gab es kein Zurück mehr.

»Bald geht es los. Wir sollten bestens vorbereitet sein«, murmelte Märtha und reckte sich nach dem Heft, das sie in der vergangenen Woche bei einem Sicherheitsseminar bekommen hatte. An der Universität von Stockholm kann man eine ganze Menge lernen, dachte sie und konnte sich ein Lächeln nicht verkneifen. Sie hatte sich auf den Weg nach Frescati gemacht, den richtigen Hörsaal gesucht und sich hinten in die letzte Reihe gesetzt. Dann hatte sie sich die Ratschläge der Experten in Sachen Sicherheit angehört und wie man sich bei einem Überfall verhalten sollte. Man muss seinen Feind kennen, so viel wurde ihr klar. In diesem Fall war das die Allgemeinheit, die versuchen würde, Alarm zu schlagen und eventuelle Bankräuber zu stoppen. Die Anweisungen waren klar und deutlich:

Bewahren Sie Ruhe.
Leisten Sie keinen Widerstand.
Folgen Sie den Anweisungen der Verbrecher (das klang ja gut).
Beobachten Sie alles genau. Versuchen Sie, sich an das, was Sie gesehen haben, zu erinnern (weniger gut).
Lösen Sie Alarm aus, wenn es ohne Risiko möglich ist.

Mit anderen Worten, es konnte nicht so schwer sein, eine Bank auszurauben. Zufrieden schlug sie ihr Heft wieder zu und warf einen Blick hinüber zur Bibliothek. Die trockenen Nadeln des Weihnachtsbaumes hatten einen weichen, braunen Teppich unterhalb der spindeldürren Zweige gebildet, der Glögg war ausgetrunken, die Pfefferkuchen lange schon aufgegessen. Den Überfall hatten sie für den Tag nach dem Dreikönigsfest geplant, wenn die Bauarbeiten an der U-Bahn beginnen sollten. Man hatte nämlich beschlossen, einen sechs Kilometer langen Tunnel unter Stockholm zu sprengen, um die Verkehrsverbindungen zu verbessern. Die Sprengungen für den neuen Verkehrstunnel würden dann in vollem Gange sein, und was noch viel besser war, die Stadt gab auch noch die exakten Zeiten bekannt.

Märtha stand vom Küchentisch auf, rollte ihre Zeichnung zusammen und brachte sie nach unten in das Versteck im Rohr. Auf dem Weg zurück kam sie an ihrem Weihnachtsbaum vorbei und musste an die Jahre denken, in denen sie Weihnachten mit ihrem Sohn gefeiert hatte. Der Vater des Kindes hatte sie verlassen, als der Kleine erst zwei Jahre alt war, und sie und das Kind hatten sich sehr nahegestanden. Heute wäre er vierzig Jahre alt, wenn er hätte leben dürfen. Es versetzte ihr einen tiefen Stich. Obwohl es schon so lange her war, trauerte sie noch immer um ihn. Ein Kind zu verlieren war ein Schmerz, der nie vorüberging. Vielleicht war das die größte Trauer, die man empfinden konnte. Das war wohl auch der Grund dafür, warum sie immer in Bewegung sein musste. Um sich nicht daran zu erinnern, ja, ganz einfach, um nicht zu viel Zeit zum Nachdenken zu haben. Er war ertrunken, als er erst fünf Jahre alt war, als das Leben für ihn gerade begonnen hatte. Noch immer zündete sie an seinem Geburtstag eine Kerze an, obwohl manche sagten, sie solle versuchen, ihn zu vergessen. Aber wie sollte jemand anders verstehen können, wie enorm dieser Schmerz war und dass die Trauer sie niemals loslassen würde? Sie holte ihr Taschentuch heraus und schnäuzte sich. Dann saß sie lange ganz still da und starrte aus dem Fenster, bevor sie in den Flur hinüberging. Ohne Eile zog sie ihre Stiefel an, schlüpfte in ihren Wintermantel und ging hinaus. Auch wenn sie noch einige andere Beziehungen gehabt hatte, geheiratet hatte sie nie. Sie fand das einfach sinnlos, als sie zu alt geworden war, um Kinder zu kriegen.

Der abnehmende Mond warf ein blauweißes Licht auf den Schnee, als sie hinüber zum Holzschuppen ging. Etwas weiter draußen sah sie die Lichter einiger Finnlandfähren, und vom Hügel oben ertönte die schrille Heavy-Metal-Musik der Rocker.

Snille und Kratze hatten den ganzen Tag im Holzschuppen verbracht, wo sie die Ausrüstung, die sie für den Überfall benötigten, heimlich herstellten. Jetzt konnte Märtha ihre Neugier nicht länger im Zaum halten, jetzt wollte sie endlich wissen, was die zwei da ausheckten. An den Abenden waren sie und Snille die Pläne für den Überfall gemeinsam durchgegangen, bevor sie sie den anderen präsentiert hatten. Aber diesmal hatte Snille ganz heimlich getan und darauf bestanden, sie zu überraschen.

»Meine Liebe, du musst nicht immer an alles denken. Es ist längst an der Zeit, dass wir anderen auch etwas übernehmen«, hatte er erklärt und ihr sanft über die Wange gestreichelt. Damit hatte er sie beruhigt, und durch ihren Körper strömte ein warmes und wohliges Gefühl. Vermutlich arbeitete Snille wieder an einer neuen Erfindung.

»Banküberfälle, liebe Märtha, sind nicht immer so einfach. Meist sind große Alarmanlagen installiert, und im Handumdrehen steht die Polizei vor der Tür. Wir müssen sie überlisten«, hatte er am Morgen gesagt und ihr zugezwinkert. Genau so. Märtha hatte eine Schwäche für unkomplizierte Lösungen, denn damit konnte man viele an der Nase herumführen. War etwas wirklich simpel, kapierte es niemand. Ingenieure und Polizisten schon gar nicht. Mit etwas ganz Kniffligem konnte man viel Zeit gewinnen und kam auch nicht ins Kittchen. Märtha stampfte den Schnee von den Stiefeln und öffnete die Tür zum Holzschuppen. Es roch nach

Sägespänen und Holzleim, und die Maschinen liefen auf Hochtouren. Auf dem Boden lagen Bretter, Bleche und Dachpappe, und in einem Regal stand ein spitzes, rohrförmiges Ding, von dem sie überhaupt nicht wusste, was es sein könnte. Am ehesten ähnelte es einer altmodischen Beinprothese aus Metall. Der Lärm war so ohrenbetäubend, dass keiner sie bemerkte, und so stand sie schon vor der Drechselbank, als Snille sie wahrnahm. Er schaltete die Maschine aus, lächelte stolz und nickte.

»Bin gleich fertig. Mache nur noch eins als Reserve und reinige die anderen da.«

Märtha stand mit großen Augen da und trat reflexartig einen Schritt zurück. Auf der Werkbank lagen mehrere schwarz angestrichene Pistolenattrappen, und hinten an der Wand tat Kratze so, als würde er schon das Schießen üben.

»Peng, peng«, rief er und simulierte das Nachladen.

»Aber was in aller Welt treibt ihr da?«, keuchte Märtha.

»Na, wir bereiten den Banküberfall vor, ist doch klar«, antwortete Snille. »Sind sie nicht schön geworden? Ganz originalgetreu.«

»Piff, paff, peng«, fuhr Kratze fort.

Märtha nahm eine der schwarzen Attrappen in die Hand, als wäre es eine Giftschlange.

»Aber mein lieber Snille, was hast du dir dabei gedacht? Wir wollen doch auch nicht erschossen werden, oder?«

»Ach was, die sind doch nur aus Holz.«

»*Hands up!*«, rief Kratze plötzlich, als er sich mit einem Lächeln im Gesicht und einer Pistole in der Hand heranschlich. »Jetzt habt ihr es alle mit der Angst bekommen, nicht wahr? Sind die nicht schön geworden? Ich habe sie mit schwarzer Metallfarbe angemalt, deshalb sehen sie so echt aus.«

»Es ist doch immer dasselbe, ihr Jungs wollt schießen. Wenn nicht gerade Krieg ist, dann spielt ihr Banküberfall mit Schusswaffen. Ajajaj«, seufzte Märtha, nahm die Pistolen und steckte sie in ihre geblümte Stofftasche. »Wenn ihr die benutzt, dann lauft ihr Gefahr, dass die Polizei auch auf euch zielt.«

»Hey, was soll das? Wir sind doch noch gar nicht fertig«, protestierte Kratze.

»Pistolenattrappen … meine Güte! Hier wird nicht geschossen! Jetzt ist es höchste Zeit, dass ihr mit diesen Computerspielen aufhört. Schon nach ein paar Wochen hat man es euch angemerkt. Wie wäre es, stattdessen mal ein Buch zu lesen?«

Märtha warf den Kopf in den Nacken und verließ den Holzschuppen. Und vergaß ganz und gar, was sie in ihre Tasche gesteckt hatte.

14

Das Taxi bog am Stureplan ab, fuhr die Sturegata hinauf und kam an der Ecke, wo sich die Handelsbank befand, vorbei, bevor es in den Karlaväg lenkte. Märtha saß hinten, die Nase an die Scheibe gedrückt.

»Ich frage mich, ob …«, murmelte sie.

»Sind Sie sicher, dass Sie das Haus, das Sie suchen, auch wirklich finden? Wir sind jetzt schon ein paarmal im Kreis gefahren.« Der Taxifahrer warf einen ungeduldigen Blick in den Rückspiegel und seufzte, während er so langsam vorwärtskroch, dass die Autos hinter ihnen hupten. Märtha hatte ihn angewiesen, nicht so schnell zu fahren, damit sie möglichst viel erkennen konnte. Woher sollten sie sonst wissen, welche Fluchtwege in Frage kamen? Anstelle des VW-Busses hatten sie ein Taxi genommen, weil Stina ihnen von den vielen Überwachungskameras in Stockholm erzählt hatte. Die gab es nämlich überall, und nach einem Banküberfall studierte die Polizei die Aufnahmen rund um den Tatort ganz genau. Da wären sie sicherlich aufgefallen, wenn sie mehrmals mit einem VW-Bus aufgetaucht und vor der Handelsbank langsamer geworden wären.

»Mein Cousin muss hier irgendwo wohnen. Die Adresse hieß Karlaväg irgendwas, und sobald ich den Eingang vor mir habe, erkenne ich ihn auch. Wie dusselig von mir, dass ich seine Telefonnummer nicht dabeihabe. Er hat uns auf ein Fest eingeladen, wissen Sie.«

»Das ist jetzt die allerletzte Runde, dann muss ich Feierabend machen. Meine Frau wartet nämlich.«

»Ah ja«, sagte Märtha. »Der Eingang da drüben kommt mir bekannt vor. Lassen Sie uns doch bitte etwas weiter vorn an der Seitenstraße raus, dann werden wir es schon finden.«

»Dann viel Glück«, murmelte der Taxifahrer, fuhr an den Bordstein und hielt. Das Taxometer stand auf 880 Kronen.

Märtha griff zu ihrer Handtasche, öffnete sie und gab einen grellen Schrei von sich.

»Huch!«

Die Pistolenattrappen! Sie hatte sie eigentlich verbrennen wollen, sie dann aber zwischen Puder und Make-up völlig vergessen. Für den Bruchteil einer Sekunde hatte sie sie für echt gehalten und mit ihrem Reptiliengehirn reagiert. Der Taxifahrer sprang von seinem Fahrersitz und riss die Beifahrertür auf.

»Was ist passiert?«

»Manchmal schlägt mein Herz so komisch«, jammerte Märtha und legte ihre linke Hand auf die Brust. Sie konnte ja nicht sagen, dass sie sich über die Pistolen erschreckt hatte. Der Taxifahrer verschwendete keine weitere Zeit mit Fragen, und im nächsten Moment spürte Märtha einen knoblauchschweren Atem unter der Nase und zwei feuchte Lippen, die sich auf ihren Mund pressten.

»Waf zum Ffeuffell!«, brachte Märtha hervor, bis Snille den Taxifahrer, der mitten in der Mund-zu-Mund-Beatmung war, energisch zur Seite zog und Märtha in den Arm nahm.

»Keine Sorge. Manchmal ist sie etwas laut, aber es ist längst nicht so schlimm, wie es sich anhört«, versicherte Snille ihm und zog Märtha aus dem Wagen.

»Müssen wir nicht ins Krankenhaus?«, fragte der Taxifahrer.

»Sie wissen doch, Frauen übertreiben immer gern. Ich habe sie einfach nur in den Hintern gezwickt, aber das wollte sie natürlich nicht zugeben«, erklärte Snille, blinzelte dem Fahrer zu und reichte ihm das Geld für die Fahrt. Die anderen stiegen etwas irritiert aus dem Wagen, und als der Taxifahrer sich wieder auf den Weg machte, fragten sie nach, was denn eigentlich passiert sei.

»Das ist passiert«, sagte Märtha und öffnete ihre Handtasche, so dass man die Pistolen sehen konnte. Da sank Stina in die Knie. Ohnmächtig.

Es brauchte eine Weile, bis sie wieder ansprechbar war, aber nach zwei Bonbons kam sie wieder auf die Beine. Märtha ärgerte sich darüber, dass sie so viel Aufsehen erregt hatten, denn sie hatten doch extra die anthrazitfarbenen Mäntel von der Diakonie angezogen und ihre Rollatoren zu Hause gelassen, um mit der Masse zu verschmelzen. Um so *wenig* Aufmerksamkeit wie möglich zu wecken.

»Wie geht's dir, Märtha?«, fragte Snille. »Du hast mir wirklich einen Schrecken eingejagt. Und dieser Taxifahrer …« Er hielt plötzlich inne, denn in dem Moment wurde ihm klar, dass er kurzzeitig wirklich so etwas wie Eifersucht verspürt hatte. Der Taxifahrer hatte ja quasi seine … ja, *seine* Frau geküsst!

»Ist alles wieder gut«, antwortete Märtha. »Ich hoffe nur, dass er sich nicht an uns erinnert«, fügte sie hinzu, aber ihr war klar, dass die Chancen darauf relativ schlecht standen.

»War das mit der Taxifahrt wirklich so eine gute Idee? Überleg mal, wie oft wir vor der Handelsbank langsam gefahren sind. Möglicherweise fand er das auch verdächtig«, seufzte Kratze.

»Bei Banküberfällen muss man *immer* Herr der Lage sein, die Fluchtwege kennen und sich ausreichend Zeit nehmen, die Details zu prüfen«, sagte Stina, die jetzt wieder fit war. »Das war absolut notwendig. Jetzt sollten wir es hinkriegen. Dann kann deine Hellseherin über unheilverkündende Ereignisse in der Zukunft sagen, was sie will.«

Kratze wollte gerade den Mund öffnen, um zu protestieren, doch ließ er es sein. Lillemor war ein sensibles Thema geworden. In der vergangenen Woche hatte sie fast jeden Tag vor der Tür gestanden und neue Weissagungen über seine Zukunft von sich gegeben. Natürlich fand er das interessant. Aber Stina war nun etwas empfindlich geworden und vertrat die Ansicht, dass es jetzt auch genug sei. Er hatte behauptet, dass er noch mehr Dinge über sein Leben erfahren wolle. Und dann kam er mit dem Vorwand, dass es sehr gut sei zu wissen, was einen nach einem Banküberfall erwarte, aber da er über den Überfall selbst nichts sagen durfte, fanden die anderen nicht, dass diese Erklärung zutraf. Eher war es so, dass er jedes Mal verdächtig oft rot anlief, wenn die Sprache auf Lillemor kam.

Als das Taxi um die Ecke verschwunden war, spazierten die fünf hinauf zu Floras Hügel im Humlepark, wo man einen guten Blick auf die Bank und die direkte Umgebung hatte. Hinter ihnen erstreckte sich der Humlepark mit der Königlichen Bibliothek, den Alleen, den Rasenflächen und den vielen Bäumen. Auf der anderen Seite der Sturegata lag der Eingang der Handelsbank. Sie sahen sich um, wechselten auf die andere Straßenseite und liefen ein letztes Mal am Haupteingang vorbei, bis Märtha meinte, dass es jetzt an der Zeit sei, nach Hause zu fahren. Diesmal stiegen sie in die U-Bahn und fuhren bis zur Haltestelle Slussen, und von dort nahmen sie ein Taxi nach Värmdö. Ein anstrengender Tag lag hinter ihnen, und jetzt mussten sie sich ein bisschen ausruhen, um für ihr Vorhaben fit zu sein. Als sie die Haustür aufschlossen und in den Flur traten, fasste Märtha die Sachlage zusammen.

»Bald ist es so weit«, sagte sie.

Die anderen sahen einander an und wurden mit einem Mal ganz ernst. Banküberfall zu spielen und herumzuspinnen, war die eine Sache, aber jetzt wollte Märtha, dass sie ihre Pläne *in die Tat* umsetzten!

»Vergesst nicht, dass wir rein ideelle Gründe haben. Wenn der Staat sich nicht kümmert, müssen wir eben einspringen. Wir tun das nur als Freunde und Beschützer der Armen, wir sind die Antwort des einundzwanzigsten Jahrhunderts auf Robin Hood.«

Robin Hood, dachte Kratze, wäre sicherlich mordsmäßig sauer geworden, wenn er geahnt hätte, dass sich eine alte Tante ein paar Jahrhunderte später mit ihm vergleichen würde.

15

Stina war draußen auf der Veranda mit der Kamelhaardecke über den Beinen und dicken Socken an den Füßen eingeschlafen. Ihr Schnarchen war deutlich hörbar, denn an den Nachmittagen benutzte sie ihre Aufbissschiene nie, und erkältet war sie auch noch. Kratze warf einen raschen Blick auf die schlafende Gestalt. Natürlich hatte er ein schlechtes Gewissen, wenn er vorsichtig zu ihr hinüberschlich, um sicherzugehen, dass sie auch wirklich schlief. Und weil er Erleichterung verspürte, als er feststellte, dass sie es tat. Aber Kratze *musste* zu Lillemor hinübergehen. Er konnte einfach nicht widerstehen. Diese hübsche Frau war so entzückend, so unberechenbar und spannend, ja, wie eine stürmische Segelfahrt in unbekannten Gewässern. Die Neugierde trieb ihn zu ihr wie anhaltendes Aquaplaning. Ein Mann wie er, der über die Weltmeere gesegelt war und schon so viele Länder gesehen hatte, konnte ja wohl kaum in einem alten Holzhaus hocken und einfach nur nichts tun. Nein, er musste raus. Und diese faszinierende Frau war sein Ziel …

Lillemor hatte so interessante Augen, dachte er, während er sich den Mantel überwarf. Sie sah ihn auf diese ganz spezielle Art und Weise an, wie gewisse Frauen es tun, und obwohl sie die sechzig schon überschritten hatte, war sie sehr sexy. Unter ihrem Ausschnitt hatte er die Verheißung gesehen. Und was für eine. Er kämmte sich das Haar, achtete darauf, dass der Mantel so saß, wie es sich gehörte, und spazierte hinüber zu der Backsteinvilla. Dieses Haus, das in den vierziger Jahren im Stil der Neuen Sachlichkeit gebaut worden war, passte so überhaupt nicht in die Umgebung, aber zu ihr schon. Lillemor war eben außergewöhnlich. Er klingelte.

»Na so was, du bist das, Kratze, komm doch herein. Mit Licht und Liebe, sei willkommen!«

Kratze verlor bei dieser ungewohnten Begrüßung direkt den Faden und spürte, wie ihm die Hitze durch den Körper wallte. Wie wunderbar, so empfangen zu werden! Sofort fühlte er sich ganz und gar angenommen. Sie reichte ihm einen Bügel, doch er brauchte lange, bis er seinen Mantel endlich aufgehängt hatte. Aus dem Augenwinkel nahm er wahr, dass sie eine hellrote Bluse trug, einen kurzen schwarzen Rock, rote Legwarmers und hohe Schuhe.

»Möchtest du eine Tasse Tee?«

»Ja, natürlich …«, antwortete er und sog den süßen Räucherstäbchenduft ein. Er lächelte albern und kam sich vor, als sei er auf einer Tanzveranstaltung in der Schule und wollte gerade das hübscheste Mädchen von allen auffordern. Sie gingen hinüber ins Wohnzimmer, und als sie ihn bat, am Esstisch Platz zu nehmen, fühlte er sich nicht mehr ganz so unbeholfen. Er zupfte sein Halstuch zurecht, fuhr sich über die Kopfhaut und sagte:

»Du hast aber eine hübsche Bluse an.«

»Ach was, nicht der Rede wert. Die trage ich immer, wenn ich wahrsage.«

Er konnte sehen, dass sie rot wurde.

»Es ist so nett, dass du meine Nachbarin bist«, fuhr er fort. »Du musst wissen, dass ich viel über das, was du gesagt hast, nachgedacht habe. Ich meine, über meine Zukunft.«

»Ach ja«, sagte sie und holte die Teekanne. Sie nahm zwei Tassen aus dem Schrank und berührte beiläufig seine Hand, als sie das Geschirr auf den Tisch stellte. Er bildete sich ein, dass sie das mit Absicht getan hatte, doch ganz sicher war er sich nicht. Abwesend nippte er an seinem Tee und wunderte sich über dessen sonderbaren Geschmack. Das musste ihr aufgefallen sein.

»Ingwer. Den schmeckt man heraus«, erklärte sie. »Immer,

wenn ich es kuschelig haben will, tue ich Ingwer, etwas Milch und Zimt in den Tee.«

»Kuschelig?«, fragte Kratze mit einem hoffnungsvollen Unterton in der Stimme.

»Ja, wenn man es sich auf dem Sofa bequem macht, ein Buch liest und es sich gutgehen lässt.«

»Buch, ach so, ja, genau ... Ich spiele Computersp...«, setzte Kratze an, doch dann hielt er inne. Krampfhaft suchte er nach dem Titel eines Buches, das er gelesen hatte, doch ihm fiel keiner ein. Wahrscheinlich war es zu lange her.

»Nun sprich, soll ich dir wieder wahrsagen?«, fragte Lillemor und legte ihre Hand auf seine. Kratze scharrte mit den Füßen und wagte es kaum, ihr ins Gesicht zu sehen. Lange hatte er darüber nachgedacht, was er als Vorwand vorbringen könne, um sie möglichst oft zu besuchen, und schließlich war er darauf gekommen, dass sie ihn doch in die Welt des Tarot einführen könnte.

»Ich weiß, dass es überwiegend Frauen sind, die so etwas können, aber ich bin so furchtbar neugierig. Kannst du mir nicht beibringen, wie man weissagt?«

»Das Weissagen? Aber Kratze, das musst du in dir haben.«

»Vielleicht kommt es ja.«

»Aber ich kann dir doch weissagen, reicht das nicht? Es dauert sehr, sehr lange, bis man Tarotkarten deuten kann.« Lillemor holte etwas aus der Schreibtischschublade und kam mit einem lederummantelten Beutelchen zurück. Mit großer Sorgfalt schnürte sie es auf und zog ein Kartenspiel hervor, das in schwarze Seide eingewickelt war.

»Weißt du, die Karten selbst haben keine Kraft, aber sie spüren deine Energie«, sagte sie und verschlang ihn mit ihren dunklen Augen. »Damit das gelingt, musst du eine ausgeprägte Intuitionsgabe besitzen und alles über die Karten lernen.«

»Intuition habe ich genug«, antwortete Kratze selbstsicher. »Während meiner Zeit auf See habe ich immer gespürt, wenn ein

Sturm nahte, und ich konnte genau vorhersagen, wenn Regen kam.«

»Ich habe etwas anderes gemeint. Jede Karte hat eine bestimmte Bedeutung und kann in verschiedenen Konstellationen gelegt werden.«

»Kein Problem.« Kratze streckte sich nach dem Kartenspiel.

»Nein, halt! Das ist mein Kartenspiel. Es ist nicht gut, wenn es in das Energiefeld anderer Leute gerät. Ich werde dir ein anderes holen«, sagte Lillemor und stand auf.

Was zum Teufel redet sie für einen Unsinn, dachte Kratze. Die Sache mit den Tarotkarten ist doch nur ein blöder Umweg. Konnte sie sich nicht einfach wieder hinsetzen und mit ihm, na ja, ein bisschen kuscheln? Als sie wieder zurückkam, schob er seinen Stuhl etwas näher an ihren.

»Kannst du den Orkan für mich legen«, fragte er und ließ seine Hand ganz zufällig auf ihrem Knie landen.

»Die Arkane, ja schon, aber dann musst du wissen, in welchem Sternzeichen du geboren bist«, sagte sie und ließ seine Hand auf ihrem Knie liegen. »Wann war dein Geburtstag?«

»Ich bin Steinbock«, murmelte er und konnte sich an die Zahlen, die er ihr beim letzten Mal gesagt hatte, schon nicht mehr erinnern. War es nicht der Tag vor seinem eigentlichen Geburtstag, den er ihr genannt hatte? Er versuchte es mit dem 3. Januar 1929.

»Ach ja, richtig«, antwortete Lillemor und lächelte ihn wieder so an, dass ihm heiß und kalt wurde. »Der Steinbock fordert uns heraus und setzt unseren gesunden Menschenverstand außer Kraft. Wir verlieren die Selbstkontrolle und denken Dinge, die wir nicht tun sollten oder wollen.«

»Aha«, murmelte Kratze und wanderte mit seiner Hand zu ihrem Oberschenkel.

»Der Teufel steht für Egoismus, Manipulation, Gier, Böswilligkeit, Eifersucht und ...«

»Kannst du nicht eine andere Karte ziehen?«

»Der Steinbock lässt sich von niederen Impulsen leiten.«

Man könnte wohl eher sagen, männliche Impulse, dachte Kratze und schob seine Hand noch weiter nach oben.

»Diese Karte symbolisiert das Vorherbestimmte«, fuhr Lillemor fort und nahm seine Hand noch immer nicht von ihrem Bein. »Als Steinbock hast du vielleicht manchmal das Gefühl, dass du nicht gut genug bist oder dass die anderen es noch nicht gemerkt haben, wie wertvoll du bist.«

»Letzteres kann ich nur bestätigen«, sagte Kratze und rutschte noch etwas näher an sie heran.

»Vielleicht fühlst du dich von der Person, die du liebst, abhängig, denkst aber gleichzeitig, du seist nicht gut genug für sie.«

»Ach was«, murmelte er, denn langsam hatte er ihr Gerede über. Stattdessen tat er das, was er schon immer getan hatte, wenn eine attraktive Frau in Reichweite saß. Er legte den Arm um ihre Taille und küsste sie. Lillemor ließ sich gern von ihm unterbrechen, schloss die Augen und lehnte sich nach hinten.

»Weißt du, Kratze, ich kann dir auch viele andere Dinge beibringen«, hauchte sie und legte ihre Hand mit den rotlackierten Nägeln um seinen Hals.

Als Kratze seine Hellseherin wenig später wieder verließ, war er aufgedreht und glücklich und fühlte sich mindestens zehn Jahre jünger. Dass er immer so Schlag bei Frauen hatte! Beinahe hätte er Lust bekommen, auf der Stelle loszutanzen, doch dann fiel ihm Stina wieder ein. Am besten verhielt er sich ganz unauffällig. Seine Stina war ja ganz wunderbar, und er wollte ihre herzliche Beziehung nicht aufs Spiel setzen. Nein, das Ganze hier war ja nur ein kleines Abenteuer, etwas Salz in der Suppe des Lebens, das niemanden etwas anging. Er öffnete das Tor vom Zaun und ging leise pfeifend nach Hause. Als er auf dem Weg zu seinem Zimmer an der Veranda vorbeikam, grüßte er Stina, so natürlich es ging, bevor er die Treppe hinaufschlich. Aber er hatte ihr Gesicht noch sehen können. Und mit welch eiskaltem Blick sie ihn angesehen hatte!

Märtha hatte bemerkt, wie Kratze in sein Zimmer gehuscht war und schüttelte beunruhigt den Kopf. Nicht genug, dass er diese Wahrsagerin in der Backsteinvilla besuchte. Wenn er zu Hause war, sah er nur noch träumend aus dem Fenster oder war mit seinen Karten beschäftigt. Stina hatte sich schon mehrere Nächte hintereinander in den Schlaf geweint, und Märtha hoffte sehr, dass ihre Freundin Kraft genug aufbringen würde, um noch eine Weile durchzuhalten. Nämlich bis zu dem Tag, an dem Kratze kapieren würde, dass Lillemor nur eine ganz banale Abenteurerin war. Dann würde er sich ganz bestimmt entschuldigen und Stina bitten, dass sie ihm wieder gut war. Manchmal muss man die Männer einfach machen lassen, dachte Märtha, das ist das Beste. Kratze war nun mal ein Frauenheld, und obwohl er über achtzig Jahre alt war, brauchte er diese Bestätigung noch immer.

Am nächsten Tag machte Stina es sich mit ihrer Kamelhaardecke über dem Schoß in der Bibliothek bequem, sie hatte ein recht zerfleddertes Buch dabei und eine dampfende Teetasse auf dem Tisch. Eine Packung Papiertaschentücher lag daneben. Sie hatte geweint. Wieder einmal. Snille kam hereinspaziert und sah, wie sie den Kopf hängen ließ.

»Ist das Buch so traurig?«, fragte er sie.

»Ach, keine Ahnung«, sagte Stina kaum hörbar und versteckte es unter der Decke.

»Wie heißt es denn?«

»Das Buch?« Sie nahm eines der letzten Taschentücher aus der Packung und versuchte, etwas zu sagen, doch sie fand die richtigen Worte nicht. Da wurde Snilles Neugier zu groß, und er kitzelte sie unter den Armen, bis sie das Buch nicht mehr halten konnte. Er angelte es unter der Decke heraus. Es war rosa, und der Titel lautete ohne Umschweife: *So kriegst du sie rum!* ALLES ÜBER MÄNNER. HANDBUCH FÜR FRAUEN.

»Aber Stina, was liest du denn da? Wenn es jemanden auf dieser Welt gibt, der mit Männern umgehen kann, dann bist du das«, sagte Snille und setzte sich neben sie.

»Kratze findet das gar nicht. Ich glaube, er hat sich in Lillemor verliebt.«

»Ach was, er ist vor allem eitel.«

»Das ist ja nichts Neues. Aber schau mal, wie er ständig zu Lillemor hinüberrennt. Ich werde ihn überlisten müssen.« Jetzt klang Stinas Stimme schon etwas selbstbewusster. »Denn von diesem Buch kann ich lernen, die Signale der Männer zu deuten.«

»Signale?« Snille sah verwirrt aus und dachte an Telegraphen und mystische Radiosignale im Äther. »Wie ist das zu verstehen?«

»Na ja, diese subtilen Signale, die die Kerle ganz unbewusst aussenden«, erklärte Stina. »Hier steht, wie man seinem Mann zuhören, mit ihm reden und studieren kann, was in seinem Gehirn vor sich geht.«

»Aber meine Liebe, ist Kratze wirklich so viel Kummer wert? Bleib einfach, wie du bist! Du bist doch wunderbar«, sagte Snille und strich ihr über die Wange.

»Findest du das?«, fragte Stina und fing wieder an zu weinen.

Snille nahm das Buch in die Hand und begann, darin zu blättern.

»Hier steht, dass der Weg zum Herzen eines Mannes durch die Nase geht«, sagte er. »Was soll dieser Hokuspokus?«

»Das ist gar nicht sonderbar, das Buch ist wichtig. Es gibt so vieles, was man von den Männern nicht weiß.«

»Aber durch die Nase? Ich finde, das klingt nach einem Umweg«, meinte Snille. »Ach was, hab einfach ein bisschen Geduld mit ihm. Männer werden das Jagen nie sein lassen, doch wenn sie müde sind, kehren sie heim. Ich werde mal versuchen, mit ihm zu reden.«

»Ach was, Idioten sind sie, sonst nichts!«, zischte Stina und schnäuzte sich. »Wo ist er eigentlich?«

»Draußen. Er jagt wahrscheinlich Spanische Wegschnecken im Garten.«

»In dieser Jahreszeit? Nein. Bestimmt ist er wieder drüben bei Lillemor. Und im Übrigen, stell dir vor, wenn ein Freier stattdessen eine Spanische Wegschnecke wäre …«

»Ich weiß ja nicht, ob das so angenehm wäre.«

»Doch, das wäre gerade etwas für uns ältere Frauen. Dann hat man zu Beginn des Sommers einen Freier und im Herbst mindestens dreihundert mehr.«

Und da musste Snille lächeln, weil er merkte, dass Stina nun ein bisschen aufmüpfiger geworden war.

16

Völlige Stille trat ein. *Einen Banküberfall verschieben?* Was hatte Kratze da vorgeschlagen? Das konnte er beim besten Willen nicht ernst meinen. Und das, wo der Abend so gut begonnen hatte, mit Champagner und Knabbereien.

Wie immer fand Märtha, dass es wichtig war, am Vorabend eines Überfalls genüsslich zu feiern. Entsprechend ihrer Gewohnheit behauptete sie, dass man sowohl vorher als auch nachher feiern sollte, denn falls irgendetwas schiefging, dann hätte man auf jeden Fall ein bisschen gefeiert. Daher begann der Abend mit einem Glas Champagner, aus dem ganz zufällig zwei wurden, und alle waren bereits vor dem Essen ein bisschen beschwipst. Während sie den leckeren Meeresfrüchtesalat aßen, hatte Stina mit Hingabe die schwedischen Neuromantiker Karlfeldt und Heidenstam deklamiert, doch als sie zum Lammfilet mit Kräutern und Parmesan kamen, ging sie zu Krimis und Giftmorden über. Ihre Geschichten wurden immer schlimmer und übertrafen einander mit brutalen, unerwarteten Mordfällen. Das passte überhaupt nicht zu ihr, und allen war klar, dass es zwischen Kratze und ihr längst noch nicht wieder so stand, wie es hätte sein sollen. Märtha versuchte, die Stimmung ein wenig zu heben, indem sie vorschlug, etwas von Evert Taube zu singen, doch obwohl sie noch Wein nachschenkte, wollte sich die übliche Ausgelassenheit nicht einstellen. Es lag in der Luft, dass hier etwas nicht stimmte. Und Kratze war ungewöhnlich reserviert und still gewesen und hatte beim Essen nicht viel von sich gegeben. Schließlich wischte er sich den Mund ab, schob den Teller beiseite und summte leise vor sich hin. Dann räusperte er sich.

»Lillemor hat gesagt, es sei jetzt nicht der richtige Zeitpunkt für ein Abenteuer. Der Mond nimmt ab, und da sollte man sich nicht gerade Aktionen aussetzen, die neu und kraftraubend sind«, sagte er mit fester Stimme. »Ich müsse meine ganze Kraft meiner persönlichen Entwicklung widmen, und da könne ich meine Zeit nicht mit etwas anderem verschwenden. Ich finde, wir sollten den Überfall verschieben.«

»Du machst wohl Witze?«, fragte Märtha.

»Wenn Lillemor das gesagt hat«, konterte Stina ironisch, und das mit einer so ätzenden Stimme, dass sie für jeden Schrottwagen als Rostentferner getaugt hätte. »Ja, dann ist es wohl das Beste, wir blasen alles ab.«

Es wurde ganz still, und Kratze fingerte an seinem Halstuch. Er blickte ununterbrochen auf seinen Teller, denn er traute sich nicht, den anderen in die Augen zu sehen.

»Es wäre furchtbar, Stina, ohne dich ins Gefängnis zu kommen«, murmelte er.

»Spar dir deine Lügen, du Depp!«, konterte Stina mit hochroten Wangen. Sie hatte am Vormittag natürlich gesehen, wie Kratze in die Backsteinvilla spaziert war. »Und du weißt ganz genau, dass Männer und Frauen nicht im gleichen Gefängnis landen«, zischte sie.

»Vielleicht singen wir jetzt doch etwas«, versuchte Märtha, sie abzulenken.

»Was haltet ihr von einem netten kleinen Lied darüber, wie man Wahrsagerinnen wegzaubert«, schlug Stina aufgebracht vor, sprang auf, schob den Stuhl mit einem Krachen zur Seite und rannte aus dem Zimmer, die Hände vors Gesicht geschlagen. Märtha sah Kratze bittend an.

»Bitte, versuch das wieder gradezubiegen, sonst geht es morgen völlig in die Hose.«

»Ich finde, wir sollten das Ganze verschieben …«

»Nein, hier werden keine Pläne geändert«, fiel Märtha ihm energisch ins Wort, so dass Kratze steckenblieb. »Jetzt gehst du hoch zu Stina und tröstest sie.«

»Ich verstehe überhaupt nicht, warum sie sich so aufregt. Seit einiger Zeit ist sie nur noch schlechtgelaunt.«

»Ist doch klar, dass sie wütend ist. Du hast sie vernachlässigt, das weißt du doch!«, sagte Märtha. »Eine Frau muss wahrgenommen werden, damit es ihr gutgeht, aber du hast dich ja nur mit Lillemor beschäftigt.«

Das Gespräch wurde von einem schrillen Klingeln an der Tür jäh unterbrochen. Nicht schon wieder die, dachte Märtha wütend und ging mit energischen Schritten in den Flur hinaus. Da richtete sie sich noch einmal auf, um die Wahrsagerin, die die gute Stimmung in ihrer Gang auf dem Gewissen hatte, mit aller Kraft davonzujagen. Sie öffnete die Tür sperrangelweit.

»So, du Hokuspokusweib, jetzt machst du dich davon!«, rief sie.

»Was zum Teufel?« Tompa, der in seiner schwarzen Lederjacke vor der Tür stand, trat so schlagartig einen Schritt zurück, dass er beinahe rückwärts die Treppe hinuntergefallen wäre.

»Oh, ich hatte gedacht …«, murmelte Märtha.

»Ich wollte nur fragen, ob ich vielleicht einen Liter Milch leihen könnte«, sagte Tompa und fuhr sich über sein Tattoo im Nacken. »Es ist wieder mal typisch, sie ist uns ausgegangen.«

»Ach so, dann kommen Sie mal rein!«, antwortete Märtha und dachte, dass es nicht jeden Tag vorkam, dass man über den Besuch eines Rockers der BandAngels erleichtert war. Sie ging voran in die Küche.

»Hier, bitte schön«, sagte sie und reichte ihm eine Packung Milch.

»Coole Hütte hier«, sagte Tompa und nickte ins Haus hinein. »Kann ich mich mal ein bisschen umschauen? Wir haben beim letzten Mal ja nur die Küche gesehen.«

Märtha überlegte kurz, doch sie kam zu dem Schluss, dass ein kleiner Rundgang für die nachbarschaftlichen Beziehungen nicht schlecht sein konnte.

»Aber natürlich, sehr gerne«, antwortete sie, und als sie an den anderen in der Küche vorbeiging, zwinkerte sie verbindlich und zeigte ins Innere des Hauses.

»Wir machen nur eine kleine Führung«, erklärte sie lächelnd mit dem Riesen im Schlepptau. Kratze erhob sich, um zu widersprechen, aber Snille legte ihm die Hand auf die Schulter.

»Keine Sorge, Märtha weiß schon, was sie tut«, flüsterte er und lächelte Tompa an, als dieser vorbeiging.

»In den Schlafräumen im ersten Stock gibt es nicht viel zu sehen, aber hier unten sind das Esszimmer und der Salon«, erklärte Märtha. Stolz zeigte sie ihm die großen Räume mit Parkett und Tapeten, die noch von der Jahrhundertwende stammten. Sie ließ ihn die Aussicht von der Veranda genießen, dann drehten sie eine Runde durch das Kaminzimmer und blieben schließlich in der Bibliothek stehen.

»Meine Güte, so viele Bücher«, staunte Tompa andächtig und zeigte auf die vielen Buchrücken. Langsam und etwas umständlich buchstabierte er sich durch die Autorenriege und las Namen wie Strindberg, Heidenstam und Lagerlöf, bevor er bei Märthas großer Krimisammlung haltmachte, die sie von Stina übernommen hatte. Dann fiel sein Blick auf etwas, das am Rand stand, und er trat etwas nach rechts. Märtha hatte Stinas neueste Anschaffungen noch gar nicht registriert, doch als sie Tompas Blick sah, tat es ihr gleich leid, dass sie der Hausführung zugestimmt hatte. Seine Augen wurden immer finsterer, nachdem er Titel wie *Der schwedische Gottvater, Mafiakrieg, Die schwedische Mafia* und *Bericht aus der Hölle* in die Hand genommen hatte. Das letzte Buch handelte von einem, der aus einem gefährlichen Motorradclub ausgestiegen war. Als Tompa wieder aufsah, waren seine Gesichtszüge angespannt und die Schultern verkrampft.

»Ja, tatsächlich …«, sagte er, und als sie nachfragte, was er denn damit meinte, bekam sie keine Antwort. Er schüttelte nur den Kopf, schob die Bücher zur Seite, als hätten sie die Pest, und murmelte, dass er sich jetzt beeilen müsse. Mit wenigen großen Schritten stand er wieder im Flur, nickte reserviert und war auch schon zur Tür hinaus.

»Wie eilig es der plötzlich hatte«, sagte Märtha.

»Vielleicht schlägst du beim nächsten Mal vor, dass die HadesEngel ihre Jahresversammlung machen, wenn wir das Haus voller Hehlergut haben«, brummte Kratze.

»Wisst ihr was, wenn es so weitergeht, finde ich bald, dass ich im Heim mehr Ruhe hatte«, sagte Anna-Greta, während sie einen kurzen Blick auf den Hof warf. »Dieser Tompa ist ein zwielichtiger Typ, und er hat sicher Verdacht geschöpft, als er die Bücher gesehen hat. Ein Krimineller kann andere Kriminelle förmlich riechen.«

»Wir sind doch keine Kriminellen, wir sind nur Senioren, die gern etwas abgeben«, widersprach ihr Märtha.

»Und die morgen einen Banküberfall verüben werden. Ja, ja«, seufzte Snille. »Aber im Ernst, ich glaube, Tompa hat keinen leisen Schimmer. Von Verbrechen zu lesen ist die eine Seite, sie zu begehen ist eine andere. Ich glaube nicht, dass er auch nur in seiner wildesten Phantasie ahnt, was wir hier im Schilde führen.«

»Oh ja. Man soll nie nie sagen«, meinte Märtha und sank auf den Küchenstuhl. Ihre Hände zitterten. Während des Rundgangs hatte Tompa angedeutet, dass die BandAngels sehr bald richtige Mitglieder der HadesEngel werden würden. Doch auch wenn sie jetzt noch nicht aufgenommen waren, und wenn die beiden eigentlich wie große, bärige Jungs wirkten – Märtha musste an Tompas Blick denken. In diesen finsteren Augen ahnte sie eine unerbittliche Kälte. Von dem Augenblick an wusste sie: Der Mann ist gefährlich.

Als Tompa sich die Jacke ausgezogen hatte und in den Frühstücksraum kam, lief der große Flachbildfernseher wie üblich auf höchster Lautstärke. Jörgen war auf dem Sofa eingeschlafen und hielt noch die Fernbedienung in der Hand. Er schnarchte laut, doch er schreckte zusammen, als Tompa hineinkam:

»Ööõh«, sagte er.

Tompa nickte, ging in die Küche und öffnete den Kühlschrank. Die Milchtüte stellte er neben die zwei anderen.

»Im untersten Fach steht noch Bier«, murmelte Jörgen in die Küche hinüber und setzte sich auf. Er rieb sich die Augen und sah schläfrig aus, als sein Kumpel mit zwei Bierdosen in der Hand zurückkam. »Na, wie war's?«

»Hat gut funktioniert mit der Milch. Ich hab das ganze Haus gesehen. Scheint alles in Ordnung zu sein, nur wahnsinnig viele Bücher. Und die alten Leutchen lesen Krimis. Sie hatten verflucht viele Kriminalromane da stehen.«

»Fuck. Das heißt, die Alten mögen Verbrechen?«

»Sieht ganz so aus. Und dann hatten sie auch Bücher über die Mafia und die HadesEngel.«

Jörgen brach in lautes Lachen aus, und Tompa lachte mit. Er griff nach einer Bierdose, öffnete sie und machte es sich auf dem Sofa bequem. Während er trank, warf er nebenbei einen Blick auf den Film, der im Fernsehen lief.

»Aber ich frage mich nur eins. Als ich an der Garage vorbeikam, habe ich gesehen, dass das Großväterchen zwei neue Sitze in den VW-Bus eingebaut hat«, fuhr er fort. »Ob da noch mehr alte Leute hinkommen? Wenn sie Verbrechen mögen, fangen sie vielleicht an zu schnüffeln.«

»Ach was, entspann dich. Unschuldige alte Leute. Es ist doch cool zu sehen, wie unternehmungslustig so Alte noch sein können!« Tompa nahm ein paar große Schlucke Bier, legte die Füße wieder auf den Couchtisch und stellte den Fernseher lauter. Dann überlegte er es sich anders und fuhr den Ton mit der Fernbedienung wieder zurück. »Übrigens, unser Clublokal. Jetzt haben wir den Boden ja gelegt und gestrichen, also könnten wir es jetzt etwas gemütlicher machen, bevor der Rest der Gang es zu sehen bekommt.«

»Wir müssen nur etwas an die Wand hängen und ein paar coole

Möbel reinstellen.« Jörgen rülpste und legte seine Füße auch auf den Couchtisch.

»Und dann müssen wir die Garage und den Schuppen aufräumen, damit für alles Platz ist.«

»Und wenn die Alten nun kapieren, was bei uns abgeht?«

»Du meinst, die Schutzgeldgeschichten und so? Ach was. Von so was verstehen die nichts!«

Jörgen stellte genau in dem Moment, in dem der Verbrecher und seine Kumpel in ein Gebäude einbrachen, den Fernseher wieder lauter. Die Gewehrkugeln flogen. Banküberfall. Diese Art von Verbrechen war irgendwie wieder in Mode gekommen.

17

Snille sah an der grauen Fassade, wo mit großen Buchstaben SCHWEDISCHE HANDELSBANK geschrieben stand, hinauf. Bald war es so weit. Verdächtig nahe des Eingangs strich er um die Ecke und warf rasch einen Blick auf die doppelt verglaste Eingangstür. Es müsste klappen. Der Umbau des Rollators war fertig, und er hatte sich bestens vorbereitet. Aber ein Banküberfall war eben immer noch ein Banküberfall, keine Frage! Wenn Märtha davon sprach, erschien ein Überfall immer so klein und niedlich, aber es war dennoch eine gesetzeswidrige Tat. Und Snilles Rollator konnte möglicherweise auffallen. Denn er sah nicht wie ein gewöhnlicher Rollator aus, weil seine ganze Konstruktion wesentlich stabiler war. Wenn jemand auf die Idee kam, den leeren Karton im Korb hochzuheben, dann wäre er verraten. Auf der anderen Seite, wer sollte das tun? Für einen älteren Herrn mit Rollator interessierte man sich nicht mehr als für ein abgestandenes Glas Bier. Nein, in einer Gesellschaft, die nur noch auf Fünfunddreißigjährige zugeschnitten war, konnte er sicher sein, dass man ihn übersah – eine Tatsache, die ihm im Augenblick sehr recht war.

Nur noch ein paar wenige Schritte. Er sah sich um. Kein Regen, kein Schnee. Der Himmel war sternenklar, und über dem Humlepark strahlte der abnehmende Mond. Für einen kurzen Moment dachte er besorgt an Kratze und hoffte inständig, dass die Wahrsagerin auf ihn nur vorübergehend so eine magische Anziehungskraft hatte, doch dann tröstete er sich damit, dass es ihnen ja immerhin gelungen war, Kratze zu dem Coup zu überreden. Am Ende hatte Kratze sich entschuldigt und gesagt, dass er die Seniorengang natürlich nicht im Stich lassen werde, und nach ein paar Gläschen Moltebeerenlikör war er auch wieder ganz der Alte gewesen.

Ein Porsche raste vorbei, sein Radio ohrenbetäubend laut, und eine alte Dame ging langsam und mühevoll um die Ecke und bog in den Karlaväg ein. Snille wartete ab, bis die Luft rein war. Er wollte keinesfalls irgendwelche unnötigen Zeugen haben. Die Straße war nun menschenleer. Also, jetzt war es so weit! Am Eingang der Handelsbank lag eine Fußmatte, die einem mitteilte, dass man willkommen war. Natürlich würde er hineingehen, aber längst nicht auf die Art, die die Geschäftsführung sich vorgestellt hatte. Seine mit Krampfadern überzogenen Hände, die in flauschigen Fäustlingen steckten, tasteten nach dem Knopf am Griff des Rollators, fanden ihn, und dann drückte er zu. Mit einem leichten Puff schoss der selbstgebaute Rammbock – eine Beinprothese aus Stahl – von der Unterseite des Rollatorkorbs hervor und traf die Eingangstür der Bank. Der Rollator hinter ihm schepperte.

Während die mit Metall verstärkte Prothese ein Loch in die Tür schoss, stolperte Snille ein paar Schritte nach vorn, um den widerspenstigen Rollator wieder zurückzuholen. Doch der Motor ging nicht aus wie geplant, stattdessen drehte er sich ein paarmal um sich selbst, bevor er ihn zum Stehen bringen konnte. Dann war es ein paar Sekunden mucksmäuschenstill, bis der Alarm in der Bank losschlug. Snille zuckte zusammen. Nicht gerade schusssicheres Glas, stellte er fest, als er das Loch in der Glastür und die Splitter auf dem Boden betrachtete. Rasch drückte er wieder seinen Knopf am Griff des Rollators, und die Beinprothese verschwand unterhalb des Korbes und war mit einem Klick wieder an Ort und Stelle. Snille war auf seine neue Erfindung richtig stolz. Die Idee dazu war ihm bei einem Computerspiel gekommen, bei dem man Seekämpfe in der Antike bestehen musste. Zu dieser Zeit besaßen die Fahrzeuge ganz vorn einen spitzen Rammbock, so dass man mit voller Kraft in die Schiffe der Feinde steuerte und versuchte, sie so zu versenken. Nun war seine Erfindung nicht von vergleichbarer Wichtigkeit, aber dennoch würde die Polizei erstaunt sein. Es würde keine überflüssigen Fingerabdrücke geben. Oder wie Märtha sich ausgedrückt hatte, eine Beinprothese war wesentlich besser als eine Pistolenattrappe.

Snille hob den Hut an und machte sich auf den Weg in Richtung Stureplan, um dann wieder in den Humlepark abzubiegen. Der Alarm heulte so gewaltig laut, dass er in dem Moment sehr froh war, kein Berufsverbrecher zu sein, man konnte schon von weniger starken Geräuschen einen Tinnitus bekommen!

Etwas entfernt registrierte Märtha, dass Snille seinen Hut angehoben hatte, woraufhin sie nach ihrem Handy griff. Eilig wählte sie die 110. Als jemand abnahm, rief sie laut ins Mikrophon.

»An der Handelsbank Ecke Sturegata/Karlaväg ist der Alarm losgegangen. Herr Kommissar, da wird die Bank überfallen! Kommen Sie schnell!«

Sie steckte das Telefon wieder ein und folgte Snille in den Humlepark. Vor der Königlichen Bibliothek standen ein Krankenwagen und ein Krankentransportbus der Armee. Anders wartete schon auf sie.

»Keiner hat es mitbekommen, dass ich ihn mir geliehen habe«, grinste er und strich dem Bus über die Motorhaube. »Mit der Wache am Karlbergs Schloss ist es so eine Sache. Die passen überhaupt nicht auf«, fügte er hinzu und öffnete die hinteren Türen.

»Geht wunderbar«, sagte Snille und schob den Rollator hinein. Als er fertig war, reichte Anders ihm einen kleinen Weihnachtsbaum, an dem zwar kaum noch Tannennadeln waren, aber noch jede Menge Baumschmuck hing. Den Baum in der einen Hand und Märtha an der anderen, machte Snille sich auf den Weg zurück zur Bank. An Floras Hügel blieb er stehen, weil er von dort einen guten Überblick hatte, was unten geschah. Nicht weit entfernt standen schon Kratze, Stina und Anna-Greta vor der Bank und spielten erschrockene Passanten. Während sie warteten, schielten sie sich hin und wieder verstohlen an, doch sie achteten sehr darauf, nicht zu nah beieinander zu stehen. Immerhin wurde immer noch nach ihnen gefahndet.

In der Zwischenzeit schloss Anders den Krankentransportbus ab und stieg zu Emma in den Krankenwagen. Sie saß da schon am Steuer.

»Jetzt müssen wir nur noch warten«, sagte Emma und tastete in ihrer Tasche nach dem Zigarettenpäckchen. Zum Glück hatte sie einen Babysitter bekommen und musste sich um die kleine Malin keine Sorgen machen. Die war noch viel zu klein, um zu verstehen, was ihre Mama da trieb. Emma kam nicht an ihre Zigaretten heran. Da fiel ihr ein, dass sie gar keine Zigaretten dabeihatte und jetzt auch nicht rauchen sollte. Ihr Nikotinkaugummi hatte sie ebenfalls vergessen. Die Aktionen der Senioren waren einfach zu nervenaufreibend.

Auch auf Floras Hügel war die Stimmung angespannt.

»Weder Securitas noch die Polizei haben sich bisher blicken lassen. Genau, wie wir vermutet haben. Fünf Minuten müssten für den Überfall ausreichen«, bestätigte Märtha. Erst sechs Minuten, nachdem der Alarm losgegangen war, traf ein Polizeiwagen ein. Er kam über die Sturegata, bog rechts in den Karlaväg ab und hielt vor der Handelsbank. Märtha legte ihre Hand auf Snilles Arm.

»Huch, wie spannend. Das ist wie im Film«, sagte sie. »Obwohl das hier ja wirklich ernst ist.«

Snille war aufgeregt und nahm ihre Hand. Er hielt sie ganz fest, und das fühlte sich gut an, wie sie so in der Kälte dastanden. Ja, mit Märtha an seiner Seite fühlte er sich immer gleich viel stärker.

Ein Polizeibeamter stieg aus dem Auto und ging zu der kaputten Eingangstür. Er beugte sich nach vorn und betrachtete das Loch in der doppelten Glasscheibe sehr genau. Dann holte er sein Handy heraus.

»Wahrscheinlich teilt er mit, dass jemand ein Loch in die Tür getreten hat«, sagte Snille mit leisem, glucksendem Lachen. »Jetzt müsste er nur noch wissen, dass es eine Beinprothese gewesen ist.«

»Aus Stahl«, fügte Märtha hinzu.

Im nächsten Augenblick fuhr ein Auto der Sicherheitsfirma Securitas vor, und zwei Personen stiegen aus, schlossen auf und betraten die Bank. Sie schalteten den Alarm ab, und dann sprachen die zwei Männer und die Polizisten eine Weile miteinander, bevor sie zurück zu ihren Wagen gingen und wieder wegfuhren.

»Perfekt«, murmelte Märtha und hob ihren Hut zweimal hoch, bevor sie ihn wieder aufsetzte. Anna-Greta erkannte das Signal und wartete danach noch sechs Minuten, dann trat sie aus dem Schatten der Bäume hervor. Ruhig und gelassen überquerte sie die Straße. Dort sah sie sich kurz um und tat gerade vor der Bank so, als rutsche sie auf einer Eisplatte aus, und fiel nach hinten gegen die Tür. Natürlich hatte sie Einspruch dagegen erhoben, dass sie wieder einmal hinfallen sollte, aber als alle ihr versichert hatten, dass das keiner so gut könne wie sie, hatte sie schließlich eingewilligt. Elegant stützte sie sich auf einen Unterarm, und da Märtha mit ihr und den anderen täglich verschiedene Balanceübungen gemacht hatte, kam sie auch rasch wieder auf die Beine. Als Anna-Greta die Tür berührte, ging der Alarm wieder los, und mit der Hand über dem Steißbein stolperte Anna-Greta um die Ecke und verschwand. Märtha angelte ihr Handy aus der Manteltasche und rief noch einmal 110.

»Ist dort die Polizei? Sie müssen sofort kommen! Hier an der Handelsbank am Karlaväg heult der Alarm schrecklich laut. Ich glaube, jemand raubt die Bank aus«, schrie sie. Dann steckte sie das Handy wieder in die Tasche zurück und sah Snille lächelnd an.

»Na, jetzt schauen wir mal, wie lange sie diesmal brauchen.«

Die Senioren mussten recht lange warten, bis sie endlich ein Securitas-Auto sahen, das in Richtung Bank angerauscht kam. Märtha warf einen Blick auf die Uhr. Fünf Minuten und dreißig Sekunden. Es dauerte nicht lange, da kam auch schon ein Streifenwagen und hielt vor der Bank. Ein Beamter ließ die Scheibe runter und steckte den Kopf durchs Fenster. Er sah sich um, fuhr die Scheibe wieder hoch und verschwand. Kurz darauf stoppte der Alarm, und das Auto der Sicherheitsfirma verließ auch den Tatort. Alles war wie zuvor und die, die neugierig vor der Bank stehen geblieben waren, zuckten mit den Schultern und hetzten weiter. Märtha sah auf ihre Uhr.

»Bislang alles prima«, sagte sie, doch ihr selbst fiel sogar auf, dass ihre Stimme angespannter klang als üblich. »Dann müssen wir jetzt noch eine Viertelstunde warten. Dann mal los!«

Es wurde langsam kalt, und die Minuten, die nun folgten, waren die längsten, die sie je erlebt hatte. Immer wieder sah sie auf ihre Armbanduhr und hatte sehr viel Zeit, darüber nachzudenken, was sie hier eigentlich angerichtet hatte. Jetzt hatte sie ihre Freunde schon wieder in etwas Illegales verstrickt. Wenn sie nun ins Gefängnis kamen und sich mehrere Jahre nicht mehr sehen konnten! Und auch wenn das Gefängnis um einiges besser war als das Seniorenheim, so hatten sie es in ihrer alten Villa doch viel, viel besser. Außerdem war ihr zu Ohren gekommen, dass nicht nur die Seniorenheime, sondern auch die Gefängnisse nachgelassen hätten. Wieder sah sie auf die Uhr. Noch sechzig Sekunden. Energisch fasste sie ihren breitkrempigen Hut und begann, leise vor sich hinzuzählen. Dann nickte sie Snille zu. Als Antwort bewegte er den Kopf ein wenig und nahm den kleinen Weihnachtsbaum mit Girlanden und Knallbonbons fest unter den Arm.

»Also, dann frohe Weihnachten«, sagte er, und mit dem nadelnden Tannenbaum im Schlepptau spazierte er zum Eingang der Handelsbank. Märtha, Kratze und Stina folgten mit jeweils gebührendem Abstand. Als Snille die Tür erreichte, tat er so, als hole er tief Luft, und gleichzeitig schob er den geschmückten Baum weit durch das Loch, das die Beinprothese geschlagen hatte. Diskret machte er die präparierten Knallbonbons los, die eins nach dem anderen durch das Loch fielen. Die Weihnachtsverzierungen mit ihren Bildern von brennenden Kerzen und lächelnden Weihnachtsmännern rollten noch eine Weile umher und gingen dann mit lautem Knallen los, worauf das Geräusch von zerberstendem Glas erklang. Noch einmal ging der Alarm los, und den konnte auch Anna-Greta, die ja etwas schwerhörig war, nun ohne Probleme hören.

Als der schrille Lärm ertönte, wählte sie sofort die Kurzwahl zu Emma und Anders, dann machte sie ein paar Schritte zur Tür, fiel wieder um und hielt sich schreiend die Hand auf die Brust. Als sie sah, dass der erste Passant sich näherte, drückte sie auf die mit Blut gefüllte Plastiktüte, die sie unter dem Pullover trug, und ließ das Blut langsam zwischen ihren Fingern hindurchsickern. Da rief Märtha die Polizei. Sie benutzte noch einmal dasselbe Kartenhandy, damit die Polizei den Alarm nicht mehr ernst nahm. Natürlich war ihr klar, dass es schon schlimm genug war, wenn eine alte Tante einmal Fehlalarm schlug, aber wenn sie dreimal anrief, war es völlig ausgeschlossen, dass sie etwas Wichtiges zu sagen hatte.

»Ich wette einen Tausender, dass die Polizei dieses Mal nicht kommt«, murmelte sie vor sich hin, verstummte aber sofort, als sie hörte, dass die Vermittlung abnahm.

»Bei der Handelsbank an der Ecke Karlaväg/Sturegata ist der Alarm losgegangen. Sie müssen sofort kommen«, rief Märtha. »Das ist ein richtiger Banküberfall, genau wie im Film, verstehen Sie?«

Sie schmückte ihren Bericht über die Diebe, die jetzt in die Bank eingebrochen sein mussten und wie viel Geld sie wohl bei einem solchen Einbruch ergattern konnten, kunstvoll aus, bevor sie auflegte und dann die Nummer von Securitas wählte.

»Hier spricht Clara Johansson von der Innenrevision in der Handelsbank an der Ecke Karlaväg/Sturegata«, sagte Märtha mit energischer Stimme. »Mein Code lautet 543jkl14, Sie haben ihn in Ihren Unterlagen. Der Alarm ist schon wieder losgegangen, zum dritten Mal innerhalb kürzester Zeit. Nur dass Sie es wissen, es handelt sich um einen Fehlalarm. Sie sind ja bereits zweimal vor

Ort gewesen, aber wir lassen uns von Ihnen nicht übers Ohr hauen! Nur weil jemand die Tür eingetreten hat, zahlen wir doch nicht jedes Mal mehrere tausend Kronen. Mir reicht es jetzt! Wir werden keinen weiteren Einsatz mehr übernehmen. Ich werde diesen Alarm jetzt selbst ausschalten!«

Märtha hatte keine Ahnung, ob das klappen würde, es war ja auch nur eine zusätzliche Sicherheitsmaßnahme. Wie auch immer, sie hatten fünf Minuten Zeit, und das sollte genügen.

»Jetzt wird's ernst«, sagte Märtha, die nun vor der Bank stand. Sie nahm Snilles Hand und drückte sie fest. »Werd jetzt nicht nervös, wir schaffen das schon. Niemand auf der ganzen Welt hat jemals einen ähnlichen Einbruch begangen. Die Polizei wird völlig ratlos sein!«

»Ja, das wollen wir hoffen«, antwortete Snille und versuchte, gefasst zu klingen, doch seine Stimme zitterte.

»Gleich werden Emma und Anders da sein«, fuhr Märtha fort und sah die Straße hinunter.

Kaum hatte sie diese Worte ausgesprochen, da hörten sie auch schon einen Krankenwagen, der sich mit lautem Martinshorn näherte. Anders und Emma waren unterwegs zum Tatort. Das Geräusch kam immer näher, und kurz darauf hielt der Wagen mit quietschenden Bremsen vor dem Eingang der Bank. Märtha und Snille gingen auf ihn zu, und ein paar Schritte weiter hinten folgten Kratze und die anderen. Anders und Emma, in Krankenpflegermontur, machten sich eilig daran, Tragen und Decken auszuladen, und öffneten mit Snilles diskreter Hilfe die kaputte Eingangstür.

Die Tragen sahen aus wie ganz gewöhnliche Krankenwagentragen, doch wenn jemand auf die Idee gekommen wäre, die Decken genauer unter die Lupe zu nehmen, dann wären ihm die leichten Erhöhungen in der Mitte aufgefallen. Unter den sorgsam zusammengelegten Decken lagen zwei komplett bekleidete Schaufensterpuppen. Sie hatten sogar Schuhe an. Anders und Emma rannten mit den anderen in das Bankgebäude hinein, und Märtha sah noch einmal auf die Türmatte, auf der WILLKOMMEN BEI DER HANDELSBANK stand. Sie lächelte und murmelte leise »vielen Dank« und bewegte sich weiter in Richtung Tresorraum. Der Alarm dröhnte ohrenbetäubend, doch nicht so laut, dass sie nicht um 19.30 Uhr die Sprengungen an der U-Bahn hören konnten. Im selben Moment ertönte auch eine Reihe ordentlicher Explosionen unten im Tresorraum, wo Snille eine Rauchbombe zündete und ein paar extrem große Knallbonbons. Lächelnde, rote Papierweihnachtsmänner, brennende Kerzen und Papierstreifen flogen durch die Luft, während sich der Rauch ausbreitete. Snille kannte sich mit Sprengpulver zwar nicht so gut aus wie mit mechanischen Dingen, doch er konnte technische Zeichnungen lesen, und die Sprengstoffmengen in den Knallbonbons waren auf die Stärke des Betontresorraumes perfekt abgestimmt. Das Eisengitter und die Tür mit ihren Stahlscharnieren kippten krachend zu Boden, und im Schutze des qualmenden Rauches stiegen Märtha, Kratze und Stina hustend die Treppe hinab in den Tresorraum. Ohne Zeit zu vergeuden, räumte die Seniorengang das Geld aus den kaputten Tresoren.

Draußen vor der Bank lag Anna-Greta mit Blut an den Händen und wartete auf Gunnar, der in ihrer Gang ja neu war. Konnte sie sich auf ihn verlassen? Würde er verstehen, welch wichtige Rolle er für den Ausgang ihrer Unternehmung spielte? Sie zappelte noch ein bisschen hin und her, um besser gesehen zu werden, und stieß mit ihrer Haarnadel ein Loch in eine weitere Bluttüte unter ihrem Pulli. Da sah sie ihn endlich auf dem Bürgersteig angerannt kommen. Sie schloss die Augen und hoffte, er würde mit einer Mund-zu-Mund-Beatmung anfangen, aber stattdessen verspürte sie einen harten Schlag gegen die Brust, als er mit beiden Händen eine professionelle Herz-Lungen-Wiederbelebung begann. Die Bluttüte riss, und eine Rippe bekam einen ordentlichen Knacks, doch das hielt ihn nicht davon ab weiterzumachen. Gunnar war kein Romantiker, er hätte eine Mumie zum Leben erwecken können.

»Aber Gunnar«, röchelte Anna-Greta. »Ich lebe doch!«

Aber ihr Geliebter ließ nicht nach, sondern machte genau so weiter, wie er es wohl in den Katastrophenfilmen im Fernsehen gesehen hatte. Da schlug Anna-Greta mit den Armen aus und sagte mit bitterster Donnerstimme:

»Dass ihr Männer immer so übertreiben müsst. Eine Mund-zu-Mund-Beatmung hätte es auch getan.«

Immer mehr Passanten blieben stehen, bis sich eine große Schar vor der Bank versammelt hatte. Hoffentlich verzogen sie sich bald, dachte Anna-Greta, und jammerte ein bisschen, weil zum einen die Rippe schmerzte und sie zum anderen ja eine Verletzte spielen musste, aber dann verstummte sie gleich, als Gunnar endlich seinen Mund auf ihren presste, um sie noch einmal zum Leben zu erwecken.

Unten im Tresorraum schufteten die anderen mit aller Kraft. Kaum waren sie angekommen, hatte Märtha die Decken aufgeschlitzt und die Schaufensterpuppen herausgeholt. Mit einer schnellen Handbewegung hatte sie die Köpfe abgeschraubt, so dass Snille und Kratze die Puppen mit Geldscheinen befüllen konnten. Alle arbeiteten Hand in Hand, und deshalb waren sie richtig schnell. Diesen Part hatten sie zu Hause mehrfach geübt, allerdings war es in Wirklichkeit um einiges schwieriger.

Es dauerte länger als gedacht, und Märtha wurde immer nervöser. Der Rauch stach in den Augen, und draußen wurde das Chaos immer größer. Am Ende stopften Snille und Kratze den Puppen die letzten Scheine in den Hals und schraubten die Köpfe wieder fest.

»So. Und jetzt ab ins Krankenhaus«, sagte Märtha und nickte Anders zu. Rasch bugsierte er die erste Puppe auf die Trage, legte die Decke darüber und trug sie zusammen mit Emma hinaus in den Krankenwagen. Als sie zurückkamen, um die zweite Puppe zu holen, ging der Kopf ab, und jetzt hatten sie wirklich nicht mehr viel Zeit übrig. Märtha schraubte ihn wieder fest, und Kratze lieh ihnen sein Halstuch, das sie um den Spalt binden konnten. Dann deckten Anders und Emma die Schaufensterpuppe zu und rannten mit der Trage aus der Bank.

»Aus dem Weg, aus dem Weg!«, rief Anders, als Emma und er sich einen Weg zum Krankenwagen bahnen mussten, doch in der Eile waren sie etwas unvorsichtig, so dass die Trage anstieß und ein Schuh einer Schaufensterpuppe hinunterfiel. Schnell beugte sich Emma nach unten, hob ihn auf, warf ihn in den Wagen und verschloss die Tür. Märtha, Snille und Kratze, die jetzt auch so taten, als seien sie verletzt, stolperten zum Krankenwagen, doch sie wurden von Emma zur Seite geschoben.

»Warten Sie hier, gehen Sie nicht weg, ich komme mit dem Krankentransporter«, sagte sie und flitzte zum Parkplatz an der Königlichen Bibliothek. Während Emma den Transporter des Militärs holte, verließen einige Schaulustige den Tatort. Anna-Greta stöhnte für die restlichen Zuschauer noch einmal extra, und Märtha und Snille jammerten ebenso hörbar. Kratze hingegen lag ihnen die ganze Zeit in den Ohren, dass er sein Halstuch wiederhaben müsse, aber gerade, als er anfing, sich richtig zu ärgern, hörte er eine Hupe dreimal tuten. Emma hatte, anstatt die Kieswege zu befahren, einfach die Abkürzung über die Rasenflächen genommen und hielt nun genau gegenüber der Bank auf der anderen Straßenseite.

Anna-Greta richtete sich auf, und auf Gunnar gestützt stolperte sie über die Straße und stieg in den Bus. Hinter ihr kamen Märtha, Snille und Kratze. Gunnar, der ja nicht verletzt war, verhielt sich wie ein Angehöriger (und das war er auf gewisse Art und Weise ja auch), schloss die Tür und setzte sich zu den anderen. Als Anders mit dem Krankenwagen und lautem Martinshorn vorbeifuhr, fädelte Emma elegant hinter ihm ein. In einer schwarzen Dieselwolke folgte sie ihm. Dann machten sich beide Wagen mit Vollgas auf den Weg zum Krankenhaus in Huddinge. Das war ein wenig abgelegener als das Karolinische Krankenhaus und zudem auch weniger gut bewacht.

18

Da wären wir!«, rief Anders, als sie in Huddinge ankamen, und bog aufs Krankhausgelände ab. Seine Hände waren feucht, und er atmete angestrengt, doch er zwang sich selbst, ruhig und gelassen zu fahren, so als sei er ein Angestellter des Krankenhauses und nicht ein Dieb auf der Flucht vor der Polizei. Auf dem Parkplatz sah er den VW-Bus, den Emma und er am Morgen dort abgestellt hatten. Er drosselte die Geschwindigkeit und parkte direkt daneben. Kurz darauf kam der Bus mit den anderen. Emma stieg aus und öffnete bei beiden Wagen die Laderaumtüren und gab ein Zeichen, still zu sein. Im Schutz der Dunkelheit luden sie und Anders dann die »Verletzten« aus. Im VW-Bus nahmen Märtha und Stina die Schaufensterpuppen entgegen, schnallten sie auf den eigens dafür eingebauten Sitzen an und strichen ihnen zum Schein tröstend über die Wangen. Eine der Puppen verlor noch einmal ihren Schuh, aber Märtha hob ihn schnell wieder auf. Schließlich sollte ihr Coup nicht daran scheitern, dass sie die Details übersahen.

Auch im Krankenwagen war richtig viel los. Anna-Greta versuchte, sich das Blut abzuwischen, das ursprünglich von einem Schlachthof auf Värmdö stammte. Märtha und sie hatten es dort einfach in Plastiktüten abgefüllt. Auch wenn sie in Eile waren, so musste sie doch bei der Vorstellung daran, wie die Polizei sich bei einem eventuellen DNA-Test den Kopf zerbrechen würde, lächeln. Das Blut stammte nämlich von lahmen Rennpferden, die man vor ein paar Tagen geschlachtet hatte. Und welche komplizierten Tests die Polizei auch machen würde, sie alle würden zu einem Schluss kommen: die DNA-Probe des blutenden Menschen auf dem Bürgersteig stammte von einem Pferd. Also war Anna-Greta ganz ruhig, es mochte sein, dass sie wie ein Pferd lachte, doch anhand des Blutes würden sie sie nie identifizieren können.

Im Schutz der Dunkelheit säuberten Märtha und die anderen den Krankenwagen, so gut es ging, bevor Anders ihn am Ende auf den Parkplatz für Einsatzfahrzeuge zurückstellte. Etwas komplizierter war die Sache mit dem Transporter, den Anders vom Militär geholt hatte, doch auch dafür hatte die Seniorengang einen Plan. Als alle mit den Schaufensterpuppen im VW-Bus saßen, klemmte Märtha sich hinters Steuer und fuhr beschwingt über die Bundesstraße 222 nach Värmdö, während Anders und Emma den Krankentransporter nahmen und wieder Stockholm ansteuerten. Unter der Stadtautobahn hielten sie an einem ausgesuchten Platz an, bereiteten den Bus für die Rückgabe vor und zogen sich um. Als sie fertig waren, nahmen sie sich sogar noch Zeit für ein Schläfchen, weil sie die Stunde des Wolfs, die Zeit der Morgendämmerung, abwarten wollten. Das Handy klingelte sie um 4.45 Uhr wach, und Anders setzte sich wieder hinters Steuer.

In der sternklaren Nacht fuhren sie in die Militäreinrichtung bei Karlberg. Anders, der dort seinen Wehrdienst abgeleistet hatte, fiel es nicht schwer, den Weg zu finden. An der Ekelundbrücke bremste er vor der Schranke und bog in Richtung Parkplatz ab. Der Motor lief noch, als Emma hinaussprang und das Tor schnell mit einer alten, entmagnetisierten Kreditkarte öffnete. Dann nahm sie wieder neben Anders Platz, der ganz ruhig den ersten Gang einlegte und auf den Parkplatz rollte. Er parkte den Bus so schief, wie es ein betrunkener Fahrer vermutlich getan hätte, schaltete den Motor aus und ließ den Schlüssel im Wagen liegen. Bevor die zwei ausstiegen, warfen sie noch mal einen Blick ins Innere des Wagens.

»Und, wie sieht es aus?«, fragte Anders und streifte die Handschuhe ab.

»Perfekt. Ich gehe jede Wette ein, dass die Militärbusse manches

Mal so aussehen«, sagte Emma lächelnd und betrachtete die halbvollen und leeren Bierdosen, die über den Boden verstreut lagen, daneben Weinpullen, Whiskyflaschen und etwas, das wie Erbrochenes aussah. Das war ein selbstgemachter Matsch, den Emma mit Mühe aus Apfelmus, Hackfleisch, Nüssen und einem Rest Wein hergestellt hatte. Zudem hatte sie die Umgebung mit Mascara und Lippenstift auf dem Vordersitz dekoriert und unter einen der Sitze einen Slip geschoben. Anders und Emma mussten lachen, zogen sich die Kappen tief ins Gesicht und machten sich schnell auf den Weg zur U-Bahn.

19

Mittlerweile war es spät geworden, und Jörgen und Tompa hatten jeder schon sechs Biere getrunken. Am Abend hatten sie die Barstühle in ihrem Clubraum gestrichen, sich ein paar Steaks gebraten, Pommes frites aufgebacken, ferngesehen, gegeneinander verschiedene Computerspiele gespielt und über Bräute diskutiert. Jetzt wurden sie langsam schläfrig und waren auch nicht mehr ganz nüchtern. Verschwitzt öffnete Tompa die Balkontür, um ein bisschen frische Luft zu schnappen. Mit einer Bierdose in der Hand und einer Kippe im Mundwinkel sah er hinaus auf die vom Mond erhellte Landschaft. Die Bäume erhoben sich schwarz und verlassen aus dem blauweißen Schnee, und das Meer schien wie ein endlos weites Feld, das in einem grauen Horizont untertauchte. Er dachte noch, dass der Schärengarten um diese Jahreszeit einfach phantastisch war, da zuckte er von dem Geräusch eines Automotors zusammen. Ein VW-Bus! Stimmen und dann Autotüren, die zugeschlagen wurden. Er zog sich wieder ins Haus zurück und schloss die Tür. Dann schlenderte er zum Fenster und starrte hinaus zum Hof. Na so was, das da draußen waren doch die alten Leute, aber um diese Uhrzeit? Was in aller Welt trieben die da? Es sah aus, als transportierten sie etwas. Tompa drückte die Nase ans Fensterglas.

»Fuck … die tragen ja Leichen in den Erdkeller!«

»Beruhig dich. Du hättest das letzte Bier nicht mehr trinken sollen«, rief Jörgen, der noch im Zimmer saß. Er gähnte und spielte weiter.

»Komm und schau es dir an! Das ist ja völlig strange!«

Jörgen Smäck wandte sich von seinem Computerspiel ab, stand widerwillig auf und stellte sich neben Tompa.

»Ach was, das sind doch nur die Alten. Nichts Besonderes«, setzte er an, doch dann verschlug es ihm die Sprache. »Was zum Teufel tragen die denn da?«

»Genau das meine ich doch, kapierst du es endlich?«

Vor dem Nachbarhaus weiter unten am Berg erschien die Alte, die Märtha hieß, und half ihren zwei Freunden, einen steifen Körper zu schleppen, der Mantel und Schuhe trug. Die Beine schleiften über den Boden. Plötzlich ließen sie ihn fallen, und das Großväterchen gestikulierte wild, dann aber holte er seinen Rollator. Als er wieder da war, hoben sie den Oberkörper mit vereinten Kräften hoch, legten ihn auf den Rollatorkorb und transportierten den Toten auf diese Art und Weise in den Erdkeller. Währenddessen sahen sie sich immer wieder um, um sicherzugehen, dass sie niemand beobachtete. Als die Körper endlich an Ort und Stelle waren, verschloss das Großväterchen die Tür, und alle gingen ins Haus hinein.

»Scheiße!« Tompa griff sich an die Stirn und schnappte nach Luft. »Und was ist, wenn sie Giftmörder sind? Stell dir vor …«

»Du hast doch wohl nichts von der Milch getrunken?«

»Nee, zum Glück nicht! Aber im Ernst, was machen die da? Ob die da noch mehr Leichen liegen haben?«

Tompa schielte hinunter zu der alten Villa. Erst hatte er sich gefreut, dass so eine Meute unschuldiger Alter in die Nachbarschaft gezogen war, doch nun hatte die Sache eine unerwartete Wendung genommen. Bei nächster Gelegenheit würden sie sich diesen Keller vornehmen und nachschauen, was die Rentner dort trieben. Früher oder später würden sie vielleicht selbst erwischt werden. Mit energischen Schritten ging er hinüber in die Küche, öffnete den Kühlschrank und holte die Milchtüte heraus. Er riss sie auf, roch daran und kippte den Inhalt ins Spülbecken. Man konnte nie wissen …

Märtha und der Rest der Gang hatten die Mäntel ausgezogen und den Schlüssel in den Schlüsselkasten zurückgehängt. Alle waren noch etwas zittrig und aufgedreht, sie standen richtig unter Adrenalin. Denn jetzt hatten sie wieder etwas Illegales getan.

»So kann es gehen, wenn man nicht aufpasst«, erklärte Stina fröhlich und lachte. Und auch wenn alle sehr müde waren, fassten sie sich an der Hand und tanzten ein bisschen um den Küchentisch. Dann stimmte Stina das Lied vom Räuber Hotzenplotz an, und alle schrien »Hurra«. Mit viel Lärm ließen sie sich am Küchentisch nieder.

»Nein, dass wir das geschafft haben!«, jubelte Anna-Greta. »Bald haben wir so viel Geld zusammen, dass wir selbst eine Bank aufmachen können.«

»Nein, meine Liebe, keine Bank. Mit solchen unmoralischen Machenschaften will ich nichts zu tun haben«, sagte Märtha und holte den Champagner und sechs Gläser. »Die Banken, die bereits existieren, reichen völlig.«

»Ja schon, aber das ist ein lohnenswertes Geschäft. Wenn es gut läuft, steckt man das Geld in die eigene Tasche, wenn es schlecht läuft, holt man es sich vom Staat. Das können wir auch.« Anna-Greta schob ein zufriedenes Pferdewiehern hinterher. »Und dann richten wir ganz viele Fonds ein, in die die Leute ihre Ersparnisse einzahlen … Es ist einfach herrlich zuzusehen, wie das Vermögen wächst. Mal sehen, vielleicht irgendwas mit Umwelt und Klima …«

»Jetzt sind wir wieder an diesem Punkt angelangt: hat man viel, will man immer noch mehr«, seufzte Märtha und stellte ihr Glas auf den Tisch. »Nein, nein! Wir geben uns mit dem, was wir haben, zufrieden. Wir dürfen nicht so werden wie diese Finanzhaie, die immer nur zusehen wollen, wie ihr Kapital wächst. Wir werden mit dem Geld etwas *Vernünftiges* tun!«

»Und das wäre?«, fragte Kratze nach. »Erinnere dich an unsere Millionen im Fallrohr. Die liegen da immer noch rum und schimmeln.«

Damit meinte Kratze das Lösegeld, das die Seniorenliga für zwei Bilder aus dem Nationalmuseum bekommen hatte. Weil sie in der Klemme gewesen waren, hatten sie das Geld in einem Fallrohr im Grand Hotel versteckt, und bevor sie Schweden verlassen hatten, hatten sie der Polizei sogar den Tipp mit dem Versteck gegeben. Doch da die Behörde das nur für einen schlechten Scherz gehalten und nichts weiter unternommen hatte, mussten die Scheine wohl noch dort sein. Die Seniorengang hatte schon darüber diskutiert, ob sie einen Skylift mieten sollten, doch Anna-Greta, die sehr sparsam erzogen war, hatte gemeint, dass das Hotel früher oder später renoviert werden würde, und dann musste man sich das alte Fallrohr einfach nur aus dem Container fischen. Also hatten sie beschlossen, die Sache bis auf weiteres auf sich beruhen zu lassen. Schließlich waren sie mit den anderen Verbrechen ja auch vollauf beschäftigt gewesen. Außerdem, wie Märtha zu sagen pflegte: Besser, man hatte sein Geld in einem Fallrohr als auf der Bank.

»Um noch einmal auf das Geld vom Banküberfall zurückzukommen. Ich finde, wir sollten es sofort verschenken, damit es nicht wieder verlorengehen kann«, schlug Snille vor.

»Sehr gut«, rief Märtha begeistert und kippte ihren Champagner so schnell hinunter, dass sie sich verschluckte. Erst als Snille ihr einige Male kräftig auf den Rücken geklopft hatte, war sie imstande weiterzureden. »Ich hab's. Erinnert ihr euch noch an die Lebensmittelbomben von Carl-Gustav von Rosen im Biafra-Krieg in Nigeria? Er hat das Essen im Tiefflug zu denen gebracht, die hungerten. Wir machen es einfach genauso, mit Geldscheinbomben!«

»Super, dann gibt es keine Zwischenhändler«, sagte Stina, die ja lernen musste, wie es in der Finanzwelt zuging.

»Genau, denn wenn wir das Geld in Aktien oder Obligationen anlegen oder die Bank anweisen, sich darum zu kümmern, kostet das nur einen Haufen Gebühren«, stimmte Gunnar zu.

»Spitze, und die Lagerkosten sparen wir uns auch«, zwitscherte Anna-Greta. »Märtha, du bist ein Genie.«

Im Raum verspürte man daraufhin so viel echte Bewunderung, dass Märtha sich selbst erwischte, wie sie ganz rot wurde. Snille griff unter dem Tisch nach ihrer Hand, und sie konnte es sich nicht verkneifen, ihren Kopf an seine Schulter zu lehnen. Mit einem Mal war das Leben richtig herrlich.

»Wir können aber kein Flugzeug mieten und die Altersheime mit Geldscheinen bombardieren. Wir müssen uns etwas anderes ausdenken«, sagte Gunnar und nippte an seinem Champagner.

»Wir könnten ja dem Eismann Konkurrenz machen«, schlug Snille vor. »Wir spielen eine Erkennungsmelodie und fahren direkt zu denjenigen, die bedürftig sind.«

»Und warum nicht so tun, als kämen wir vom Gerichtsvollzieher? Das spricht sich sofort rum«, meinte Anna-Greta.

»Oder von den Zeugen Jehovas«, überlegte Stina, die seit ihrer Kindheit in Jönköping den Besuch von Freikirchlern gewohnt war.

»Ach was, wir müssen es nicht komplizierter machen, als es ist. Wir können doch wie üblich als Seniorenchor unterwegs sein, der die Alten und Armen besucht, und einfach ein Lied singen«, meinte Märtha.

»Und einen Einkaufstrolley mit Geldscheinen dalassen, die die Nummern von den Scheinen, die in der Handelsbank gestohlen wurden, tragen. Dann haben sie uns gleich«, warnte Kratze.

»Wie ihr seht, hat es auch Nachteile, reich zu sein. Es ist nicht nur schlecht, wenn man arm ist«, überlegte Märtha. »Da muss man sich nie Gedanken machen, was man mit dem Geld anstellt.«

»Das war das Dümmste, das ich je gehört habe«, sagten die anderen wie aus einem Mund. »Und das musst gerade du sagen, nach all der Arbeit, die wir uns gemacht haben.«

Dann wurde es still. Es war offensichtlich, dass alle sehr, sehr müde waren und ihnen nun nichts Geniales einfiel, weil sie mehr Blubber als gute Ideen im Kopf hatten.

»Champagner gleich nach einem Diebstahl macht einen wirklich ein bisschen träge«, sagte Märtha nach einer Weile und unterdrückte ein Gähnen. »Wir haben unsere Millionen, die wir verschenken wollen, aber die Scheine sind registriert, die könnten uns verraten. Kriminell zu sein ist komplizierter, als man denkt.«

Die anderen nickten schläfrig.

»Wir machen morgen weiter«, murmelte Anna-Greta, und kaum hatte sie die Worte ausgesprochen, standen alle schon auf und schoben ihre Stühle an den Tisch. Gähnend, aber gutgelaunt stiegen sie die Treppe hinauf. Stina hielt auf der untersten Stufe inne und schlug die Hände ineinander. Ihre Augen leuchteten.

»Ist das nicht wunderbar! Mehrere frisch geklaute Millionen. Jetzt sind wir wieder dabei!«

Am Morgen nach dem großen Überfall war Anders noch völlig erschöpft, doch er war noch nicht fertig. Widerwillig öffnete er die Heckklappe des Wagens und holte die neuen Reifen heraus. Märtha hatte gemeint, dass es gut wäre, die Reifen auszutauschen, damit sie nicht durch die Profilspuren ausfindig gemacht werden konnten. Anders zitterte vor Kälte, holte den Wagenheber, das Radkreuz und seine Arbeitshandschuhe aus dem Kofferraum. Seufzend betrachtete er das hintere Rad. Die Felgen waren rostig und sollten eigentlich auch ausgetauscht werden, doch das musste natürlich nicht jetzt sein. Er gähnte und begann, das Hinterrad hochzupumpen. Der Wagenheber quietschte. Der war auch nicht mehr ganz neu und musste unbedingt geölt werden. Ihm schien, als käme alles gerade in die Jahre. Er selbst auch … Noch immer hatte er keine neue Arbeitsstelle gefunden. Wenn man um die fünfzig war, war das kein Kinderspiel. Durfte man heutzutage höchstens dreißig, fünfunddreißig sein, um einen Job zu bekommen? Er schraubte die vier Muttern ab, wechselte den Reifen und zog die Schrauben mit dem Radkreuz wieder fest. Dann holte er den nächsten Reifen. Zurzeit war er ein unfreiwilliger Bankräuber, mehr nicht. Beim Arbeitsamt hatten sie ihn rausgeschmissen, und das saß tief. Die Umstrukturierung, das Gerede von zu vielen Mitarbeitern und dann das Herumdrucksen und Räuspern seines Chefs, als er ihm die Entscheidung mitgeteilt hatte. Anders konnte sich an jedes Detail des Gesprächs an diesem Nachmittag erinnern. Seitdem hatte er sich mehrfach beworben, war zweimal zu einem Bewerbungsgespräch eingeladen worden, hatte aber trotzdem keine Stelle bekommen. Sofern möglich, war das eine noch größere Erniedrigung für ihn gewesen. Wenn jemand wusste, wie man einen Job bekam, dann er. *Versuche herauszufinden, was du für eine Persönlichkeit hast, welcher Job am besten zu dir passt, und beobachte, wie viel Spaß dir welche Arbeit macht* … Er musste an all die Floskeln denken, mit denen er seine Arbeitssuchenden über Jahre bei der Stange gehalten hatte. Jetzt klang alles nur wie blanker Hohn. Bald war ein Jahr vergangen, und er war noch genauso ohne Arbeit wie an dem Tag, an dem sein Chef sich von ihm mit einer Flasche Wein und einem Strauß Blumen mit Dank verabschiedet hatte.

Er ging um den Wagen herum und machte sich nun an die Vorderreifen. Hier waren die Muttern, warum auch immer, noch stärker verrostet, und er musste ordentlich zupacken, um sie überhaupt von der Stelle zu bewegen. Er schnaufte. Nein, er würde keinen Fuß mehr über die Schwelle des Arbeitsamtes setzen, dafür war er zu stolz, er musste eine neue Arbeitsstelle auf anderem Wege finden. Aber in Panik geriet er deshalb nicht, denn er war mit den Handlanger-Jobs für seine Mutter ja vollauf beschäftigt. Und Stina steckte ihm von Zeit zu Zeit auch ein paar Tausender zu, als handelte es sich um eine Packung Servietten. Aber es war natürlich klar, dass es nicht einfach war, seiner Frau und den Freunden zu erklären, was er eigentlich trieb, und er hatte Angst, dass er auffliegen könnte. Wenn er nur ein bisschen mehr Kohle zusammenbekäme, dann könnte er sich mit einem privaten Pflegedienst selbständig machen. Zurzeit stellten die Gemeinden Berater an, die analysierten, wie beim Pflegedienst gespart werden und die Dienstleistungen für die Nutznießenden der Gemeinde minimiert werden könnten. Ja, so war es wirklich, genau so wurden heutzutage die Menschen, die pflegebedürftig waren, bezeichnet. Mit seinem eigenen Pflegedienst wollte er allen eine freundliche und großzügige Pflegedienstleistung anbieten. Er würde daraus kein solches Geschäft machen wie die Kommunen. Aber solange er das nötige Startkapital noch nicht angespart hatte, würde er wohl weiterhin mit seinen Hilfsdiensten bei kriminellen Aktionen mitmachen müssen. Anders stand auf und fasste sich an die Lendenwirbelsäule. Noch zwei Reifen. Nächstes Mal würde er den Wagen zum Reifenwechsel in die Werkstatt bringen.

Die Lampe neben dem PC auf seinem Schreibtisch brannte noch immer, doch Kommissar Blomberg schlief tief und fest. In der Nacht hatte er so lange im Netz gesurft, dass ihn schließlich der Schlaf übermannt hatte. Als er erschöpft eingenickt war, war sein nächster Verbündeter, die Katze Einstein, aus dem Katzenkorb mit einem geschmeidigen Satz hinaufgesprungen und hatte es sich auf der Tastatur bequem gemacht, wo sie anschließend die ganze Nacht gelegen hatte. Jetzt wachte die schwarzweiße Katze langsam auf, machte ein Hohlkreuz und streckte sich so sehr, dass eine Zeile mit lauter Z auf dem Bildschirm auftauchte. Nach ein paar Stunden Schlaf und dem Abschlecken von Tatzen und Pelz waren dort schon mehrere hundert X, Q und Semikolons erschienen, auch wenn Z der Buchstabe war, der aus welchem Grund auch immer, am häufigsten auftauchte. Einsteins Lieblingsposition war die Bauchlage über allen Buchstaben inklusive Punkt und Semikolon, wobei er den Schwanz gern lustlos auf der Enter-Taste parkte. Das konnte dem Kommissar einige Probleme bereiten, doch er hatte eine Schwäche für das Tier, deshalb durfte ihm Einstein trotzdem bei seiner Arbeit Gesellschaft leisten. Normalerweise nahm Blomberg es sehr genau damit, die Katze vom Schreibtisch fernzuhalten und das Computerzimmer abzuschließen, wenn er ins Bett ging. Es war ihm zur Gewohnheit geworden, seit die Katze einmal die linke

Tatze auf den Buchstaben Ö gelegt und diese dann schnurrend ein paar tausend Male gedrückt hatte. Doch in dieser Nacht hatte die Katze freies Betätigungsfeld. Einstein gähnte laut, streckte sich, so dass die Buchstaben Å, Ä und Ö einiges abbekamen, und sprang dann hinunter auf den Bauch des Kommissars und weiter auf den Boden. Blomberg erwachte ruckartig.

Mit aufgerissenen Augen starrte er auf den Bildschirm und versuchte, diese Geheimcodes zu deuten, bis er darauf kam, dass es Einstein gewesen sein musste, der wohl in Höchstform gewesen war. Fluchend stand er auf, warf das Katzenvieh hochkant hinaus und brachte dann ganze zwei Stunden damit zu, die Zeichen auf dem Bildschirm wieder zu löschen, bis er zurück zu seinen Aufzeichnungen kam. Blomberg rieb sich die Augen. Wo war er eigentlich stehengeblieben? Ach ja, er hatte vor kurzem Geld vom Pensionsfonds der Polizei auf seinen eigenen Tarnfonds Umwelt- und Seniorendienste überwiesen. Diese fast zweihundert Millionen waren im Vergleich nicht nichts, aber er wollte noch mehr. Leider war das Konto in Las Vegas vor einiger Zeit total leer gewesen. Ob es sich dabei um ein Konto der Mafia handelte, das nur nach einem Verbrechen aktiviert wurde? Eins, das die Jugos oder die Russen benutzten? Er musste in eine Art kriminelles Wespennest gestoßen sein, wer sonst würde so viel Geld zusammenbekommen?

Blomberg begann zu schwitzen. Was würde wohl passieren, wenn die begannen, nach ihrer verschwundenen Kohle zu suchen? Sie würden natürlich seinen Computer ausfindig machen und dann … Peng! Er musste sich schnellstmöglich von seinem Computer trennen und das gestohlene Schwarzgeld in weißes verwandeln. Denn weißes Geld war legal, schwarzes Geld war hässlich, auch wenn es die Wirtschaft am Laufen hielt. Blomberg stolperte über seine eigenen unpassenden Gedanken. War er auf dem Weg, ein Revoluzzer zu werden, oder rauschte er eher mit Lichtgeschwindigkeit direkt in die schummrige Unterwelt?

Er dachte nach. Sobald es möglich war, musste er die geklauten

Millionen auf eine vernünftige Art und Weise unterbringen. Aktien oder Pferde? Einen Teil der Millionen hatte er ja bereits an die Kanzlei Beyling überwiesen, um sein Steuerproblem zu lösen. Aber der Rest? Der Kommissar stand auf und fing an, Runden durchs Zimmer zu drehen. Er hielt am Bücherregal an und ließ seine Finger über die Akten gleiten. Hier hatte er heimlich Kopien der Fälle deponiert, mit denen er zu tun gehabt hatte. Die Unterlagen waren so etwas wie Trophäen seines erfolgreichen Kampfes gegen die Kriminalität geworden. Abwesend nahm er eine der Akten in die Hand und begann zu blättern. Seine Finger liefen planlos über alle abgegriffenen Aussagen, Berichte, Briefe und Angebote. Dort lagen auch die geschmackvollen, kleinen Karten, die Einladungen der Kanzlei Beyling zu Festen und Festessen. Das Logo der Kanzlei mit Stern und Richterhammer tauchte einige Male auf. Sein müdes Hirn versuchte, den Zusammenhang herzustellen. Ja, in den Jahren, in denen er gegen die Wirtschaftskriminalität gekämpft hatte, war er von der Kanzlei immer wieder eingeladen worden. Sie hatten durchaus versucht, ihn zu bestechen. In der Kanzlei beschäftigte man sich nicht nur mit Steuerproblemen, sondern da gab es auch diese gewieften Gesetzesverdreher, die den Finanzhaien halfen, aus schwarzem und grauem Geld weißes zu machen. Wie viele Lügner hatten die Juristen von Beyling nicht vor einem gerechten Urteil gerettet? Die Kanzlei hatte jetzt, da der Staat die Aktivposten der Steuerzahler verkauft hatte, besonders viel zu tun. Zum Beispiel Wohnungen, Seniorenheime, Schulen und Apotheken. Clevere Finanzjongleure hatten Betriebe für sechshunderttausend oder achthunderttausend Kronen gekauft und dann beim Weiterverkauf mehrere Millionen dafür bekommen. Der Gewinn musste anschließend so angelegt werden, dass er den Leuten nicht ins Auge fiel. Und wie das ging, wussten die Anwälte.

Mit einem Mal fühlte sich Blomberg voller Leben. Sein Las-Vegas-Geld sollte für die Spezialisten von Beyling kein Problem sein. Er stand auf, holte eine Dose Katzenfutter und rief Einstein.

Sein Leben als Rentner würde vielleicht doch nicht ganz so trist und langweilig werden, wie er es befürchtet hatte.

Den ganzen Tag lang waren alle in Karlberg fürchterlich aufgebracht. Denn auch wenn der Krankentransportbus von außen ganz normal aussah, war der Tank fast leer, und im Fahrzeuginneren herrschte eine peinliche Unordnung. Als ob die leeren Flaschen und das Erbrochene nicht schon genug waren, diese besoffenen Idioten hatten sich nicht einmal die Mühe gemacht, die Spuren zu beseitigen. Die Offiziere verhörten die Soldaten, doch sie bekamen kein Geständnis. Keiner von denen wollte zugeben, dass er betrunken gewesen war und den Militärbus für Dinge geliehen hatte, für die er nicht direkt vorgesehen war. Nach einer in aller Eile außerordentlich einberufenen Versammlung wurden alle Rekruten mit fünfzig zusätzlichen Liegestützen und einer Woche Ausgehverbot bestraft.

20

Eine echte Harley-Davidson! Natürlich hätte er vorsichtiger sein sollen, aber Snille wurde von den Motorrädern der BandAngels angezogen wie ein Häufchen Geschäftsleute vom Rotlichtbezirk. Hinter den Toren des Schuppens, der sich auf dem Gelände der Nachbarvilla befand, verwahrte die Gang ihre blitzblanken, funkelnden Harley-Davidsons, und sie übten auf Snille einen unwiderstehlichen Reiz aus. Der Banküberfall war erledigt, und die »Mädels« hatten ihn lange genug herumkommandiert. Es war wirklich so weit, mal wieder an sich zu denken und sich Zeit für sich selbst zu nehmen (oder wie man das nun nannte).

Snille setzte seine Zipfelmütze auf, zog die Handschuhe an und wanderte den Hügel hinauf, fest entschlossen, einen Blick auf die Motorräder zu werfen. Er hatte vor zu klingeln, nach einem Schraubenzieher zu fragen und dann das Gespräch auf die Maschinen zu lenken. Doch welche Enttäuschung, als niemand öffnete! Es war anstrengend gewesen, den ganzen Berg hinaufzulaufen. Obwohl … wenn er nun schon einmal da war … Snille war ein Mann, der gern improvisierte, und er folgte seinem Instinkt. Er warf einen Blick zur Villa hinauf, um sich zu versichern, dass kein verkaterter Rocker aufgewacht war, am Fenster stand und ihn beobachtete, aber alles war totenstill wie vorher auch. Dann ging er hinüber zum Schuppen und drückte den Türgriff. Die Tür war abgeschlossen, aber nicht mit einem Vorhängeschloss, stellte er fest, also schob er nur das Blatt seines Schweizer Taschenmessers in den Spalt und öffnete vorsichtig die Tür.

Vier blankpolierte Harley-Davidson-Motorräder standen dort vor der Wand, und etwas weiter hinten erkannte er eine Tür zu einem anderen Raum, die halb offen stand. Sein Herz schlug heftig, aber er musste einfach hineingehen und die Maschinen anfassen. Meine Güte, da stand eine Street Glide! Er holte tief Luft und streichelte sanft über den Lack. Sein Blick wanderte über den Motor, die Hinterachse und den Lenker. Seine Augen leuchteten. Und dort war ein Sportster 1200, mit den Gummiaufhängungen am Motor und ein Harley-Davidson Fatboy – ganz zu schweigen von diesem Motorrad, das Marlon Brando in *The wild one* hatte. Snille traten Tränen in die Augen, er schloss sie für einen Moment und erinnerte sich an das Gefühl von Wind in seinem Gesicht, als er in jungen Jahren mit seiner Harley-Davidson herumgebraust war. Begeistert streichelte er die Motorräder, als seien sie geliebte Haustiere. Schönheit gab es wirklich nicht nur bei hübschen Frauen und Sonnenuntergängen.

Eine ganze Weile streunte er zwischen den blitzblanken Maschinen umher und vergaß vollkommen, dass er sich ja auf fremdem Gelände befand. Vielleicht gab es im hinteren Raum ja noch mehr zu sehen? Neugierig stieß er die Tür auf und nahm den Geruch von frischer Farbe wahr. Du liebe Zeit, hier hatten die Jungs tatsächlich ein eigenes Clublokal! Die Wände waren rot, und die lange Theke hatten sie aus schwarzer, polierter Eiche angefertigt. Der Boden war weder aus Kiefernholz noch Linoleum, dort hatten sie hellgraue Fliesen verlegt. Ein Haufen Barhocker stand in der Mitte des Raumes, und eingerahmte Fotografien mit Spitzenmodellen von alten Motorrädern lagen neben der Theke verteilt. Er stutzte. In einem kaputten Rahmen, auch das Glas war zersprungen, lag ein Bild einer echten Harley Rider, seines absoluten Lieblingsmodells. Die Karre hatte er gehabt, als er Lisbeth kennengelernt hatte, seine erste große Liebe. An den Sommer erinnerte er sich als einen der besten seines Lebens, und kein Motorrad, das er danach gehabt hatte, konnte mit diesem Modell mithalten. Lange schon hatte er nach einem Bild von dieser Maschine gesucht, doch es war ihm nie gelungen, eins aufzutreiben. Jetzt lag es in einem kaputten Rahmen vor ihm und war auf dem Weg in den Müll. Sein Blick blieb an diesem Bild hängen, und er geriet ins Träumen. Hier hatten sie Unmengen von Fotos. Eine Weile kämpfte er mit seinem Gewissen, aber dann waren die Gefühle stärker, und er ließ die Fotografie unter seinem Mantel verschwinden.

Dann ging er weiter in den Raum hinein. Ganz hinten in der einen Ecke sah er leere Malereimer und Dosen mit Farbe stehen. Die Gang war offenbar dabei, sich einzurichten. Da kam für einen Moment die Erinnerung an seine Jugend in der Bar in Sundbyberg hoch. Das waren noch Zeiten gewesen! Sie hatten an den Motorrädern herumgeschraubt und von tollen Maschinen und Bräuten geträumt. Sie waren eine ganz schön wilde Truppe gewesen. Snille hätte jetzt gern mit den Jungs ein Bier in der Bar getrunken, aber Prospects und Hangarounds der HadesEngel waren vielleicht nicht ganz seine Kragenweite. Viele hatten ja mit Erpressung und dunklen Geschäften zu tun, sogar von Drogen hatte er gehört. Nein, da war es am besten, sich flugs aus dem Staub zu machen, bevor die Jungs ihn noch entdeckten. Snille ging wieder hinaus, schloss die Tür und verließ das Grundstück auf demselben Weg, auf dem er gekommen war. Auf dem Heimweg schwirrten ihm viele Gedanken durch den Kopf. Wenn die BandAngels gerade ihr Clublokal neu einrichteten, würden bestimmt bald HadesEngel und eine Menge anderer Rocker hier auftauchen … Das stille und beschauliche Pensionärsleben, das er sich vorgestellt hatte, schien sich nun offenbar in eine ganz andere Richtung zu entwickeln.

21

Mir geht Märthas Idee mit den Bomben nicht aus dem Kopf«, begann Anna-Greta und sprach so laut, dass alle zusammenzuckten und spontan an Bombardierungen dachten anstelle von Almosenregen.

»Ich schlage vor, wir nennen unser neues Vorhaben ›Projekt Geschenkbomben‹«, fuhr sie fort und nickte Gunnar zu, damit er den Computer anschaltete. Die Seniorengang hatte sich in der Bibliothek versammelt, und sie waren sehr neugierig darauf, was Anna-Greta und Gunnar ausgeheckt hatten. Seit dem Tag, an dem Anna-Greta wieder mit ihm Kontakt aufgenommen hatte, war er mehrmals in der Woche bei ihnen. In letzter Zeit hatte er sogar im Gästezimmer übernachten dürfen. Und jetzt kam diese Sache mit den Geschenkbomben. Gunnar klickte auf das Icon mit dem Namen »Geschenkbombe«, und da erschien ein Bild der Stadt Stockholm mit den Straßennamen und den verschiedenen Senioreneinrichtungen. Ein weiterer Klick auf die Fernbedienung und Bilder von verschiedenen Dingen, die man im Netz kaufen konnte, tauchten auf. So bekamen alle einen Überblick über die Waren wie auch über die entsprechenden Empfänger dafür.

Mehrere Tage lang hatten Anna-Greta und Gunnar vor dem PC gesessen und die Sache geplant. In Gunnars Gesellschaft hatte sich Anna-Greta zu einem dreisten Hacker entwickelt. Ab und zu hatten die anderen ihr zufriedenes Wiehern hören können, wenn ihr wieder etwas Neues eingefallen war. Jetzt stand sie da mit einem Zeigestock und wartete darauf, dass die anderen still wurden.

»Etwas zu klauen ist eine Sache, aber die Beute zu verwalten, eine andere«, sagte sie im Vortragston. »Wir müssen ganz sichergehen können, dass das Geld nicht in falsche Hände gerät.«

»Ach, das sage ich ja schon lange«, kommentierte Kratze und zog eine Grimasse.

Anna-Greta ignorierte seinen Einwurf.

»Das Internetshopping ist mittlerweile so weit entwickelt, dass man dort bestellen kann, was man will«, fuhr sie fort und zeigte auf Bilder von Handys, Kameras und Möbeln. »Wir können von unserem Haus aus die ganze Welt versorgen, wenn wir wollen.«

»Ja, ja, jetzt übertreib mal nicht. Die Weltherrschaft kannst du Putin überlassen«, murmelte Kratze.

»Wir bezahlen übers Internet, lagern die Waren hier bei uns, und dann können wir sie nach und nach verteilen. Wenn wir etwas ausliefern wollen, beauftragen wir eine Speditionsfirma. Einige Unternehmen bieten sogar an, die Waren selbst direkt zum Kunden zu liefern, verrückt, wie modern heute alles ist.«

»Aber die gestohlenen Geldscheine sind doch registriert. Wie sollen wir das denn bezahlen?«, fragte Stina.

»Aufgepasst! Es gibt etwas, das man ›Geld waschen‹ nennt«, erklärte Anna-Greta mit glühenden Wangen und sah zu Boden. Für jemanden wie sie, der aus der Bankenbranche kam, war das nicht leicht zu sagen, aber manchmal kennt die Not kein Gesetz.

»Geld waschen? Das kenne ich. Pferderennen in Solvalla und das Casino«, rief Snille, als wolle er den Eindruck hinterlassen, dass er davon viel Ahnung hätte.

»Na ja, dann sind Wechselstuben die bessere Alternative. Das Personal ist zwar angehalten, nachzufragen, woher das Geld stammt und wofür es benutzt werden soll. Aber in der Praxis läuft das anders. Keinen interessiert das wirklich. Wenn wir uns ordentlich ins Zeug legen, können wir ungefähr zweihunderttausend Kronen pro Tag einzahlen.«

»Einzahlen?«, wunderte sich Snille.

»Genau, wir haben doch diese neue Personennummer, du weißt

schon, die, die man als Einwanderer nach Schweden bekommt. Ich habe ein paar neue Konten eröffnet«, sagte Anna-Greta und schlug den Zeigestock in ihre Hand, so wie die Lehrer. Oder vielmehr, wie die Lehrer vor längerer Zeit.

»Phantastisch, was du dir ausgedacht hast. Das klingt hervorragend«, sagte Märtha, stand auf und kam mit dem neu angeschafften Servierwagen zurück. Darauf standen eine Kaffeekanne, Kaffeetassen und eine Schale mit Waffeln. Und während die Seniorenganoven Kaffee tranken, schmiedeten sie sehr spezielle Wäschepläne, die rein gar nichts mit schmutziger Kleidung zu tun hatten.

Am nächsten Tag machten sich alle auf den Weg nach Stockholm, um das gestohlene Geld umzutauschen. Märtha suchte sich die Forex-Wechselstube in Östermalm aus, Kratze begab sich in eine Wechselstube in Södermalm, Stina besuchte ein Büro in Vasastan, und Snille spazierte nach Kungsholmen mit zwei Papiertüten voller Scheine. Anna-Greta wiederum fuhr mit der Roslagsbahn hinaus nach Djursholm, um dort das geklaute Geld einzuwechseln. Sie wusste, wie man in dem traditionsreichen Villenvorort auftrat. Mit aufrechter Haltung, elegantem Pelz und gesetzter Stimme bestellte sie Dollar, doch es ging nur zäh voran. Erst als sie von ihrer bevorstehenden Reise nach Florida erzählte und dass sie vorhatte, auf Gran Canaria ein Grundstück zu kaufen, wurde die Wechselprozedur durchgeführt.

In den nächsten Tagen besuchten sie weitere Wechselstuben, aber da klappte es überhaupt nicht. Das Personal hatte neue Auflagen erhalten, und die waren wesentlich strenger. Da entschied sich Anna-Greta, stattdessen Solvalla aufzusuchen.

Am liebsten wäre es ihr gewesen, allein dorthin zu fahren, denn sie schämte sich für diese Aktion, da sie ja früher in einer Bank gearbeitet hatte. Doch als sie Gunnar davon erzählte, sah er sie mit derart traurigen Augen an, dass ihr gleich klar war: In einer Beziehung zu sein, oder zumindest fast, bedeutete auch, gewisse Verpflichtungen zu haben. Wenn sie ihn nicht mitnahm, wäre er zutiefst verletzt gewesen.

Die Sonne strahlte noch spät am Nachmittag, als Anna-Greta und Gunnar sich auf den Weg zur Pferderennbahn nach Solvalla machten. Sie fuhren mit der U-Bahn bis Rissne und beschlossen, das letzte Stück zu Fuß zu laufen. In ihrem Rollator, den sie vor sich herschoben, lag Märthas geblümte Stofftasche, die mit Geld gefüllt war, und diesen Schatz bewachte Gunnar mit großer Hingabe. Nach einer Weile näherten sie sich einem parkähnlichen Gelände.

»Die Typen, die die heißesten Tipps für die Trabrennen haben, hocken da drüben, habe ich mir sagen lassen«, erklärte Gunnar und nickte zu den Grünflächen.

»Aber im Rollator ist doch so viel Geld, ist das jetzt nicht gefährlich, an denen vorbeizugehen?«, meinte Anna-Greta zögernd.

Auf Rennpferde zu setzen und zugleich große Mengen Bargeld mit sich herumzutragen, war doch ein etwas unheimliches Gefühl. Die markierten Scheine aus der Handelsbank brannten förmlich in der Tasche. Hätte man länger darüber nachgedacht, dann hätte man das Bargeld eher in einer einfachen Sporttasche oder in einem Sattel verstaut, was auch immer, nur nicht in Märthas geblümter Stofftasche. Die fiel einfach zu sehr auf. Anna-Gretas Hände umklammerten den Rollator. Gunnar bemerkte es und streckte seine Hand aus.

»Du, das hier ist gar nichts gegen unsere Aktionen im Internet. Hier geht es doch nur um Kleingeld.«

»Aber mein Lieber! Als ich noch in der Bank gearbeitet habe, haben wir jede *Krone* gespart. Zweihunderttausend Kronen bar sind kein Taschengeld.«

»Schon, aber wenn wir diese Scheine hier verlieren sollten, dann ist das nichts im Vergleich zu dem, was wir im Internet verloren haben.«

Anna-Greta wusste, dass Gunnar sie nur beruhigen wollte. Bei einem Abenteuer zu zweit zu sein war gar keine schlechte Idee, dachte sie. Außerdem war Gunnars Vater ein richtiger Zocker gewesen und hatte ihm einiges über Pferde beigebracht. Das war ein gutes Gefühl.

Sie gingen mit flottem Schritt weiter, und nachdem sie die Eintrittskarten gelöst hatten, verirrten sie sich absichtlich in die Stallungen. Dieser Bereich war den Trainern, Fahrern und anderen Fachleuten vorbehalten, doch Anna-Greta und Gunnar wollten ein bisschen mehr über die Tagesform der Pferde herausbekommen. Und vor allem hofften sie, jemanden zu finden, der mit schmutzigen Geschäften zu tun hatte. Denn heute würden sie mit Bons handeln. Anna-Greta ließ sich das Wort auf der Zunge zergehen und fühlte sich, als wären sie geradewegs auf dem Weg in ein großes Abenteuer. Denn wenn jemand hunderttausend Kronen mit einem Pferd gewann, dann würde sie demjenigen anbieten, ihm den Gewinncoupon für hundertfünfundzwanzigtausend Kronen in bar abzukaufen. Und wenn sie dann mit dem Coupon zur Kasse ging, hätten sie hunderttausend Kronen gewaschenes Geld, und niemand würde es nachweisen können. Gar nicht schlecht. Aber ziemlich verboten …

In den Stallungen wärmten sich die Pferde nun auf. Es roch nach Tier und Stall, und die Fahrer kamen ganz dicht an Anna-Greta vorbei. Ihre Stimmung wurde immer besser. Jetzt würden sie das Schwarzgeld eintauschen können, wie wunderbar!

»Fighter Gull wird gewinnen«, vertraute ihnen ein älterer Mann am Eingang zu einem der Gebäude an, die zu den Stallungen gehörten.

»Und der?«, fragte Anna-Greta und zeigte auf ein schwarzes Pferd, das kleine Ohren hatte und keine Hufeisen trug.

»Joker Ride? Der wird als Letzter durchs Ziel gehen.«

Gunnar und sie spazierten weiter, betraten das Hauptgebäude und stiegen in den Fahrstuhl, der nach oben ins Restaurant führte, von wo aus man einen großartigen Ausblick auf die Trabrennbahn hatte. Sie nahmen an einem der Tische Platz und bestellten ein Bier und Krabbentoasts. Anna-Greta sah sich um und versuchte, jemanden ausfindig zu machen, der möglicherweise einen Gewinncoupon verkaufen wollte, einen, der etwas verdächtig aussah. Immerhin war das ein Ort, an dem sich Zocker aufhielten. Wenn zum Beispiel ein Grüppchen Frauen in den Fünfzigern gewann, dann gab es ein riesiges Gejubel, aber die Profis verzogen keine Miene. Deshalb galt es jetzt, sehr genau aufzupassen.

Entspannt zurückgelehnt lauschte Anna-Greta den Unterhaltungen und sah, wie die Pferde an den Start gingen. Drei Minuten noch bis zum nächsten Rennen. Gunnar stand auf.

»Ich setze fünfhundert. Es macht doch Spaß mitzuspielen.«

»Ja, Taschengeld brauchen wir alle«, antwortete Anna-Greta.

Als Gunnar zurückkam, war das Startauto bereits unterwegs und das Rennen im Gang. Meine Güte, wie schnell diese Pferde doch waren, sie rasten nur so vorbei, dachte Anna-Greta.

»Wie die rennen, die radbeinigen Freunde!«, rief sie mit lauter Stimme.

»Vierbeinige Freunde«, korrigierte ein eleganter Herr, der am nächsten Tisch saß und einen braunen Anzug trug.

»Aber Magical Star reagiert gut auf die Zugwatte«, fuhr Anna-Greta fort, um ihren Fauxpas zu kompensieren. Sie hatte etwas über die Zugwatte im Programm gelesen.

»Ja, da haben Sie recht«, lächelte der Tischnachbar. »Magical Star rennt in der letzten Runde schneller ohne Ohrstöpsel.«

»Ohrstöpsel?«, murmelte Anna-Greta, die gedacht hatte, dass die Zugwatte Zügel waren, an denen mag zog.

Die Stimme des Sprechers wurde immer lauter und schneller, je näher die Pferde dem Ziel kamen, und da hörte man auch schon ein Grüppchen, das ein paar Tische weiter saß, in Jubelschreie ausbrechen. Das war eine kleine Runde von Frauen um die fünfzig, hier war kein verdächtiger Zocker dabei. Erst etwas später am Abend, als ein Außenseiter gewann, passierte etwas. Ein Mann stand auf und ging in Richtung Fahrstuhl. In seinem Gesicht war kein Ausdruck von Freude zu lesen. Es war so weit.

Anna-Greta sprang so eilig von ihrem Stuhl auf, dass ihr Bierglas schwappte. Sie machte einen Schritt zur Seite und stellte fest, dass sie statt alkoholreduziertem Bier ein richtiges Bier getrunken hatte, aber jetzt musste sie sich beeilen, und so düste sie mit dem trudelnden Rollator auf den Fahrstuhl zu. Als sie unten angekommen war, sah sie den Mann, wie er gerade die Herrentoilette aufsuchte. Typisch, dachte sie sich, und was sollte sie tun, wenn er seine Geschäfte dort abwickelte? Aber dann sah sie ihn mit dem Gewinncoupon in der Hand wieder herauskommen. Vorsichtig trat sie an ihn heran.

»Ähh, haben sie was zu verkaufen?«, nuschelte sie.

Der Mann schaute sie verwundert an.

»Sie haben neunzigtausend gewonnen, stimmt's? Ich habe die Odds gesehen«, fuhr Anna-Greta fort und zwinkerte ihn so verbindlich an, wie sie es in Filmen gesehen hatte.

Der Mann starrte sie an.

»Okay, ich biete Ihnen hundertdreißigtausend für den Bon. Bar«, sagte Anna-Greta und streckte sich nach ihrer Handtasche.

»Aber das ist doch überhaupt kein Bon! Das ist eine Quittung von einem Medikament für die Pferde.«

»Ach, war doch nur Spaß«, räusperte sich Anna-Greta und flüchtete sich in die Toilette. Erst in den späten Abendstunden gelang es Gunnar und ihr, zwei Gewinnbons zu kaufen. Dann fuhren sie mit dem Taxi nach Hause. Denn die Geschäfte waren besser gelaufen als gedacht. Niemand war auf den Gedanken gekommen, dass zwei nette Senioren an diesem Abend markierte Scheine aus einem Überfall auf die Handelsbank gewaschen hatten.

22

Es war ein gutes Gefühl, dass nun alle fünf Millionen aus Hugin, so hieß die größere der beiden Schaufensterpuppen, in Scheine umgetauscht waren, die man nicht mehr zurückverfolgen konnte. Die verbleibenden Millionen hingegen, die in Munin* versteckt waren, mussten noch warten. Schließlich wollte die Seniorengang keinen Pendelverkehr zur Trabrennbahn oder den Wechselstuben einrichten. Nachdem Anna-Greta also ihr mühevoll »gewaschenes« Geld auf die neueröffneten Konten der Seniorengang eingezahlt hatte, versammelten sich alle auf der Veranda, um zu überlegen, wie es weitergehen sollte. Statt Kaffee gab es nun Tee (außer für Kratze, der sich weigerte, so eine Chinabrühe zu trinken) und statt Waffeln englische Scones. Märtha meinte, dass ein bisschen Abwechslung angebracht sei und dass es gut sei zu zeigen, dass nichts statisch war, sondern dass sogar schon nahezu heilige Dinge auch mal geändert werden konnten. Wenn man nicht stagnieren wollte, musste man immer auf der Höhe der Zeit sein.

Die Besprechung begann, und da alle ein oder zwei Tassen Tee mit Moltebeerenlikör getrunken hatten (man musste ja wissen, wie der Likör im Tee schmeckte), waren sie bester Stimmung. Der Tag war gekommen, an dem sie endlich mit ihren Geschenkbomben beginnen konnten. Sie hatten bereits eine Liste erstellt, auf der die

---

* Hugin und Munin sind in der nordischen Mythologie die Raben des Gottes Odin.

Seniorenheime standen, die etwas bekommen sollten. Jetzt mussten sie sich nur überlegen, was sie verschenken wollten.

»Zuerst versorgen wir die Altenheime, dann die Bahnhofsmission und die Museen, die die meisten finanziellen Einschnitte hinnehmen mussten«, begann Märtha. »Was meint ihr, was sollten wir verschenken?«

»Wir müssen erst einmal herausfinden, was die Menschen gerne hätten, damit wir das Geld nicht zum Fenster hinauswerfen«, wandte Anna-Greta ein.

»Kinderleicht«, sagte Kratze. »Junge hübsche Frauen, Schnaps und ein gutes Essen ... und vielleicht einen Besuch bei ...«

»Lustmolch«, schimpfte Stina und schlug mit der Hand auf den Tisch, so dass die Tasse einen Satz machte.

»Ach, ich mache doch nur Spaß«, wollte Kratze sie beruhigen, doch sehr glaubwürdig klang das nicht.

»Was haltet ihr von einem Auto oder so«, fragte Snille. »Oder von einem Motorrad mit Beiwagen?«

»Ich finde, wir sollten lieber iPads verschenken«, meinte Gunnar. »Damit kann man Bücher und Zeitungen lesen, Computerspiele spielen und noch sehr viel mehr.«

»Gute Idee! Und dann könnten wir gesundes Essen abonnieren bei Hallo Fresh oder wie das genau heißt«, fuhr Märtha fort.

»Zu gutem Essen braucht man auch gute Getränke«, stellte Snille fest. »Im Spezialitätenladen können wir Wein, Sekt und Whisky für alle Seniorenheime im Land bestellen.«

»Aber der Spezialitätenladen kann die Getränke nicht direkt an die Adressaten liefern, die müssen zuerst zu uns kommen«, merkte Anna-Greta an.

»Darin sehe ich kein größeres Problem«, meinte Kratze, der insgeheim glaubte, dass es keiner merken würde, wenn er ein paar von den Flaschen verschwinden ließe. Die kämen ihm gerade recht, wenn er mal wieder zu Lillemor hinübergehen und sie auf ein oder zwei Gläschen einladen würde.

Die Diskussion zog sich in die Länge, aber nach einer kurzen Pause, in der Kratze ihnen zeigte, was ein Rüdesheimer Kaffee war, kam wieder Stimmung auf. Er hatte eine Münze auf den Boden der Kaffeetasse gelegt, sie mit Cognac bedeckt und Kaffee darübergegossen. Das hatte so interessant ausgesehen, dass die anderen es auch alle probieren mussten.

Als Märtha endlich wieder für Ordnung gesorgt hatte, war die Stimmung gelinde gesagt ausgelassen. Jetzt wollte Snille Sportwagen und Harley-Davidson-Motorräder an alle Altenheime im Land verschenken, Kratze sprach sich für Segelyachten und Tickets für Kreuzfahrten aus, während Märtha und ihre Freundinnen für Gymnastikräume und Gesundheitsfarmen plädierten, bis sie sich endlich besannen und sich mit Eintrittskarten fürs Fitnessstudio, Spa und für die Gesundheitsvorsorge begnügten.

Am Ende hatte man im Großen und Ganzen über alles gesprochen, was es zu kaufen gab, und Anna-Gretas Notizbuch war vollgeschrieben. Märtha wollte gerade geblümte Spazierstöcke auf die Liste setzen, doch dann erinnerte sie sich an die Stöcke mit den verlorengegangenen Diamanten und sagte lieber nichts. Stattdessen schlug Anna-Greta zum Glück kurz darauf Teleskop-Stöcke vor, und das fanden alle gut. Danach stellten sie gemeinsam eine Adressliste auf, an die die bestellten Waren geliefert werden sollten.

»Es gibt Unmengen von Kurierdiensten und Transportunternehmen, man muss sich nur für eins entscheiden«, sagte Märtha.

»Aber liebe Märtha. Wollen wir nicht zuerst unseren Rausch ausschlafen?«, fragte Snille. »Wir haben doch trotz allem …«

»Ach was, das dauert doch nicht lange!«, gab sie zur Antwort, und so setzten sie sich alle grölend und lärmend vor den Computer. Als keiner genau hinsah, nutzte Kratze die Gelegenheit, zu der umfangreichen Empfängerliste die eigene Adresse hinzuzufügen, denn er vertrat die Meinung, dass man auch nicht alles verschenken müsse. Sie könnten doch auch selbst ein bisschen Spaß dabei haben.

Als Anders und Emma gegen Abend zu Besuch kamen, fanden sie die ganze Mannschaft schnarchend in ihren Betten vor. In der Bibliothek stand eine geöffnete Cognac-Flasche, aus der jemand etwas abgezweigt hatte, und der Moltebeerenlikör war nahezu leer. Erschrocken sahen sie sich an.

»Ihre kriminellen Aktivitäten scheinen sich auf die Gesundheit zu schlagen«, seufzte Emma. »Sie feiern ja wirklich *unentwegt.*« Sie räumte die Gläser in die Spüle und betrachtete verärgert die unabgewaschenen Kaffeetassen. »Hast du dir mal überlegt, dass wir mittlerweile ein ambulanter Pflegedienst geworden sind.«

»Das ist wahr. Wir putzen, bringen die Kleider in die Wäscherei, machen die Großeinkäufe und füllen Kühl- und Gefrierschrank. Heute wollte ich eigentlich zum Fußball gehen, aber stattdessen ...« Anders zog eine Grimasse.

»Aber sie bezahlen gut, und auf die Art brauchen wir keinen anderen Job.«

»Das stimmt«, murmelte Anders und musste an sein leeres Konto denken. Vom Arbeitsamt kam nicht gerade viel, und glücklicherweise steckte Stina ihm immer wieder ein paar Tausender zu.

»Aber schau nur, was für eine Unordnung sie hier veranstaltet haben«, stöhnte er und zeigte auf die halbvollen Gläser und die dreckigen Teetassen. Emma nahm eine Tasse in die Hand und roch misstrauisch daran.

»Meine Güte, jetzt riechen sogar schon die Tassen nach Cognac!«

»Und wenn schon! Das geht uns nichts an. Mama hat ihr Leben, und wir haben unseres.«

»Ja, aber der Gedanke daran, dass wir eine Kriminelle zur Mutter haben, die pausenlos feiert ...«

»Ach was, lass sie einfach. Hauptsache, es geht ihr gut«, sagte Anders müde und begann, die Geschirrspülmaschine einzuräumen. »Und vergiss nicht, dass wir jetzt auch als Kriminelle durchgehen. Beihilfe zu Straftaten ...«

Bei diesen Worten riss Emma erschrocken die Augen auf und tastete nach ihrem Zigarettenpäckchen. Sie zündete sich eine Zigarette an und nahm zweimal einen tiefen Zug. Doch dann hörte sie Schritte auf der Treppe. Märtha!

»Hilfe«, war alles, was sie herausbekam.

»Ach wie schön, seid willkommen! Was haltet ihr von einem Glas Champagner? Ich kann euch sagen, wir haben vielleicht ordentlich gefeiert!«

Auch Kratze war bereits auf dem Weg nach unten. Er sah ein bisschen blass aus und zog die Augenbrauen hoch, als er die zwei erblickte. Emma ahnte, was er dachte. Stina bekam wirklich oft Besuch, aber er hatte in den vergangenen Monaten von seinem Sohn gar nichts gehört. Er tat so, als wäre nichts, aber Emma wusste es besser. Sie mochte Kratze und fand, dass dieser dusselige Sohn sich wirklich mal melden könnte!

Wieder knarrte es auf den Treppenstufen, und Stina kam in die Küche hinein. Sie strahlte, als sie die beiden sah. Die Geschwister sahen sich erleichtert an, weil sie schon bemerkt hatten, dass etwas nicht im Lot war, doch keine Ahnung hatten, was los war. Aber als ihre Mutter sie jetzt umarmte, schien alles in bester Ordnung zu sein.

»Ach wie schön, ich hatte schon gehofft, dass ihr das seid. Und weißt du Anders, ich brauche bei einer Sache mal deine Hilfe.«

Nicht schon wieder, dachte er, doch er kam nicht dazu, ihr zu widersprechen, Stina hatte ihren Sohn bereits resolut am Arm gepackt und ihn hinaus auf die Veranda gezogen. Eine ganze Weile standen sie da draußen und redeten, und als sie wieder hineinkamen, kicherte Stina, und Anders schüttelte nur den Kopf.

»Was ist denn?«, wollte Emma wissen, als sie die verstörte Miene ihres Bruders sah.

»Mama wird verrückt, ich verstehe gar nichts mehr«, seufzte er. »Aber ich musste ihr versprechen, dichtzuhalten.«

23

Die Tage vergingen, doch Kratze konnte Lillemor einfach nicht vergessen. Er hatte beobachtet, dass Tompa sie hin und wieder besuchte, und fragte sich, was der da eigentlich wollte. Der Kerl war zwar jünger, aber längst nicht so gebildet und gepflegt wie er selbst. Auch nicht so weitgereist und erfahren. Nein, Tompa war ein Nichts. Kratze richtete sich auf. Ob die nun Rocker waren oder nicht, darauf konnte er doch pfeifen. Dem würde er es schon zeigen!

Nun da das Geld gewaschen war und die Seniorengang über etwas Bargeld verfügte, witterte Kratze seine Chance. Lillemor sollte mit eigenen Augen sehen, wie jugendlich und stark er war. Er musste sich etwas vornehmen, bei dem man das *sehen* konnte. Ein paar Tage lang zerbrach er sich den Kopf darüber, und dann hatte er die Idee.

»Der Gartenweg muss neu gemacht werden«, erklärte er forsch, und mit Gunnars Hilfe kaufte er übers Internet eine Fuhre Kies und Steinplatten. Zuerst wunderten sich alle, doch dann kamen sie überein, dass es das Beste sei, ihn machen zu lassen. Wenn Kratze sein kleines Projekt verfolgen durfte, bekam er vielleicht wieder bessere Laune, denn um die war es in letzter Zeit nicht ganz so gut bestellt gewesen. In erster Linie lief es ja zwischen ihm und Stina nicht rund, und das wirkte sich auf alle anderen aus.

»Diese Steine reichen für eine ganze Kathedrale. Dass Kratze immer so übertreiben muss«, seufzte Märtha zwei Tage später, als sie die Plattenberge am Gartentor betrachtete. Da sollte nicht nur ein normaler Kiesweg entstehen, stattdessen hatte Kratze sich überlegt, dass er dort verschiedene Arten von Granitplatten verlegen wollte. Zwar hatte er als Jugendlicher mal in den Sommerferien bei einem Gartenbauer gejobbt, sich aber deswegen gleich einen Designer-Gartenweg vorzunehmen – und das im Alter von 82 Jahren – war gelinde gesagt etwas gewagt.

»Jetzt werde ich es ihnen zeigen, diesen Fernsehexperten!«, rief er, als er in den Arbeitsoverall stieg. »Davon haben sie nicht einmal zu träumen gewagt. Aus dem Weg, ihr Gartenarchitekten, jetzt komme ich!«

Und dann ging er hinaus und nahm Maß und plante und war bester Dinge. Dass er es wirklich ernst meinte, begriffen die anderen, als sie am folgenden Tag von einem laut dröhnenden Bagger, der draußen im Garten wütete, aus dem Schlaf gerissen wurden. Zwischen Gartenpforte und Fliederlaube war die Kalle MiniSchakt GmbH dabei, einen Weg auszuheben, und Kratze stand daneben und gestikulierte wild. Als er eine halbe Stunde später wieder zurück ins Haus kam, hatte er ein zufriedenes Lächeln im Gesicht und schien kein bisschen müde zu sein.

»Was tust du da eigentlich, Kratze? Willst du bei der da drüben Eindruck schinden?«, fragte Stina und zeigte hinüber zur Backsteinvilla auf der anderen Straßenseite. Kratzes Gesichtsfarbe veränderte sich.

»Mmh na ja, es gibt da etwas, das nennt man Landschaftsdesign«, erklärte er feierlich und zeigte auf eine Zeichnung, auf der Steinplatten in verschiedenen Mustern angeordnet waren. »Da könnt ihr es sehen, ein Weg, der mit der Natur spricht.« Die Dinge sollten miteinander reden, das hatte er im Fernsehen gehört. Er hielt die Zeichnung hoch. »Der Weg wird von der Pforte bis zu den Gemüsebeeten reichen, und alle fünf Meter erscheint ein besonderes Design.«

»Wie hast du dir das vorgestellt?«, fragte Stina. »Vielleicht Bodenplatten in Form von Tarotkarten?«

»Ach Stina!«, brummte Märtha.

»Wartet doch einfach ab! Ich werde viereckige Muster wie Segel bei einem Dreimaster legen. Da bekommt ihr mal was zu sehen!«, rief er und eilte wieder hinaus.

Von der Veranda aus konnten sie zusehen, wie er vor zum Bagger lief, dem Führer die Skizze zeigte und dann auf den Berg mit den Steinplatten zeigte. Danach setzte der Baggerführer seine kleine Maschine vor, fuhr die Schaufel hinunter und lud ein paar Platten auf einmal ein, die er dann neben dem Weg ablegte.

»Kratze glaubt tatsächlich, dass er den Rest selbst bewerkstelligen kann«, seufzte Stina.

»Lass ihn machen. Er wird früh genug feststellen, dass das nicht geht«, beruhigte Snille sie.

»Aber er ist wie besessen von all diesen Do-it-yourself-Programmen im Fernsehen. Gestern haben sie einen Typen gezeigt, der selbst gemauert, gemalert, die Einrichtung besorgt und auch noch Essen gekocht hat, und das alles in einer Sendung! Kratze hat nur geschnaubt und gemeint, dass jeder Mann in Schweden davon Komplexe kriegen müsse, und dann ist er hinausgegangen, hat eine Achterschlinge um eine der Steinplatten gelegt und sie bis zu den Beeten gezogen. Ich habe wirklich gedacht, er überlebt das nicht!«

»Am besten gehen wir hinaus und helfen ihm!«, schlug Anna-Greta vor, und Gunnar nickte zustimmend. Aber Stina schüttelte den Kopf.

»Er will bestimmt keine Hilfe haben. Seit Kratze diese Lillemor besucht, kann man mit ihm kein vernünftiges Wort mehr reden. Ich wette, dass er das alles nur macht, um ihr zu imponieren«, seufzte sie.

»Das geht vorüber«, antwortete Snille tröstend und hakte sie ein. »Männer sind manchmal so. Jetzt gehen wir raus. Pass auf der Treppe gut auf.«

Als sie vor die Tür traten, sahen sie, dass Kalles Bagger weggefahren war und Kratze nun allein dastand. Er betrachtete die Steinberge, beugte sich nach unten und versuchte, eine Platte vom Fleck zu bewegen. Keine Chance. Stina rannte zu ihm.

»Nein, bitte Kratze, sei vorsichtig. Du machst dir den Rücken kaputt oder brichst dir den Oberschenkelhals oder …«

»Ich doch nicht. Du hättest sehen sollen, wie ich auf den Segelschiffen über die Plattform hinausgeklettert bin. Bis ganz hoch zum Eselhaupt. Mit Seilen und beweglichen Masten, damit kann ich umgehen. Aber wir brauchen einen Flaschenzug.«

Kratze verschwand, um bei den Werkzeugen zu suchen, und erblickte in dem Moment Tompa. Der Riese hielt am Gartentor an und starrte auf den großen Steinhaufen.

»Zeit für Gartenarbeit?«

»Ja schon«, sagte Kratze lässig, reckte sich nach dem Seil und machte um den größten Stein elegant einen Knoten. Nur damit man es sehen konnte. Ohne Flaschenzug.

»Ach hej, lass das doch! Jörgen und ich erledigen das im Handumdrehen. Haben wir alles schon gemacht.« Tompa spannte seinen Bizeps an, so dass die Tatoos sich verzerrten, holte sein Handy heraus und rief seinen Kumpel an. Kratze war bloßgestellt, jetzt würde Tompa ihn ausstechen. So hatte er sich das nicht vorgestellt.

»Aber Sie werden doch nicht …«, setzte er an.

»Ach was, wir kümmern uns darum!«, teilte Tompa mit und nickte zum Hügel hinauf, von wo Jörgen angeschlendert kam. Und ob Kratze nun wollte oder nicht, die zwei BandAngels-Mitglieder nahmen sich der Sache an.

Die Schubkarre wurde geholt, Kratze ging voran, und dann legten die zwei Rocker die Steine dort ab, wo Kratze hinzeigte. Ab und zu schielte er zur Backsteinvilla hinüber, aber Gott sei Dank schien Lillemor nicht zu Hause zu sein. Nach zwei Stunden war es geschafft, und ein zufriedener Kratze betrat das Haus.

»Ganz schön fleißig, die Jungs!«

»Glaub ja nicht, dass sie das umsonst getan haben«, stöhnte Märtha.

»Stina, findest du es nicht schön?«, fragte Kratze. Und da musste sie doch nicken und ihn loben, und damit kehrte in der alten Villa wieder Ruhe ein. Für ganze zwei Tage.

Es war spät am Abend und draußen richtig kalt und dunkel, da klopften Tompa und Jörgen an die Tür. Dieses Mal trugen sie keine Stahlkappenstiefel, doch sie sahen deswegen nicht weniger furchterregend aus. Märtha spürte einen kalten Schauer bis tief in die Seele.

»Hallo zusammen! Kalt draußen, nicht wahr? Ja, wir haben da etwas, über das wir mit euch reden wollten«, sagte Tompa mit einem Stapel Unterlagen in der Hand und machte Anstalten hineinzukommen.

»Selbstverständlich, kommen Sie rein«, antwortete Snille, den es brennend interessierte, ob sie in letzter Zeit wieder neue Motorräder angeschafft hatten.

»Hallöchen«, begrüßte sie Kratze. »Noch mal danke für die Hilfe mit den Bodenplatten. Da habt ihr ordentlich zugepackt, Jungs!«

»Vielleicht eine Tasse Kaffee?«, fragte Märtha mit einem verkrampften Lächeln. Ihr war ganz flau im Magen. Das war immer so, wenn sie Unheil ahnte. Die Riesen nickten und ließen sich am Küchentisch nieder. Märtha schenkte den Kaffee ein und stellte Stinas frischgebackene Zimtschnecken dazu. Tompa nahm sich eine Zimtschnecke und biss herzhaft ab.

»Ja, der Weg ist wirklich schön geworden«, fing er an, den Mund noch voll.

Alle nickten. Warteten.

»Obwohl das nicht der eigentliche Grund ist, warum wir hier sind.«

»Nein, das wissen wir wohl«, murmelte Märtha.

»Ja, also, wir machen ja eigentlich in Immobilien. Wir haben hier einen Vertrag für ein Haus aufgesetzt, und der ist auch schon unterschrieben, aber wir brauchen noch jemanden, der den Mist bezeugen kann. Mit Unterschrift.«

»Ja, das stimmt, man braucht zwei Zeugen«, brachte Anna-Greta hervor, die das Verfahren kannte.

»Nicht ganz einfach, solche Unterschriften zu bekommen, wenn man hier in der Einöde wohnt«, erklärte Tompa. »Da ist es doch ein Glück, dass man so gute Nachbarn hat.«

»Kein Problem«, meinte Kratze.

»Lassen Sie mal sehen«, sagte Märtha und reckte sich nach dem Vertrag. Ihr flauer Magen drückte nun schlimmer als in der Achterbahn. Unterlagen, Rockerbanden und Unterschriften waren keine gute Kombination.

»Ja, man muss nur hier unterschreiben.« Jörgen zeigte auf die letzte Seite in seinem Papierstapel.

»Ach so, da«, sagte Märtha und versuchte, Zeit zu gewinnen. Ganoven und Verträge … Sie hatte schon viel gelesen, was leichtgläubigen »Strohmännern« passiert war. Darüber stand einiges in Krimis und Büchern über die Mafia. Gewissenlose Schurken kauften ein Haus, ließen es verkommen, verdreifachten die Mieten und zogen so viel Profit daraus wie möglich. Wenn gegen die Verwahrlosung Anzeige erstattet wurde und die Ämter aufwachten, war es längst zu spät. Dann hatten die Ganoven das Haus bereits auf einen Strohmann – einen Betrunkenen oder einen Penner – überschrieben, der sowieso nichts bezahlen konnte. Und wenn es nun genau so war, dass Tompa und Jörgen glaubten, dass nette alte Leute sehr gut als Strohmänner taugten? Märtha hatte eine feine Nase, die sehr gut Probleme wittern konnte. Und hier stank es nach richtig viel Ärger. Sie versuchte es mit einem Lächeln.

»Ja, wissen Sie, ich unterschreibe niemals ein Papier, das ich nicht von Anfang bis Ende durchgelesen habe«, erklärte sie.

»Das ist echt nicht nötig. Unser Rechtsanwalt hat schon alles geprüft«, antwortete Tompa mit etwas energischer Stimme.

»Natürlich machen wir das. Geben Sie mir das Blatt«, sagte

Anna-Greta, die es jetzt mit der Angst bekam und die Typen so schnell wie möglich wieder loswerden wollte.

»Warte«, sagte Märtha.

»Aber etwas zu bezeugen ist doch kein Problem«, meinte Anna-Greta, die schon lange nicht mehr in der Bank gearbeitet hatte, als diese Methode mit den halbseidenen Strohmännern in Schweden in Mode gekommen war. Und noch bevor Märtha sie davon abhalten konnte, hatte sie ihre Unterschrift daruntergesetzt und Gunnar das Papier weitergereicht, der gleich daneben unterschrieb. Tompa nickte, bedankte sich und griff sich schnell wieder das Schriftstück.

Da wurde Märtha plötzlich eiskalt. Die Rocker durften ihr Haus nicht mit der Unterschrift ihrer Freunde verlassen.

»Herzlichen Dank, aber jetzt müssen wir wieder los.«

»Ach wie schade! Aber geben Sie mir die Unterlagen doch noch einmal kurz, damit ich eine Kopie machen kann. Sie wissen ja, wie das mit dem Gedächtnis ist. Ein alter Mensch wie ich erinnert sich einfach nicht mehr. An nichts mehr.« Sie stand auf und streckte die Hand aus.

Die Kerle schauten sich an, und sie konnte ihnen ansehen, was in ihren Köpfen vor sich ging.

»Ach, ich mache nur schnell eine Kopie für mich, und wenn Sie es sich anders überlegen, dann verspreche ich, werde ich sie einfach zerreißen«, beschloss Märtha und schnappte sich schnell den Papierstapel.

»Na gut«, brummte Tompa und zuckte mit den Schultern, während Märtha in der Bibliothek verschwand.

Die anderen konnten hören, wie die Maschine ansprang und es drüben ratterte. Nach einer Weile kam Märtha zurück, hochrot im Gesicht.

»Es tut mir wirklich leid, Jungs, werden Sie jetzt bitte nicht böse. Wir haben einen neuen Kopierer und … ich glaube, ich habe etwas falsch gemacht. Ich hätte Sie vielleicht vorher fragen sollen, aber …«

»Brauchen Sie Hilfe?«

»Na ja, das ist jetzt wohl ein bisschen zu spät«, antwortete Märtha und zog das Papier aus ihrer geblümten Stofftasche.

»Wie das nur passieren konnte? Ich kenne mich mit diesen Apparaten nicht so gut aus. Ich glaube, ich habe die Papiere in den Aktenvernichter gesteckt«, sagte sie und hielt die Papierstreifen in die Luft.

Im Raum breitete sich daraufhin Eiseskälte aus, und Tompa sprang sofort auf.

»Scheiße. Wir kommen wieder, darauf könnt ihr euch verlassen! Jörgen, komm, wir hauen ab.«

Die zwei Rocker stürmten hinaus, und erst als sie schon den Berg hinaufliefen, traute sich jemand, ein Wort zu sagen.

»Und wofür war das jetzt gut?«, fragte Anna-Greta.

»Die wollten uns in ihre kriminellen Geschäfte reinziehen«, antwortete Märtha. Sie ging zum Kamin und warf die Papierfetzen hinein. Sie stapelte einen Haufen Holzscheite für ein Feuer und griff nach den Streichhölzern. Doch als sie sie anzünden wollte, zitterten ihre Hände ganz fürchterlich.

»Was ist los, kleine Märtha?«, fragte Snille und legte den Arm um ihre Schulter.

»Ich habe Angst. Zum ersten Mal in meinem Leben habe ich wirklich richtig Angst.«

24

Die BandAngels warteten entweder die passende Gelegenheit ab, oder sie planten gerade etwas ganz Schreckliches. Die Tage vergingen, und die alten Leute machten sich Sorgen, was die Rocker wohl aushecken würden.

»Richtig entspannt ist man so wirklich nicht«, sagte Märtha. »Eines Tages werden sie mit einer neuen Idee vor der Tür stehen.« Die Seniorengang hockte in der Bibliothek und hörte immer und immer wieder *Beethovens Fünfte*, die Schicksalssymphonie. Schließlich zuckte Kratze mit den Schultern und sagte:

»Am besten gehe ich mal hinüber zu Lillemor und frage, was sie über die Zukunft sagen kann.«

Stina, die gerade ein Stück von Lars Norén las, erstarrte und sah ihn finster an. Und kaum war Kratze verschwunden, griff sie zum Telefon und rief Anders an.

»Mein Junge, jetzt ist es so weit. Ich halte das nicht mehr länger aus. Jetzt ist es an der Zeit, unseren Plan auszuführen.«

»Aber Mama, meinst du das wirklich ernst«, fragte Anders. »Ich habe gedacht, du machst Scherze …«

»Jetzt tust du, was ich dir sage, sonst kannst du dir das mit der Erbschaft aus dem Kopf schlagen.«

Am folgenden Tag fuhr Anders in die Stadt, um ein paar Stunden später mit einer Kiste vor der alten Villa aufzutauchen. Als die anderen fragten, was er denn da hätte, drückte er sich um die Antwort – aber Stina machte ein sehr zufriedenes Gesicht.

»Bist du dir wirklich sicher, dass ich es tun soll«, fragte er seine

Mutter nach dem Essen, als sie draußen auf der Veranda in ihren Korbstühlen saßen. Die Petroleumlampen brannten, und das Meer lag schwarz und glänzend vor ihnen. Die Lichter von Stockholm erleuchteten den Abendhimmel, und der Geruch der Lampen erfüllte die Veranda. Die anderen waren hineingegangen, weil sie in der Bibliothek Bridge spielen wollten, aber Stina war draußen geblieben, um mit Anders zu reden.

»Lillemor ist nicht zu Hause, stell den Karton einfach bei ihr auf der Veranda ab«, sagte Stina und drehte den Docht der Petroleumlampe etwas zurück, weil es anfing zu qualmen. »Reiß den Karton an einer Ecke auf, das wird sie neugierig machen, und sie wird ihn öffnen. Und vergiss nicht, als Adresse ›An Bertil ›Kratze‹ Engström‹ darauf zu schreiben.«

»Du willst also, dass es so aussieht, als wäre das Paket falsch zugestellt worden?«

»Ja, so wie besprochen«, erklärte Stina, und ihre Stimme wurde schärfer, so dass Anders zusammenzuckte.

»Okay, aber ich sage dir, so was mache ich nicht noch einmal.«

»Ja, ja. Hoffen wir, dass dieses eine Mal reicht«, antwortete Stina.

Als Lillemor gegen elf Uhr am Abend von einem Treffen mit ihrem Tarotclub zurückkam, fand sie einen großen Karton direkt vor ihrer Haustür. Sie stellte ihr Fahrrad ab und lief schnellen Schrittes die Treppe hinauf. Sie öffnete die Haustür und trug das Paket in die Küche. Nachdem sie ihren Mantel ausgezogen und Kaffeewasser aufgesetzt hatte, zündete sie sich eine Zigarette an. Sie betrachtete das Paket und wollte es schon öffnen, doch da hielt sie inne. Voller Enttäuschung stellte sie fest, dass es gar nicht für sie, sondern für Bertil »Kratze« Engström war. Es stand kein Absender darauf, und die Kiste hatte offenbar einen Schlag abbekommen. Der Deckel war verrutscht, und der Inhalt drohte herauszufallen. Sie holte eine Rolle Klebeband, doch es gelang ihr nicht, das Band von der Rolle abzupuhlen. Was war das eigentlich, was Kratze da bekommen hatte? Ohne Absender, das war verdächtig. Ihre Neugierde wuchs. Sie legte das Klebeband zur Seite und zog den Deckel vom Karton. Ein großes, weiches Paket kam zum Vorschein. Erst befühlte sie es nur, dann konnte sie sich nicht beherrschen. Sie öffnete es. Ihr Gesicht nahm eine tiefrote Farbe an, und sie biss sich auf die Lippen. Als Kratze am nächsten Tag an ihrer Tür klingelte, war sie richtig geladen.

»Ich schlage vor, du gehst mit Fragen über deine Zukunft zu jemand anderem«, waren ihre ersten Worte. Eintreten ließ sie ihn auch nicht.

»Wenn du mir jetzt nicht wahrsagen willst, dann machen wir es uns einfach auf dem Sofa bequem«, schlug er vor und wollte sie schon in seine Arme nehmen. »Du ahnst nicht, welche Fortschritte ich in der Zwischenzeit mit den Tarotkarten gemacht habe.«

»Mit dir auf einem Sofa sitzen, du Lustmolch! Nie im Leben!« Sie zeigte auf den geöffneten Karton. »Diese Sendung ist wohl bei der falschen Adresse gelandet.«

»Was denn?«

»Jetzt spiel bloß nicht den Unschuldigen. Aber eine Sache kann ich dir versichern: Die ›Aufblasbare Barbara‹ kannst du behalten!«

Sie gab dem Paket einen Tritt, so dass die »Aufblasbare Barbara« aus dem Karton fiel und mit einem Seufzer auf der Seite landete.

»Aber ich habe keine Ahnung …«

Mit einem lauten Knall flog die Haustür zu, und Kratze musste unverrichteter Dinge wieder abziehen.

Stina sah Kratze, wie er von der Backsteinvilla zurückgetrabt kam, und musste sich sehr zusammenreißen, sich nichts anmerken zu lassen. Kleine Sünden bestraft Gott sofort, sagt man. Aber wenn Gott sich zurückhält, muss man eben selbst etwas unternehmen, dachte Stina und dankte im Stillen Anders für seine Hilfe. Das müsste eine Lektion für Kratze gewesen sein.

In der folgenden Woche antwortete Kratze kaum, wenn man ihn

ansprach, und wenn man versuchte, mit ihm ein Gespräch zu führen, dann hörte er nicht zu. Noch nie hatten die anderen ihn so geistesabwesend gesehen, und die Einzige, die das gelassen nahm, war Stina. Das fanden die anderen etwas merkwürdig, aber als sie feststellten, dass er nicht mehr zu Lillemor hinüberging, konnten sie sich einen Reim darauf machen. Etwas musste geschehen sein.

Das Wochenende verstrich, und am Montag fragte Kratze, ob er mit Emma in die Stadt fahren könne. Den ganzen Tag blieb er fort und kam erst am späten Nachmittag wieder heim, mit einem großen Paket unter dem Arm. Er sagte kurz hallo, erklärte, er müsse sich gleich ausruhen, und blieb dann in seinem Zimmer bis zum Abendbrot.

»Langsam mache ich mir Sorgen um Kratze. Nicht dass er uns noch krank wird«, seufzte Märtha.

»Kratze?«, schnaubte Stina. »Ach was, ihm fehlt nichts, das kannst du mir glauben.«

Nach dem Essen holte Kratze einen Arm voller Birkenholz und machte im Kamin in der Bibliothek Feuer. Mit geschickten Handbewegungen legte er die Holzscheite in ein Quadrat, ließ genug Luft und steckte dann Papier dazwischen, bevor er es anzündete. Schnell hatten sie ein schönes Feuer, und die anderen lächelten erleichtert. Es war für Kratze immer eine kleine Herausforderung, ein Feuer nur mit Hilfe eines einzigen Streichholzes zu machen, und jedes Mal, wenn es ihm gelang, war er zufrieden und stolz.

Am Abend spielten sie eine Partie Bridge, doch als Kratze keine Anstalten machte zu schummeln, wunderten sich die anderen sehr. Nein, irgendetwas war los mit ihm, aber wenn sie ihn danach fragten, dann grummelte er nur vor sich hin. Mit der Zeit wurden alle so müde, dass sie ins Bett gehen wollten, und so standen sie auf und sagten gute Nacht.

Stina ging in ihr Zimmer, legte den Gedichtband von Gustav Fröding auf den Nachttisch und wollte sich gerade ausziehen, als es an der Tür klopfte. Sie kannte dieses Klopfen. Es war Kratze.

»Herein«, rief sie.

Kratze blieb in der Tür stehen und druckste eine Weile herum. Er war frisch gekämmt und duftete nach Rasierwasser.

»Das hier ist zwar kein echtes Original, aber, na ja, du magst ihn doch …«, murmelte er und reichte ihr ein viereckiges Paket.

»Aber Kratze, was für eine Überraschung!«, sagte Stina verblüfft und riss das Geschenkpapier auf.

»Es ist natürlich eine Reproduktion, aber Anders Zorns *Sommervergnügen* ist doch nicht schlecht. Na ja, und es ist ja auch ein Aquarell.«

Kratze wirkte plötzlich ganz geschäftig, und er verließ das Zimmer wieder. Als er zurückkam, hielt er einen Blumenstrauß in der Hand. Er legte ihn nieder, zupfte lange an seinem Halstuch herum, und erst, als Stina die Arme nach ihm ausstreckte, traute er sich, sie in den Arm zu nehmen.

»Entschuldigung«, sagte er. »Es tut mir leid, ich habe mir wirklich nichts dabei gedacht. Kannst du mir verzeihen?«

Und da lächelte Stina und drückte ihn ganz, ganz fest.

25

Märtha spazierte vor dem Eingang des Seniorenheims Diamant auf und ab und sah immer wieder erwartungsvoll den Hang hinunter. Endlich war es Zeit für die Aktion Geschenkebombardierung. Es war kalt, und die Sonne strahlte klar von einem tiefblauen Himmel, aber Märtha war so aufgeregt, dass sie die Kälte kaum spürte. Ein Lieferwagen kam näher, und da musste sie zufrieden lächeln. Die Anlieferung schien zu funktionieren. Das Fahrzeug hielt an.

»Kontrolleur Petterson von der Wohlfahrts-Aufsichtsbehörde«, sagte Märtha und düste vor zum Fahrer, der gerade dabei war, die Tür zu öffnen. Sie hielt ihm ihren eingeschweißten Ausweis unter die Nase, auf dem Name und Foto zu sehen waren. Stina hatte mittlerweile nicht nur gelernt, wie ein Bildschirmausdruck funktionierte, sondern konnte auch mit dem Druck von Namen und Bildern umgehen.

»Was?« Der Chauffeur, ein Mann in den Dreißigern, blieb wie angewurzelt stehen.

Märtha baute sich vor ihm auf, holte ihre Mappe und blätterte.

»Es geht um die Lieferung für das Seniorenheim Diamant. Wir müssen überprüfen, ob die Warenlieferung auch einwandfrei ist«, antwortete sie freundlich.

»Dann beeilen Sie sich. Ich habe es eilig!«, murmelte der Fahrer. Er ging seine Auftragszettel durch, öffnete die Gepäckraumtüren und zog die Sackkarre heraus.

»Darf ich den Lieferschein mal sehen«, fragte Märtha mit energischer Stimme. Sie angelte aus ihrer Stofftasche eine Kopie des

Auftrags heraus, nahm ihm den Zettel aus der Hand und ging die Liste durch. Dann hakte sie sämtliche bestellten Waren ab.

»Das geht Sie doch wohl gar nichts an? Die Waren sind doch nicht für Sie«, knurrte der Fahrer.

»Das ist korrekt, doch in unserer Gesellschaft passieren heutzutage so merkwürdige Dinge, und in diesem Fall haben die Kunden uns gebeten, die Lieferung zu überprüfen. Sie haben bestimmt schon davon gehört, dass Dinge einfach verschwinden und Lieferungen gekapert werden.«

»Gekapert?«

»Ja, das ist wirklich schrecklich«, klagte Märtha. »Haben Sie noch nie etwas über Lastwagen, die verschwinden, Autos, die gestohlen werden, oder Päckchen, die abhandenkommen, gelesen? Nein, wir von der Wohlfahrts-Aufsichtsbehörde haben eine unglaublich wichtige Tätigkeit auszuführen. Jetzt lassen Sie mich mal nachsehen, das scheint ja alles zu stimmen. Dann müssen wir nur noch prüfen, ob die Waren in den Kartons auch mit denen auf dem Lieferschein übereinstimmen.«

»Heiliger Satan«, fluchte der Fahrer, der gebürtig aus Finnland stammte. Märtha blieb gefasst, sah zu, wie er die Kisten auslud und trat einen Schritt zur Seite, um ihm Platz zu machen. Als er die Kartons im Lastenaufzug verstaut hatte, begleitete sie ihn nach oben. Diskret korrigierte sie ihren Hut auf der Perücke, schob die elegant getönte Brille zurecht und streifte die Handschuhe über. Jetzt sollte sie nur darauf achten, nicht durch ihren südschwedischen Dialekt aufzufallen, das passierte leicht im Eifer des Gefechts. Nein, jetzt musste sie sich konzentrieren. Der Fahrer klingelte, und die Tür ging auf. Märtha erkannte das dunkelhaarige junge Mädel, das ihnen am Lucia-Tag begegnet war.

»Kontrolleur Siv Petterson«, stellte sich Märtha vor und streckte die Hand aus.

»Schwester Anja, hallo. Kann ich Ihnen irgendwie behilflich sein?«, fragte sie.

Märtha erklärte ihren Auftrag, zeigte ihren Ausweis, und nachdem Anja den Lieferschein abgezeichnet hatte, gingen sie hinüber in den Gemeinschaftsraum. Märtha sah sich in den vertrauten Räumlichkeiten um. Es roch noch genauso muffig, und da standen noch dieselben alten Möbel wie zu der Zeit, als sie dort noch gewohnt hatten. Das Haus Diamant war ebenso ansprechend wie ein altes, verkommenes Schulhaus. Ich muss daran denken, neue Möbel zu kaufen, dachte Märtha, und notierte es auf ihrem Block. Der Fahrer brachte die Kisten herein, und in der Zeit ging Anja von Zimmer zu Zimmer und rief die Alten zusammen. Es dauerte ein wenig, aber schließlich versammelten sich gut zwanzig Personen um den alten Jugendstiltisch im Esszimmer. Die Bewohner wirkten schläfrig und sahen verwirrt aus. Märtha zog die Augenbrauen hoch.

»Haben Sie ihnen Medikamente gegeben? Sie machen so einen müden Eindruck.«

»Nur Beruhigungsmittel«, antwortete Anja.

»Wenn man sich richtig um die alten Menschen kümmert, dann brauchen sie wohl nichts zur Beruhigung!«, brummte Märtha. »Und wie sieht es mit der Gymnastik aus?«

»Gymnastik? Davon weiß ich nichts«, sagte Anja.

»Und die Küche? Ist die neue Küche jetzt da?«

»Wir haben nur Mikrowellen …«

»Meine Güte, hier sollte längst eine neue Küche stehen! Reden Sie denn nie mit Direktor Mattson? Das Haus Diamant hat doch eine Spende erhalten.«

»Direktor Mattson und Schwester Barbro? Die besitzen mittlerweile so viele Seniorenheime, und meistens sind sie sowieso auf Dienstreise.«

»Ich will sofort mit ihnen sprechen.«

»Das ist nicht ganz einfach.« Anja musste lachen. »Wir haben auch schon versucht, unsere Beschwerden vorzubringen, aber wir bekommen nie eine Antwort. Die haben jetzt eine Adresse in New Jersey.«

Märtha spürte, wie die kalte Wut in ihr hochkam, und ihre Fäuste, in denen das Notizbuch lag, immer weißer wurden. Das Geld, das sie und ihre Freunde überwiesen hatten, war verschwunden. Aber sie hatte gehört, dass die Inhaber der Diamant GmbH im letzten Jahr mehr als siebzig Millionen Kronen Gewinn gemacht hatten. Sie hatte gehofft, sie würden davon auch einiges wieder investieren. Aber nein. Märtha öffnete ihre große Stofftasche.

»Meine Freunde!«, sagte sie und holte einen Stapel Gutscheine von einer Firma heraus, die Anna-Greta im Internet ausfindig gemacht hatte. Das Unternehmen verkaufte Waren und lieferte sie auch aus.

»Diese Schecks haben ein Jahr Gültigkeit, und ich habe der Geschäftsleitung davon Kopien zukommen lassen. Jetzt können Sie einen Herd mit Backofen, eine Spüle, einen Geschirrspüler, ja die gesamte Küchenausstattung kaufen, die Sie brauchen. In zwei Monaten werden wir von der Wohlfahrts-Aufsichtsbehörde wiederkommen und überprüfen, ob die Küche fertig ist.« Märtha unterschrieb und steckte den Stift wieder in ihre Tasche. »Das ist Ihnen doch wohl klar, Anja: Wenn man alt wird, sollte man es möglichst gut haben.«

Die junge Frau wurde rot und wollte gerade darauf antworten, als aus dem Gemeinschaftsraum ein sonderbares Poltern zu hören war. Alle gingen hinüber. Dolores, dreiundneunzig Jahre alt, hatte Henrik, zweiundneunzig Jahre, ihr Messer geliehen. Während die anderen ihn munter anfeuerten, schnitt er das Klebeband der Verpackungen auf. Anja, die gerade ihr erstes Praktikum absolvierte, stand ratlos daneben. Sie hatte in den Vorschriften nichts darüber gelesen, was man tun sollte, wenn von Außenstehenden Geld- und Warengeschenke gemacht wurden.

»Ooooh«, erklang es von allen gleichzeitig, als sie da wie Kinder am Weihnachtsabend standen und das Geschenkpapier von den Paketen rissen. Unter großem Gejubel packten die Alten iPads, iPhones, Bücher und DVDs aus. Als belgische Schokolade mit einem Haufen Wärmedecken und Erkältungsmedizin auf dem Boden landete, wusste Märtha, dass das Stinas Bestellung gewesen sein musste. Sie selbst hatte Yogamatten, Therabänder, Hanteln und noch einiges mehr ausgesucht, während Kratze den Alten mit Computerspielen, Schiffsmodellen und Gartenwerkzeug eine Freude bereiten wollte. Snille wiederum hatte Werkzeug bestellt und zudem einen Auftrag über Schuh-Spikes für die Winterschuhe, Lupen, sprechende Armbanduhren und Stockhalterungen für den Rollator beigelegt. In einem Karton lag ganz unten ein Paket, das in Goldpapier eingeschlagen war. Es wurde mucksmäuschenstill.

»Was ist denn das?«, fragte der Fahrer und drehte es hin und her. »Hier steht, dass das Paket nur unter Aufsicht der Wohlfahrts-Aufsichtsbehörde ausgepackt werden soll.«

»Stimmt«, antwortete Märtha und hakte auch das in ihrem Notizbuch ab. Henrik, der Mann, auf den Dolores offenbar ein Auge geworfen hatte, bot sich an, es zu öffnen. Er knotete die Schnur auf, wickelte langsam und vorsichtig das Goldpapier ab und öffnete das Paket.

»Da sind ganz viele Briefumschläge«, murmelte er, schob die Brille auf der Nase zurecht und las.

»Gut, das stimmt. Im Paket sollte ein Umschlag für jeden von Ihnen sein«, erklärte Märtha. Sie nahm einen Stapel Briefe heraus und verteilte sie. Eine Weile raschelte es überall, dann rief Henrik:

»Das ist ja nicht wahr! Ein Elektroskooter! Ich bekomme einen Elektroskooter!«

»Genau! Und den bekommen alle«, sagte Märtha. »Damit Sie hier in der Gegend ein paar Ausflüge machen können. Und außerdem bekommt jeder eine Reise nach Gran Canaria.« Sie kramte in ihrer geblümten Stofftasche, zog ein braunes Kuvert heraus und drückte es Anja in die Hand. »Das ist für die Geschäftsführung. Es liegt eine Kopie über all die Dinge bei, die Sie heute geschenkt bekommen haben. Der Spender möchte gern anonym bleiben. Außerdem …« Märtha machte eine Kunstpause, denn was jetzt kam, war wichtig. »Außerdem«, wiederholte sie, »ist der Lohn für zwei neue Angestellte zur Bezahlung angewiesen, also Personal, das sich um die Bewohner kümmert, damit all die Geschenke auch richtig benutzt werden können. Die Mittel sind zweckgebunden. Wir von der Wohlfahrts-Aufsichtsbehörde kommen wieder und überprüfen, ob die Spende für diesen Zweck auch verwendet worden ist.«

Anja machte große Augen, und einige der alten Leute fingen vor Freude an zu weinen. Sogar Märtha fiel es nicht leicht, die Tränen zurückzuhalten, und eine ganze Weile brachte sie kein Wort heraus. Aber der Fahrer, der langsam ungeduldig wurde, brach das Schweigen.

»Das war's. Vielen Dank und auf Wiedersehen.« Er ging zur Tür. Doch Märtha hielt ihn auf.

»Ich weiß, dass Sie heute noch viele andere Bestellungen ausliefern müssen. Zufällig bin ich auch für diese zuständig. Wenn ich in Ihrem Auto mitfahren könnte, würde es schneller gehen.«

»Was zum Teufel …«

»Doch, wirklich. Heutzutage machen wir von der Wohlfahrt viel häufiger Stichkontrollen. Mit Geld verhält es sich nämlich so, dass man IMMER kontrollieren muss, wo es landet.«

26

Seit Tompa und Jörgen beobachtet hatten, wie die fünf Alten die zwei Leichen in den Erdkeller getragen hatten, machten sie sich ernsthaft Sorgen. Die Polizei konnten sie hier wirklich nicht gebrauchen, und wenn es sich tatsächlich um Tote gehandelt hatte, würden sie spätestens wenn das Tauwetter einsetzte, vor einem hygienischen Problem stehen. Die neugierige Wahrsagerin, die weiter unten wohnte, würde nicht lange fackeln und die Polizei rufen. Nein, am besten nahmen sie die Sache gleich selbst in die Hand. Jörgen und Tompa entschieden sich, die Villa zu observieren und geduldig auf den Moment zu warten, in dem die Alten das Haus verließen. Es dauerte und dauerte, doch an einem Montagmorgen, ganz früh, bestiegen die alten Leutchen ihren VW-Bus und fuhren fort. Als das Motorengeräusch des Fahrzeugs verschwand, war Tompa klar, dass das ihre Chance war. Hervorragend! Die anderen Mitglieder der BandAngels waren auf einem Fest, und das war auch gut so, denn Tompa wollte nicht, dass mehr Leute als unbedingt notwendig mitbekamen, was sie vorhatten.

»Sie sind abgehauen. Die Luft ist rein«, rief er ins Zimmer hinein. »Komm, wir gehen gleich runter.«

Jörgen Smäck trat ans Fenster. Seine Haare standen ab, und er hatte dunkle Ringe unter den Augen. Bis tief in die Nacht hatte er unten im Clublokal geschreinert.

»Also gut. Dann mal los! Hast du die Stirnlampen?«

Tompa nickte.

»Mann, ich hoffe echt, dass da keine Toten liegen. Voll strange. Am besten nehmen wir die Gartenhandschuhe mit.«

Die Männer gingen hinunter in den Flur, banden sich Halstücher um, zogen ihre Jacken an, fuhren in die Stiefel und zogen Strümpfe darüber. Die BandAngels bewegten sich meistens auf Terrain, auf dem sie keine Spuren hinterlassen wollten, und dafür waren schwarze Wollsocken einfach perfekt.

Als sie hinauskamen, schlug ihnen die Kälte entgegen, und Tompa ärgerte sich, dass er keine Mütze aufgesetzt hatte. Aber so ein Zeug fanden die anderen unmännlich, also konnte man nichts dagegen tun. Wenn man Mitglied im Club war, war es ja schon uncool, einen Motorradhelm zu tragen. Jetzt tat es ihm leid, dass er sich die Haare abrasiert hatte. Etwas Wolle auf dem Kopf hielt immerhin *ein bisschen* warm.

»Fuck! Da ist abgeschlossen!«, sagte Jörgen, als sie vor dem Keller standen. Die Tür war nicht ganz fest zu, man konnte auch einen Spalt erkennen, aber trotzdem. Er sah sich um, ob er irgendetwas zum Aufbrechen fand, aber dann fiel ihm ein, dass sie ja keine Spuren hinterlassen wollten. »Okay, dann müssen wir wohl beide anpacken.«

Mit vereinten Kräften gelang es ihnen, die Tür aufzubiegen, so dass sie die Hände zwischen Tür und Angel schieben und sie von den rostigen Scharnieren heben konnten. Vorsichtig lehnten sie sie gegen die Wand und gingen hinein. Es roch nach Erde und Kartoffeln, und ein alter, muffiger Alkoholgeruch drang ihnen in die Nase. Ja, hier stank es nicht nach Leichen, sondern eher nach Besoffenen! Wahrscheinlich ist hier jemandem eine Kiste mit Schnapsflaschen aus der Hand gefallen, dachte Tompa, rückte seine Stirnlampe zurecht und richtete den Lichtschein auf die Wand. Oder vielmehr auf die Kisten. Postsendungen, ungeöffnete Kartons, Ikea-Pakete und mehrere Kisten, die mit Whisky oder Sekt gefüllt waren, standen vor den Wänden gestapelt. Sogar Möbel, Gartengeräte, Leselampen und verschiedene andere Güter waren aufgereiht.

»Shit! Wann haben sie das denn alles geliefert bekommen?«, fragte Jörgen.

»Wir haben da wohl noch gepennt. Hier sieht es ja verdammt nochmal aus wie in einem Warenlager von Åhléns«, meinte Tompa.

»Nein, vom Spirituosenladen«, antwortete Jörgen und ließ seinen Lichtstrahl auf den Alkoholika stehen. »Aber was ist das denn? Moltebeerenlikör. Meine Güte, am besten bringen wir den Alten mal das Biertrinken bei.«

»Aber schau dir mal den Whisky an und die vielen anderen Dinge. Die sind ganz neu, da ist nichts gebraucht gekauft. Ganz klar, die Alten SIND Kriminelle – also hatte ich doch recht! Das sieht ganz nach Diebestour aus. Clevere Kerlchen.«

»Deswegen haben sie unsere Papiere auch nicht unterschreiben wollen. Diese Märtha ist besonders raffiniert, die sollten wir uns mal vorknöpfen!«

»Ja, und den Rest der Bande im Auge behalten.«

Die Männer sahen sich in den Räumen um, und hinter ein paar Whiskykartons und einem Laufband entdeckten sie zwei Schaufensterpuppen, die Wintermäntel, Oberbekleidung und Stiefel trugen.

»Fuck, wollen die jetzt auch noch eine Boutique aufmachen?«

Jörgen griff nach einer der Puppen und hielt sie Tompa vor die Nase. »Also waren das keine Leichen, sondern Schaufensterpuppen! Da haben wir uns umsonst den Kopf zerbrochen. Kein Wunder, dass sie die tragen konnten.«

»Aber was haben sie mit all dem Zeug vor?«

»Wahrscheinlich sind sie alle Kleptomanen. Was anderes fällt mir dazu nicht ein.«

Tompa und Jörgen sahen sich noch eine Weile um. Bevor sie hinausgingen, kamen sie noch einmal an den Schaufensterpuppen vorbei.

»Du, weißt du was? Wäre es nicht cool, so eine Puppe in unserem Clublokal zu haben? Wir ziehen ihr Lederklamotten an und ein T-Shirt mit dem Clublogo und stellen sie an die Theke«, schlug Tompa vor.

»Ja, super, das wäre cool! Das machen wir.«

Am Abend sollten ein paar Mitglieder der HadesEngel und die anderen Jungs von den BandAngels zum Feiern zu ihnen kommen. Bis dahin musste das Clublokal fertig sein. Die Schaufensterpuppe würde perfekt dazu passen. Die Jungs sahen sich an, waren sich einig und schritten zur Tat. Schnell zogen sie ihr Mantel und Stiefel aus und warfen die Sachen so auf den Boden, dass es aussah, als ob die Puppe umgekippt wäre. Dann würden die Alten im besten Fall gar nicht merken, dass die Puppe fort war. Als die beiden fertig waren, schalteten sie ihre Stirnlampen aus und steckten sie ein. Draußen war es schon hell und daher höchste Zeit, sich aus dem Staub zu machen. Also hängten sie die Kellertür schnell wieder ein, sahen sich um und rannten mit der Schaufensterpuppe im Arm zum Gartentor. Da hörten sie ein Motorengeräusch und sahen einen Lieferwagen, der den Berg hinaufgefahren kam.

»Verdammt, die Socken«, flüsterte Tompa, er streifte sie ab und stopfte sie in die Jackentasche. Dann hielt er nach einem Versteck für die Puppe Ausschau, schaffte es aber nicht, sie loszuwerden, bis das Auto schon vor der alten Villa stand.

»Wir tun einfach so, als würden wir hier wohnen«, raunte er Jörgen zu. Da sprang der Fahrer auch schon aus dem Wagen.

»Ich bringe die Waren, die Sie bestellt haben«, sagte er, und sein Blick wanderte zwischen beiden Männern hin und her. Tompa musste an den Alkohol und an all die Dinge, die er im Keller gesehen hatte, denken. Am Abend wollten sie ja das fünfjährige Bestehen der BandAngels feiern und das neue Clublokal einweihen. Die alten Leutchen würden sich bestimmt nicht mal an die Hälfte der Dinge erinnern, die sie da unten gelagert hatten. Warum also nicht ein paar Kisten leihen und eine Tombola veranstalten, zur Belohnung für die Jungs, weil die so cool waren? Selbstbewusst schlenderte er vor zum Fahrer.

»Sie können die Pakete hier an der Pforte abstellen. Wir kümmern uns dann drum.«

Der Mann, etwa Mitte fünfzig, sah Tompa kurz an.

»Anderson, Myrstig 2?«

»Ja, ja, stimmt, Myrstig 2.«

»Okay, dann unterschreiben Sie hier!«

Der Fahrer hielt ihm den Lieferschein hin, und Tompa hinterließ ein paar unleserliche Schnörkel.

»Soll ich alles hier ans Tor bringen?« Der Mann lief um den Wagen herum und öffnete die Kofferraumtüren.

»Ja, das passt. Wir bringen die Kisten nachher runter in den Keller.«

Der Typ schielte auf Tompas Lederjacke und schien zu überlegen. Aber dann ließ er die Rampe hinunter, holte die Sackkarre heraus und stapelte die ersten Kisten darauf. Er stellte sie am Gartentor ab und holte die nächsten Kartons. Eilig ging er noch einmal seine Unterlagen durch und kontrollierte die Sendungen im Wageninnenraum. Wie er feststellte, hatte er auch ein paar Lieferungen, die an ein Seniorenheim gehen sollten, und so kramte er in seinen Listen. Dann lud er drei weitere Kisten auf seine Sackkarre, hielt inne, warf wieder einen Blick auf die Papiere, stellte fest, dass er sich geirrt hatte, und tauschte die drei Kisten gegen vier andere aus. Dann hakte er seine Liste ab und fuhr mit den Kartons vor zum Gartentor.

»So. Das war alles«, sagte er, und in diesem Moment fiel sein Blick auf die Schaufensterpuppe. Das Kleid hing schief. »Ach, sind Sie in der Modebranche?«

»Nicht direkt.« Tompa wurde rot.

»Ach so, verstehe. Kein Problem. Heutzutage gibt es viele Jungs, die Frauenkleider toll finden. Dafür muss man sich nicht mehr schämen …«

»Wie …« Tompa hob schon die Hand, um zuzuschlagen, beherrschte sich jedoch im letzten Moment. »Nein, nein, das ist für die Mädels. So eine Art Überraschung …«

Der Fahrer grinste nur, schloss die Kofferraumtüren und sprang wieder auf seinen Fahrersitz.

»Ach was, kein Problem, Jungs. Das kenn ich. Ich zieh so was auch manchmal an. In Secondhandläden findet man manchmal supergute Sachen. Mit viel Spitze und Volants und so«, lachte er, legte den ersten Gang ein und fuhr mit quietschenden Reifen davon.

»Blöder Idiot«, brummte Tompa. »Nur wegen der Schaufensterpuppe denkt der gleich, ich sei … ich würde …«

»Ruhig Blut. Lass endlich die Puppe los, und schau lieber nach, was in den Kisten ist.«

»Stell dir vor, da sind Sachen drin, die wir für unser Fest noch gebrauchen können. Zum Beispiel für eine Tombola.«

»Tombola? Wir sind doch nicht bei den Landfrauen.«

»Aber eine Preisverleihung? Das war mein erster Gedanke, aber …«

Weiter kam Tompa nicht, da erklang schon wieder ein Motorengeräusch den Hügel hinauf, als ein Wagen eines Spirituosengeschäfts rasant angefahren kam. Er drosselte seine Geschwindigkeit und stoppte tatsächlich vor der alten Villa. Jörgen schubste Tompa in die Seite.

»Heute ist echt unser Glückstag!«

Tompa nickte und wies den Fahrer an, die Scheibe runterzukurbeln.

»Bin ich hier richtig bei Anderson, Myrstig 2?«

»Ja, genau, Sie können die Kisten direkt neben den anderen abstellen«, sagte Tompa souverän und zeigte auf die Kartons, die sich schon vor dem Gartentor stapelten. »Wir feiern heute Abend ein Fest!«

Der Fahrer betrachtete Tompas Tattoos von oben bis unten und war skeptisch.

»Her mit dem Zeug, damit ich unterschreiben kann!«, rief Tompa und griff schon nach dem Lieferschein. Mit einer großkotzigen Geste setzte er seine unleserliche Unterschrift darunter. Dann klopfte er dem Fahrer auf den Rücken, redete belangloses Zeug übers Wetter und sah zu, wie der gestresste Typ mehrere Kartons Alkohol auf seine Sackkarre lud. Ein gefundenes Fressen! Tompa ging hinter ihm her und half ihm beim Abladen, während Jörgen die Kisten vom Spirituosengeschäft neben den anderen stapelte.

»Moltebeerenlikör? Wer trinkt denn so was?«, fragte der Fahrer, als sie fertig waren.

»Na, die Bräute«, sagte Tompa.

Der Fahrer verdrehte die Augen und sprang auf den Fahrersitz.

»Und diese Puppe?«, fragte er und zeigte auf die Schaufensterpuppe, die vor dem Zaun auf die Seite gerutscht war.

»Sternhagelvoll! Mit Moltebeerenlikör muss man vorsichtig sein«, grinste Tompa.

Der Fahrer musste schallend lachen, er ließ den Motor an, winkte zum Abschied und fuhr davon.

»Dass der gar nichts kontrolliert hat! Nur weil wir zufällig auf dem Grundstück stehen, denkt er, die Kisten gehören uns«, lachte Tompa.

»Der wollte doch so schnell wie möglich wieder weg, als er uns gesehen hat. Aber was machen wir jetzt mit den Alten?«

»Die denken sicher, dass die Lieferung noch nicht gekommen ist, oder sie haben die ganze Bestellung sowieso längst vergessen. Du weisst doch, wie das ist mit dem Kurzzeitgedächtnis. Das lässt als Erstes nach. Jetzt müssen wir den Kram nur noch mitnehmen.«

»Aber wenn sie dann ausrasten?«

»Ach, das regeln wir schon.«

»Okay, aber jetzt nehmen wir zuerst die Puppe mit, bevor noch mehr Leute sie zu Gesicht bekommen. Ich warte nur noch darauf, dass die Grandidos das Gerücht verbreiten, dass wir Transen sind.«

Tompa holte den Hänger vom Grundstück, und im Handumdrehen hatten sie alle Kisten aufgeladen. Dann zogen sie ihn hinüber zum Schuppen, luden die Waren ab und kehrten mit der Schneeschleuder zurück. Noch war Zeit, die Spuren zu verwischen.

27

Über der Veranda lag der gemütliche Schein der Petroleumlampen, und jeder war beschäftigt. Anna-Greta und Gunnar lösten ein Sudoku, Märtha strickte, Stina las, und Kratze schaute voller Sehnsucht zu einem großen Schiff hinüber, das draußen auf dem Wasser an ihnen vorüberzog. Snille hatte die Füße auf den Schaflederschemel vor sich gelegt und summte genüsslich vor sich hin.

»Jetzt sind wir immer noch nicht ins Gefängnis gekommen«, sagte er. »Wir haben die Polizei wieder einmal an der Nase herumgeführt. Langsam beherrschen wir unseren Job.«

Gefängnis? Alle zuckten zusammen, und fast flackerte das Licht der Petroleumlampen vor Schreck auf. In den Gesichtern konnte man das Unbehagen ablesen. Wie mit der Altenfürsorge und dem Schulwesen war es auch mit den Strafanstalten im Land ziemlich bergab gegangen. Die harmlosen Gefangenen liefen mit einer Fußfessel herum, die härteren Typen saßen ein. Heute wollte keiner von der Seniorengang mehr hinter Schloss und Riegel landen.

Die Alten hatten sich ein leckeres Essen gegönnt, und die Kaffeetassen waren leer. Dieses Mal hatte es leider keinen Moltebeerenlikör zum Nachtisch gegeben, denn Stina hatte im Fernsehen gesehen, dass man hin und wieder eine alkoholfreie Woche einlegen sollte, und die anderen mussten sich leider fügen. Aber Gott sei Dank war schon Freitag, und Märtha wollte später am Abend noch etwas Gutes auf den Tisch bringen. Sie hatte sich über Stina schon etwas geärgert – wenn man sich an jeden Unsinn hielt, der über das

Fernsehen verbreitet wurde, dann konnte man bald gar nichts mehr essen oder trinken.

»Wir haben ein Verbrechen begangen und dürfen nicht übermütig werden, das ist ganz gefährlich. Die Polizei kann uns schon auf der Spur sein, ohne dass wir es ahnen«, sagte Märtha und legte ihr Strickzeug auf den Schoß.

Sie strickte grade einen Schal für Snille und musste voller Schrecken feststellen, dass sie ihn schwarz-weiß-gestreift strickte, so dass er fast wie Sträflingskleidung aussah. Ob sie ihn vielleicht einfärben sollte? Die Woche war rasch vergangen, jetzt hatten sie schon Freitagabend, und nun sollte eigentlich etwas Feierliches auf dem Programm stehen. Die Kunst des Lebens bestand darin, sich den grauen Alltag mit netten Kleinigkeiten zu versüßen – indem man alles feierte, was einem in den Sinn kam. Dadurch wurde das Leben erst lebenswert. Sie sah sich um. Anna-Greta und Gunnar waren noch immer mit ihrem Sudoku beschäftigt, Snille hatte angefangen, einen alten Rasierapparat auseinanderzubauen, und Kratze hatte seine Tarotkarten herausgeholt. Stina sah von ihrem Buch auf und schielte zu ihm hinüber. Jetzt, da Kratze nicht mehr zu Lillemor hinüberging, las er sich selbst die Zukunft in den Karten. Er hatte sie auf dem Verandatisch in einen Kreis gelegt und versuchte herauszufinden, ob er irgendein Muster erkennen konnte. Stina sah ihn finster an, legte ihr Buch zur Seite und griff nach ihrer Nagelfeile. Sie begann, ihre Nägel mit hastigen, fliegenden Bewegungen zu feilen. Doch dann kam sie zur Vernunft. Immerhin war Kratze wirklich schon lange nicht mehr bei Lillemor gewesen, es schien, als käme alles wieder ins Lot. Märtha sah auf die Uhr und legte das Strickzeug beiseite.

»Wir könnten mal schauen, ob in den Nachrichten heute etwas über den Banküberfall kommt. Jetzt hat man lange Zeit gar nichts mehr gehört.« Sie stand auf und ging in die Bibliothek. Die anderen sahen sich an, nahmen ihre Sachen und folgten ihr. Kratze machte die Petroleumlampen aus und warf noch einmal einen

Blick über die Bucht. Jetzt war das Wasser ganz dunkel und still. Er sammelte die Tarotkarten ein und dachte an seinen Sohn, der die meiste Zeit des Jahres auf See verbrachte. Wenn ich ihn doch hierher einladen könnte, dachte er, dann könnten wir uns eine kleine Yacht mieten und ein paar Tage zusammen segeln. Stockholms Schärengarten war zwar nicht Göteborg, aber trotzdem sollte Nisse davon auch mal etwas zu sehen bekommen. Kratze erinnerte sich wehmütig an die Zeit, in der er häufig mit ihm ins Seefahrtsmuseum gegangen war. Aber sein Sohn war jetzt erwachsen und meldete sich fast nie. Vielleicht könnten sie ja im Sommer … Kratze nickte still vor sich hin und schlenderte hinüber in die Bibliothek.

Märtha hatte den Fernseher bereits angestellt.

»Ja, sonderbar, dass sie nichts mehr über den Banküberfall bringen«, sagte Snille. »Das bedeutet vermutlich, dass sie mit ihren Ermittlungen auf der Stelle treten.«

»Die Armen! Zehn Millionen verschwunden, und die Polizei hat nicht eine einzige heiße Spur«, sagte Anna-Greta lächelnd und drückte Gunnars Hand. Die anderen warfen sich vielsagende Blicke zu. Mittlerweile fuhr er fast nie mehr nach Hause, sondern verbrachte die meiste Zeit bei ihnen in der alten Villa. Anna-Greta und er saßen andauernd vor dem Computer, und nach dem Abendessen schlichen sie auf ihr Zimmer, wenn sie glaubten, die anderen bemerkten es nicht. Aber dass sie ganz öffentlich Händchen hielten, war etwas Neues.

Die Erkennungmelodie der Nachrichtensendung erklang, und Märtha stellte den Ton etwas lauter, damit Anna-Greta alles gut verstehen konnte. Die Freundin weigerte sich noch immer, ihr Hörgerät zu tragen, von Ausnahmefällen einmal abgesehen.

»Vielleicht war es dumm von uns, das Geld so schnell nach dem Überfall wieder in Umlauf zu bringen. Stellt euch vor, die Polizei bringt den Bankraub mit den Spenden für die Altenheime in Verbindung«, überlegte Snille.

»Ach was, es interessiert doch niemanden, was in den Heimen geschieht, keine Sorge«, antwortete Märtha.

»Zudem haben wir ja noch gar nicht alle Waren verteilt, wir haben vieles im Keller, und einiges wird erst geliefert. Ich habe wieder neue Bestellungen aufgegeben«, erklärte Anna-Greta. »Die Waren müssten eigentlich jeden Tag eintreffen.«

»Psst, jetzt kommt das Interview mit der Polizei.« Sie goss sich eine Tasse Kaffee ein und lauschte andächtig. Der Reporter sprach mit einem Kommissar Blomberg, der sehr betreten aussah, und als er anfing, von einer professionellen, internationalen Verbrecherbande zu sprechen, brachen alle in lautes Lachen aus. Daraufhin fragte der Reporter, ob die Polizei denn irgendwelche Spuren habe, doch da schüttelte der Kommissar nur den Kopf und sagte »kein Kommentar«. Allerdings wollte er Kontakt mit Schuhläden aufnehmen, die Stiefel der Marke Oldvan verkauft hatten.

»Märtha, hättest du die Stiefel nicht ein bisschen fester zubinden können«, schimpfte Kratze.

»Ja, aber ein Toter auf einer Bahre kann doch keine Bank mehr ausrauben, das kapiert doch sogar die Polizei«, zischte Märtha zurück.

»Wir möchten die Bevölkerung zur Mithilfe aufrufen«, erklärte Kommissar Blomberg. »Jeder, der in der Nähe des Bankgebäudes etwas Ungewöhnliches beobachtet hat, möge sich bitte melden.« Der Reporter nickte aufmunternd, und Blomberg räusperte sich zweimal, bevor er weitersprach. »Die Sprengsätze detonierten im Tresorraum, und auf den Überwachungskameras sieht man, wie zwei schwerverletzte Menschen auf einer Trage in einen Krankenwagen gebracht wurden. Doch das Merkwürdige ist, dass sie seitdem nirgendwo aufgetaucht sind.«

»Stimmt genau«, pfiff Stina zufrieden. »Wir haben euch verschaukelt, hahaha!«

»Wenn Sie zu den Verletzten gehörten, dann melden Sie sich bitte gleich bei der nächsten Polizeidienststelle«, fuhr Blomberg fort.

»Ja, alles klar, ich werde die Schaufensterpuppen sofort bitten, bei Ihnen anzurufen«, grinste Kratze.

»Aber die Verletzten müssen doch in irgendein Krankenhaus eingeliefert worden sein«, fragte der Reporter nach. »Können Sie sie dort nicht ausfindig machen?«

»Selbstverständlich, doch wie ich schon sagte, können wir jetzt noch nicht alle Details bekanntgeben. Allerdings freuen wir uns auf weitere Hinweise aus der Bevölkerung.«

Dann ging es mit den aktuellen Meldungen weiter, und sie sprachen von den nach wie vor niedrigeren Löhnen der weiblichen Arbeitnehmer, und da fand Kratze, dass man den Fernseher wieder ausschalten könne.

»Noch scheint uns keiner zu verdächtigen«, fasste Märtha die Lage zusammen und griff nach einer Schokoladenwaffel. Sie müsste eigentlich etwas mehr auf ihr Gewicht achtgeben, aber nicht gerade jetzt und schon gar nicht an einem Freitagabend. »Vielleicht sollten wir bei ihnen anrufen und ihnen ein paar irreführende Hinweise geben. Zum Beispiel, dass wir zwei verletzte Personen auf einem Campingplatz gesehen haben.«

»Nein, nein, wir halten den Ball jetzt flach. Vergiss den Stiefel nicht.«

»Ja, aber das kann doch kein Problem sein. Wir haben ihn doch.«

»Aber als er auf den Boden gefallen ist, hat er vielleicht einen Abdruck hinterlassen«, meinte Snille als Erklärung.

»Ach herrje«, stöhnte Märtha. »Wie blöd, dass ich ihn nicht fester zugebunden habe, aber ganz so einfach ist das alles eben nicht. Die Schaufensterpuppen sind ja heutzutage so abgemagert, dass sie alle wie Menschen aus Hungergebieten aussehen, genau wie die Models. Ich habe ihn wirklich, so fest es ging, zugeschnürt.«

Da wurde sie mit einem Mal ganz rot im Gesicht, weil sie ihren Schnitzer bemerkte. Die Stiefel gehörten ja ihr. Sie waren an den Schaufensterpuppen befestigt gewesen, und deshalb war sie nicht auf die Idee gekommen, dass sie irgendwelche Spuren hinterlassen könnten. Was sie auch nicht getan hätten, wenn sie nicht einen Stiefel verloren hätte ... Vielleicht sollte sie sie zur Sicherheit lieber verbrennen. Märtha holte tief Luft und wollte gerade genau das vorschlagen, als sie plötzlich ein sonderbares Geräusch hörten, das vom Hügel her näher kam. Erst erschien es ihnen wie ein heraufziehender Hagelsturm, doch dann wurde es richtig laut.

»Was ist das?«, rief sie und saß mit einem Mal kerzengerade in ihrem Sessel. »Motorräder! Das muss ja eine ganze Rockergang sein.«

»Dann haben sie wohl eine Versammlung, das machen diese Clubs hin und wieder«, sagte Snille, der im Laufe des Jahres viel über die Grandidos und HadesEngel gelesen hatte.

»An einem Freitagabend? Da feiern die wohl eher ein Fest. Die sind da oben ja auch den ganzen Tag herumgesprungen und haben Bierkästen ausgeladen und so«, sagte Kratze, der bemerkt hatte, was da im Gange war, als er am Vormittag heimlich an Lillemors Haus vorbeigeschlichen war. Durch das Fenster hatte er Tompa entdeckt, und das bereitete ihm Kopfzerbrechen. Hatte sie etwas mit dem Anführer der BandAngels? Er hatte sich nicht getraut, den anderen zu erzählen, dass er Tompa schon oft bei Lillemor gesehen hatte. Nachdenklich versuchte er, sich zu konzentrieren. Er hatte ihr hoffentlich nicht zu viel von sich selbst und seinen Freunden erzählt? Leider konnte er sich nicht mehr genau erinnern.

Der Motorenlärm wurde immer lauter und schließlich zu einem heftigen Donnern, als mehr und mehr Motorräder den Hang hinaufkamen und auf den Hof der gelben Villa einbogen. Märtha und die anderen liefen ans Fenster.

»Habt ihr das gesehen?«, flüsterte Stina, als eine Gang riesiger, schwarzgekleideter Jungs von ihren Motorrädern abstieg. Sie streckten sich und zogen die Lederjacken nach unten. »Sie sehen aus wie HadesEngel. Auf jeden Fall tragen sie einen Totenkopf mit Flügeln auf dem Rücken.«

»Oh je, oh je«, rief Anna-Greta aus.

»Was sollen wir tun?«, fragte Stina ängstlich und ließ vor Schreck die Nagelfeile fallen.

»Beruhige dich, liebe Stina. Solche Typen wollen da, wo sie wohnen, keinen Ärger. Wir sollten uns freuen, sie als Nachbarn zu haben«, erklärte Kratze tröstend.

»Aber die *wohnen* hier ja gar nicht, die kommen ja ganz offensichtlich nur *zum Feiern*. Und wie friedlich können zwanzig frisierte Motorräder sein«, seufzte Stina.

»Aber jetzt seht euch doch mal die tollen Maschinen an«, rief Snille mit leuchtenden Augen und drückte das Gesicht an der Fensterscheibe platt. Noch zwei Motorräder, drei Autos und ein Kleinbus von Opel kamen den Berg hinauf und hielten vor dem Haus der BandAngels. Kenthas Heavy-Metal-Band stand an dem Bus, aus dem ein paar langhaarige Typen ausstiegen. Sie zündeten sich Zigaretten an und begannen dann, ein Schlagzeug, Gitarren und einige Verstärker auszuladen, die sie unter großer Anstrengung in den Schuppen schleppten.

»Du liebe Zeit, heute Nacht werden wir kein Auge zumachen«, stöhnte Kratze, »und ich, der …«

»Ich weiß!«, unterbrach Märtha ihn. »Wenn die BandAngels heute Nacht feiern, dann sollten wir das auch tun, finde ich. Dann stört uns auch der Krach von denen nicht.«

»Aha, das ist weibliche Logik«, konterte Kratze.

»Eine tolle Idee«, sagte Snille. »Wir haben jede Menge Wein im Keller.«

»Und vergiss den Sekt nicht! Wir müssen feiern, dass jetzt zehn Tage seit dem Banküberfall vergangen sind, ohne dass uns jemand auf die Schliche gekommen ist«, zwitscherte Stina, die in der ganzen Aufregung die alkoholfreie Woche völlig vergessen hatte.

»Ja, gebt acht, HadesEngel, wir kommen!«, prustete Anna-Greta vergnügt und klatschte vor Freude in die Hände. »Haltet euch fest, jetzt wird gefeiert!«

28

Kenthas Heavy-Metal-Band machte gerade Pause, und nun dröhnte der aktuelle Hit von Iron Maiden in voller Lautstärke durch das Clublokal. Das Licht war gedimmt, und auf den Tischen standen neben den leeren Bierdosen weiße und rote Kerzen. Davor hockten angetrunkene Rocker mit ihren Mädchen, brüllten lauthals und klatschten im Takt mit der Musik. An der Theke hingen Typen in Lederklamotten herum, die Bierdosen oder einen Grog in der Hand hielten, während Tompa halbbetrunken an der Bar lehnte, den Arm um die Schaufensterpuppe gelegt. In seiner Hand hielt er ein leeres Whiskyglas, und er redete und lachte gleichzeitig, dabei schlug er mit dem linken Fuß den Takt. Mit verschwommenem Blick überflog er den Raum und hatte dabei ein glückliches Lächeln auf den Lippen. Mensch, war das voll hier! Die HadesEngel waren mit zehn Leuten angerückt, dazu kamen vierzehn von den BandAngels-Mitgliedern und eine ganze Horde total hübscher Bräute. Alle waren gekommen, um im neuen Clubraum das fünfjährige Jubiläum zu feiern, und Jörgen und er hatten schon viel Lob dafür erhalten. Der Präsident der HadesEngel, Olle Marling, hatte gesagt, dass er der Leitung beim nächsten Treffen der HadesEngel vorschlagen wolle, die BandAngels als vollwertige Mitglieder aufzunehmen. Ja, so glücklich war Tompa nicht gewesen, seit er sein erstes Motorrad bekommen hatte. Er zwinkerte einer sexy Blondine zu, die an einem der Tische saß, und erhob sein Glas. Die Mädchen, die sie eingeladen hatten, waren wirklich süß! Ein paar gehörten zu den HadesEngeln, die musste man in Ruhe lassen, aber all die anderen Schnitten …

Tompa sah eine tolle Nacht auf sich zukommen. Mit dieser Blonden mit den halblangen Haaren und den hohen Absätzen könnte vielleicht was abgehen … Er hob das Whiskyglas und blinzelte ihr zu. Im nächsten Moment landete eine schwere Faust auf seiner Schulter.

»Ich habe es genau gesehen. Lass meine Braut in Ruhe!«, brüllte ein Hundertkilo-Riese in Jeans und schwarzer Lederjacke. Tompa fuhr herum und schnappte nach Luft, als er das silberfarbene Logo auf der Brust des Kerls sah. Vice Pres. Fuck! Lennart Möre, HadesEngel! Der Typ nickte dem blonden Mädchen zu und hielt Tompa seine Faust unter die Nase, dass dieser den Schlagring mit dem HadesEngel-Emblem an den Nasenflügeln spüren konnte.

»Ach was, keine Sorge. Ich habe eine Freundin«, log er. »Ich habe nur gerade an die Preisverleihung gedacht.«

»Preisverleihung? Welche Preisverleihung? Habt ihr von uns die Zusage bekommen?«, fragte der Vizepräsident.

»Habe ich Preisverleihung gesagt? Nein, ich meinte natürlich die Lotterie. Wir brauchen jemanden, der die Lose zieht, du weißt schon, und ich hätte da gern jemanden von den Gästen. Am liebsten einen von euch.« Tompa versuchte, sich herauszuwinden.

»Lotterie? Echt, so ein Tombolascheiß? Na gut. Nur dass du es weißt, wenn du mein Mädchen noch mal so anschaust, dann breche ich dir das Nasenbein.«

»Keine Sorge. Und die Lotterie ist kein Scheiß, wir verlosen Alkohol, iPads und na ja, ein paar Rockersachen«, erklärte er.

»Nimm die auch dazu. Die hätte ich gern«, sagte der Vizepräsident und gab der Schaufensterpuppe einen so heftigen Klaps, dass der Kopf verrutschte und der Helm zu Boden fiel.

»Die Puppe! Klar. Das machen wir«, sagte Tompa, hob den Helm auf und setzte ihn ihr wieder auf den Kopf. Seine Hände zitterten, und er versuchte nachzudenken. Jörgen mochte die Idee mit der Tombola nicht, deshalb hatte Tompa das Ganze nicht weiterverfolgt, aber jetzt hatte er davon angefangen, um nicht eine gescheuert zu kriegen. Also musste auf jeden Fall etwas passieren. Und warum auch nicht? Sie hatten schließlich den Alkohol und all die Kisten von den Alten. Er nahm seinen Mut zusammen.

»Du, in einer halben Stunde werden wir mit dem Losverkauf beginnen, und wenn Kentha die nächste Pause macht, dann ziehen wir die Gewinner«, sagte er, stellte die Puppe an die Theke und flitzte hinüber zur Villa. Er hatte seiner Mutter kurz vor Weihnachten bei ihrem Wohltätigkeitsbasar geholfen, und davon hatten sie noch jede Menge Lotterielose. Hauptsache, er fand sie jetzt …

Snille und Kratze suchten im Erdkeller nach etwas Leckerem zum Trinken, während Stina die Etiketten anleuchtete und Vorschläge machte. Fröhlich holten sie ein paar Flaschen Rhein-Wein heraus und sangen »Wien, Wien, nur du allein …« aus vollem Hals. Stina wollte auch noch ein paar Flaschen Rotwein in den Rollator legen und hatte sich einen Bordeaux ausgeguckt. Gerade wollte sie die Kiste öffnen, da fiel ihr etwas auf.

»Wer hat denn die Schaufensterpuppe umgeworfen?« Sie beugte sich hinunter, um sie aufzuheben, merkte aber im selben Moment, dass da nur ein Stapel Kleider lag. »Herrgott, wo ist denn Munin? Habt ihr die Puppe versteckt?«

Snille und Kratze schüttelten den Kopf.

»Die muss doch hier irgendwo sein«, sagte Snille und sah sich um. »Der Erdkeller war abgeschlossen.«

Sie gingen auf die Suche, aber nur Hugin stand noch an seinem Platz. Wo sie auch suchten, Munin fanden sie nicht. Die Schaufensterpuppe, in der sich die Hälfte der Beute vom Überfall auf die Handelsbank befand, war verschwunden.

»Fünf Millionen futsch. Ich glaube, ich sterbe«, stammelte Stina.

»Was für ein Glück, dass da die zehn Millionen nicht komplett drin waren«, meinte Snille.

Kratze wiederum brachte kein vernünftiges Wort heraus, sondern nur einige wütende Laute. In einem reißenden Strom gab er alle Flüche von sich, die er in seiner Zeit auf See gelernt hatte, und am Ende schimpfte er: »Wie zum Teufel konnte das passien? Wir können doch nicht einen Haufen Geld klauen und es dann wieder verlieren. Wir müssen es unbedingt wieder zurückbekommen!«

»Am besten hätten wir es gar nicht erst verloren«, murmelte Stina.

»Das ist wirklich SEHR schwer zu erklären«, jammerte Snille und setzte seine Kappe auf und wieder ab. »Jetzt gehen wir mal raus und sehen nach, ob wir Spuren finden. Die Puppe kann ja schließlich nicht zur Tür hinausgeflogen sein!«

Die drei Freunde stiegen aus dem Erdkeller und leuchteten mit ihren Lampen über den Boden, doch wo sie auch suchten, sie fanden keine Spur. Mutlos trotteten sie zurück zu den anderen.

Tompa durchsuchte die Kartons im Schuppen. Er musste die Preise so schnell wie möglich zusammensuchen. Der erste Preis sollte eine ganze Kiste Whisky sein, und dann konnten sie ein paar Dinge aus den anderen Kartons zusätzlich verlosen. Aber erst musste er feststellen, was da verpackt lag. Auf einigen Kisten stand klipp und klar, was darin war, auf anderen las er nur die Firmennamen. Tompa musste an all die schönen Dinge denken, die die Alten in ihrem Erdkeller hatten: Lampen, Handys, Küchengeräte, iPads, Decken und noch vieles mehr. In diesen Kartons befand sich sicherlich auch der ein oder andere wertvolle Gegenstand. Warum also nicht ein oder zwei ganze Kisten als Gewinn verteilen? Immerhin war es das fünfjährige Bestehen, das sie feierten! Schnell holte er die Sackkarre und lud einige Kartons und die Alkoholika darauf. Diesen Abend würden die HadesEngel nicht so schnell vergessen.

Als Tompa zurück ins Clubhaus kam, war Kenthas Heavy-Metal-Band noch voll in Fahrt. Betrunkene Rocker tanzten auf dem Parkett, während der Vizepräsident die Schaufensterpuppe, die er fest an die Brust gedrückt hielt, rockte und dabei versuchte, sie auf ein Bier einzuladen. Tompa fuhr die Gegenstände in den Raum und wartete, bis der Tanz zu Ende war. Dann stellte er die Kisten auf die Bühne und griff zu Kenthas Mikro.

»Wir haben ja heute unser Jubiläum, und deshalb möchten wir ein paar Dinge verlosen. Die Lose kosten zehn Kronen, und hier seht ihr die Gewinne.« Er strich über die Kartons und zeigte auf die Etiketten. »Der erste Preis ist eine Kiste Glenfields Whisky. Dann haben wir außerdem noch Champagner, Handys und ein paar andere Überraschungen. Aber keiner kriegt mehr als zehn Lose. Okay?«

Auf seine Ansage folgten rauschendes Getobe und Applaus, und Tompa musste mehrmals ins Mikrophon rufen, bevor die Meute still wurde.

»Will uns jemand helfen, die Lose zu verkaufen?« Er hielt die Lotterielose seiner Mutter hoch.

»Lotterie! Bald fängst du wohl noch mit Volkstanz und Kinderliedern an«, brummte Jörgen.

»Sei nicht albern. Natürlich helfen wir Tompa«, sagte Jörgens Freundin Elisabeth und zog ihren Freund vom Stuhl. »Wir machen das jetzt mal!«

Jörgen hob abwehrend die Hände, änderte jedoch seine Meinung, als er ihren ernsten Gesichtsausdruck sah. Widerwillig tat er, was sie wollte. Tompa beobachtete sie und lächelte vor Glück. Was für ein Abend!

29

Als Kratze in die Bibliothek rauschte und erzählte, dass die Schaufensterpuppe weg war, schlugen sich alle vor Lachen auf die Schenkel, weil sie diesen Scherz wirklich witzig fanden. Erst als Stina und Snille sich Gehör verschafften und sagten, dass das die Wahrheit sei, wurde es still im Raum.

»Das Geld ist weg? Wollt ihr wirklich sagen, DASS DAS GELD WEG IST?« Märtha stockte der Atem, und sie tastete nach ihrem Asthmamittel.

»Haben wir die Beute jetzt schon *wieder* verloren? Meine Güte, bei uns geht wirklich alles drunter und drüber«, rief Anna-Greta aus. »Würden wir in der Bank arbeiten, hätte man uns jetzt allesamt vor die Tür gesetzt. Nein, beim nächsten Mal klauen wir nur noch übers Internet.«

»Ich weiß ja nicht, ob du die richtige Person für solche Vorschläge bist«, merkte Kratze an. »Oder hast du das Geld aus Las Vegas vielleicht wieder aufgetrieben?«

»Das war gemein von dir! Gegen Hacker sind sogar die USA machtlos«, rief Anna-Greta zu ihrer Verteidigung und begann zu schluchzen. Gunnar legte tröstend seinen Arm um sie.

»Entschuldigung, ich habe es nicht böse gemeint«, schob Kratze eilig hinterher. »Aber wisst ihr was, vielleicht sollte ich bei Lillemor nachfragen. Möglicherweise kann sie ja in den Tarotkarten sehen, wohin die Puppe verschwunden ist.«

»Das machst du im Leben nicht!«, schrie Stina, und ihre Stimme überschlug sich fast. »Vielleicht ist sie ja diejenige, die die Puppe hat.«

»Nein, Lillemor ist eine anständige Frau, die würde niemals …«

»Bitte sie doch, sich selbst wegzuzaubern.«

»Heute ist doch der Müll abgeholt worden. Vielleicht haben die Müllleute die Puppe aus Versehen mitgenommen«, überlegte Märtha.

»Aber die Mülltonne steht doch nicht mehr im Erdkeller, Märtha, sondern vorn am Weg. Und eine Schaufensterpuppe fürs Recycling? Nein, das glaube ich nicht«, sagte Anna-Greta.

»Wir müssen doch nur nachschauen, ob sie die Tonne geleert haben«, meinte Snille und stand auf. Er ging in den Flur, zog seinen Mantel über und verließ das Haus. Er war so schnell, dass Anna-Greta ihn nicht mehr davon abhalten konnte. Die Puppe war doch aus dem Erdkeller verschwunden, sie hatte nicht neben der Mülltonne gestanden.

Snille war eine ganze Weile fort, und als er zurückkam, brachte er einen ganzen Schwall kalte Luft mit hinein.

»Nein, niemand hat die Tonne geleert«, sagte er und schnäuzte sich. »Gestern habe ich beide Puppen noch gesehen, aber heute ist Munin verschwunden. Trotzdem konnte ich im Schnee keine Spuren finden. Weder am Weg noch draußen vor dem Keller.«

»Sehr dubios. Hast du etwas gefunden?«, fragte Gunnar.

»Nein, nur einen Wollsocken, den wohl einer von euch verloren hat.« Er ging in den Flur, durchsuchte die Taschen und zog den schwarzen Socken heraus, den er am Gartentor gefunden hatte. Er hielt ihn hoch, so dass ihn jeder sehen konnte. »Wem gehört der?«

»Gib ihn mir mal«, sagte Märtha und betrachtete ihn aus der Nähe. »Ein normaler Herrenstrumpf, keine heiße Spur.« Sie drehte ihn eine Weile hin und her und gab ihn an Stina weiter. Alle begutachteten den Socken genau und schüttelten die Köpfe, bevor sie ihn weiterreichten. Snille gab sich besonders viel Mühe, er schnüffelte zum Abschluss seiner Untersuchung sogar an ihm.

»Mhhh, den hat keiner von uns verloren, der … der riecht nach Motoröl.«

»Dann gehört er vielleicht einem der Rocker?«, überlegte Anna-Greta.

»Glaubt ihr, die haben unseren Keller durchsucht?« Stina wurde ganz blass.

»Vielleicht wollten sie sich rächen, weil wir ihre Papiere nicht unterschrieben haben?«

Beklommene Stille trat ein. Stina wurde bei dem Gedanken, dass einer dieser lederbehangenen Hundertkiloriesen ihr Grundstück betreten hatte, ganz anders.

»Aber wenn das so war – was sollten sie in unserem Keller suchen?«, fragte sie. »Fehlt denn noch etwas anderes?«

»Ich hatte den Eindruck, dass weniger Kisten dort standen. Das müssen wir mal überprüfen. Aber das Wichtigste von allem ist Munin. Wir müssen uns sofort auf die Suche nach ihm machen, damit uns nicht dasselbe passiert wie mit der Golftasche«, sagte Märtha.

»... und für immer verschwindet«, ergänzte Anna-Greta.

»Nach einem Verbrechen muss man die Spuren so schnell wie möglich sicherstellen«, sagte Stina.

»Warum fragen wir nicht einfach die Nachbarn«, schlug Kratze vor. »Ich kann zu Lillemor rübergehen und ...«

»Nein, das tust du NIIICHT«, fuhr ihm Stina ins Wort.

»Nein, wir gehen gleich zu den BandAngels. Die feiern und sind bestimmt gutgelaunt. Ich kann rübergehen und mal nachschauen«, bot Snille an, ganz beflügelt von dem Gedanken, einen Blick auf all die Motorräder werfen zu können.

»Wenn du die Schaufensterpuppe wieder zurückholst, ist das in Ordnung«, sagte Märtha. »Sie haben doch ihren neuen Clubraum eingeweiht und brauchten die Puppe vielleicht für irgendwas.«

»Als Nächstes behauptest du wohl, dass sie auch Barbiepuppen haben ...«, schnaubte Kratze.

»Nein, wisst ihr«, erklärte Snille, und seine Stimme bekam einen etwas wehmütigen Klang. »Als ich jung war, hatte unser Rockerclub in Sundbyberg das coolste Clubhaus der Welt. Der Raum war schwarz und gelb gestrichen, und da hing wirklich alles, von Sitzbänken über Lenker bis zu Abgasrohren an den Wänden. Mitten im Raum stand eine schwarzlackierte Vitrine, und darin lagen auf einem Kissen ein Motorradhelm, eine abgewetzte Lederjacke, Lederhosen und Stiefel, und zur Dekoration stand eine Schaufensterpuppe daneben, warum denn nicht?«

»Du hast schon recht, es lohnt sich wenigstens, kurz nachzusehen«, sagte Anna-Greta.

»Aber ist es denn nicht gefährlich, da jetzt rüberzugehen?«, jammerte Stina.

»Nein, nicht wenn … Moment mal, ich habe eine Idee«, sagte Märtha. Und dann fing sie an zu kichern, sie lachte immer lauter, lachte bald schallend und konnte am Ende nur noch japsen. Alle starrten sie an.

»Aber Märtha, was in aller Welt hast du dir ausgedacht?«, fragte Snille und sah ganz erschrocken aus.

Es war kalt, und im Vollmond schimmerte der verharschte Schnee hellblau und kristallfarben. Snille und Kratze keuchten in der kalten Luft, als sie langsam und vorsichtig den glatten Hang hinaufliefen. Sie besaßen zwar Schneespikes, aber sie hatten sie nicht fest zugemacht, damit sie sie ganz schnell abstreifen konnten, wenn sie zur Villa kamen. Ein richtiger Rocker benutzte wohl kaum solche Spikes. Auf halbem Weg hörten sie schon die monotone Beatmusik und das Gejohle vom Schuppen, ein klares Zeichen, dass das Fest noch in vollem Gange war. Als sie das letzte Stück den Berg hinaufkeuchten, wurden sie schon ein bisschen nervös. Immerhin waren sie in zu viel engen Lederklamotten und den schwarzen Jacken mit dem aufgenähten HadesEngel-Emblem unterwegs. Wie das kitzelte! In der Eile hatte Märtha ganz vergessen, die Fäden auf der Innenseite richtig zu verstechen.

»Und wenn wir uns gleich eine einfangen«, sagte Snille und hielt sich an Kratze fest.

»Keine Angst. Rocker können richtig cool drauf sein, man muss sie nur respektvoll behandeln.«

»Und wenn sie eine Schlägerei beginnen?«

»Dann machst du Folgendes. Du sagst: ›Oh, du hast ja dein Messer fallen lassen‹, und wenn sie sich hinunterbeugen, um es aufzuheben, köpfst du sie«, sagte Kratze, der sich mit Schlägereien auf See gut auskannte.

»Aber ich bin doch nicht mehr ganz so stark wie früher«, brachte Snille vor.

»Dann trittst du ihnen eben zwischen die Beine.«

Snille sah im Geiste, wie er Hundertkilokerlen in den Schritt trat, und fand, dass das keine so blendende Idee war.

»Kommen wir nicht besser klar, wenn wir ihnen freundlich und mit Respekt begegnen? Die können uns doch kaum vor dem Haus zusammenschlagen, nur weil wir an die Tür klopfen.«

»Aber wir tun doch so, als seien wir HadesEngel-Veteranen. Wenn sie uns nun durchschauen?«

»Ach, dafür sind sie bestimmt zu besoffen.«

Snille holte tief Luft und musste daran denken, was Märtha gesagt hatte. Sie hatte sie aufgefordert, zu den BandAngels hineinzugehen und zu sagen, dass sie seit Jugendjahren HadesEngel seien, alte Hasen, die mit den Jungs nur ein Bier trinken wollten. Wer würde die alt gewordenen Rocker wieder fortschicken wollen? Und wenn sie erst einmal im Clubraum waren, konnten sie nach der Schaufensterpuppe suchen.

»Wenn ihr Munin findet, müsst ihr sie einfach nur unter den Arm klemmen und mitnehmen, wir verstecken sie dann«, hatte sie gesagt. Dieses Wörtchen *nur*, meistens war *nur* etwas ziemlich Schwieriges. Und die Puppe zu entdecken und sie mitzunehmen waren zwei verschiedene Paar Schuhe. Nein, einfach würde das wirklich nicht werden. Snille und Kratze kamen an der Straßenkuppe an, liefen auf den Hof und hielten sich noch eine Weile bei den schönen Harley-Davidson-Maschinen auf, bevor sie die Treppe hinaufstiegen und klingelten. Nach einer Weile waren Schritte zu hören, und eins der BandAngels-Mitglieder öffnete die Tür. Snille, der gelernt hatte, dass Vorbeugen besser als Heilen ist, holte einmal ganz tief Luft.

»Ein Glas Whisky wäre cool. Heftige Party bei euch«, sagte er und hielt ihm eine Flasche Glenfields hin.

»Äääh, aber das Fest ist nur für Mitglieder.«

»Ach, komm schon. Kennst du uns nicht mehr? Wir gehören zu den alten HadesEngeln! Wir haben doch damals den Club in Skåne gegründet. Du bist wahrscheinlich neu, oder? Hier steht Burke höchstpersönlich, der allererste Vizepräsident!« Snille boxte ihn freundschaftlich in den Bauch.

»Ach, wir sind uns bestimmt schon über den Weg gelaufen, kannst du dich noch an den Fixer erinnern? Cool, dass ihr uns eingeladen habt.« Kratze versuchte, ganz selbstsicher zu wirken.

Der Kerl zögerte noch, aber Snille drückte ihm den Whisky in den Arm und stiefelte einfach hinein, wie selbstverständlich. Der Rocker trat einen Schritt zurück, und Kratze genehmigte sich ein breites Grinsen.

»Wir sind ein bisschen spät dran, gibt es noch was zu essen?«

Der Typ öffnete den Mund und wollte etwas sagen, aber da waren Snille und Kratze schon im Clubhaus verschwunden. Snille stolperte. Verdammt, die Spikes! Er lehnte sich an die Wand und nahm sie ab, und Kratze tat mit rot angelaufenem Gesicht dasselbe.

Sie gingen weiter in den Raum hinein, und Snille blieb stehen, ihm wurde beim Anblick der Theke und der coolen Einrichtung ganz melancholisch zumute. Am besten gefiel ihm das Gruppenfoto von verschiedenen BandAngels-Mitgliedern und einige Fotografien von Harley-Davidson-Motorrädern. Er trat ein paar Schritte vor. Da waren die gerahmten Fotos an der Wand, die er auf dem Boden hatte liegen sehen. Alle hingen da, nur nicht das Bild, das er gemopst hatte. Hoffentlich hatte niemand gemerkt, dass es fehlte.

Kratze und Snille machten sich nun auf den Weg, um ihr Bier zu holen, da fiel ihr Blick auf einen schlaksigen, jungen Mann, der vorsichtig eines dieser Gruppenfotos abnahm und es auf die Theke legte. Er drehte es auf den Bauch, und Snille und Kratze sahen sich verwundert an. Sie konnten beobachten, wie der Typ die Rückenpappe löste, sie abnahm und das eingerahmte Foto die Runde machen ließ. Als das Foto von einem zum anderen ging, nahm sich jeder eine kleine Tüte mit weißem Pulver und ließ sie in der Tasche verschwinden. Snille schnappte nach Luft. Das Foto, das jetzt bei ihm zu Hause lag, wenn das nun auch … Um Himmels willen! Ihm wurde ganz angst und bange. Drogen! Wenn die im Spiel waren, mussten sie auf der Stelle die Finger davon lassen. Er zog Kratze am Arm und nickte zu den Typen hinüber, die sich mit ihren zusammengerollten Scheinen über die Tische beugten.

»Du, lass uns schnell verschwinden.«

»Nicht ohne die Puppe. Du wirst sie gleich sehen.«

Snille drehte sich um. Ein tätowierter Hundertkiloriese tanzte mit Munin und einem Whiskyglas in der Hand hin und her. Ab und zu bot er der Puppe etwas Whisky an, dabei sang er aus voller Kehle. Als er seine Kokain schnupfenden Kumpel bemerkte, stoppte er, stellte sein Glas auf der Theke ab und bat um einen Spiegel. Snille erstarrte. Ob sie jetzt zur Puppe hinübergehen und so tun konnten, als wollten sie sie zum Tanz auffordern, um dann einfach mit ihr zur Tür hinauszutanzen? Wenn der Riese Spaß gemacht hatte, dann konnten sie vielleicht auch … Der Rocker bestellte beim Barkeeper auch eine weiße Tüte und rollte einen Schein zusammen.

»Warum sollen wir ihn nicht einfach fragen, ob er uns die Puppe leiht. Der Typ wird doch nicht den ganzen Abend mit ihr tanzen wollen«, flüsterte Snille.

»Nee, das stimmt, aber wie wäre es, wenn wir eine Süße hier bitten, ihn aufzufordern.«

»Das kannst du machen.«

Da war Kratze doch verunsichert.

»Wir können ja auch noch abwarten«, murmelte er.

»Schau mal, der Typ ist auf dem Weg zum Klo. Jetzt schnappen wir uns die Puppe und tanzen hinaus!«

»Tanzen ist gut. In diesen engen Lederhosen? Ich kann ja kaum laufen. Aber ich weiß schon, wir tun einfach so, als würden wir ihr ein bisschen Stoff anbieten.« Kratze schöpfte neuen Mut und grinste. Er selbst hatte so etwas noch nie gemacht, aber er hatte es bei anderen gesehen.

»Also, dann mal los«, sagte Snille und setzte sich in Richtung Bar in Bewegung. Der Barkeeper lächelte sie freundlich an.

»Ein Bier?«

»Ja, logisch.« Kratze versuchte, cool zu klingen. Der Barkeeper gab ihm ein Glas, und Kratze nahm einen ordentlichen Schluck. Aber als er das Glas wieder hinstellen wollte, stieß er an Munin, und die Puppe krachte zu Boden. Schnell hob er sie wieder auf. Wirklich Glück, dass der Kopf nicht abgefallen war. Am besten nahmen sie die Puppe jetzt mit, bevor der Typ zurückkam. Kratzes Hand am Bierglas begann zu zittern.

»Snille, stell dich mal vor mich. Wir hauen ab«, flüsterte Kratze und fasste Munin mit festem Griff. Sie schlichen davon und waren schon fast aus dem Raum, da erklang ein lautes Gebrüll.

»Versuch nicht abzuhauen, bezahlen muss man auch.«

»Ja, sicher, natürlich«, murmelte Kratze, angelte einen Hunderter aus der Tasche und gab ihn dem Barkeeper. »Stimmt so.« Dann zog er gedeckt von Snille in Richtung Tür ab.

»Ihr Onkels da, wer seid ihr eigentlich?« Eine riesige Faust landete auf Kratzes Schulter, und er wäre beinahe umgekippt, hätte Snille nicht so dicht neben ihm gestanden.

»Äääääh«, murmelte Snille, doch dann unterbrachen ihn ein Trommelwirbel und ein Spotlight auf der Bühne. Kratze und er bewegten sich mit der Puppe langsam rückwärts zur Tür hin, doch die Leute drängten nach vorn, und so kamen die zwei nicht sehr weit. Gequält sahen sie sich an. Da hielten sie ein Vermögen in ihren Händen und kamen einfach nicht vom Fleck. Der Schlagzeuger der Heavy-Metal-Band schlug seine Stöcke immer härter auf das Fell und beendete seinen Einsatz mit einem donnernden Crescendo, als Tompa auf die Bühne sprang und sich das Mikro nahm.

»Ja, jetzt ist es also so weit«, rief er und sah sich freudestrahlend um. Tompa hatte sich den Helm der Schaufensterpuppe ausgeliehen, um die Lose dort hineinzulegen. Er freute sich riesig, denn alle Lose waren verkauft. Jetzt musste er nur noch jemanden finden, der die Glücksfee spielte. Er sah sich um, wurde aber von Jörgen abgelenkt, der zu ihm gelaufen kam. Der Kumpel tippte sich mit dem Zeigefinger an die Stirn.

»Lotterie ist doch was für Kleinkinder. Und nur weil DU, Tompa, Geschenke liebst, musst du uns nicht alle in so eine peinliche Situation bringen«, nuschelte er, und griff an den Mikrophonständer.

»Schhhh, Jörgen, entspann dich, wir feiern doch«, zischte Tompa und machte dem Tontechniker ein Zeichen, dass er die Discokugel an der Decke anschalten sollte. Der Typ stellte das Spotlight an, und rote, blaue und grüne Farbkaskaden schwebten durch den Raum. Der Kumpel schwankte, rülpste und ließ seine Bierdose auf den Boden fallen.

»Deine Mutter übrigens … Sie hat erzählt, wie glücklich du am Heiligen Abend warst, wenn du die Geschenke auspacken durftest. Aber deshalb müssen wir doch nicht …?«

»Schnauze, Alter!«

»Du hast doch immer erzählt, wie sehr du deine Mama liebst und wie du an ihr gehangen hast …«

»Jetzt aber!« Tompa machte drohend einen Schritt nach vorn, während Lennart, der Vizepräsident, auf die Bühne stiefelte.

»Was macht ihr da eigentlich, wollen wir jetzt mal mit der Lotterie anfangen?«

»Ja, natürlich«, brummte Tompa und schüttelte den Helm, damit sich die Lose vermischten. »Also, jetzt muss man sie nur noch ziehen.« Er hielt Lennart den Helm hin, und der zog das erste Los.

»Nummer zweiundzwanzig, wer hat die Nummer zweiundzwanzig?«

Ein kleiner Kerl, jedoch mit beachtlichem Körperbau, machte das Victory-Zeichen, während er vor zur Bühne torkelte.

»Ich nehme natürlich die Kiste«, sagte er und zeigte auf den Karton mit den zehn Flaschen Whisky.

Das nächste Los, das gezogen wurde, war die vierunddreißig, und der Sieger entschied sich für die Kiste Sekt.

»Kriegen die den ganzen Alkohol?«, murrte der Vizepräsident. »Die, die auf die Bühne kommen, räumen ja gleich die besten Preise ab. Warum legt ihr nicht ein Stück Stoff über die Kisten mit den Preisen, und dann zeigt man auf die, die man aussucht.«

»Du meinst, man soll nur auf den Stoff zeigen, damit der Preis eine Überraschung ist?«

»Ja, das heizt die Spannung an.«

»Alles klar, dann machen wir das!«

Lennart zog das Tischtuch von einem der Tische, so dass Gläser und Teller in alle Richtungen flogen.

»Das passt doch prima«, sagte er und überreichte es Tompa, der völlig begeistert zum Mikro griff und verkündete, wie sie jetzt fortfahren wollten.

Snille und Kratze versuchten es erneut, sich mit der Puppe zurückzuziehen, schafften aber wieder nur ein kleines Stück. Der Drummer wirbelte noch einmal über die Trommel, und bei den letzten Schlägen legte Tompa das Tuch über die Kisten. Die Stimmung im Raum war nun richtig aufgeheizt, weil alle wussten, dass sich unter dem Tuch noch einige Alkoholika befanden, aber gleichzeitig auch jede Menge anderer Sachen, von denen niemand wusste, was es war.

Jetzt ging es im Clubraum richtig ab. Kaum war ein Los gezogen, wankte ein betrunkener Rocker vor zur Bühne, zeigte auf seinen

Gewinn und öffnete unter lautem Gekreische den Karton. Bei jeder Flasche gab es Applaus, und die Gäste rundherum sangen und stießen lauthals an. Mit der Zeit tauchten immer mehr Preise aus den anderen Kisten auf, Handys, ein iPad, ein Gutschein für einen Elektroskooter und noch vieles mehr. Die Gäste waren außer sich vor Begeisterung. Ein glattrasierter Typ mit Pferdeschwanz zeigte auf ein großes viereckiges Paket unter dem Stoff, zog die Kiste hervor und riss voller Erwartung das Klebeband auf.

»Hä? Stützstrümpfe?«

»Ach komm, verstehst du keinen Spaß?«, rettete Tompa die Situation. Lachen und Gejohle erklang im Raum, während er überlegte, was er tun sollte. Wo kamen die her? Im nächsten Moment ging ein heftiges Gegröle los, und er drehte sich um. Lennart, der Vizepräsident, hatte auch ein Gewinnerlos gezogen und stand mit einem geblümten, ausziehbaren Stock in der Hand da.

»Soll das witzig sein?«, zischte er.

Tompa ging vor zum Schlagzeuger und wollte ihn bitten, das Ende der Lotterie anzukündigen, aber da hatte der Präsident der HadesEngel, Olle Marling, bereits sein Gewinnerlos vorgezeigt. Weil er eine Kontaktlinse verloren hatte, hatte er nicht mitbekommen, was den anderen widerfahren war, also rief er freudestrahlend aus vollem Hals.

»Ich habe gewonnen. Ich habe gewonnen!«

»Kommt drauf an, welche Nummer du hast«, sagte Tompa und versuchte, ihn etwas zu dämpfen.

»Natürlich die Siegernummer«, antwortete Olle Marling und riss vom allergrößten Karton, den er unter dem Tuch finden konnte, das Papier herunter.

Kratze und Snille sahen sich an und schlichen mit der Puppe unter dem Arm wieder ein Stück nach hinten. Aus dem Augenwinkel sahen sie, wie der große Anführer in die Kiste tauchte und den Inhalt wie Kamelle herausschleuderte. Auf der Bühne war es etwas schummrig, und durch die Reflexe der Discokugel war es nicht leicht zu sehen, was genau er gewonnen hatte. Aber dann ... Erst herrschte eine respektvolle Stille, doch dann erklang das erste unterdrückte Kichern, das aber schnell immer lauter wurde. Und dann brach der volle Jubel los. Er hatte fünfhundert Inkontinenzhöschen gewonnen. Extra für Männer.

»Ach nein, bist du gerade bei deinem Urologen gewesen«, fragte eine derb geschminkte Braut, die neben ihm stand. Sie war Krankenschwester und schon lange sauer auf den Boss der Rocker, weil der mit ihr Schluss gemacht hatte.

»Was redest du für einen Scheiß?«, schrie er und vergrub den Kopf noch einmal in der Kiste.

»Nee, nee, schaut mal, hier sind Rockerhandschuhe, Volltreffer. Genau, was ich mir gewünscht habe«, brüllte er und tauchte mit einer Handvoll Lady Wings wieder auf. Inkontinenzeinlagen für Frauen. Da war keiner mehr zu halten. Das Gelächter tobte im Raum, und noch nie zuvor war ein HadesEngel derart ausgelacht worden. Tompa wurde bleich im Gesicht und beendete die Lotterie. Was waren das eigentlich für Kartons, die sie von den Alten geklaut hatten?

»Worüber lacht ihr, verdammt nochmal«, brummte Olle Marling.

»Nur ein kleiner Joke aus der Praxis«, versuchte Tompa, ihn zu beruhigen. Da beugte sich die ehemalige Freundin zu Olle vor und flüsterte ihm etwas ins Ohr. Erst da begriff der Präsident der Rocker, wie sehr man ihn blamiert hatte. Der Ärger machte ihn rasend, und blind vor Wut rauschte er von der Bühne. Tompa trat einen Schritt zurück, doch Kratze konnte nicht mehr ausweichen.

»Blöde Bauernlotterie. Das soll witzig sein? Gebt mir die Puppe! Irgendwas werde ich doch verdammt nochmal in den Club mitnehmen können!«, schrie er, riss die Puppe an sich und stürmte aus dem Raum. Auf dem Weg nach draußen rannte er beinahe Snille und Kratze um, und es dauerte eine Weile, bis die beiden die Balance wiedergefunden hatten.

»Hej, die Schaufensterpuppe …«, riefen sie aus vollem Hals.

Aber Olle Marling hörte sie nicht mehr, sondern war mit der Puppe im Arm bereits auf dem Weg zu seinem Motorrad. Snille und Kratze sprangen hinterher. Sie kamen gerade noch rechtzeitig zur Treppe, um zu sehen, wie der Rocker-Präsident auf seinem Motorrad den Berg hinunterraste. Auf dem Sozius angeschnallt saß Munin ohne Helm, aber mit dem roten Schal um den Hals flatternd.

Olle Marling fuhr mit Vollgas in die Stadt, die Puppe hinten auf dem Motorrad. Kurz vor dem Club in Orminge übersah er die Geschwindigkeitsbegrenzung. Als er von der Landstraße abbog, hatte er mindestens hundert Sachen drauf. Der Streifenwagen hatte sich versteckt, und Olle bemerkte ihn zu spät. Ein großer und kräftiger Polizist in Uniform winkte ihn mit seiner Kelle hinaus, und Olle hatte keine Wahl, er musste anhalten. Er fluchte und versuchte, den Kopf zur anderen Seite zu drehen, damit dem Ordnungshüter nicht direkt seine Alkoholfahne ins Gesicht wehte. Der Polizist strahlte ihn mit seiner Taschenlampe an.

»Na, wie schnell waren wir denn?«

»Vielleicht so fünfzig, mehr bestimmt nicht.«

»Glück für Sie, dass unser Messgerät spinnt, sonst hätten wir Sie sofort für zu schnelles Fahren drangekriegt. Das waren mindestens 100 km/h. So, jetzt blasen Sie mal!«

Der Polizist hielt ihm einen Alkoholtester hin.

»Mann, ich bin schon einen Monat trocken«, protestierte Olle.

»Wer's glaubt! Los jetzt!«

Er hielt ihm das Röhrchen hin. Fuck, jetzt war alles vorbei! Olles Lippen spannten sich an. Sollte er sich noch schnell den Mund mit Snus vollstopfen, Wick Halstabletten einwerfen oder mit einer Fahrradpumpe ins Röhrchen pusten? Aber er hatte definitiv nichts zur Hand, womit er schummeln konnte. Darüber hatten sie im Club oft diskutiert – was man in so einer Situation tun konnte.

Noch hatte keiner eine richtige Lösung gefunden. Es war zwar Winter, aber …

»Verdammt, die Mücken!«, rief Olle, fluchte und begann, wild mit den Händen zu fuchteln.

Der Polizist war verwirrt und schlug nun auch um sich. Da beugte Olle sich vor, um sich absichtlich eine Ohrfeige von Polizistenhand einzufangen.

»Scheiße!«, rief er und ließ das Messgerät fallen. Schnell rollte er mit dem Vorderrad seiner Maschine darüber.

»Was ist los?«, fragte der Polizist, der noch eine Weile weitergewedelt hatte. »Sind Sie fertig?«

»Sie haben mich geschlagen, und dann ist mir das Gerät runtergefallen«, sagte Olle, rollte zurück und hob den geplätteten Apparat hoch. »Sorry, aber ich kann nichts dafür«, fuhr er fort und überreichte dem Polizisten die kaputten Reste.

»Dann kommen Sie eben mit zur Blutprobe! Und was ist eigentlich mit dem da drüben? Der fährt ja ohne Helm. Das gibt aber einen Strafzettel.«

»Ach was, das ist doch nur …«

Der Polizist zog seinen Block heraus.

»Ach, schauen Sie doch selbst«, sagte Olle und schraubte den Kopf der Puppe ab.

Der Polizist wurde fast ohnmächtig.

»Nicht so leicht zu sehen in der Dunkelheit«, murmelte er und steckte den Block zurück in die Tasche. Und da hatte er die Blutprobe auch schon vergessen. Olle grinste breit, schraubte den Kopf wieder an, hob die Hand zum Gruß und brauste davon.

30

Auf dem Polizeirevier auf Kungsholmen waren hektische Schritte und das Geräusch einer Tür, die mit voller Kraft aufgerissen wurde, zu hören. Kommissar Blomberg fluchte so lautstark, dass das Haus bebte, und knallte die Tür hinter sich zu. Was zum Kuckuck trieben die da eigentlich im Labor? Sein Kollege und er hatten lange auf die Analyse der Blutflecken vor der Handelsbank gewartet und sich davon den Durchbruch bei den Ermittlungen erhofft. Und jetzt? Zuerst hatte es Ewigkeiten gedauert, bis das Laborergebnis endlich kam, und als es dann da war, da … Seine Hand, die das Telefon hielt, war schweißnass.

»DNA von einem Pferd! Was zum Teufel machen Sie da eigentlich, Sie Depp? Wir brauchen die Ergebnisse vom Überfall auf die Handelsbank, nicht die neuesten Analysen vom Pferderennen in Solvalla«, wetterte er.

Eine freundliche Frauenstimme bat ihn, sich wie ein Gentleman zu benehmen, wenn er mit einer Dame sprach. Dann erläuterte sie ihm die Untersuchungen, wie zuverlässig und aufwendig die seien, und wie viel Arbeit sie sich mit den Analysen gemacht hätten. Sie blieb steif und fest dabei, dass das Blut vom Fußweg vor der Bank stammte, er kam mit ihr einfach nicht weiter. Aber bevor er den Hörer auflegte, war er vollkommen überzeugt, dass ihn jemand an der Nase herumführte. Mit einem grauhaarigen, über sechzigjährigen Polizisten konnte man es ja machen. Wahrscheinlich hockten die da drüben im Labor vor ihrem Nachmittagskaffee und bogen sich vor Lachen. Was für ein Glück, dass er bald nicht mehr arbeiten musste!

Betrübt saß er vor seinem Computer und schob einen Stapel Akten zur Seite. Eigentlich hatte er heute aus reiner Wut früher Schluss machen wollen, doch sein Chef, Kommissar Strömqvist, hatte ihn davon abgehalten. Er hatte ihm zusätzliche Arbeit aufgedrückt und sogar die Frechheit besessen, ihn zu bitten, Überstunden zu machen. Der Idiot hatte außerdem sein Versprechen zurückgenommen, dass Blomberg früher in Pension gehen könne, und komplizierte Ermittlungen und die hohe Arbeitsbelastung im Büro vorgeschoben.

»Wir brauchen jetzt jeden Mann«, hatte er gesagt. »Erst wenn der jüngste Banküberfall aufgeklärt ist, können wir Ihren Antrag noch einmal prüfen.«

Blomberg war eigentlich davon ausgegangen, dass es mit der Pensionierung klappen würde, doch nun war sogar Teilzeitarbeit gefährdet. Nein, alle Ressourcen wurden jetzt für die Aufklärung des Überfalls auf die Handelsbank eingesetzt. Die Ermittlungen waren ins Stocken geraten, und obwohl die Polizei auch über ihre Kontakte in die Unterwelt versucht hatte weiterzukommen, gab es keine Anhaltspunkte. Wenn er wenigstens anspruchsvolle Aufgaben bekommen hätte, aber nein. Er war darauf angesetzt worden, Eisenhändler zu befragen, die Knallbonbons verkauften. Wenn man sich dabei nicht lächerlich vorkam, herumzufahren und die Leute zu fragen. Er dachte an das Gespräch, das er in einem Eisenwarengeschäft am Karlaplatz geführt hatte. Gut, er hatte vergessen, seinen Ausweis zu zeigen, aber trotzdem.

»Führen Sie Knallbonbons?«

»Zu dieser Jahreszeit nicht. Aber wir haben Futterkugeln für die Vögel, die können Sie in die Bäume hängen …«

»Ich meine Knallbonbons, in denen Platz für, ja zum Beispiel für Sprengsto…«

»Wir verkaufen nur die mit Knallpulver.«

So blöd war die Unterhaltung gewesen, und bei dem Gedanken daran, dass Knallbonbons um Neujahr millionenfach in Schweden verkauft wurden, erschien diese Aufgabe völlig hoffnungslos. Und andere Anhaltspunkte hatten sie nicht, von einem einzigen Schuhabdruck im Schnee abgesehen. Das war wirklich merkwürdig. Der Bankräuber wird doch nicht nur ein Bein gehabt haben? Zudem hatte die Polizei den Tatort nicht rechtzeitig abgesperrt, so dass gelinde gesagt jeder Stockholmer, der an der Bank vorbeigegangen war, Fußabdrücke hinterlassen hatte. Blomberg nahm sich eine Schokoladenpraline und versuchte, seine Nerven zu beruhigen. Das größte Mysterium waren aber die zwei Opfer, die nach der Sprengung einfach verschwunden waren. Die Zeugen hatten Blut und zwei Verletzte gesehen, die auf Tragen in einen Krankenwagen befördert worden waren, aber keine der Notaufnahmen rund um Stockholm hatte sie registriert. Na, zum Glück hatte die Polizei wenigstens die DNA gesichert, und wenn die im Labor endlich aufhörten, die Proben zu vertauschen, dann müsste sich die Sache rasch aufklären lassen.

Dann gab es noch dieses Gerücht, dass blutende Personen in einen Krankenwagen eingestiegen seien. Aber im Krankenhaus hatte man ihnen versichert, dass an diesem Abend gar keine Krankenwagen unterwegs gewesen seien, und beim Militär wurden auch keine Fahrzeuge vermisst. Bei jedem Kriminalfall gab es immer so viele falsche Aussagen. Blomberg seufzte wieder. Er kam nicht vorwärts, er brauchte Unterstützung. Er würde seinen Vorgesetzten um Verstärkung bitten, um einen erfahrenen Ermittler. Er selbst hatte wirklich wichtigere Dinge zu tun. Er stand auf, nahm ein paar Unterlagen in die Hand und ging zur Tür. Die Millionen, die er von dem Konto in Las Vegas gemopst hatte, brannten ihm unter den Nägeln. Am besten gab er das Geld aus, bevor man es nachverfolgen konnte oder irgendjemand es klaute. Wie gut, dass der Termin mit Rechtsanwalt Birgerson von der Kanzlei Beyling bevorstand.

Es hatte aufgehört zu regnen, und ein kalter Wind zog vom Wasser hinauf. Die Container waren noch immer nass, und der Asphalt glänzte. Blomberg zitterte vor Kälte und schlug seinen Kragen hoch. Dieses verflucht kalte Land, solches Wetter müsste gesetzlich verboten werden! Er zuckte, ihm schoss durch den Kopf, dass das, was er gerade tat, eindeutig kriminell war.

»Hier werden ihre Wertgegenstände landen. Gut, nicht wahr?«

Rechtsanwalt Birgerson zeigte auf die ehemalige Reparaturwerkstatt unten im Hafen. Er war mit Blomberg in das alte Hafengelände hinausgefahren, wo man einst Kutter und Schärengartenschiffe repariert hatte. Jetzt hatte man das Gelände zu Lagerräumen umgebaut, die vermietet wurden. Und die Kanzlei Beyling war hier Stammkunde. Blomberg musste an die Eriksbergwerft in Göteborg denken, die mehrere Stockwerke bis unters Dach hatte. Damals wurden dort riesige Dieselmotoren und Schiffe gebaut. Das hier sah ähnlich aus. Der Platz war enorm.

»Das meiste wird im nächsten Monat nicht mehr da sein, und dann können Sie den Platz mieten«, erklärte Birgerson und wies mit der Hand auf die zehn aufgebockten Segelboote und eine Reihe Lastwagen. »Sobald Sie die Gegenstände angeschafft haben, überschreiben Sie sie auf uns, damit keine Spur mehr zu Ihnen führt. Und dann, wenn sich die Lage beruhigt hat, können Sie alles in Ruhe verkaufen.«

»Aber für mehr als zweihundert Millionen, da kommt einiges zusammen.«

»Kein Problem. Wir kaufen einen Beneteau Swift Trawler für acht Mille, ein paar Motorsegler, Oldtimer-Boote und Yachten. Das sind schon einige Millionen. Und dann können wir auch für Trabrennpferde, Rolls-Royce, Wohnmobile und Porsche bieten. Aber diese Kolosse brauchen alle viel Platz. Warum nicht auch in Kunst und Diamanten investieren? Dafür bieten wir temperierte Lagerräume an. Ansonsten wären da noch Immobilien, aber das gibt oft Ärger mit den Mietern, deswegen ist unsere Provision für die Verwaltung dieser Objekte sehr hoch.«

Kommissar Blomberg lehnte sich an die Wand, holte sein Taschentuch heraus und wischte sich damit ein paarmal über die Stirn. Ihm war schwindelig. Birgerson sprach von Millionen, als seien sie Popcorn, ja, der Anwalt schien den Bezug zur Wirklichkeit komplett verloren zu haben. Wahrscheinlich geschah das automatisch, wenn man nur noch ans Geld dachte. Geld, Geld, Geld.

»Außer den Luxusschiffen könnten wir doch auch ein paar Bentleys und Porsche anschaffen?«, stammelte Blomberg. »Und ja, stimmt, das Auktionshaus hat in seinen Auktionen sicher auch das eine oder andere dabei.«

»Abgemacht, die Kunst muss ja auch leben.«

»Und was passiert, wenn hier eingebrochen wird oder alles in Flammen aufgeht?«, fragte Blomberg, der daran denken musste, dass ein Brand in diesen öligen Hallen nicht nur all die wunderbaren Dinge, die dort deponiert waren, zerstören würde, sondern auch seine Träume von einem schönen Rentnerdasein. Birgerson schloss die Türen zu den beheizten Räumen ganz hinten in der Halle auf, knipste das Licht an und lächelte.

»Einbruch? Meinen Sie den bestellten oder einen gewöhnlichen?«

Blomberg fuhr mit der Zunge über die Lippen.

»Na ja, eigentlich einen ganz normalen Einbruch.«

Birgerson nickte, und nachdem er sanft auf einen Knopf gedrückt hatte, bewegten sich die Lagerregale und die Bildermagazine entlang der grau gestrichenen Schienen auf dem Boden.

»Brand und Diebstahl? Wir haben Versicherungen. Wir sind der beste Kunde der Folksams Versicherungsgruppe.« Er musste lachen. »Manche haben ja auch mit Versicherungsbetrug zu tun …«

Blomberg zuckte zusammen. Das war wirklich eine andere Welt, eine, in die er nicht hineinpasste. Aber da er nun schon so weit gegangen war, gab es kein Zurück mehr.

»Wir nehmen fünfundzwanzig Prozent als Provision inklusive Verwaltungs- und Lagerkosten«, fuhr Birgerson fort. »Dafür zahlen Sie keine Steuern und umgehen unangenehme Fragen, denn wir kümmern uns um alles. Wie gesagt, das ist ein gutes Geschäft für beide Seiten. Und das, was Sie hier unterstellen wollen, ist in Sicherheit. Wir haben Wachpersonal, und das Gelände ist mit Alarmanlagen ausgerüstet.«

Als Blomberg an diesem Nachmittag nach Hause fuhr, hatte er sein Radio auf die höchste Lautstärke gestellt. Er sang Frank Sinatras *My Way* mit und trommelte aufs Lenkrad im Takt der Musik. Das Treffen mit Birgerson war trotz allem positiv verlaufen, und nach dem Besuch auf dem Hafengelände waren sie in der Anwaltskanzlei noch einmal alle Details durchgegangen. Dort hatte er zudem noch einige Insidertipps erhalten, wie man geeignete Schiffe und Autos erwirbt, und außerdem den Rat bekommen, in bekannte Künstler zu investieren, deren Bilder im Wert beständig stiegen. Wenn er die dann verkaufte, würde die Kanzlei das Geld auf verschiedene Konten in New Jersey und in der Karibik einzahlen. So machten es also die dicken Fische. Blomberg strahlte übers ganze Gesicht. Danach würde er sich nie mehr Sorgen über Geld machen müssen. Seine IT-Kurse hatten sich in der Tat bezahlt gemacht!

Erst als er seine Wohnung betrat und ihn ein vor Hunger jaulender Einstein begrüßte, kamen ihm Bedenken. Wenn er nun schon so viel Geld besaß, war es dann nicht auch angebracht, etwas davon abzugeben? Die Kinder und ein paar andere Bedürftige konnten doch eigentlich etwas abbekommen … Und diese vielen Bettler, die man jetzt auf den Straßen sah. Er holte eine Dose Katzenfutter heraus, hielt jedoch inne, als er den roten Aufkleber mit dem Sonderangebotspreis sah. Er kaufte Essen und Katzenfutter immer im Sonderangebot, um Geld zu sparen, aber bei dieser Dose war sogar das Haltbarkeitsdatum abgelaufen. Wenn Einstein nur keinen Ärger machte. Blomberg löffelte etwas Whiskas auf einen Teller und füllte Wasser in die Schale, die daneben stand. Die Katze wedelte erwartungsvoll mit dem Schwanz, doch als sie das geleeartige Essen betrachtete, drehte sie sich um und legte sich demonstrativ aufs Sofa. Verflixte Katze, dachte Blomberg, das Katzenvieh kann doch wohl keine Preisschilder lesen?

Seine Gedanken kamen wieder in Schwung. Warum sollte er Geld abgeben, für das er ein Leben lang geschuftet hatte? Nein, wirklich! Jetzt würde er sich den Spaß gönnen, sein Kapital wachsen zu sehen und genauso erfolgreich zu werden wie die dicken Fische.

Zufrieden über seine Entscheidung ging er ins Schlafzimmer und freute sich auf seinen wohlverdienten Schlaf. Einstein lag nicht mehr auf dem Bett, sondern war in sein Katzenkörbchen umgezogen. Blomberg gähnte, zog seinen Pyjama an und machte sich fertig, ins Bett zu schlüpfen. Aber als er zu seinem Bett kam, blieb er wie angewurzelt stehen. Das Whiskas vom Vortag lag in einem ordentlichen Haufen auf seinem Kopfkissen. Einstein hatte sich gerächt. Denn auch gestern hatte es schon ein Sonderangebot gegeben.

31

Es war höchste Zeit, etwas zu unternehmen. Die Seniorengang war pleite, und in vielen Altersheimen sah es richtig mies aus. Der Moment war gekommen, in dem Märtha den anderen sagen musste, wie ernst die Lage war, und um den Schock etwas abzumildern, hatte sie eine der besten Konditoreien am Ort dafür ausgesucht, Delselius in Gustavsberg. Misserfolge sollte man dem Volk präsentieren, wenn es gesättigt und zufrieden war. Das wusste schon Caesar zu seiner Zeit.

Käsekuchen mit Dinkelboden, holländische Schokoladentorte, Schwarzwälder Kirsch und als Sahnehäubchen noch große Stücke der *wunderbaren* Erdbeertorte. Sehnsüchtig betrachtete Märtha all diese Köstlichkeiten, doch sie selbst hatte gar keinen Appetit. Es krampfte in ihrem Bauch, als hätte sie einen Magen-Darm-Virus erwischt. Sie sah zu, wie die anderen ihren Kaffee tranken und den Kuchen aßen, aber sie konnte nicht einmal einen Krümel verdrücken. Schließlich hielt sie es nicht mehr länger aus. Sie stellte ihre Kaffeetasse hin und gab sich die allergrößte Mühe, ruhig zu klingen. Dann sagte sie:

»Mir ist klar, dass das jetzt ein Schock für euch ist, aber unsere Kasse ist leer. Wir sind pleite. Totale Ebbe«, erklärte sie mit einer für sie ungewöhnlich zittrigen Stimme.

»Was sagst du da? Die Kasse ist leer? Das kann doch nicht sein.« Kratze schüttelte den Kopf und schob demonstrativ seinen Teller mit der halb aufgegessenen Erdbeertorte zur Seite. »Niemand hat in so kurzer Zeit so viele Überfälle gemacht wie wir. Nein, das Geld kann nicht aufgebraucht sein, völlig unmöglich!«

»Schh«, versuchte Stina, ihn zu besänftigen, und sah sich ängstlich in der Konditorei um. »Waffeln sagtest du. Willst du die mit Schokolade oder eher die mit Zitronengeschmack?«

Märtha schmunzelte und zupfte an ihrer Papierserviette herum.

»Es tut mir leid, aber es sieht wirklich nicht gut aus. Wir werden die Golftasche und das Geld, das im Internet verschwunden ist, natürlich nicht aufgeben, nein, irgendwie sollten wir versuchen, es wieder zurückzubekommen … aber … mhh … aber jetzt brauchen wir dringend Bargeld.«

Ja, so schlimm stand es um die fünf. Nicht nur, dass die Schaufensterpuppe verschwunden war, auch das Las-Vegas-Geld, das Märtha und ihre Freunde der Altenpflege gespendet hatten, fehlte nach wie vor. Und bei ihren Ausflügen als Wohlfahrts-Aufsichtsbehörde hatte Märtha festgestellt, dass es wieder neue Kürzungen in den Seniorenheimen gegeben hatte. Um die Stromkosten zu senken, hatten sie in den Fluren jede zweite Glühbirne herausgedreht, mit der Folge, dass die Alten kaum noch etwas sahen. Märtha hatte sich so darüber aufgeregt, dass sie Anna-Greta gebeten hatte, zehn Kartons Hundertwattbirnen zu bestellen, die Emma dann an die Seniorenheime ausgeliefert hatte. Es gab wirklich viel zu tun. Märtha nahm einen neuen Anlauf.

»Es ist an der Zeit, wieder aktiv zu werden. Unser sauer zusammengeklautes Geld ist futsch, und wir können nicht warten, bis wir es wiedergefunden haben. Wir brauchen jetzt einen Zuschuss in die Kasse!«

Bislang hatten alle außer Märtha mit gutem Appetit gegessen, aber plötzlich waren auch die anderen nicht mehr in Kaffeeklatschlaune. Die Plunderstücke blieben auf den Tellern liegen, und auch Kratze ließ seine Erdbeertorte stehen.

»Wir haben übrigens auch noch eine Reihe anderer Probleme«, sagte Snille, der die Gelegenheit nutzen wollte. Und dann erzählte er den anderen von dem Pulver, das hinter den Fotografien versteckt gewesen war.

»Weißes Pulver?« Märtha blieb das Gebäck beinahe im Hals stecken, und sie musste einige Male husten. »Die HadesEngel sind also nicht nur mit unseren fünf Millionen durchgebrannt. Du hast außerdem aus Versehen Drogen geklaut?«

»Ja, so könnte man es sagen«, antwortete Snille und bekam hektische Flecken am Hals. »Obwohl ich sie nicht geklaut habe, ich konnte nur nicht widerstehen, dieses wunderbare Bild von meinem alten Motorrad mitzunehmen.«

»Du musst es auf der Stelle zurückbringen. Man darf nicht stehlen!«, sagte Märtha und klang sehr energisch.

»Na, ob gerade wir uns dazu eine Meinung erlauben dürfen«, brummte Kratze.

»Ach was, wir mopsen doch nur etwas von den Reichen und geben es den Armen«, entgegnete Märtha. »Und außerdem nehmen wir keine Gebühren, wie die Banken es tun.«

»Wir verleihen auch kein Geld«, schob Snille hinterher, doch dann merkte er, dass das nicht ganz stimmte, wenn er an das Geld in der Schaufensterpuppe dachte.

»Wir von der Seniorengang beschäftigen uns außerdem mit echtem Geld und nicht mit solchen Luftkrediten, Optionen und anderen merkwürdigen Erfindungen. Wenn wir jetzt nur noch lernen könnten, wie man es behält«, sagte Anna-Greta und seufzte schwer.

Märtha nickte, nahm die Kaffeekanne und schenkte nach. Auch wenn es riskant war, so kurz nach dem Banküberfall in der Öffentlichkeit zusammen aufzutreten, war es doch wichtig, gemeinsam etwas Schönes zu unternehmen. Märtha hatte zudem begriffen, dass sie dazu neigte, die anderen anzutreiben, und da war doch das Mindeste, was man verlangen konnte, dass sie auch etwas Angenehmes für ihre Freunde organisierte. Nur schade, dass sie so schlechte Neuigkeiten hatte. Allerdings servierte sie niemals schlechte Neuigkeiten, ohne am Ende etwas zu präsentieren, das Hoffnung gab. Etwas, das eine Lösung aufzeigte. Snille und sie hatten lange darüber diskutiert. Am Abend zuvor hatten sie zusammengesessen und verschiedene Vorschläge ausgetüftelt, wie sie sich aus dieser prekären Lage befreien könnten. Tatsächlich hatten sie einen Plan. An das Pulver, das Snille aus Versehen mitgenommen hatte, wagte sie nicht einmal zu denken. Vielleicht sollte sie sich einfach zu ihren Freunden setzen und ganz feinfühlig und diplomatisch mitteilen: Meine Lieben, ihr habt eure Sache zwar gut gemacht, aber leider müssen wir wieder einen Überfall planen. Den größten überhaupt. Aber sie traute sich nicht. Noch nicht. Sie legte die Papierserviette zur Seite und räusperte sich.

»Hört mal, die Sache mit den Finanzen … ja, wie ich schon gesagt habe. Wir haben kaum noch Geld übrig.«

»Kann man das glauben, so sparsam wie wir sind! Entweder verlieren wir es, oder wir werden selbst beklaut«, stellte Stina fest. »Vielleicht könnte unsere örtliche Wahrsagerin Lillemor herausfinden, wo das ganze Geld geblieben ist?«

Kratze tat so, als hätte er es nicht gehört.

»Wir haben sogar noch mehr verloren, als wir denken. Die Dinge, die diese Rockerbande verlost hat, stammten aus unserer letzten Bestellung«, sagte Anna-Greta. Aber anstatt sich zu ärgern, mussten alle lächeln. Kratze und Snille hatten ihnen nämlich erzählt, welche Preise da zum Vorschein gekommen waren und was den Rockern widerfahren war.

»Dass der Fahrer die Kisten, die ins Haus Diamant geliefert werden sollten, auch mit unseren verwechselt hat! Ihr hättet sehen sollen, wie einer der Anführer die Dameneinlagen hochhielt und dachte, es seien Motorradhandschuhe.«

Am Tisch wurde es mit einem Mal ganz munter.

»Wenn man bedenkt, wie viele unserer Millionen verschwunden sind, machen ein paar Kartons mehr oder weniger den Kohl auch nicht mehr fett«, gab Märtha zu bedenken. »Das mit der Schaufensterpuppe ist schlimmer.«

»Völlig unglaublich! Da sind wir schon auf dem Weg hinaus mit ihr, und dann kommt dieser Typ und reißt uns die Puppe aus dem

Arm. Ich habe nicht die geringste Ahnung, wie wir uns die zurückholen können«, lamentierte Snille.

Anna-Greta, die eine Weile schweigend dagesessen hatte, konnte sich nun nicht länger beherrschen. Sie stellte ihre Tasse heiße Schokolade ab und schluckte den letzten Bissen Erdbeertorte hinunter. »Während meiner ganzen Zeit in der Bank habe ich *niemals* so einen Schwund erlebt.«

»Ach weißt du, bei einer Finanzkrise verschwindet zehnmillionenmal mehr. Da ist das hier nicht der Rede wert«, ging Gunnar dazwischen.

»Ja, und Geldscheine haben nun mal eine Tendenz wegzufliegen, während Gold …«, sagte Märtha, die die anderen mental langsam auf das nächste Verbrechen vorbereiten wollte.

»Natürlich nur, wenn das Geld nicht Motorrad fährt«, fiel Snille ihr ins Wort.

»Vielleicht sollten wir uns Geld leihen«, schlug Anna-Greta vor, die vielen Jahre in der Bank immer noch im Nacken. »Mit einem guten Zinssatz, da …«

»*Leihen*, bist du verrückt?«, ging Kratze dazwischen. »Das ist ja purer DIEBSTAHL!«

»*Wer Schulden hat, ist nicht frei*«, ergänzte Stina. Die Worte des ehemaligen Premierministers hatten bei ihr tiefen Eindruck hinterlassen. »Oder warum nicht gleich *Leihen ist Silber, Stehlen ist Gold*«, dichtete sie.

»Genau, und Gold verschwindet nicht so leicht wie Diamanten oder Geld«, sagte Märtha und beobachtete die anderen ganz genau, um zu sehen, wie sie darauf reagierten. »Ich dachte …«

»Du hast nie darüber nachgedacht, ins Ölgeschäft einzusteigen«, unterbrach Kratze sie. »Da kann man sich zwischen den Lieferungen wenigstens mal aufs Ohr legen.«

Märtha konnte sich das Lachen nicht verkneifen, doch sie wurde schnell wieder ernst.

»Gold oder Öl. Das ist egal. Bevor wir uns zur Ruhe setzen können, müssen wir die fünfhundert Millionen für den Gittergroschen beisammenhaben. Darüber sind wir uns ja einig. Wir müssen uns einfach etwas Neues ausdenken. Schon seit dem letzten Banküberfall habe ich über einen neuen Coup nachgedacht. Und ich sage euch, der würde alle anderen in den Schatten stellen.«

»Wollten wir hier nicht einfach sitzen und uns entspannen?«, fiel Stina ein und leckte die Sahne in ihrem Mundwinkel ab.

»Genau. Wir können doch nun wirklich nicht jede Woche eine Straftat begehen«, stimmte Kratze ihr zu.

»Schh«, machte Stina wieder und sah sich ängstlich um.

»Und was ist mit unserem Geld im Fallrohr? Können wir nicht versuchen, da ranzukommen?«, fragte Anna-Greta, die es unverzeihlich fand, wenn man die Dinge verschlampte.

»Dieses Geld werden wir bei Gelegenheit retten, aber jetzt brauchen wir viel mehr. Mehrere hundert Millionen. Und ich habe eine glänzende Idee.«

»Nicht schon wieder«, stöhnte Kratze. Märtha senkte ihre Stimme.

»Wenn uns das gelingt, können wir uns für alle Zeit zur Ruhe setzen, und der Gesellschaft haben wir dann wirklich geholfen.«

»Findest du nicht, Märtha, dass du dir sehr große Aufgaben vornimmst?«, fragte Snille und streichelte ihr zärtlich über den Handrücken. »Ich meine, der Gesellschaft helfen und so …«

»Wenn der Staat nur an das Bruttosozialprodukt und das Wachstum denkt und die Menschen dabei vergisst, dann müssen wir eingreifen«, antwortete Märtha bestimmt. »Und wir können den Betroffenen schließlich nur helfen, indem wir weiterarbeiten. Und wisst ihr, es wird richtig Spaß machen, dieses neue Verbrechen zu begehen.«

»Ich sage es wie Margaret Thatcher«, erklärte Stina. »Das Geld fällt nicht vom Himmel, man muss es auf der Erde verdienen. Märtha, du hast recht, wir müssen weitermachen.«

»Stimmt. Keinem geht es gut, wenn er untätig herumsitzt, und weil wir einiges zu tragen haben werden, sollten wir unsere Trainingsstunden im Fitnessraum verlängern«, fuhr Märtha fort.

»Du treibst uns ganz schön an, meine Kleine«, sagte Snille und legte demonstrativ die Hände auf den Bauch. »Schon wieder Gymnastik? Dafür sind wir wirklich ein bisschen müde.«

Aber Snille, darüber haben wir doch gestern schon diskutiert, dachte Märtha. Sie sah von einem zum anderen. Ihre Blicke waren scharf, und Märtha nahm einen Anflug von Ungehorsam wahr. Das war gefährlich, jetzt galt es, frühzeitig zu reagieren.

»Wir müssen unser Fitnessprogramm ja nicht jeden Tag machen und nur noch Salat essen, wir können schon des öfteren hierher kommen und uns ein Stück Kuchen gönnen.«

»Prima«, sagten alle wie aus einem Munde und langten noch einmal zu. Und so beruhigte sich die Seniorengang wieder. Aber Märtha blickte nachdenklich in ihre Kaffeetasse. Ihr war klargeworden, dass sie von jetzt an sehr, sehr behutsam vorgehen musste, wenn sie die anderen im Boot halten wollte. Denn Aufgeben kam nicht in Frage. Solange diese Bonustypen in der Finanzwelt nur Geld für sich selbst eintrieben und keine neuen Arbeitsplätze schufen oder anderen etwas abgaben, musste sie selbst etwas tun. Unsere Verbrechen, jedermanns Freude! Kein schlechter Slogan, dachte sie sich. Nur schade, dass man ihn nicht benutzen konnte. Die Seniorengang musste leider im Verborgenen arbeiten.

Märtha entspannte sich langsam und dachte daran, nach Hause zu fahren, ein warmes Bad zu nehmen und es sich mit einem guten Buch auf dem Sofa für eine Weile bequem zu machen, da räusperte sich Kratze.

»Ich meutere! Bevor ich noch irgendein weiteres Verbrechen begehe, will ich das Fallrohr kontrollieren«, sagte er.

Es wehte und stürmte am kommenden Tag, doch trotzdem war die ganze Bande auf dem Weg zum Grand Hotel, um die Lage zu sichten. Außer Kratze hatte keiner so richtig Lust, das Fallrohrgeld zu suchen, doch wenn er sauer war, betraf es wieder alle. Darum war es das Beste, die anderen zeigten sich kooperativ. Also rief Stina ein Taxi, das sie direkt vor den Hoteleingang bringen sollte. Doch schon an der Skeppsbro stießen sie auf einen Streifenwagen. Der Fahrer drosselte die Geschwindigkeit.

»Tut mir leid, aber näher kommen wir nicht heran«, sagte er bedauernd.

»Was soll das heißen, fahren Sie uns bis vor den Eingang«, befahl Kratze.

»Ich darf leider nicht weiter fahren. Hier ist eine Absperrung«, sagte der Taxifahrer und hielt am Platz von Karl XII.

»Aber ein bisschen näher wird es doch gehen? Wir haben gerade keine Lust auf einen Stockholm-Marathon«, brummte Kratze.

»Wie gesagt, hier ist abgesperrt. Liegt an dem Staatsbesuch. Aber warum machen Sie nicht einen kleinen Spaziergang hinüber? Ein bisschen Bewegung?«

»Bewegung? Nicht schon wieder!« Kratze fluchte wie wild und quälte sich murrend aus dem Taxi. »Diese verfluchte Fitnesswahngesellschaft! Kann man nicht einfach mal seine Ruhe haben?«

Sie machten sich auf in Richtung Hotel, kamen aber nicht weit. Als sie am Strömkai waren, sahen sie gleich die flatternden Absperrbänder und die Wachposten, die mit schusssicheren Westen und Funkgeräten auf- und ab patrouillierten.

»Stellt euch vor, wenn so ein kahlrasierter Wachmann mit solchen Muskeln nun das Geld findet …«, sagte Stina mit einem Zittern in der Stimme.

»Und meine Strumpfhosen«, flüsterte Anna-Greta.

Vorsichtig näherten sie sich und suchten nach einer Möglichkeit, die Absperrungen zu umgehen. Doch gerade als sie all ihren Mut zusammengenommen und sich ausgedacht hatten, wie sie an den Wachen vorbeikamen, wurde die Fassade komplett angestrahlt. Das Hotel wurde in weißes Scheinwerferlicht getaucht, und die Lichtkegel erhellten alles vom Dach bis zum Gehweg und sogar seitlich bis zum Nationalmuseum.

»Huch. Das sieht nicht so aus, als sei heute der richtige Tag, um am Fallrohr herumzuklettern«, sagte Märtha.

»Ja, heimlich geht hier grade gar nichts«, fügte Stina hinzu.

»Kratze, weißt du was. Ich habe ein neues Computerspiel gekauft. Wir hätten mehr Spaß, wenn wir jetzt nach Hause fahren und es ausprobieren würden«, meinte Snille.

Jetzt gab es von den bücherlesenden Damen keinen Protest zu diesem unintellektuellen Vorschlag. Sie wollten Kratze einfach nur nach Hause locken. Und Märtha musste sich auf den nächsten Coup konzentrieren. Und zwar auf den bislang größten.

32

Jörgen Smäck betrat den Gartenweg mit der Schere in der Hand. Höchste Zeit, die Fliederhecke, die das Grundstück begrenzte, zu stutzen, damit sie zum Sommer hin schön dicht und gleichmäßig wuchs. Dann wäre sie auch ein guter Sichtschutz, und den konnten sie wirklich gebrauchen. Gerade, als er die Schere ansetzte, sah er Tompa, der schüchtern nach rechts und links schaute, bevor er eilig Lillemors Haus verließ und auf die Straße trat. Jörgen runzelte die Stirn. Was machte der Idiot da eigentlich? In letzter Zeit hatte Tompa diese Hellsehertante mehrfach besucht, und wenn er zurückkam, hatte er immer dieses selige Lächeln auf den Lippen. Aber nie hatte er auch nur ein Wort über diese Besuche verloren. Nein, in letzter Zeit war er wirklich ein bisschen seltsam geworden.

Jörgen musste an diese wahnsinnige Lotterie denken und wie sein Kumpel den Präsidenten der HadesEngel, Olle Marling, bloßgestellt hatte. Die Schaufensterpuppe war die Rettung gewesen. Aus irgendeinem komischen Grund hatte die es Olle angetan, und hätte er sie nicht bekommen, dann wäre sicher nichts daraus geworden, dass die BandAngels zu vollwertigen Mitgliedern aufstiegen. Sie waren noch immer heiße Prospects. Aber wenn das seinen Gang ginge, dann würde Tompa sich zusammenreißen müssen und diese Hellsehertante fallenlassen. Jörgen lief ans Gartentor.

»Tompa! Was zum Teufel treibst du da?«

Sein Kumpel blieb wie angewurzelt stehen und lief bis zum Nacken dunkelrot an. Das blaue Tattoo changierte zwischen rot und lila.

»Wieso?«

»Na, du hängst doch dauernd bei der Alten rum.«

»Ich? Würde ich nicht sagen. Aber sie ist cool.«

»Wir sind doch verdammt nochmal Rocker.«

Tompa, der sich ertappt fühlte, richtete sich auf. Lillemor hatte ihn in die Geheimnisse der Tarotkarten eingeweiht. Sie hörte ihm freundlich und aufmerksam zu und schien sich für ihn zu interessieren. Das bedeutete ihm viel, schließlich hatte er zu Frauen schon immer ein kompliziertes Verhältnis gehabt. Er musste an Helena denken, in die er so verliebt gewesen war, dass er sich ihren Namen sogar aufs Handgelenk tätowieren ließ. Doch die Tinte war kaum trocken, da war sie auch schon mit einem anderen Kerl auf und davon. Natürlich stand er auf Mädchen, aber sie verunsicherten ihn auch. Am besten kam er mit älteren Frauen klar, zum Beispiel mit seiner Mutter oder, ja, eben mit Lillemor. Aber er traute sich natürlich nicht, das zu sagen. Dass er, ein Mitglied der BandAngels, sich bei einer sechzigjährigen Frau so wohl fühlte. Die hätte ja schließlich seine Mutter sein können. Schon einige Male hatte sie ihn zu Kaffee und Kuchen eingeladen und ihm die Karten gelegt, und es war spannend, was sie über seine Zukunft verlauten ließ. Außerdem hatte sie ihm ein Paar Fäustlinge gestrickt und ihm kleine Geschenke gemacht. Aber nichts davon konnte er Jörgen erzählen. Tompa kratzte sich im Nacken und druckste herum, bis er endlich wusste, was er eigentlich sagen wollte.

»Verdammt Jörgen, kapierst du nicht? Auf der Fete hat Olle Marling doch gesagt, dass die HadesEngel Grundstücke für ihr Zeug brauchen. Vom Schutzgeld, weißt du. Wenn wir ihnen ein Grundstück anbieten, haben wir es vielleicht leichter mit der Aufnahme in ihren Club. Aber dann brauchen wir auch mehr Platz. Deshalb habe ich versucht, mich bei Lillemor einzuschmeicheln, denn ihr Grundstück könnte man gut gebrauchen.«

»Ach so. Damit beschäftigst du dich also?«

Tompa nickte. Lügen konnte er schon immer gut.

»Klar. Dachte, es wäre gut, wenn wir ein bisschen Initiative zeigen.«

»Wie viel will sie denn für das Grundstück haben?«

»Rechnen wir mal mit etwa sieben Mille. Aber wenn alle in der Gang was dazulegen, müssten wir das hinkriegen.«

Jörgen schwang die Gartenschere hin und her, während er nachdachte. Auf dem Fest hatte Olle Marling klargestellt, dass die BandAngels erst einmal einige Jobs für sie übernehmen müssten, bevor sie mit einer Mitgliedschaft bei den HadesEngeln rechnen konnten. Dann hatte er ihn um Hilfe gebeten. Da war Schutzgeld, das ihnen versprochen worden war, noch nicht bezahlt worden, und jetzt war es an der Zeit, es einzutreiben. Jörgen war klar, was das zu bedeuten hatte. Wieder eine Erpressung, dabei hatten sie ja noch mehr Geschäfte zu erledigen. Wenn die HadesEngel die Kröten nicht bekamen, waren die BandAngels gezwungen, dafür ein paar Gegenstände mitzunehmen. Aber die Flächen, die die HadesEngel besaßen, reichten nicht aus. Cool, dass Tompa mitdachte.

»Wir könnten doch Lillemor ausbezahlen und ja, warum nicht auch die Rentner? Das Grundstück von denen eignet sich vielleicht sogar noch besser«, fuhr Tompa fort. »Ein bisschen Druck auf das Großväterchen, und seine Bande und sie verkaufen. Mensch Jörgen, das könnte hier rundherum alles uns gehören, kapierst du das …«

»Wirklich cool. Aber warum fangen wir nicht bei den Alten an? Die haben das wesentlich größere Grundstück. Und die kriegen wir rum.«

Einen Moment lang war es still, weil sie nachdachten, dann sahen sie sich an und grinsten.

33

Wie bitte, ein Zollbeamter? Ich habe um Verstärkung gebeten, nicht um einen Blödmann, dem ich erst alles beibringen muss.« Kommissar Blomberg stöhnte und machte eine verzweifelte Handbewegung.

»Du wirst sehen, das klappt gut«, antwortete Strömqvist, sein Vorgesetzter, und verschwand aus dem Zimmer. Die Tür schlug zu, und Blomberg fluchte lauthals. Er hatte sich darauf gefreut, Unterstützung bei der Aufklärung des Überfalls auf die Handelsbank zu bekommen, aber nun hatte man ihm einen arbeitslosen Zollbeamten geschickt. Einen unfähigen Idioten, der vom Zoll auf Årlanda entlassen worden war, weil er Waren mitgenommen hatte, die eigentlich hätten vernichtet werden sollen. Strömqvist meinte, dass der ehemalige Zollbeamte mit neuen Ansätzen zur Aufklärung beitragen könne … Neue Ansätze!? Hier ging es um einen großen Banküberfall, nicht um kleine Kinder, die im Laden ein paar Bonbons geklaut hatten! Blomberg wurde von einem kurzen, energischen Klopfen an die Tür aus seinen Gedanken gerissen. Noch bevor er »hinein« rufen konnte, ging sie auch schon auf. Ein gutgekleideter, leicht übergewichtiger Mann mittleren Alters mit gekräuseltem Haar, Stupsnase und rosigen Wangen trat ein.

»Kommissar Blomberg, vermute ich? Sven Carlsson, zu Ihren Diensten.« Dabei lachte er kurz laut auf.

»Ach so, ja. Wir beide sollen offenbar zusammenarbeiten.« Blomberg nickte zu dem leeren Stuhl auf der anderen Seite des Schreibtischs hinüber und wartete ab, bis Carlsson Platz genommen hatte. »Sie haben sich also bei der Polizei beworben …«

»Ja, ich möchte mich gerne weiterentwickeln. Und auf Årlanda habe ich alles zu Gesicht bekommen, von Schmugglern über Dealer zu Betrügern, ja, ich dachte, meine Erfahrungen könnten Ihnen hier helfen.«

»Sie meinen, *wir* könnten mit *Ihren* Erfahrungen etwas anfangen?«

»Genau, und da wir uns das Zimmer teilen sollen, habe ich gedacht …«

»Wir sollen uns das Zimmer teilen?« Blomberg wurde hochrot im Gesicht. War es jetzt mit seiner Ruhe vorbei? Wie sollte er dann die Umbuchungen machen? Es war zwar kein Geld aus Las Vegas mehr dazugekommen, aber er musste doch seine Kontakte zur Kanzlei Beyling pflegen. Blomberg presste die Lippen aufeinander.

»Aha, dann müssen Sie einen eigenen Computer und Möbel und so beantragen.«

»Schon passiert. Freue mich auf die Zusammenarbeit. Ihr Vorgesetzter sagte, Sie würden mich einarbeiten.«

»Sagte er das?« Blomberg war kurz davor zu explodieren. Nicht genug, dass er noch nicht in Pension gehen durfte, jetzt musste er auch noch diesen Taugenichts anlernen. Da konnte er nur eines tun. Den Typ mit Arbeit versorgen. Er griff zu seiner Akte.

»Der Banküberfall im Karlaväg, Sie wissen Bescheid …«

Carlsson strahlte.

»Ja, der Überfall auf die Handelsbank, große Nummer. Genau das Richtige für mich.«

»Lesen Sie sich ein. Wir müssen herausfinden, welche Fabrikate von Knallbonbons die Läden in Stockholm um Neujahr verkauft haben.«

»Gut, gar kein Problem!«

»Schreiben Sie darüber einen Bericht. Und wenn Sie damit fertig sind, habe ich noch etwas für Sie.«

»Wunderbar!«

Blomberg hob die Augenbrauen. Was war das denn für ein Streber? Vielleicht konnte man ihm noch mehr Idiotenjobs andrehen?

»Ja, und dann müssen wir wissen, wie viele Oldvan-Schuhe in Stockholm im letzten halben Jahr verkauft worden sind.«

»Wunderbar, das finden wir heraus!«

»Sie finden das also wuuunderbar?«

»Ja, natürlich!«

Blomberg lehnte sich zurück in seinen Stuhl und legte die Fingerspitzen aneinander. Vielleicht war es doch nicht so blöd, diesen Pummeligen zum Assistenten zu haben. Der Typ vom Zoll bekam einfach all seinen Mist. Dann hatte er selbst Zeit für wichtigere Dinge, wie zum Beispiel das Lager von Beylings am Hafen zu füllen.

»Ach ja, Herr Carlsson, möchten Sie einen Kaffee? Dann können Sie die Ermittlungsunterlagen ganz in Ruhe durchlesen, bevor Sie eine Runde durch die Läden drehen.«

Als Blomberg am darauffolgenden Tag zur Arbeit kam und Mantel und Hut aufhängte, war er noch nicht richtig wach. Er hatte die ganze Nacht keinen Schlaf gefunden und über den Banküberfall nachgegrübelt, doch ohne Erfolg. Jetzt rieb er sich die Augen, gähnte und ging, völlig in Gedanken versunken, zu seinem Zimmer. In der Tür blieb er stehen, öffnete und schloss die Augen einige Male. Erst dachte er, er habe Halluzinationen. Aber nein, er täuschte sich nicht.

»Was zum Kuckuck!?« Er hielt sich am Türrahmen fest und gab ein mickriges, kleines Keuchen von sich. In seinem Büro standen komplett neue Möbel. Das, was zuvor ein schlichtes, schwedisches Beamtenbüro gewesen war, hatte sich bis zur Unkenntlichkeit verwandelt. Er selbst war mitsamt Schreibtisch, Bürostuhl und seinem einfachen Besucherstuhl aus Kiefer in die eine Hälfte des Zimmers verschoben worden, während der Idiot Carlsson sich doppelt und dreifach ausgebreitet hatte. Der Zollbeamte saß lächelnd in einem bequemen lilafarbenen Sessel mit Hocker unter einer türkisen, rohrförmigen Leselampe. Daneben stand ein moderner höhenverstellbarer Schreibtisch mit dunkelblauer Platte, und darüber hing eine weiße Reislampe. Auf dem Fußboden lag ein grauschwarzer Teppich mit blauem Tulpenmuster, und vor den Fenstern hingen Gardinen mit Blumen und Blättern in denselben Farben. Und auf jeder freien Fläche standen Vasen mit Dekoblumen.

»Wunderbar, finden Sie nicht? Ich hab mir gedacht, wir könnten es hier drinnen etwas hübscher haben. Das macht wach«, sagte Carlsson.

»Wachmachen ist vielleicht nicht direkt das richtige Wort«, murmelte Blomberg.

»Wollen Sie vielleicht auf dem Schreibtisch noch ein paar Schnittblumen?«

»Nein, um Himmels willen!«

»Gefallen Ihnen die Farben? Sind sie nicht schön?«, fuhr Carlsson fort.

»Die Farben?«

»Ja, oder hätten Sie lieber alles in Rot?«

»Wissen Sie, hier in unserem Job geht es in erster Linie um die Arbeit.«

»Selbstverständlich. Ich habe heute Nacht nicht gut geschlafen, deshalb habe ich die Gelegenheit genutzt und bin die Listen mit den verkauften Knallbonbons und Oldvan-Schuhen durchgegangen.« Carlsson fing an, in seinen Papieren zu wühlen.

»Das haben Sie wirklich gemacht?« Blomberg musste sich hinsetzen. »Und?«

»Ich glaube, ein paar Anhaltspunkte haben wir. Ist das alles spannend! Bestimmt haben wir die Täter bald.«

»Und was gibt Ihnen Anlass, das zu glauben?«

»Na ja, wenn man etwas nur richtig will, dann erreicht man es in der Regel auch, nicht wahr?« Der Zollbeamte setzte ein breites Lächeln auf und wischte sich einen Kuchenkrümel aus dem Mundwinkel. »Aber wissen Sie, zuerst möchte ich Sie noch um etwas bitten. Ich habe ein Aquarium mitgebracht. Es ist etwas zu schwer, um es allein zu tragen, ohne dass es spritzt und …«

»Wie bitte, sollen hier auch noch Fische einziehen!?«

»Ach, Blomberg, haben Sie eine Ahnung, wie entspannend so was ist?«

»Entspannend!?!« Blomberg holte tief Luft und wollte diesem Idioten eigentlich darlegen, dass er wirklich nicht … Doch dann fehlte ihm einfach die Kraft.

»Okay. Dann tragen wir eben die Goldfische hoch.«

34

Ein Stockwerk tiefer lag das Gold und wartete geradezu auf sie. Die Pläne für den großen Goldraub wurden immer konkreter, und die Seniorengang musste gründlich recherchieren. Das Historische Museum war ein riesiges Gebäude mit vielen Sälen und Ausstellungen, da durfte man sich nicht verlaufen. Außerdem mussten sie genau festlegen, was zu tun war. Märtha und Snille waren kein bisschen nervös, denn wenn ein paar Rentner einen Raum betreten, der voller Goldschätze ist, denken die Wachleute nicht gerade als Erstes daran, dass sie potentielle Verbrecher vor sich haben. Nein, in der Tat, die Wachen würden sich überhaupt nicht um sie kümmern, solange sie nichts Verdächtiges anstellten. Märtha kalkulierte das eiskalt mit ein, man würde sie einfach in Ruhe lassen.

Fröhlich kauften die fünf und Gunnar ihre Eintrittskarten im Eingang des Historischen Museums und steuerten zielstrebig das Goldzimmer an. An der Treppe blieben sie kurz stehen, die besondere Atmosphäre war es wert, einen feierlichen Moment innezuhalten. Die Treppe, die zu dem runden Zimmer führte, in dem die Schätze lagen, wurde in rotes, fast sakrales Licht getaucht, und einen kurzen Moment lang dachte Märtha, dass sie hier eigentlich nichts Unrechtes anstellen wollte. Doch dann riss sie sich zusammen. Selbst als Dieb musste man mitunter Dinge tun, die einem gegen den Strich gingen. Und mit dem Fallrohr hatten sie nun mal einen Misserfolg zu verbuchen gehabt, also waren sie gezwungen, weiterzuarbeiten.

Märtha konnte die Szenarien in den Altenheimen nicht vergessen, wo sie das graue, elende Leben der alten Menschen gesehen hatte. Wenn sie sich vorstellte, dass die in einer schrecklichen Umgebung lebten, es weder gemütlich hatten noch gesundes Essen bekamen! Sowohl die Heimbewohner als auch das Personal litten darunter. Und dem wollten sie und ihre Freunde wirklich ein Ende bereiten. Wenn es möglich war, sollten alle, die ein schweres Los hatten, Hilfe bekommen, auch die Verarmten, die auf der Straße saßen und bettelten. Das Kulturerbe der Schweden war von unschätzbarem Wert, und Märtha hegte große Hoffnungen. Wenn es ihnen gelang, die Goldschätze der Nation zu stehlen, würden sie so viel Geld bekommen, dass es für alle reichen würde. Aber einfach würde es nicht werden.

»Schaut nur, wie schön! Es macht einen so froh, wenn man so etwas Herrliches sieht. Das ist den Architekten wirklich gelungen«, sagte Anna-Greta auf halber Höhe. Sie hatte in ihrer Jugend Kunstgeschichte studiert und genoss den Anblick sehr.

»Nicht alle Architekten sind in einem Rechteck zur Welt gekommen«, antwortete Märtha.

»Die phantasielosen Bauherren, von denen es heute so viele gibt, sollten lieber mit Lego spielen, da richten sie weniger Schaden an«, seufzte Gunnar.

»Oder warum nicht mit ganz kleinen Briefmarken«, schlug Kratze vor.

Als sie die Treppe hinuntergestiegen waren, hielt Anna-Greta sich noch eine Weile am Geländer fest.

»Meine Lieben, wie sollen wir eigentlich diese ganzen Treppenstufen mit dem Gold bewältigen?«

»Nichts leichter als das, es gibt einen Behindertenaufzug«, antwortete Stina.

»Jedes öffentliche Gebäude muss einen Räumungsplan haben«, fügte Snille hinzu und zeigte auf einen Grundriss des Goldzimmers. Er holte sein Handy heraus und fotografierte ihn. »Ach übrigens, wollen wir wieder die Elektrorollstühle verwenden? Ich meine, ich könnte sie dieses Mal ja noch ein klein wenig mehr frisieren.«

»Na, wie Raketen müssen wir nun auch nicht aus dem Museum herausfliegen«, brummte Kratze.

»Hier liegen über fünfzig Kilo Gold und zweihundertfünfzig Kilo Silber. Lasst mal nachdenken: Der Goldpreis liegt bei ungefähr dreihunderttausend Kronen pro Kilo oder sogar noch mehr. Das sind schon fünfzehn Millionen, und das Silber kommt noch dazu«, rechnete Anna-Greta aus. »Aber eigentlich bräuchten wir noch mehr, denn in der Altenpflege ist das Geld sehr schnell verbraucht.«

»Nein, ich stelle mir eine kleine Erpressung vor, ich bin für ein Lösegeld in Höhe von fünfhundert Millionen. Der schwedische Staat kann doch nicht so einfach auf die Zeugnisse aus Schwedens Urzeit verzichten«, meinte Märtha.

»Oh doch, du kannst dir nicht vorstellen, was der alles kann«, sagte Kratze.

»Und wie kommen wir in den Besitz des Goldes?«, fiel Stina ihm ins Wort. »Zuallererst muss uns ja mal dieser Coup gelingen.«

Diese Frage stand im Raum, während die fünf durch das Zimmer schlenderten. In den Ausstellungsvitrinen lagen große, dicke Ringe, Armbänder voller Verzierungen und Kragen mit edelstem Gold, dazu Münzen und Halsketten. Es glänzte und funkelte überall.

»Habt ihr den gesehen?«, rief Kratze und zeigte auf einen gut erhaltenen Helm, einen Fund nahe der Vendelkirche in Nordschweden. Ein schicker Bronzekamm verlief von der Nackenpartie quer über den Scheitel, und direkt oberhalb der Augenhöhlen schlängelten sich drachenartige Wesen zur Stirn hinauf.

»Prächtig«, stimmte Snille ihm zu.

Kratze stand lange mit der Nase am Fenster und seufzte nur, und die anderen hatten Mühe, ihn zum Weitergehen zu bewegen. Sie drehten ein paar Runden durch das Goldzimmer und lasen Geschichten über die Leute, die beim Pflügen Gold im Boden gefunden hatten, und es dauerte gar nicht lange, bis alle richtig aufgekratzt waren. Märtha musste an das Rapsfeld zu Hause in Österlen denken, in dem sie als kleines Mädchen herumgehüpft war, und fragte sich, ob da auch Gold gelegen hatte. Stina versuchte herauszufinden, wie viel von dem Gold aus Jönköping stammte. Kratze liebäugelte eine Weile mit der Idee, einen Metalldetektor zu kaufen und Silber und Gold aus den Gräbern auf Gotland zu holen, doch die anderen brachten ihn wieder davon ab und sagten, das sei gegen das Gesetz und warum er immer übertreiben müsse.

Als sie die letzte Runde durch den Saal gedreht hatten und wieder auf dem Weg nach oben in die Cafeteria waren, brach Märtha mit einem Mal in ein lautstarkes Freudengeschrei aus, so dass sich alle sofort umdrehten. Sie wartete, bis ein älterer Herr vorbeigegangen war, und versammelte dann ihre Freunde um den großen Bildstein von Gotland, der ausgestellt war. Es war ein hoher Stein aus der Wikingerzeit, er stammte aus Ardre, und auf der Vorderseite waren mehrere Bilder eingraviert. Da sah man das achtfüßige Pferd Sleipner vom Gott Odin, ein Wikingerschiff mit Segeln und etwas, das aussah wie Volunds Schmiede. Märtha stand da und gab die sonderbarsten Laute von sich. Alle sahen sie besorgt an.

»Kleine Märtha, was ist los mit dir?«, fragte Snille.

»Ich hoffe, du hast dich nicht irgendwo gestoßen? Dir ist hoffentlich nicht übel?«, fragte Anna-Greta.

»Nein, nein«, brachte Märtha unter Lachen hervor. »Jetzt hab ich's. Jetzt weiß ich, wie wir es anstellen! Snille, kannst du bitte ein Bild von uns allen mit dem Stein machen?«

Snille hob brav sein iPhone in die Luft, zog ein paar Grimassen, um die anderen zum Lachen zu bringen, und löste aus.

»Aber warum soll ich genau hier ein Bild machen?«, fragte er dann.

»Wo sonst könnte man den vorwitzigsten Diebstahl des Jahrhunderts begehen?«, war Märthas Antwort.

Nach dem Museumsbesuch stiegen sie in ein Taxi, fuhren zum Haus der Kultur und machten es sich im Café im fünften Stock bequem. Draußen sah man Großstädter durch die Straßen hetzen und den nie versiegenden Strom von Autos, die um das trockengelegte Bassin mit Edvin Öhrströms Glasobelisken in der Mitte kreisten. Es war ein gutes Gefühl, Kultur um sich zu haben, ohne sie stehlen zu müssen, ja, eine Weile im Haus der Kultur zu verbringen hatte tatsächlich etwas von Urlaub. Aber leider gab es dort weder Waffeln noch Moltebeerenlikör, und als ihr Blutzucker in den Keller gesunken war, fühlten sie sich alle ziemlich lustlos.

»Sollen wir wirklich das ganze Gold klauen?«, fragte Stina und starrte abwesend durch das große Panoramafenster. »Ist es nicht schade um das Gold?«

»Aber du Gute, für über dreihundert Kilo feinstes Edelmetall lohnt es sich doch zu kämpfen«, antwortete Märtha. »Für unser kulturelles Erbe sollte der Staat schon einiges auf den Tisch legen!«

»Aber das Goldzimmer ist wie ein Bunker. Da können wir nicht auf Anhieb einbrechen«, meinte Snille.

»Wer hat denn gesagt, dass wir dort einbrechen? Nein, diese Sache müssen wir mit einer gewissen Eleganz und Finesse angehen.«

»Wunderbar, also kein Sprengsatz, ich habe mir schon Sorgen gemacht.«

»Nie im Leben. Du darfst nicht vergessen, dass es sich um Kulturgegenstände handelt«, betonte Märtha.

»Aber wie sollen wir sie denn verkaufen?«, fragte Anna-Greta. »Ist das wirklich all die Mühe wert?«

»Natürlich ist es das. Meine Liebe, wir müssen doch den Gittergroschen auffüllen, ansonsten geht unser Wohltätigkeitsprojekt vollständig den Bach runter. Die schlechte Pflege der alten Menschen darf keinen Tag länger als nötig so weitergehen. Und die Krankenpflege, die Wohnungslosen, die Schulen, die Kultur und ... Ja, es gibt so vieles, um das wir uns kümmern müssen.«

»Oder wir geben es auf, für alle und alles zu kämpfen, Märtha. Du willst ja die ganze Welt retten ...«, seufzte Kratze.

»Bevor wir das nicht erledigt haben, können wir uns nicht zur Ruhe setzen«, meinte Snille. »Märtha hat recht.«

»Obwohl ich nicht im Gefängnis landen will«, sagte Stina mit vollem Ernst. »Stellt euch vor, wir sitzen da bei Wasser und Brot und zwischen einer Menge anderer unheimlicher Gefangener. Wenn der Staat erst einmal mit dem Sparen angefangen hat, gibt es kein Halten mehr.«

»Gefängnisse sind auf jeden Fall besser als Altenheime«, sagte Kratze. »Und wir werden auch nicht mit Medikamenten ruhiggestellt.«

»Ach was, wir wandern weder ins Gefängnis noch zurück ins Altenheim. Unser Plan ist wasserdicht, das verspreche ich«, antwortete Märtha.

»Das klingt spannend. Ich bin dabei«, sagte Gunnar höflich und gleichzeitig etwas erschrocken, dass er in das nächste Verbrechen einfach so mit hineingezogen wurde.

»In dem Fall, wenn du dabei bist, dann kann ich mir auch vorstellen, es noch einmal zu wagen«, meinte Anna-Greta.

»Gunnar, das freut mich, dass du mitmachst. Wir brauchen jedes schlaue Köpfchen. Außerdem, meine Liebe«, sagte Märtha und wühlte nach ihrem Block und ihrem Stift in der Stofftasche, »... hört mal her! Dieser Plan ist richtig feierlich. Wir werden mordsmäßigen Spaß haben, und ich wette um eine Million, dass sie uns nicht auf die Schliche kommen werden.«

Emma schaltete das Handy aus und sah hinüber zu dem Bett, in dem ihre kleine Tochter schlief. Was hatte Malin nur für eine Großmutter, eine elegante, ältere Dame, die Banken überfiel und literarische Meisterwerke zitierte. Und jetzt hatte Stina angerufen und mitgeteilt, dass sie diese Woche noch zum Babysitten kommen könne, aber danach nicht mehr, da sie wieder neue wichtige Dinge vorhabe. Emma konnte sich das Lachen nicht verkneifen. Ihre Mutter, einst eine unterdrückte Hausfrau in Östermalm, hatte sich mittlerweile zu einer richtig selbstbewussten und energischen Frau entwickelt. Vielleicht konnte sie selbst von ihr noch etwas lernen. Sie war viel zu träge und sollte ihr Leben endlich selbst in die Hand nehmen. Emma zündete sich eine Zigarette an, drückte sie aber schnell wieder aus, als ihr Blick auf Malin fiel. Besser nicht in der Nähe des Kindes rauchen, nein, und bei dem Regen hatte sie keine Lust, auf den Balkon zu gehen. Schade, dass Anders' und ihre Kinder nicht im gleichen Alter waren, jetzt wo sie so viel Kontakt zueinander hatten. Es war schön, sich mit seinem Bruder gut zu verstehen. Und auch notwendig. Sie selbst war klein und zart, aber zäh und ausdauernd, während Anders geschickt und stark war, aber keine Geduld besaß. Ja, die alten Leute brauchten sie beide als Helfer, und das war weiß Gott ein Vollzeitjob. Emma ging hinüber ins Badezimmer, um sich schön zu machen. Langsam kämmte sie ihr zerzaustes blondes Haar.

Stina war immer so ordentlich und gepflegt, während sie selbst sich um ihr Aussehen wenig kümmerte. Das war eine Art Protest. Sie war in Elternzeit und hatte mit den alten Leutchen vollauf zu tun. Für Dinge wie Make-up und schöne Kleidung war erst wieder Zeit, wenn sie an ihren Arbeitsplatz zurückkehrte. Gerade wollte sie noch eine Maschine dreckige Wäsche einstecken, da begann Malin zu schreien. Taten Babys eigentlich noch etwas anderes als essen und verdauen? Emma zog eine Grimasse. Sie musste jedenfalls bis zum Monatsende einen neuen Babysitter organisieren. Die Alten planten offenbar wieder einen neuen Überfall.

35

Das Gartentor quietschte, und von draußen erklangen Schritte. Jemand war auf dem Weg zu ihrem Haus. Märtha schob den Grundriss des Goldzimmers schnell zur Seite und sah sich um, weil sie sichergehen wollte, dass nichts mehr herumlag, was sie entlarven konnte. An diesem Morgen war sie allein zu Hause und gar nicht auf Besuch vorbereitet. Stina war zu Emma gefahren, und die anderen waren beim Einkaufen. Märtha hatte keine Lust gehabt mitzufahren, jetzt bereute sie es. Hoffentlich sind das nicht Tompa und Jörgen, dachte sie und merkte, wie sich ihr Magen zusammenschnürte. Sie versuchte, sich mit aller Kraft zusammenzureißen, aber tief im Inneren hatte sie eine Heidenangst. Der Klingelton schoss wie ein Feuerstrahl durchs Haus, und sie musste nicht einmal durchs Fenster schauen, um zu wissen, wer da stand. Da der Gartenweg neu gepflastert war, hatte sie die beiden gleich an ihren Schritten erkannt. Die Rocker führten etwas im Schilde. Und ihr war klar, dass es diesmal nicht um eine Tüte Milch ging. Sie schluckte, legte ihr Besteck zur Seite und ging zur Tür. Im Flur zog sie noch schnell einen Kamm durchs Haar, warf im Spiegel einen Blick auf ihr angespanntes Gesicht und öffnete die Tür.

»Na so was, hat man das gesehen, heut haben wir hohen Besuch. Hereinspaziert!«, sagte sie forsch, aber ihre Stimme klang dünn. Sie hielt die Tür auf, und Tompa und Jörgen traten ein und gingen direkt durch ins Wohnzimmer, ohne ihre Stiefel auszuziehen. Sie schauten sich um, konnten aber keinen von den anderen Alten entdecken.

»Wo sind deine Freunde?«, fragte Tompa.

»Sie sind nur gerade einkaufen gefahren. Ich war zu müde, um mitzukommen. Wenn man alt wird, ist einem so etwas schnell zu viel. Kann ich Ihnen eine Tasse Kaffee anbieten?« Märtha versuchte ein Lächeln.

»Ja, klar.« Tompa und Jörgen nickten und begleiteten Märtha in die Küche. Nach einer Weile hatte sie den Kaffee fertig und stellte auch Waffeln auf den Tisch.

»Vielleicht ein Gläschen Moltebeerenlikör?«

Ohne die Antwort abzuwarten, holte sie drei Gläser aus dem Schrank und begann einzuschenken.

»Danke, aber ich glaube nicht …«

»Ach, kommen Sie schon!« Märtha hob ihr Glas. »Zum Wohle, auf die Nachbarschaft!«

»Ja, zum Wohl!«, murmelten Tompa und Jörgen und versuchten zu trinken, ohne das Gesicht zu verziehen.

»Na, haben Sie heute neue Tattoos?«, fragte Märtha und warf einen Blick auf ihre Unterarme. Tompa kratzte sich geniert im Nacken, krempelte aber brav die Ärmel hoch.

»Nein, nur die hier.«

»Fesch! Ein Totenkopf. Vielleicht könnte ich ja … Ach was, ich habe bestimmt viel zu viele Falten …«

»Um sich tätowieren zu lassen?« Tompa musste laut lachen, aber dieses Mal klang es höhnisch.

»Ja, ich denke schon. Werden Ihre Tattoos nicht komisch aussehen, wenn Sie älter werden?«

»Na ja«, murmelte Jörgen.

»Stellen Sie sich vor, dann werden es vielleicht plötzlich lustige Totenköpfe«, kicherte Märtha nervös und stellte ihr Glas etwas wackliger als sonst auf den Tisch. Sie räusperte sich. »Na, was haben Sie denn auf dem Herzen?«

»Es geht um dieses Grundstück. Wir wollen euer Grundstück pachten.«

»Das Grundstück? Oh, das tut mir schrecklich leid, aber das kommt nicht in Frage. Kratze hat hier seine Beete angelegt, und wir sitzen so gern in der Fliederlaube und genießen dabei unseren Nachmittagskaffee und die schöne Aussicht. Nein, wir brauchen das Grundstück für uns selbst. Leider.«

»Aber zum richtigen Preis?«, fragte Jörgen.

»Niemals unter fünfhundert Millionen.«

Tompas und Jörgens einschmeichelndes Lächeln erstarb abrupt, und ihre Blicke wurden finsterer. Sie rutschten näher an Märtha heran.

»Vielleicht solltest du dich erst einmal mit deinen Freunden beraten, denn wir brauchen das Grundstück«, sagte Jörgen, nun mit einem ganz anderen Tonfall.

»Wie ich schon sagte, fünfhundert Millionen ...«

»Dann müssen wir die Sache eben anders lösen.«

Sie rückten noch ein Stück näher, und Tompa fingerte ganz diskret an seinem Totenkopf herum.

»Anders lösen?« Märtha versuchte, gleichgültig zu klingen, aber in ihrer Stimme lag ein leichtes Zittern. Sie hätte nicht allein zu Hause bleiben dürfen, dass sie daran nicht gedacht hatte! Mit den beiden fertig zu werden, war kein Kinderspiel. Sie nippte an ihrem heißen Kaffee und überlegte, wie sie sich diese zwei Hünen vom Hals schaffen konnte. Ihre Hand, die die Kaffeetasse hielt, zitterte, und als sie sie abstellte, stieß sie aus Nervosität gegen ihre Gürteltasche. Ach ja, genau, da war ja die Fernbedienung. Wie war das noch? Snille hatte erzählt, dass man, wenn man sich die Fernbedienung an den Hals hielt, sich selbst als Antenne benutzen und auf diese Art Autoschlösser aus großer Entfernung öffnen könne, bis zu hundert Meter entfernt. Ob das auch bei anderen Apparaten funktionierte? Snille hatte ja die meisten Dinge im Haus modernisiert. Märtha aktivierte die Fernbedienung und drückte sie sich an den Hals.

»Was soll das denn?«, fragte Tompa misstrauisch.

»Anstelle von Herzarznei«, antwortete Märtha. »Heute ist ja alles so modern.«

Tompa und Jörgen rutschten noch einmal näher an sie heran, so dass Märtha nun sogar deren Oberschenkelmuskeln durch den Stoff ihres Rocks spüren konnte.

»Wir müssen das Grundstück haben«, wiederholte Tompa, jetzt aber in einem derart barschen Ton, dass Märtha Angst bekam und nach hinten auswich. Sie legte die Ferndienung zurück in die Gürteltasche und holte gleichzeitig ein paar Bonbons heraus.

Dschungelschrei-Pastillen wirkten auf sie immer beruhigend, wenn sie nervös war.

»Möchten Sie vielleicht Dschungelschrei-Pastillen?«

Tompa und Jörgen schüttelten den Kopf und sahen sich kurz an. Märthas Gedanken überschlugen sich. Wenn Snille nun doch nicht recht hatte, wenn er nur angegeben hatte, so wie Männer das tun … vielleicht würde die Sache mit der Fernbedienung überhaupt nicht funktionieren. Da hörte sie endlich, wie der Staubsaugerroboter John in der Bibliothek ansprang, über das Parkett schrubbte und mit einem Knall direkt gegen ein Sofa fuhr.

»Hä? Was ist das?«, fragte Tompa und sprang eilig auf.

»Leert den Staubsaugerbeutel, leert den Staubsaugerbeutel«, alarmierte John mit seiner englischen Staubsaugerstimme, nach den Kollisionen mit diversen Möbelstücken nun allerdings etwas verzerrt.

»Was zum Teufel?«, rief Jörgen aus und sah verunsichert aus.

»So viel Staub, so viel Staub«, fuhr John in seinem Oxfordenglisch fort.

»Wer ist das?«, fragte Tompa.

»Ach, das ist nur John, mein Darling«, antwortete Märtha. »Wir sind enge Freunde.«

»Aber du hast doch gesagt, du bist allein.« Tompas Blick irrte hin und her.

»Allein? Ich habe vergessen zu sagen …«, Märtha blinzelte

vertraulich und setzte ein unschuldiges Gesicht auf. »Also, das wissen Sie vielleicht, man muss die Gelegenheiten nutzen. Aber bitte, erzählen Sie das nicht weiter! Männer sind immer so eifersüchtig.«

»Dann haben Sie …«, setzte Tompa an, doch wurde er von der Stimme in der Bibliothek unterbrochen.

»Es ist dreckig, ihr müsst putzen. Es ist dreckig, ihr müsst putzen. Habt ihr eine Orgie gefeiert?«, machte John im Nachbarzimmer weiter – jetzt mit etwas dünnerer Stimme, so dass Märtha daraus schloss, dass er unter das Sofa gefahren sein musste. Aber was Snille da angerichtet hatte! Warum zum Teufel hatte er den Staubsauger so programmiert, dass er lauter unsinniges Zeug von sich gab?

Tompa und Jörgen sahen sich verunsichert an.

»Habt ihr eine Orgie gefeiert? Leert den Staubsaugerbeutel«, war aus der Bibliothek zu hören.

»Halt's Maul, verdammt nochmal!«, schrie Jörgen, der kein Wort Englisch konnte und nicht verstand, was der Typ sagte. Er stand auf und ging mit eiligen Schritten auf die Tür zu, um ihn zur Ruhe zu bringen.

»Stopp!«, rief Märtha. »John ist krank. Er hat Röteln. Sie stecken sich an!«

»Verdammt!« Jörgen blieb auf der Stelle stehen.

»Reinigt die Borsten, reinigt die Borsten«, erklang es dumpf unter dem Sofa hervor. Die Batterie wurde schwach. Märtha erkannte die Gefahr.

»Meine Lieben, die anderen sind bald zurück. John und ich, wir schaffen es nicht oft, uns zu treffen …« Sie nickte zur Bibliothek hinüber. »Ich sollte jetzt wieder hinübergehen.«

»Ja, ja, wir gehen, aber vergiss nicht, dass wir euer Grundstück kaufen oder pachten wollen. Wir kommen wieder.«

Die Rocker zogen ihre Jacken zurecht, murmelten tschüss und verließen in Eile das Haus. Als sie zur Tür hinaus waren, öffnete

Märtha ihre Gürteltasche und schaltete John mit der Fernbedienung aus. Dann ging sie hinaus auf die Veranda und sank in einen der Korbstühle. Ihr Herz pochte, und sie war völlig durchgeschwitzt. Sie starrte hinaus aufs Wasser und versuchte, sich zu beruhigen, aber sie zitterte am ganzen Körper. Als die anderen zurückkamen, war sie nicht einmal in der Lage, vom Stuhl aufzustehen, sie saß einfach nur da. Es dauerte eine ganze Weile, bis die Freunde ein Wort aus ihr herausbekamen. Aber sie erzählte ihnen nicht die ganze Geschichte. Schließlich wollte sie den anderen keine Angst machen.

Als Stina am darauffolgenden Tag das Außenthermometer am Fenster ablas, sah sie Tompa durch den Garten spazieren.

»Hört mal her, die BandAngels sind hier und schnüffeln herum«, sagte sie und winkte Kratze und die anderen zum Fenster. Tompa hielt ein Rollmaßband in der Hand, er hatte das eine Ende an einem Ast befestigt und ging nun über das Grundstück und nahm Maß. Als er bei den Büschen am Wasser ankam, machte er eine große Drehung direkt in die Fliedergartenlaube hinein.

»Was in aller Welt tut er da?«, fragte Kratze.

»Irgendetwas läuft da«, antwortete Märtha, die widerwillig einsah, dass sie das unangenehme Zusammentreffen mit Jörgen und Tompa nicht länger verschweigen konnte. »Die BandAngels wollen unser Grundstück pachten.«

»Aber das können die doch nicht, oder?«, stöhnte Stina.

»Ich habe gesagt, dass wir da nicht mitmachen.«

»Das Schlimmste an diesen Rockern ist, dass sie ihre eigenen Gesetze haben«, gab Kratze zu bedenken. »Denen ist es ziemlich wurscht, was wir sagen.«

»Aber schöne Motorräder haben sie«, versuchte Snille, die anderen zu beruhigen.

»Wir sollten sie im Auge behalten. Ich finde, wir sollten unsere Waren nicht länger im Keller lagern. Sie haben da unten schon herumgeschnüffelt, deshalb dürfen wir nichts mehr riskieren. Wir müssen uns nach einem neuen Lagerraum umsehen.«

»Aha, du möchtest, dass wir uns wieder in Bewegung setzen und arbeiten«, seufzte Kratze.

»Nein, nein. Das können Snille und ich allein erledigen, nicht wahr?«, sagte Märtha und streckte die Hand aus. Snille nahm sie und drückte sie fest, und Märtha lief ein so warmer Schauer durch den Körper, dass sie komplett den Faden verlor.

»Natürlich, Märtha, das kriegen wir hin. Im Internet finden wir bestimmt einen guten Magazinplatz«, fügte er hinzu, durchaus stolz, dass er jetzt so langsam die Sache mit dem Internet durchblickte.

»Warum fragen wir nicht einfach mal im Hafen von Stockholm nach?«, schlug Stina vor. »Da haben sie doch Unmengen Güter gelagert, die bewacht werden. Da fallen unsere Sachen gar nicht auf.«

Den anderen gefiel Stinas Vorschlag, und kurz darauf hatten sie Google Maps aufgerufen und sahen sich nun die Hafengebäude an. Sie beäugten den Zaun, die Wachhäuschen und Tore und interessierten sich am Ende vor allem für das alte Hafengebiet, wo früher die Schiffe repariert wurden.

»Das sieht gut aus, da fahren wir hin und schauen es uns an«, sagte Märtha und stand auf. »Am besten brechen wir gleich auf, bevor wir im Berufsverkehr landen.«

Snille und sie fuhren Richtung Stadt, bogen zum Freihafen ab und kamen bald an einen großen Zaun mit einem Wachhäuschen und einem bewachten Tor.

»Ich frage mich, was die sagen, wenn sie unser Auto sehen!«, zwitscherte Märtha, als sie am Tor vorfuhren.

»Ich glaube nicht, dass die Wachleute da drüben irgendwie reagiert hätten, selbst wenn wir in einem Panzer mit Raupenketten gekommen wären«, sagte Snille und nickte zur Luke hinüber. Drinnen saß ein Typ Mitte zwanzig, der sein Handy ans Ohr hielt und mit dem Stuhl kippelte. Er schien sie gar nicht bemerkt zu haben.

Erst als Märtha und Snille einige Male an die Fensterscheibe klopften, riss er die Augen auf, gähnte und legte widerwillig das Handy beiseite.

»Ähh?«, fragte er.

»Wir möchten einen Lagerplatz anmieten«, sagte Märtha. »Den besten, den Sie hier haben. Er soll mit einer Alarmanlage ausgerüstet und bewacht sein, er muss aber nicht besonders groß sein.«

Der Handytyp blätterte in seinen Unterlagen.

»Alles ist belegt. Das Einzige, was noch frei ist, ist ein kleines Lager ganz hinten im alten Werftgebäude.«

»Prima, dann fahren wir dorthin.«

Der Handytyp öffnete das Tor und ließ Märtha und Snille passieren. Dann schloss er es, griff wieder zu seinem Handy, und mit dem iPhone am Ohr ging er vor dem Auto her und führte sie zum alten Werftgelände. Als sie an einem roten Ziegelgebäude ankamen, das zum Wasser hin ein breites Tor hatte, hielt er an, durchsuchte seine Tasche und zog eine Plastikkarte heraus. Er steckte sie in eine Dose neben der Tür, tippte ein paar Zahlen ein und deaktivierte den Alarm. Dann öffnete er die Tür mit derselben Karte. Märtha und Snille stiegen aus dem Wagen und folgten ihm. Sie betraten einen großen Lagerraum, der nach Garage, Meer und Diesel roch. Der Betonboden schien erst vor wenigen Jahren neu gegossen worden zu sein, doch die alten Ziegelwände stammten sicher aus der Zeit um 1900. Es standen einige große, blitzblanke Luxusyachten, Sportwagen und Motorräder herum, immer die neuesten Modelle, und weiter hinten konnte man Regalwände sehen. Als Snille eine Harley-Davidson entdeckte, konnte er es sich nicht verkneifen, sein Handy herauszuholen und ein Bild zu machen.

»Hey, Moment mal, Sie dürfen hier nicht fotografieren!« Der Handytyp wedelte wild mit der Hand.

»Warum denn nicht?«, fragte Märtha.

»Manche Leute möchten es eben nicht, dass jeder ihre Sachen sieht.«

Der Handytyp grinste und ging auf die Tür zu, die sich ganz hinten befand. Jetzt hatte er Märthas Neugier geweckt. Als der Typ ein paar Meter vor ihr herging, zog sie heimlich ihr Handy heraus und machte diskret Fotos von allem, was spannend aussah. Snille bemerkte es, musste grinsen und zwinkerte ihr heimlich zu. An der Tür angelte der Kerl wieder seine Plastikkarte heraus, und als es klickte, öffnete er diese Tür und zeigte ihnen den hinteren Lagerraum.

»Der Raum ist für die dicken Fische ein bisschen zu klein, es sei denn, sie haben hier wertvolle Kunstgegenstände unterzubringen«, sagte er und lachte. »Die Stadt braucht größere Lagerplätze.«

»Die Stadt?«, fragte Märtha.

»Ja, die Gemeinde. Das weiß doch jeder. Die privatisieren doch heutzutage alles, und diejenigen, die daran beteiligt sind, sagen nicht gern, wie viel Geld sie dabei wirklich verdienen.«

Märtha hielt inne, legte den Kopf schräg und stellte sich dumm. »Entschuldigung, jetzt verstehe ich gar nichts mehr.«

Der Handytyp zögerte, klappte das Telefon zusammen und steckte es in die Jackentasche. Dann holte er es wieder heraus und tippte eine Nummer ein. Märtha unterbrach ihn dabei.

»Ach so, Sie wissen eigentlich gar nichts, Sie tun nur so?«, fragte sie ihn provokant. Männer in Frage zu stellen und ein bisschen herauszufordern war nämlich kein Fehler. Dann wollten sie zeigen, was sie wirklich wussten.

»Nein, Quatsch, ich kenne mich natürlich aus. Das hier ist doch nur ein Job, eigentlich studiere ich.«

»An der Uni?«

»Ja, BWL. Da kommt mir schon das eine oder andere zu Ohren. Vom Ausverkauf unserer Seniorenheime, Tagesstätten und Schulen zum Beispiel. Da ist viel Geld im Spiel.«

»Ja?«

»Und dann die Pflegedienste und die Grundstücke für den Gemeingebrauch natürlich, das, was uns allen in Schweden gehört.«

»Und was ist damit?«

»Das ist lukrativ. Als man die abverkauft hat, sind einige richtig reich geworden.«

»Wie meinen Sie das?«

»Na, diese schlauen Finanzfüchse haben auf die Verantwortlichen eingeredet und gesagt, wenn nur sie kaufen dürften, würden sie einen Bonus und Prozente auf die zukünftigen Gewinne geben.«

»Das kann man doch nicht machen. Das ist Bestechung.«

Da lächelte der Handytyp von einem Ohr zum anderen und strich Märtha nachsichtig über die Schulter.

»Geschäft ist Geschäft. An der Uni benutzen wir unser Hirn, den IQ, wissen Sie!« Der Handytyp tippte sich an die Stirn. »Das können wir brauchen, wenn wir uns mit Business befassen. Ich kenne jemanden, der eine Vorschule für hundertfünzigtausend gekriegt hat. Der Verantwortliche bekam für seinen Aufwand zwanzigtausend. Aber der Typ, der sie gekauft hat, hat das Objekt ein Jahr später für einige Millionen verscheuert. Gutes Geschäft, nicht wahr?«

»Wenn man sich vorstellt, dass Sie das schon an der Uni lernen«, sagte Märtha und tat so, als bewunderte sie ihn.

»Die Gewinne landen dann in der Karibik, wo man die Steuern umgeht, ein Leichtes für die Haie in der Branche – aber die, die die Schmiergelder kassiert haben, die kriegen Probleme. Sie können ihr Geld ja nicht einfach auf ein Konto legen.«

»Ach so, und dann kaufen die sich ein Luxusschiff oder einen Porsche dafür?«, fragte Märtha.

»Genau, aber ein Auto oder Boot, das auf dem Papier jemand anderem gehört, zum Beispiel einer Anwaltskanzlei.«

»... und dann benötigt die Kanzlei natürlich Lagerflächen, um die Dinge unterzustellen«, fügte Märtha hinzu.

Der Handytyp nickte.

»Cool, oder?«

»Langsam verstehe ich«, sagte Snille. »Dann lagert man die Dinge eine Zeitlang hier zwischen, bis man sie verkaufen kann, ohne Aufmerksamkeit zu erregen.«

»Ja. Alle freuen sich und sind zufrieden, und jeder verdient an diesem Geschäft.«

»Nur wir Normalos eben nicht«, führte Märtha an. »Das, was wir mit unseren Steuergeldern bezahlt haben, wird verkauft, und ein anderer macht den Gewinn. Phh, wie unmoralisch!«

»Ach was, alle tricksen doch, und solange ich meinen Lohn kriege, ist es mir egal. Was wollen Sie denn eigentlich unterstellen?«

Diebesgut, hätte Märtha beinahe gesagt, doch sie konnte sich bremsen. »Ach, nur ein bisschen Krimskrams«, sagte sie und wurde rot.

»Krimskrams?«

»Bei uns ist eingebrochen worden, und jetzt möchten wir unsere Sachen an einen sicheren Ort bringen«, erklärte sie.

»Kein Problem. Wir haben Alarmanlagen und Wachen«, sagte der Handytyp.

»Wunderbar«, antworteten Märtha und Snille gleichzeitig, und dann fuhren sie wieder zum Wachhäuschen zurück, um einen Vertrag zu unterschreiben. Wie üblich benutzte Märtha nicht ihren richtigen Namen und ihre Personennummer, sondern gab die Ersatznummer und die neue Identität an. Als sie eine Kaution hinterlegt, ihre Schüssel erhalten und die Passwörter bekommen hatten, konnte Märtha nicht länger an sich halten.

»Aber wenn nun einer Anwaltskanzlei all die Dinge da drinnen gehören, woher weiß man dann eigentlich, wer der wirkliche Besitzer ist?«

»Natürlich gibt es Namen. Dafür müssen Sie sich vermutlich in einen Computer einhacken, meine Dame«, grinste der Typ und strich ihr wieder über die Schulter.

»Ja, genau das müssen wir wohl tun«, murmelte Märtha, während sie genüsslich feststellte, dass er viel zu viel preisgegeben hatte. Also gab es Namen, nach denen man suchen konnte. Sonderbar, wie viel die Leute alten Menschen erzählten. Als ob sie glaubten, dass die Alten das Denken eingestellt hätten. Aber vielleicht war das einfach nur die Folge davon, dass die Gesellschaft den Teil der Bevölkerung, der nicht mehr arbeitete, ständig vergaß. Senioren und Ältere … Für die Jugend und die Politiker existierten sie gar nicht. Kein Stück.

Als Märtha und Snille im Auto saßen und nach Hause fuhren, waren sie sehr beeindruckt von dem, was sie erlebt hatten, denn so viel Erfahrung hatten sie mittlerweile gesammelt, dass ihnen klar war, dass da einige krumme Geschäfte liefen.

»Sonderbar, dass wir durch ein Lager gehen durften, das jemand anders gemietet hat«, überlegte Snille.

»Aber vielleicht war der hintere Raum wirklich der einzige, der noch zu vermieten war«, entgegnete Märtha.

»Oder er vermietet den Raum schwarz. Ich glaube, er braucht Geld fürs Studium, und da hat er sich gedacht, dass diese Alten harmlos sind, deshalb können sie auch diesen Raum mieten. Das alte Lied, man wird für unzurechnungsfähig erklärt, nur weil man älter ist.«

»Ja genau, du hast vollkommen recht. Wir haben ja auch keine Kopie des Mietvertrags bekommen. Aber eigentlich ist das nicht schlecht. Wenn er nicht tut, was wir sagen, können wir damit drohen, ihn auffliegen zu lassen.«

»Aber Märtha! Das ist nicht nett von dir«, sagte Snille, beugte sich vor und gab ihr ein Küsschen auf den Mund. Und dann sprach sie kein Wort mehr, sondern ließ sich von einem ganz anderen Gefühl umhüllen, einem ganz herrlichen.

36

Mit leicht zerzausten Haaren, rosigen Wangen und etwas ausgelassen machten sich Märtha und Snille direkt auf den Weg zur Riddarholm-Insel. Der Diebstahl aus dem Goldzimmer musste genauestens vorbereitet werden, und so waren sie ihren Plan noch einmal durchgegangen. Ein völlig verrückter Plan, der vorsah, dass sie Dinge extra anfertigen mussten. Am Kai fuhren sie langsamer und hielten an einem kleinen Tor, das an der Seite zum Wasser hin lag.

»Hier muss es sein.«

Snille rückte seine Brille zurecht. Ja, hier stand KONSERVIERUNG UND RESTAURIERUNG auf einem großen Messingschild links neben der Eingangstür. Märtha parkte und nickte zum Gebäude hinüber.

»Da machen sie also Kopien von Runensteinen. Hier werden wir eine Menge lernen können, du wirst schon sehen.«

»Wie du immer in Betrieb bist, Märtha. Nicht eine Minute Ruhe mit dir. Aber irgendwie lebt man dabei auf«, sagte Snille.

»Ach, du bist ein Lieber, weißt du das?«, antwortete sie, schloss die Augen und lehnte sich an seine Schulter. »Aber nicht ich mache uns zu Straftätern. Nein, das tut die Gesellschaft. Wenn sie sich einfach etwas besser um ihre Mitmenschen kümmern würde.«

»Ja, allerdings hätten wir dann nicht so viel Spaß gehabt, nicht wahr, Märtha?« Er streichelte ihr über die Wange und sah auf einmal ganz ernst aus.

Aber da wurde Märtha ganz verlegen, tastete nach dem Türgriff und öffnete schnell die Wagentür. Sie stiegen aus, Snille öffnete die

Laderaumtür und holte eine kleine Statue aus Gips heraus, die sie auf einem Flohmarkt erstanden hatten, eine Davidsfigur, an der Kopf und Arm beschädigt waren. Snille rief kurz an, und als er mitgeteilt hatte, wer vor der Tür stand, öffnete jemand. Im Eingangsbereich kam ihnen ein Assistent entgegen, der herzlich lächelte. Sie traten in einen riesengroßen, offenen Raum, in dem überall Dinge standen, und wo sie auch hinschauten, entdeckten sie lauter Gegenstände, die eine Reparatur nötig hatten: Statuen aus Bronze oder Gips, Bilder und alte Möbel. Ganz hinten standen ein paar Kopien von Runenbildsteinen aus PVC, die als Objekte für die Landesausstellung gekennzeichnet waren. Märtha knuffte Snille in die Seite.

»Genau wie ich es gesagt habe, sie machen hier noch immer Kopien aus PVC.«

»Entschuldigung«, sagte der Restaurator.

»Ich habe nur gesagt, dass Sie hier ganz wunderbare Bildsteine stehen haben«, antwortete Märtha. »Sie sehen vollkommen echt aus.«

»Ja, die gehen auf eine Wanderausstellung. Praktisch, nicht wahr? Sie wiegen so gut wie nichts«, entgegnete der Restaurator, ein kahlköpfiger, übergewichtiger Mann mit fleckigem Mantel.

»Phantastisch! Und er war auch wirklich phantastisch, bevor er mir runtergefallen ist«, sagte Märtha und strich liebevoll über die kleine Davidsfigur. »Der arme David ist vom Tisch gestürzt, sehen Sie selbst, was passiert ist …«

Märtha erklärte umständlich, was daran nun alles zu tun sei, während Snille sich still und leise zurückzog und alle Bildsteine und Runensteine, die im Atelier standen, fotografierte. Er knipste außerdem alle Dosen mit PVC, Härter und anderem Material, das er auf dem Boden sah. Als er fertig war, griff Märtha wieder zu ihrer Gipsfigur, strich David über den kaputten Arm und sagte:

»Ich habe zu Hause noch mehr Statuen, die reparaturbedürftig sind. Wenn ich sie auch hierherbringe, machen Sie mir einen guten Preis?«

»Ja, sicher, ich mache Ihnen einen Kostenvoranschlag für alles zusammen«, antwortete der Restaurator.

»Dann komme ich gern darauf zurück.«

»Und die Gipsstatue?«

»Die bringe ich nächstes Mal wieder mit. Ich liebe es, sie anzusehen«, sagte Märtha und tätschelte David so derb, dass ein kleines Stückchen Gips von einem Finger losbrach. Dabei lächelte sie ihr breitestes Lächeln, nickte Snille zu, und sie verließen gemeinsam das Atelier.

Auf dem Heimweg hielten sie beim Baumarkt in Nacka an und kauften Bootslack, PVC und rote, schwarze und graue Deckfarbe. Mit vollen Einkaufswägen kamen sie erschöpft zum Wagen zurück und saßen dort erst einmal eine ganze Weile, hielten sich in den Armen und verschnauften, bevor sie wieder bereit waren weiterzufahren. Sicherheitshalber hielten sie noch bei Deselius an und stärkten sich mit einer Tasse Kaffee und einem Krabbentoast. Das war auch gut so, denn als sie nach Hause kamen, fanden sie den Rest der Seniorengang energiegeladen rund um den Computer sitzend. Gunnar und Anna-Greta redeten.

»Wunderbar, dass ihr kommt«, sagte Anna-Greta fröhlich, als sie die beiden erblickte. »Wir sind gerade dabei, unser heimliches Archiv für die Diebstahlplanung anzulegen: Stasi Senior.«

»Stasi Senior? Schöner Name. Dabei geht es doch um die Vorbereitungen für den Goldcoup, oder?«

»Ja, klar. Wir haben hier die Fotos, die Snille im Goldzimmer gemacht hat, und jetzt hoffen wir, dass ihr heute auch Bilder gemacht habt. Die kommen dann auch gleich ins Archiv.«

Märtha und Snille holten ihre Handys heraus, damit Anna-Greta die Bilder direkt auf den Computer überspielen konnte.

»Ich glaube, wir haben alles, was wir brauchen«, sagte Snille. »Ich habe Fotos von allen Bildsteinen gemacht, die da waren, und die Härter und anderen Dinge, die sie für die Kopien aus Plastik benutzt haben, habe ich auch gleich fotografiert.«

»Wie praktisch, wenn man alles hier auf dem Computer archiviert. Da hat man eine richtige Ordnung«, sagte Anna-Greta begeistert und erstellte einen neuen Stasiordner mit dem Datum des Tages. »Dann schauen wir mal.«

Sie klickte die Bilder an, die Märtha im Hafen von Stockholm gemacht hatte, und prompt erschienen auch all die Luxusyachten, die Rolls-Royce-Karossen und anderen Autos auf dem Bildschirm.

»Ach du liebe Zeit!«, entfuhr es Anna-Greta. »Was ist denn das?«

»Ein heimliches Lager für Bestechungsgelder. Völlig verrückt. Da liegen zig Millionen«, sagte Märtha.

»Aber warum stehen die Dinge nur da, und keiner benutzt sie?«, fragte Gunnar.

Märtha erzählte, was der Handytyp gesagt hatte, und alle seufzten und schüttelten den Kopf.

»Was für eine Gaunerei. Wir arbeiten immerhin für das Wohl der Gesellschaft«, sagte Stina. »Veruntreuung von Steuergeldern ist ja grober Diebstahl.«

Anna-Greta zog die Schreibtischschublade auf und holte ein Vergrößerungsglas heraus.

»Man kann sogar die Nummernschilder erkennen …«

»Genau das habe ich vermutet. Wir müssen sie mal im Kfz-Register nachschauen«, sagte Märtha.

Gunnar startete die Suche auf seinem Laptop. Nach einer Weile war er fertig.

»Mysteriös. Die meisten Dinge sind auf die Kanzlei Beyling eingetragen.«

»Dann hatte der Typ mit dem Handy also recht. Die Kanzlei kann ja nicht alles besitzen. Diese Luxusschlitten sind nur auf sie überschrieben worden.«

»Und wem gehören die Autos und Boote dann in Wirklichkeit? Der Sache sollten wir unbedingt nachgehen«, fand Stina, die ein gutes Gefühl für krumme Geschäfte hatte. »Die Besitzer der Luxusgüter haben etwas zu verbergen, Steuerschiebereien, Betrug oder vielleicht sogar Diebstahl.«

»Stimmt, das sollten wir uns näher ansehen. Aber erst überfallen wir das Goldzimmer. Darauf müssen wir uns zuerst konzentrieren«, ermahnte Märtha die anderen.

»Jawohl«, meinte auch Snille. »Anna-Greta, kannst du die Bilder aus dem Restaurierungsatelier heranzoomen?«

Während Anna-Greta sich durch die Fotos klickte, holte Märtha Tee und Scones. Außerdem hatte sie bei Deselius auch ganz herrliche Zimtschnecken mitgenommen, die sie jetzt mit ein paar Hafertalern und finnischen Mandelhörnchen in eine Schale legte. Es war wichtig, alle mit dem Nachmittagskaffee bei Laune zu halten. Aber keiner von ihnen nahm sich die Zeit und setzte sich hin, alle standen da mit ihrer Zimtschnecke in der Hand und betrachteten die stattlichen Kopien der Bildsteine, die Snille in voller Größe fotografiert hatte. Zum Glück hatte er immer eine Streichholzschachtel danebengelegt, daher konnte man genau sehen, wie hoch und wie breit die Bildsteine waren. Man musste nur die Schachtel ausmessen, dann hatte man einen Maßstab. Snille dachte immer an alles. Als sie die Bilder angeschaut hatten, waren alle Freunde so müde, dass sie sich für ein Weilchen hinlegen mussten. Aber nach dem Schläfchen und einer guten Mahlzeit gingen Snille und Kratze gleich hinüber in die Werkstatt. Zuerst verdeckten sie die Fenster mit einer schwarzen Scheibe und zogen ihre Latzhosen an. Dann holten sie die Stichsäge hervor und sägten eine Schablone für einen der Bildsteine im Verhältnis 1:1 aus. Das Sägen war eine so anstrengende Arbeit, dass sie zwischendurch immer wieder eine Pause einlegen und sich bei einem Bier erholen mussten. Nach jedem Arbeitsgang griffen sie nach einem neuen Bier, deshalb wurde ihr Bildstein aus Holz vielleicht nicht auf den Millimeter genau.

»Heute ist man einfach nicht mehr so stark wie früher«, sagte Snille.

»Und so ausdauernd auch nicht«, seufzte Kratze.

»Aber wir haben viel Erfahrung, das gleicht einiges aus«, sagten sie wie aus einem Munde und machten sehr zufriedene Gesichter. Aber nachdem sie eine Weile diskutiert hatten, sahen sie ein, dass sie für bestimmte Arbeiten die jungen Leute brauchten. Stina nickte, ging zum Telefon und rief Anders und Emma an.

Am nächsten Tag tobte das Leben in der Werkstatt. Anders, der sich gern als Heimwerker betätigte, übernahm das Kommando. Zwar war er auch nicht mehr der Jüngste und so stark und gelenkig wie früher, aber er kannte sich mit Hammer und Säge so weit aus, dass er meinte, alles zu beherrschen. Mit Hilfe von Pressspan und Spanplatte brachte er einen kantigen Bildstein zustande, zwar ohne Bild, aber dafür in derselben Größe wie der große Stein aus Gotland, der im Museum ausgestellt war. Danach übernahmen die Damen die Arbeit und stellten mit Hobel und Sandpapier eine Oberfläche her, die an einen rauen Stein erinnerte.

»Wie ein verwitterter Bildstein«, stellte Kratze fest, als Stina eine Weile gearbeitet hatte. »Du bist ganz schön fleißig!«

»Danke, Kratze. Wie du feststellen kannst, ist das hier auch nichts für Wahrsagerinnen. Und bemalen kann ich ihn auch«, sagte Stina stolz mit glühenden Wangen.

»Jetzt nicht, später«, meinte Snille, »aber dann darfst du kreativ sein.«

Erst am kommenden Tag konnte die Seniorengang mit ihrer selbstgemachten Bildsteinform weitermachen. Snille murmelte, dass er im Gießen mit Kunststoff nicht gerade der Beste sei, aber zum Glück hatte er sich für ihr kleines Heimwerkerprojekt genügend selbst beigebracht. Also ölte er den Musterstein ordentlich ein, und mit Kratze und Anders zusammen legte er ihn in eine riesige Wäschewanne in der Werkstatt. Dann rührten Kratze und er in einem großen Kübel Härter und PVC an und bereiteten sich auf den Guss vor.

»Seid bereit! Jetzt dürft ihr alle mit anfassen, meine Damen«, rief er aus, während ihm der Schweiß übers Gesicht lief und von der Nase tropfte. »So, jetzt kippt den Kübel um!«

Sie halfen alle mit, die Masse in die Wäschewanne zu füllen, während Snille und Kratze gleich wieder neuen Kunststoff anrühr-ten, bis der Bildstein schließlich komplett bedeckt war. Als sie alle zufrieden davorstanden und den Bildstein, der nun unter einer Kunststoffmasse begraben lag, ansahen, schrie Stina plötzlich auf.

»Oh nein, ich glaube, wir haben etwas vergessen.«

»Kann nicht sein«, sagte Snille selbstbewusst und stemmte die Hände in die Hüften. Dennoch sah er Stina verunsichert an.

»Wenn man etwas gießt, stellt man doch eine Form aus Ton her und schlägt dann den Ton kaputt, damit man an den gegossenen Gegenstand kommt. Aber wie machen wir das jetzt?«

Alle starrten auf den komplett begrabenen Bildstein, den sie gerade für alle Zeit in Kunststoff gegossen hatten.

»Wir haben vielleicht einen Denkfehler gemacht«, sagte Snille.

»Was heißt wir«, brummte Kratze.

Und so kam es, dass der große Goldcoup im Historischen Museum um zwei Wochen verschoben werden musste.

37

Der Zollbeamte Carlsson summte vor sich hin, während er die Bilder der Überwachungskamera vor der Handelsbank betrachtete. Mozarts *Kleine Nachtmusik* lief im Hintergrund, und er war irrwitzig gut gelaunt. Das war doch kein Vergleich zu den furchtbar langweiligen Aufnahmen, die er auf dem Flughafen ansehen musste. Hier bewegten sich Menschen auf dem Fußweg, manchmal kam ein Radfahrer, dann wieder ein Hund, und die Leute liefen einfach mit ihren Aktenkoffern, einer Latte macchiato oder dem Handy am Ohr vorbei. Mitunter kam es vor, dass jemand stolperte oder dastand und mit einem anderen schimpfte, und das konnte schon urkomisch aussehen. Er zoomte die Menschen näher heran, und sicherheitshalber hatte er auch noch Aufnahmen aus der Woche vor dem Überfall bestellt. Plötzlich hatte er das Gefühl, jemanden erkannt zu haben. Er spulte zurück und sah sich die Szene noch einmal an. In der Nähe der Handelsbank stand eine ältere Dame mit Mantel und Hut und führte ein Telefonat. Sie kam ihm bekannt vor, doch er konnte beim besten Willen nicht sagen, wo er sie schon einmal gesehen hatte. Er machte eine Notiz und fuhr mit dem Sichten der Aufnahmen fort. Na so was, da war sie ja noch einmal und sprach wieder in ihr Handy. Er beugte sich vor und zoomte sie nah heran. Doch, das Gesicht kannte er, aber wie sehr er sich auch anstrengte, ihm fiel einfach nicht ein, wer die Frau war. Aber früher oder später … Denn das war klar. Sie spielte eine Rolle für die Ermittlungen. Sie war in der Vorwoche nämlich auch schon dort gewesen. Und das konnte kein Zufall sein.

Frühling lag in der Luft, und die Seniorengang war in die Sauna am See gegangen. Wenn nicht gerade ein starker Wind aufgekommen wäre, hätte Kratze natürlich gern einen Kopfsprung gemacht, doch so drehte er am Ufer um und murmelte eine umständliche Erklärung, warum er gerade heute doch nicht vorhatte zu baden. Stattdessen ging er zu seiner Sonnenliege auf der Veranda zurück, wo alle anderen in ihren weißen Bademänteln hockten und sich entspannten. Aus einem mit Eis gefüllten Eimer angelte Märtha Saft, Bier und Cidre heraus und verteilte die Getränke. Sie sah aufs Wasser und spürte das altbekannte Kribbeln im Bauch, das sie immer bekam, wenn sie nervös war. Das passierte häufig, bevor etwas Großes geschah. Zum Beispiel ein Verbrechen. Die Bildsteine waren fertig, der Plan stand, und sie mussten nur noch die letzten Details durchsprechen.

»Liebe Freunde, morgen ist es so weit«, sagte sie. »Bitte denkt daran, mit der Beute ganz vorsichtig zu sein. Wir sprechen hier immerhin von Schwedens Nationalschatz.«

»Genau«, unterstützte sie Anna-Greta mit lauter Stimme. »Wir wollen das Gold nur leihen, und wenn wir es zurückbringen, soll es noch genauso schön sein wie vorher.«

Die anderen nickten, und so war die Sache beschlossen. Alle waren froh, dass es jetzt endlich losging. Die Vorbereitungen hatten länger gedauert als geplant, und die Herstellung der Bildsteine war viel schwieriger gewesen als gedacht. Zudem war es eine ziemliche Schmiererei. Am Ende war Snille und Kratze der Guss jedoch gelungen, und die Damen hatten weitergemacht. Dank Anna-Gretas Sammlung historischer Sachbücher hatten sie die Bildsteine unter Stinas Anleitung exakt kopieren können. Am Ende sahen sie mit ihren Schiffen und Figuren so echt aus, dass Kratze tatsächlich anfing, sich für Geschichte zu interessieren. Ein paar Kleinigkeiten wichen jedoch von den Originalen ab. Auf der Rückseite gab es eine Tür, so dass man den Stein begehen konnte, doch da die Schale aus Frigolit und PVC viel schwerer geworden war, als sie es sich vorgestellt hatten, konnten sie die Steine nicht einfach auf der Schulter tragen. Darum hatte Anders Snille geholfen, ein Holzgerüst auf Rädern anzufertigen. Darüber hinaus hatten sie die Steine mit nummerierten Haken ausgestattet, so dass sie das Gold innendrin aufhängen konnten. Danach hatten die fünf Freunde mit Gunnars Hilfe einen Anhänger gemietet, die Alarmanlage begutachtet und die Abläufe im Museum studiert. Jetzt stand »nur noch« *Der große Überfall* aus.

»Ja, meine Freunde. Schlaft heute Nacht gut. Morgen Abend schlagen wir zu.«

Märtha erhob das Glas, und sie stimmten ihre Nationalhymne an. Denn es war ja trotz alledem Schwedens Kulturerbe, auf das sie es abgesehen hatten …

38

Den ganzen Morgen lang hatten sie damit verbracht, den Bildsteinen den letzten Schliff zu geben, bis es schließlich so weit war, dass sie sie auf dem Hänger festzurren konnten. Jetzt tuckerte der Bus der Seniorengang mit Anders am Steuer durch den Stockholmer Stadtverkehr. Emma und er waren im Auftrag ihrer Mutter auf dem Weg zum Historischen Museum. Am Narvaväg bremste Anders und bog links zum Museum ab. Seine rechte Hand fuhr über die unrasierten Wangen.

»Wie gesagt, bei Mutter kehrt gerade keine Ruhe ein«, seufzte er.

Emma nickte müde.

»Jetzt begehen Mutter und die anderen wieder ein Verbrechen, was sollen wir tun?«

»Ich glaube nicht, dass wir viel dagegen tun können, aber betrachte die Sache doch mal so: Stina hat Freunde, und es geht ihr gut. Sie ist so fit, dass sie sogar manchmal bei dir babysitten kann. Und sie jammert nicht über Krämpfe oder darüber, wie allein sie ist, sondern kichert eher wie ein Teenager, wenn sie von den Diebstählen erzählt.«

»Das stimmt, da hast du recht.«

»Weil sie jede Art von Seniorenwohnung ablehnen, machen wir am besten weiter wie bisher und helfen, wo es geht.«

»Ja schon, aber sie haben doch gerade erst einen Coup hinter sich, deshalb dachte ich, jetzt kehrt erst mal Ruhe ein«, seufzte Emma. »Malin schläft nicht besonders gut, deshalb bin ich langsam etwas geschafft.«

Nach dem Überfall auf die Handelsbank hatten sowohl Emma

als auch Anders gedacht, sie könnten ihr behütetes Spießerleben wiederaufnehmen, aber nun waren sie erneut aus ihrem ruhigen Dasein gerissen worden. Und das nicht, um für eine müde, gebrechliche Mutter da zu sein, sondern um ihr bei der Durchführung von Überfällen zu helfen.

»Aber weißt du was? Wir können gar nichts dagegen sagen. Wir stecken ja mittlerweile selbst tief drin. Wenn Mutter geschnappt wird, dann sieht es für uns auch ganz schlecht aus.« Anders kratzte sich am Kinn.

Emma nahm sich ein Kaugummi und begann fieberhaft zu kauen. Wie viele Jahre standen auf Beihilfe zum Diebstahl? Oder in diesem Fall zum Raub von Altertumsdenkmälern?

»Wir haben keine Wahl, wir sitzen ziemlich in der Patsche. Aber ich finde, sie sollten einen Gang runterschalten. Das macht uns fertig.«

»Sag das nicht, wenn Märtha es hören kann. Dann zwingt sie dich auch zu ihren Gymnastikübungen.«

Emma musste lachen, dieses müde, ergebene Lachen einer geschlauchten Kleinkindmutter, die nächtelang nicht geschlafen hatte.

»Sieh mal, wir sind da. Fahr auf den Hof und halte vor der Treppe.«

Anders und sie trugen fleckige Restauratorenkittel und hatten ihren Besuch extra so geplant, dass sie zur Essenszeit ankamen. Dann war immer viel los, und sie würden kaum auffallen. Sie parkten, gingen zum Anhänger und hoben einen der Bildsteine heraus. Glücklicherweise sah man die Rollen nicht, weil sie versenkt waren, sonst wären sie in Erklärungsnot gekommen.

Als die Geschwister durch den Eingang kamen, grüßten sie das Personal freundlich und zogen weiter in Richtung Goldzimmer. Oberhalb der Treppe stellten sie den ersten Bildstein ab und gingen wieder hinaus, um die zwei anderen zu holen. Am Ende hängten sie neben den stattlichen Bildsteinen drei Museumstafeln auf, die auch einen englischen Text enthielten. Snille, der viele Sprachen konnte, hatte vorgeschlagen, die Schilder mit italienischem, spanischem, russischem und kroatischem Text zu versehen, doch da hatten die anderen protestiert. Die Schilder mussten genauso aussehen wie die anderen im Museum. Als Anders und Emma fertig waren, traten sie einen Schritt zurück. Die Bildsteine mit ihren Schiffen, Göttern und Legenden sahen richtig echt aus. Sogar Odins achtfüßiges Pferd Sleipner hatte Stina hinbekommen.

»Stell dir vor, dass Mutter jetzt auch noch fälschen kann«, sagte Anders, nicht ganz ohne Stolz in der Stimme.

»Sag bitte kopieren, nicht fälschen, jemand könnte uns hören«, flüsterte Emma. »Am besten gehen wir jetzt!« Und dann verließen Anders und sie eilig das Museum. Besser so schnell wie möglich wieder von der Bildfläche verschwinden, bevor zu viele von ihnen Notiz nahmen.

Am Abend kam die Seniorengang gemeinsam mit einer großen Schar von historisch Interessierten an, um den Abendvortrag über die Wikingerzeit im Museum zu hören. Ein etwas provokanter Referent, der erst kürzlich promoviert hatte, war zu dem Schluss gekommen, dass es die Wikinger nie gegeben hatte und dass sämtliche Forschungen der vergangenen fünfzig Jahre falsch waren. Alle Studien müssten noch einmal gemacht werden, behauptete er, und Märtha schoss von ihrem Platz hoch, um zu widersprechen, setzte sich jedoch schnell wieder hin. Sie sollte den Ball besser flach halten. Sehr flach.

Später am Abend, als das Wachpersonal die letzten Besucher des Vortrages hinausgeschickt hatte, hielten sich Märtha, Stina und Anna-Greta noch in den Toilettenräumen auf.

»Hätten wir uns nicht ein etwas angenehmeres Versteck ausdenken können?«, flüsterte Anna-Greta, die in einer Box eingezwängt stand.

»Wer reich sein will, muss leiden«, sagte Stina.

»Oder wer literarisch sein will«, brummte Anna-Greta.

»Hier gibt es keine Überwachungskameras, also zieht jetzt die Putzmäntel an und die Hauben auf«, forderte Märtha sie auf, die Stinas Dichtversuche nicht gehört hatte.

»Putzmantel und Haube«, wiederholten Stina und Anna-Greta gleichzeitig. Gleich darauf erklangen komische Geräusche aus den WC-Boxen, gepaart mit Ächzen und Stöhnen, weil die Damen versuchten, sich umzuziehen. Dann wurde es still.

»Fertig?«, fragte Märtha.

Als die beiden bejahten, vibrierte Märthas Handy. Das vereinbarte Zeichen. Märtha rief Kratzes SMS auf. Was sollte das denn? *Nht vdf kft hkl …* Sie schüttelte den Kopf. Offenbar hatte Kratze versucht, eine SMS mit dem automatischen Schreibprogramm zu verfassen, und das Einzige, was dabei herausgekommen war, war eine Reihe komischer Buchstabenkombinationen.

»Oh je, das ist schlecht«, sagte Märtha und wurde ganz blass. Warum wollte Kratze gerade jetzt zeigen, dass er mit der neuesten Technik vertraut war? Bedeutete das nun, dass die Luft rein war? Oder dass sie das nicht war? Jetzt musste sie schnell eine Entscheidung treffen.

»Kratze hat eine kryptische Mitteilung von seinem Nokia geschickt«, erklärte sie. »Jetzt ist es also so weit.« Und so verließen die drei Damen ihren vorübergehenden Aufenthaltsort und begaben sich zum Eingangsbereich.

Draußen auf dem Hof des Museums hatte Anders den VW-Bus geparkt, der nun zu einem modernen Firmenwagen mit dem Schriftzug SENIORENFRIEDEN an den Seiten umdekoriert war. Snille und Kratze stiegen aus dem Auto, öffneten die Seitentüren und holten zwei Putzwagen heraus. Dann schlossen sie die Türen, zupften ihre Putzkittel gerade und achteten darauf, dass sie keinen von den Wischmopps, Lappen und Besen vergaßen. Und Märthas Tasche nahmen sie auch mit. Darauf hatte sie bestanden, ihre Tasche sollte für Unvorhergesehenes am Fahrstuhl bereitliegen. Nachdem sie sich gründlich umgesehen hatten, gingen sie zum Behindertenaufzug im Erdgeschoss, schoben die Putzwagen hinein, stellten noch schnell Märthas Tasche ab und betraten den Lift. Dann drückten sie auf die Eingangsetage, und während der Fahrstuhl sich nach oben bewegte, wo sich der Eingang befand, bereiteten sie sich mental vor. Die Lifttüren öffneten sich, und sie stiegen aus. Und liefen zwei Wachleuten direkt in die Arme.

»Wir werden jetzt den Alarm auslösen«, sagte ein übereifriger, kurzgeschorener Mann, der etwa Mitte fünfzig war.

»Nein. Securitas wollte heute die Alarmanlage überprüfen. Deshalb übernehmen wir auch die Reinigung«, konterte Kratze und wedelte mit dem Wischmopp.

»Davon weiß ich nichts. Sie können morgen wiederkommen.«

»Nein, jetzt sind wir schon da. Das sehen Sie doch!«, fuhr Kratze fort und angelte ein Papier aus der Manteltasche, das voller Stempel war. Stina war in Hochform gewesen, als sie es erstellt hatte, und deswegen gab es kaum noch ein leeres Fleckchen auf dem Dokument. »Übrigens«, schob Kratze hinterher, »erledigen wir von der Firma Seniorenfrieden alle Putzjobs am Abend. Es ist Ihnen doch sicherlich sehr recht, dass das Putzpersonal für die Besucher unsichtbar ist, damit Sie nicht ihre billigen Arbeitskräfte zur Schau stellen.«

»Mhh«, sagte der Wachmann. »Einen Moment mal, das muss ich mit meinem Kollegen klären.« Er ging fort, doch als er zurückkam, tat er sehr überlegen und wies in Richtung Ausgang.

»Tut mir leid. Sie müssen ein anderes Mal wiederkommen. Diese Verantwortung übernehme ich nicht.«

»Das müssen Sie auch nicht«, antwortete Kratze und sah Snille an. Sein Kumpel sah ganz unglücklich aus. Jetzt kamen sie um eine Aktion nicht herum, die eigentlich nur für den Fall vorgesehen war, dass etwas schiefging. Aber jetzt war es so weit. Kratze machte ein Ablenkungsmanöver, und als der Wachmann Snille den Rücken zuwandte, hielt Snille ihm schnell das getränkte Putztuch vors Gesicht. Zweimal das Äthergemisch tief eingeatmet, und der Aufseher, der nicht mitspielen wollte, sank zu Boden. Kratze lief zu dessen Kollegen hinüber.

»Ihr Freund ist gerade umgekippt. Können Sie Herzmassage?«

Der jüngere Kollege sah, wie sein Kamerad leblos am Boden lag, wurde bleich und stürzte zu ihm. Aber als er sich hinunterbeugte und Snille den Rücken zuwandte, schlug Snille wieder zu.

»Willkommen im Club«, sagte er und drückte ihm den Putzlappen fest ins Gesicht.

»Was zu … wa«, brachte der Wachmann noch heraus, bevor auch er auf den Boden niedersank. Dann nahm Kratze das Handy, um noch eine SMS zu schicken, doch bevor er seine Mitteilung senden konnte, tauchten Märtha, Stina und Anna-Greta bereits auf. Sie nickten den Freunden diskret zu und machten sich auf in Richtung Goldzimmer. Sie gingen zu den Bildsteinen, die am Treppenabsatz standen, sahen sich um, öffneten die Türen und stiegen hinein – alle außer Anna-Greta, die ihre Brille zu Hause liegengelassen hatte und direkt gegen den echten Bildstein aus Gotland gelaufen war.

»Ach herrje«, murmelte sie geschafft und ging zu dem Stein, der daneben stand und aus Kunststoff war.

»Wir hätten die Bildsteine näher am Aufzug platzieren sollen«, antwortete Stina mit angestrengter Tunnelstimme aus ihrem Stein und pustete durch die Öffnung, die sich hinter einem alten Wikingersegel befand. »Ich hoffe nur, der Kohlendioxidgehalt steigt nicht zu sehr.«

»Wenn die Polizei sieht, dass sich die Bildsteine bewegen, werden sie glauben, dass die Bilder auf der Überwachungskamera falsch sind«, prustete Anna-Greta mit hallender Stimme aus ihrer Steinkopie heraus.

»Schhh. Reißt euch zusammen«, sagte Stina mit hohler, leicht unterdrückter Stimme. »Diese Tat verlangt unsere ganze Konzentration!«

Ihre Stimme klang durch den Stein so witzig, dass alle lachen mussten, und es dauerte eine ganze Weile, bis sie sich wieder gefasst hatten und Snille den Fahrstuhl nach unten steuern konnte. Als sie im Untergeschoss angekommen waren, erklang Märthas Stimme wie aus einer Büchse.

»Habt ihr alles dabei?«

»Sogar die Rauchbomben«, sagte Kratze und hielt eins seiner Reinigungsmittel hoch, in dem sich der neue Inhalt befand.

»Gut, gut«, erklang es aus den Steinen, und sie steuerten mit ihren Füßen und den Holzrädern auf den Wunschbrunnen mitten im Goldzimmer zu.

»Seid ihr bereit?«, fragte Kratze mit dem Reinigungsmittel in der Hand.

Aus den Steinen kamen unterschiedliche Laute, die Kratze als »ja« deutete. Im nächsten Moment segelte die Rauchbombe langsam in den Wunschbrunnen nieder.

39

Sobald der Rauch anfing, in den Augen zu brennen, bereute Snille, dass sie die Rauchbombe eingesetzt hatten. Hätten sie doch lieber Trockeneis verwendet oder einfach ein paar Löcher in die Feuerlöscher gebohrt! Jetzt sah man fast nichts mehr, und das würde es nicht gerade erleichtern, schnell zu arbeiten. Aber nun war es zu spät. Sie hatten nur ein paar Minuten Zeit.

Kratze und Snille liefen zu den Vitrinen, und dort kam Snilles neue Erfindung zum Einsatz. Stina hatte nämlich darauf hingewiesen, dass sich Verbrecher gern dadurch verrieten, dass sie immer auf die gleiche Art und Weise vorgingen. Also mussten sie sich etwas Neues ausdenken, und Snille hatte sein Bestes gegeben. In dem dichten Nebel fuhren die beiden Herren ihre Putzwagen hinter die Vitrinen und legten los. Kratze holte seine batteriebetriebene Bohrmaschine aus dem Schaft des Besens und begann, systematisch Löcher in die Kanten der Vitrinen zu bohren. Danach kam Snille mit seinem speziell präparierten Wischmopp. Mit einem schnellen Handgriff schob er die Stichsäge mit der Laserklinge heraus und sägte eine große Öffnung in die Rückseite der Vitrinen, was einen fürchterlich quietschenden Lärm verursachte. Dann kamen Märtha, Anna-Greta und Stina in ihren Bildsteinen. Langsam rollten die stattlichen Kulturdenkmäler vor, drehten ihre Rückseite zu den Vitrinen, wobei sich eine Tür nach der anderen öffnete und ein paar nicht mehr ganz straffe Oberarme zum Vorschein kamen. Die Zeit war knapp, und Märtha und ihre Freundinnen verschwendeten keine Sekunde. Die Hände mit Handschuhen geschützt, rafften sie das Gold zusammen und legten es in die schwarzen Mülltüten, die dieselben Nummern wie die Vitrinen hatten. Dann hängten sie die Tüten an die nummerierten Haken, die in den Steinen angebracht waren. Da die Damen diesen Teil mehrfach in der Werkstatt geübt hatten, ging alles glatt, aber vielleicht machte sie genau das auch ein wenig übermütig. Sie waren nicht ganz so vorsichtig, wie sie hätten sein sollen, und bemerkten nicht, dass im PVC Risse entstanden. Denn mit jeder Tüte, die mit dem schweren Gold gefüllt wurde, nahm die Belastung des Materials zu, und es knackte bedenklich in der Hülle.

»Dubidu, dubidu«, summte Märtha.

»Fields of Gold«, sang Anna-Greta in ihrem Stein, und Stina war richtig in Fahrt gekommen und summte »No Woman, No Cry«. Ja, in den Bildsteinen herrschte wirklich gute Stimmung, und dank der ausgefahrenen Räder konnten sich die drei auch richtig schnell bewegen. Die Vitrinen im Goldzimmer hatten sie in genau sieben Minuten leergeräumt.

»Zum Aufzug!«, rief Märtha schließlich keuchend aus ihrem Bildstein, woraufhin ihre Freundinnen sich rollend zurückbewegten, dicht gefolgt von Snille und Kratze. Aber diesmal waren die Damen etwas unvorsichtig und nahmen eine Abkürzung, bei der sie über eine kleine Türschwelle fahren mussten, was zur Folge hatte, dass die Tüten mit dem Gold darin zu schaukeln begannen. Das gab dem Kunststoff den Rest, und er zerbrach mit einem Krachen, so dass die Bildsteine zerfielen.

»Hoppala, das Material war wohl noch nicht ganz ausgehärtet«, sagte Snille unter einem Haufen Plastikteile.

»Und ich habe mich auf dich verlassen«, schimpfte Kratze.

»Meine Lieben, das war jetzt wirklich nicht vorgesehen«, jammerte Anna-Greta erschrocken und fischte sich ein paar Bildsteinscherben aus dem Haar.

»So, jetzt beeilt euch. Wir müssen die Reste einsammeln. Zum Glück haben wir die Putzwagen«, sagte Märtha und trieb die anderen an. »Und lasst bloß das Gold nicht liegen!«

Kratze und Snille halfen, und mit vereinten Kräften gelang es ihnen erstaunlich schnell, die Reste der Bildsteine in den Putzwagen zu verstauen. Zu guter Letzt lief Stina zum nächsten Feuerlöscher, zog den Sicherungsstift heraus und begann, alles um sich herum vollzusprühen.

»Aber liebe Stina. Diese Fingerabdrücke müssen wir doch nicht verwischen. Wir nehmen die Reste doch mit«, hustete Anna-Greta. Aber Stina kam nicht mehr dazu zu antworten, denn gerade, als sie die letzten Kunststoffscherben in die Putzwagen warfen, erklangen Polizeisirenen.

»Der Alarm ist ja gar nicht losgegangen!«, rief Snille erschrocken.

»Ach was, der Spezialalarm der Vitrinen geht direkt an die Polizei. Rennt!«, hetzte Märtha, und mit den Putzwagen voller Gold und Kunststoff eilten sie zum Aufzug. Aber gerade als sie sich mit ihrer Beute hineingezwängt hatten, fiel Märthas Blick auf etwas, das Kratze unter dem Arm hielt.

»Um Himmels willen! Den Prachthelm von Vendel, den darfst du doch nicht mitnehmen. Der ist von unschätzbarem Wert und über eintausendvierhundert Jahre alt!«

»Aber der ist wahnsinnig schick!«, protestierte Kratze.

»Egal. Gib ihn mir. Der ist unser Kulturerbe und absolut unersetzlich!«, antwortete Märtha stur und riss ihm den Helm aus dem Arm. »Rennt ihr zum Auto. Ich komme gleich nach«, fuhr sie fort, völlig außer Atem, und steuerte den Rückweg an. »Ich stelle ihn nur schnell zurück.«

»Dann leg ihn nur vor den Aufzug«, sagte Snille, doch Märtha war schon losgerannt. Er zögerte und wollte gerade auf den Knopf drücken, um den Fahrstuhl nach unten zu bewegen, da bemerkte er, dass sie bereits angekommen waren. Jetzt galt es, die Putzwagen ganz schnell hinauszuschieben und zur Tür zu gelangen. Er vertraute darauf, dass Märtha nachkommen würde. Sie rannten vor zur Tür, doch als sie sie gerade öffnen wollten, hörten sie das Martinshorn aus allernächster Nähe. Draußen hielten zwei Wagen mit quietschenden Bremsen. Snille schielte vorsichtig hinaus und sah, dass die Polizei und die Leute von Securitas schon die Treppe hinaufliefen. Als sie nicht mehr in Sicht waren, nickte er den anderen zu, und so gingen sie still und leise mit ihren Putzwagen hinaus zu ihrem Auto, das etwas weiter weg an der Straße geparkt war.

»Puuh, das war knapp«, sagte Kratze, als sie die Putzwagen verstaut und die Türen geschlossen hatten. »Aber wo ist denn bloß Märtha?«

Mit dem kostbaren Helm unter dem Arm rannte Märtha zurück ins Goldzimmer, kochend vor Wut. Kratzes Streich war schon sehr abenteuerlich. Auf Gold hatten sie sich ja geeinigt, aber dies hier war ein Helm aus Eisen und Bronze und außerdem einzigartig auf der ganzen Welt. Sie musste ihn in die Vitrine zurückstellen, damit er nicht beschädigt wurde. Die erste Vitrine von links, dort hatte er gestanden. Sie griff von hinten hinein und stellte ihn zurück. Komisch, dachte sie, warum ging es mit Männern immer durch, wenn sie Pistolen, Schwerter oder Helme sahen? Lag das an der allgemeinen Wehrpflicht, hatten sie das im Blut, oder waren sie so erzogen worden? Nein, Männer mussten irgend so ein Kriegsgen in sich tragen, das glaubte sie eher, und nun rannte sie zurück zum Aufzug, wo ihre geblümte Stofftasche lag. Da merkte sie, dass sie schon im Untergeschoss war, und eilte zur Ausgangstür. Sie drückte sie auf, flitzte hinaus und lief zwei Polizeibeamten direkt in die Arme.

40

Wie elegant! Märtha sah sich in dem geschmackvoll eingerichteten Büro auf der Polizeiwache um, in dem Möbel und Farben bis ins kleinste Detail durchdacht waren. So schön eingerichtete Zimmer sah man sonst nur in den Unterhaltungsfilmen im Fernsehen, ja, hier fehlte eigentlich nur noch Kerzenlicht. Schade, dass sie unter so äußerst unangenehmen Umständen hierhergekommen war, es wäre netter gewesen, sie hätte alles in Ruhe genießen können. Sie zupfte ihr Haar zurecht und hielt die geblümte Stofftasche ganz fest. So fühlte sie sich nicht ganz so verloren. Die Polizei hatte ihr die Tasche erst verweigert, aber dann hatte sie den Beamten erzählt, sie müsse sie bei sich haben, denn sonst bestände die Gefahr, dass sie an einem plötzlichen Herzanfall sterben würde. Man soll ältere Damen nicht aufregen, erklärte sie und hob mahnend den Zeigefinger. Keiner wagte es, sich dagegenzustellen.

Der Polizist hatte sie eine Stunde lang verhört, aber sie hatte nichts preisgegeben. Hatte nur über das Wetter gesprochen und die wunderschönen Möbel im Polizeibüro und hatte Blomberg Komplimente für seinen auffallend guten Geschmack gemacht. Sie hatte schöne Worte für die Farben im Zimmer gefunden und immer wieder auf den gemütlichen Hocker vor dem Sessel gezeigt. Aber am schönsten sei das Aquarium, hatte sie hin und wieder mit ausholender Gestik gerufen. So schöne Steine und Pflanzen und diese herrlichen Goldfische! Dazwischen tat sie verwirrt, und das hatte sie nun schon so lange durchgehalten, dass sie völlig erschöpft war. Blomberg blätterte seine Unterlagen durch.

»Was für ein hübsches Aquarium, Herr Wachtmeister!«, sagte sie noch einmal und lächelte. Ihr war aufgefallen, dass die Steinchen am Boden unglaublich funkelten. Genau wie Diamanten.

»Jetzt hören Sie mir mal ein letztes Mal genau zu, Frau Anderson. Das Aquarium gehört mir gar nicht, es gehört Herrn Carlsson, meinem Kollegen. Und jetzt reden wir über das Gold, nicht über die Fische. Also, jemand hat das Gold aus dem Historischen Museum gestohlen und ...

»So eine Unverschämtheit!«

»Was haben Sie mitten in der Nacht im Historischen Museum gemacht?« Blomberg sah grimmig aus.

»Ich habe meinen Mann gesucht. Der Alarm ging los, und da bin ich ins Museum gerannt, um nachzusehen, ob er dort ist.«

»Mitten in der Nacht?«

»Na, gerade dann suchen doch Frauen ihre Männer.«

»Wie bitte?«

»Ich sage nur Escortdamen! Der Herr Wachtmeister wird so was doch wohl kennen?«

Blomberg wurde unbeabsichtigt rot im Gesicht.

»Jemand hat die Vitrinen im Goldzimmer aufgebrochen. Was sagen Sie dazu?«

»Ach wie nett, haben Sie da meinen Mann gesehen?«

»Wir sind dabei, ein Verbrechen aufzuklären. Die Sache ist ernst.«

»Liebe ist ernst. Immer. Sie haben so schöne Augen, Herr Wachtmeister.«

Zu seinem Ärger wurde Blomberg schon wieder rot.

»Das ist nicht der Gegenstand unseres Gesprächs.«

»Keine Ausflüchte. Sind Sie verheiratet?«

»Sie stehen unter Verdacht, das Gold aus den Vitrinen im Goldzimmer gestohlen zu haben ...«

»Wenn Sie das sagen. Das freut mich. Werden wir da zusammen wohnen?«

Kommissar Blomberg stöhnte auf, wischte sich den Schweiß von der Stirn und wusste nicht mehr, was er tun sollte. Da stand Märtha ohne Vorwarnung auf und ging zum Aquarium.

»Nein, wie schön das aussieht! Darf ich vielleicht ein paar Fische mitnehmen?«

»Was sagen Sie da?«

»Haben Sie die gesehen – die Goldfische? Sind die gestohlen worden?«

Märtha fing an, so schallend zu lachen, dass es Blomberg nun reichte. Nicht eine Sekunde länger hielt er es mit dieser verwirrten Tante aus. Er legte die Unterlagen zur Seite.

»Ich denke, wir setzen dieses Verhör an einem anderen Tag fort.«

»Ja, gerne. Wir sehen uns also wieder? Dann kann ich ein bisschen Futter für die Fische mitbringen.«

Blomberg unterdrückte ein Seufzen und ging auf Märtha zu. Da umarmte sie ihn so plötzlich, dass er nach hinten fiel.

»Was für eine wunderbare Zeit wir hier zusammen hatten.«

»Es wird das Beste sein, wenn ich Ihnen ein Taxi rufe«, sagte Blomberg.

»Tun Sie das, Herr Wachtmeister, aber bitte einen Rennwagen«, rief Märtha begeistert. Blomberg ignorierte ihre Bemerkung und rief einen Kollegen. Der junge Assistent lotste Märtha aus dem Zimmer, und vor dem Aufzug stieß sie auf einen rundlichen, mittelalten Polizisten mit sehr modernem Haarschnitt.

»Wer war das denn?«, fragte sie den Assistenten, weil ihr der andere Mann bekannt vorkam.

»Ach, das ist dieser Carlsson«, antwortete der Assistent und stieg mit Märtha in den Fahrstuhl. Sie fuhren ins Erdgeschoss, gingen hinaus, und der junge Mann half ihr in das Taxi, das sie bestellt hatten.

»Zum Stureschwimmbad«, sagte Märtha. Das Polizeitaxi sollte sie nicht nach Hause bringen. Wirklich nicht. Von Stina wusste sie, wie wichtig es war, falsche Fährten zu legen.

In seinem Büro setzte sich Blomberg seufzend wieder auf seinen Schreibtischstuhl. Er sah aus dem Fenster und wusste nicht, was er tun sollte. Nicht ein vernünftiges Wort war aus dieser Tante herauszukriegen gewesen. Aber im Grunde war sie ja lieb und nett, deshalb konnte er ihr auch nicht wirklich böse sein. Manchmal war es nicht einfach, alt zu werden, und sie war ja nicht bösartig gewesen. Nein, nur fröhlich und durcheinander.

Dann erklangen schnelle Schritte, und der Zollbeamte Carlsson öffnete die Tür. Er schien aufgeregt.

»Blomberg, wissen Sie was? Die alte Dame kenne ich.«

41

Der Anführer der HadesEngel, Olle Marling, ging hinüber ins Clubhaus, um sich ein Bier zu holen. Er nahm ein Carlsberg von der Theke, trank ein paar Schlucke und stellte es auf dem nächsten Tisch ab. Da fiel sein Blick auf die Schaufensterpuppe. Voll cool, dieses Ding, dachte er, und sah sie sich genauer an. Lebensgroß und super Lederklamotten. Aber als er sie von allen Seiten betrachtete, fiel ihm das Logo der BandAngels auf. Mist! Er wollte es entfernen, aber es saß fest. Dann versuchte er, der Puppe die Kleider auszuziehen, aber das funktionierte auch nicht, die Ausstattung saß wie angeklebt. Verärgert suchte er nach etwas, mit dem er das Logo entfernen könnte, und griff erst zu einem Messer und dann zu einer Gabel. Doch das klappte auch nicht, und ihm wurde klar, dass er die Kleider der Puppe kaputtreißen würde, wenn er so weitermachte. Er ging in die Küche und bemerkte, dass der Spülenunterschrank offen stand. Vielleicht war dort etwas zu finden. Er sah ein paar Lappen, Putzmittel, ein Kehrblech und ein Bügeleisen. Natürlich, das Bügeleisen, das war die Lösung! Er ging zurück an die Theke, steckte das Bügeleisen in die nächste Steckdose und begann, mit ruhigen und gleichmäßigen Bewegungen über das Logo zu bügeln. Der Kleber wurde flüssig. Zufrieden legte er die Schaufensterpuppe auf den Boden, um den Rest zu entfernen. Das Logo bewegte sich nun etwas, doch als er daran zog, stellte er fest, dass es noch nicht ganz lose war. Er drückte das Bügeleisen wieder auf die Puppe und zündete sich eine Zigarette an. Aber gerade, als er den ersten Zug nehmen wollte, fing die Puppe Feuer. Er sah sich nach einem Feuerlöscher um, fand aber keinen und griff schnell nach dem Sodawasser, das in der Bar stand. Er öffnete eilig den Verschluss und goss Schweppes und Limonade über das Feuer. Am Ende zog er den Teppich, der vor der Theke lag, heran und legte ihn über die brennende Puppe. Als der Brand gelöscht war, stellte er die Schaufensterpuppe wieder hin. Die Lederjacke war zur Hälfte verkohlt, die Hose hatte einen Rauchschaden, und die Puppe stank nach angebranntem Kohl! So ein Ärger! Mit einer Tirade Schimpfworte trat er dagegen und warf sie in eine Ecke. Dabei knickte ihr Kopf ab und hing nun schief, doch das war ihm egal. Stattdessen machte er die Küche wieder sauber, legte den Teppich zurück an seinen Ort und verließ den Raum. Man sollte doch lieber darauf achten, keinen Kater zu bekommen, dachte er. Man bekommt davon Kopfschmerzen und vermasselt das meiste.

Die Seniorengang ließ keine Zeit verstreichen. Sobald sie mit dem Diebesgut zu Hause angekommen waren, legten sie los. Langsam wurde es hell, und alle waren hundemüde, aber was man einmal angefangen hat, das bringt man auch zu Ende. Fröhlich und sehr zufrieden über ihren Einfallsreichtum packten sie das Gold in schwarze Mülltüten, kippten Erde darüber und setzten eine kleine, hübsche Pflanze obendrauf. Das hatten sie im Fernsehen gesehen, so bereiteten Gärtner die Pflanzungen für den Sommer vor, und wenn das die Profis konnten, dann konnten sie das auch. Ihre Beete an der Fliederlaube sollten aussehen wie alle anderen und keinen Verdacht erregen. Danach gönnten sie sich ein paar Stunden Schlaf, bevor der nächste Arbeitseinsatz anstand. Gunnar hielt Wache, während die fünf mit Kratze an der Spitze in den Garten hinausmarschierten, um die Beute zu verstecken. Leider hatten sie nicht das gesamte Gold mitnehmen können, und einige der teuersten Prachtfunde waren im Museum zurückgeblieben, aber ein bisschen Schwund musste man immer einkalkulieren. Oder wie Märtha zu sagen pflegte, man kann im Leben nicht alles haben, und fünfunddreißig Kilo Gold waren auch nicht zu verachten.

Die Sonne stand hoch am Himmel, als sie zur Fliederlaube hinüberspazierten, und während Märtha Kaffee und Waffeln auf den Tisch stellte, begannen Kratze und Snille, das Gold zu vergraben. Anna-Greta und Stina waren ans Ende des Gartens gegangen, um Dünger zu holen, denn Anna-Greta hatte plötzlich, wie sie sagte, »eine viel bessere Idee«, und Stina hatte sie gleich durchschaut. Kurz darauf kamen sie mit einer Schubkarre voller Mist wieder zurück.

»Jungs«, sagte Anna-Greta und machte ein ernstes Gesicht. »Am besten legt ihr das Gold in den Misthaufen. Da wird im Leben keiner danach suchen.«

»Und wenn doch?«, brummte Kratze und lehnte sich auf seinen Spaten.

»Wenn euch jemand beobachtet, wie ihr hier im Garten grabt, und sich fragt, was ihr da in die Beete legt, dann sehen wir alt aus. Aber den Misthaufen fasst niemand freiwillig an«, fuhr Anna-Greta fort.

Es wurde ganz still, Kratze sah irritiert aus, und Snille hörte auf zu graben.

»Habt ihr nicht bemerkt, dass die BandAngels unser Haus ab und zu von oben beobachten?«, fragte Märtha und mischte sich in das Gespräch ein. »Ich bin für Anna-Gretas Vorschlag und stimme für den Misthaufen.«

»Fünfunddreißig Kilo Gold in einem Misthaufen«, sagte Stina verängstigt und war kurz davor, ihre Meinung zu ändern. »Das klingt trotz allem sehr, sehr abenteuerlich.«

»Ja, aber wir können doch ein paar Tannennadeln und einen Ameisenhaufen daraufsetzen«, schlug Kratze vor und versuchte, zuversichtlich zu sein. Stina hatte ihm vorgeworfen, dass er immerzu meckerte, und jetzt wollte er beweisen, dass er auch positiv denken konnte. Denn er wünschte sich von ganzem Herzen, sie zurückzugewinnen. Das Aquarell hatte noch nicht die erwünschte

Wirkung erzielt, und es dauerte länger, als er gedacht hatte, die kleinen Ausflüge zur Ziegelvilla wiedergutzumachen. Dass Frauen auch immer so viel Ärger machen mussten! Ein kleines Abenteuer war doch nicht die Welt!

»Ameisenhaufen? Du bist ganz schön raffiniert, Kratze«, sagte Stina und lächelte über das ganze Gesicht.

»Danke«, sagte er mit belegter Stimme und griff nach ihrer Hand, die voller Erde war. Und er brauchte das auch, denn mit Lillemor war es endgültig vorbei. Als er die letzten Male zur Ziegelsteinvilla hinübergeschlichen war, war sie nur mit Ausreden gekommen, oder er hatte von drinnen Tompas Stimme gehört. Mit Stina war die Sache anders. Sie war bodenständig und treu, ja, auf sie konnte man sich einfach verlassen.

»Aber«, überlegte Anna-Greta. »Stellt euch vor, einer kommt auf die Idee, den Mist zu klauen. Ja, zum Beispiel unsere lieben Nachbarn.«

Jetzt trat wieder Stille ein, und alle dachten eine Weile über das nach, was Anna-Greta gesagt hatte.

»Ich finde, wir sollten es so machen, wie es ursprünglich geplant war. Das Gold vergraben und dann vielleicht obendrauf noch etwas Mist legen. Und den Ameisenhaufen«, sagte Snille.

Dieser Kompromiss gefiel auch den anderen, und so machten sie sich an die Arbeit. Am Ende stellten sie Spaten und Harken wieder zurück in den Geräteschuppen.

»Also. Jetzt fehlt nur noch der Brief. Dafür setzen wir uns am besten in die Laube«, schlug Märtha vor. »Das inspiriert.«

»Habt ihr euch überlegt, dass es jetzt um Erpressung geht?«, sagte Stina.

»Ach ja, das ist nicht so schlimm«, hielt Snille dagegen. »Im Grunde leihen wir das Gold ja nur vorübergehend. Das, was wir als Lösegeld bekommen, geht ja wieder an die Altenpflege, die Schulen, Kultureinrichtungen und so weiter. Der Staat bekommt doch alles zurück.«

»Genau, aber langsam muss man sich um ziemlich vieles kümmern, weil die Fürsorge völlig ausgehöhlt wird«, seufzte Märtha. »Zudem hat sich unsere Gesellschaft sehr verändert und ein eigenartiges Menschenbild entwickelt. Jeder denkt nur noch an sich, man kümmert sich gar nicht mehr um die anderen, so wie es früher gewesen ist. Wenn es so weitergeht, können wir bald Tag und Nacht arbeiten.«

Sie zogen sich in die Fliederlaube zurück, und Märtha servierte wie immer den Kaffee mit Waffeln und den Moltebeerenlikör. Sie beratschlagten über verschiedene Formulierungen, und wie immer hatte Märtha Block und Stift dabei. Sie schrieb die Vorschläge auf.

Wir sind im Besitz der Schätze des Goldzimmers. Sie können für das schwedische Reich nur dann gerettet werden, wenn Sie ein Lösegeld von fünfhundert Millionen Kronen zahlen – Geld, das direkt an Altenheime, Krankenhäuser, Asylheime und Schulen überwiesen werden soll. Erst wenn die Auszahlungen gemäß der anhängenden Liste mit Kontonummern geschehen sind, bekommen Sie das Gold zurück. Versuchen Sie keine Tricks, wir können uns in all Ihre Konten einhacken und kontrollieren, ob die Buchungsaufträge ausgeführt worden sind. Wenn Sie sich weigern, das zu tun, können wir in den Staatsfinanzen einiges anrichten.

Diesen letzten Satz fand Märtha jugendlich und frech, und zudem war er eine falsche Fährte. Dann würde die Polizei denken, dass Jugendliche das Gold gestohlen hätten, um den Älteren und anderen Menschen in der Gesellschaft, denen es schlechtging, das Leben leichter zu machen. Auf der anderen Seite, dieser Hinweis, dass man die Staatsfinanzen durcheinanderbringen könne, war vielleicht gar keine Drohung, weil das ja an der Tagesordnung war, meinte Anna-Greta. Dann druckste Kratze herum und brachte schließlich hervor, dass er von seinem Sohn seit einem halben Jahr nichts mehr gehört habe und dass es wohl eher unwahrscheinlich sei, dass sich die Jugend von heute über andere Gedanken mache, schon gar nicht über die Älteren, denn sie denke doch nur an sich selbst. Und somit könne der Brief wohl kaum von einem Jugendlichen geschrieben worden sein, meinte er. Aber da widersprachen alle und sagten, dass sein vierzigjähriger Sohn Nils nun wirklich schon erwachsen sei, und sobald er an Land durfte, würde er bestimmt zu Besuch kommen. Heutzutage gab es nicht mehr so viele Landgänge wie früher, und das war sicher der Grund für seine spärlichen Besuche.

»Du musst dir keine Sorgen machen. Er ruft bestimmt bald an. Das hat er immer getan«, tröstete Stina ihn, und dann wandten sie sich wieder dem Brieftext zu. Snille vertrat die Meinung, dass diese Drohung, die Staatsfinanzen durcheinanderzubringen, wohl leicht übertrieben sei, aber Märtha behauptete stocksteif, dass das ganz schnell getan sei, denn die Regierungen aller Länder schafften das schließlich auch jeden Tag. Anna-Greta nickte und erfreute sich ganz besonders an der Formulierung »das schwedische Reich«, denn das klang so kultiviert und zeigte, dass die Erpresser keine hergelaufenen Banausen waren, sondern über eine gewisse Bildung verfügten.

»Und dann dürfen wir nicht vergessen, die Adressen und Konten anzugeben, damit das Geld auch an der richtigen Stelle landet. Und darauf hinzuweisen, dass Musik, Kunst und Theater mindestens fünfzig Millionen bekommen müssen«, sagte sie.

Märtha fügte den letzten Satz über die Kultur hinzu, und dann schaltete Gunnar sein iPad an, woraufhin sie alle Adressen und Bankverbindungen von Altenheimen, Asylantenheimen, Museen, Schulen und anderen Institutionen, die von Einsparungen betroffen waren, heraussuchten. Aber als die anderen bemerkten, dass Märtha auch das Historische Museum dazugeschrieben hatte, waren sie irritiert.

»Erst klauen wir das Gold aus dem Museum, und dann willst du, dass der Staat sich engagiert und Spenden an es überweist. Jetzt verstehe ich gar nichts mehr«, sagte Anna-Greta.

»Aber das ist doch genau so wie mit den Banken«, antwortete Märtha. »Erst nehmen sie das Geld von den Leuten, und wenn sie es veruntreut haben, gehen sie zum Staat und beantragen Unterstützung. Was glaubt ihr, wer mich da inspiriert hat?«

»Natürlich die Banken«, sagten alle wie aus einem Munde, und dann schwiegen sie wieder und gaben sich weiteren philosophischen Überlegungen hin.

Die Seniorengang arbeitete weiter und suchte Bankverbindungen und Adressen heraus und hatte am Ende eine lange Liste zusammengetragen. Alle waren zufrieden, bis auf Anna-Greta.

»Aber wollen wir denn selbst gar nichts von dem Goldraub für uns behalten, immerhin hatten wir doch auch die ganze Arbeit. Außerdem haben wir in die Recherche und das Gießen der Bildsteine verdammt viel Zeit investiert.«

»Man kann auf verschiedene Art und Weise reich werden«, antwortete Märtha belehrend. »An andere Geld zu verschenken macht einen auch reich. Das ist innerer Reichtum. Jetzt schreiben wir die Adressen auf.«

»Aber ehrlich gesagt, wir, die vor dem Computer gesessen und uns Mühe gegeben haben, alle Informationen zu bekommen … Eine kleine Anerkennung hätten wir doch auch verdient«, schob Gunnar hinterher. Anna-Greta sah ihn strahlend an. Genauso hatte sie es auch gemeint, aber um des lieben Friedens willen nicht gewagt, die Dinge beim Wort zu nennen.

»Ja, wir müssen schließlich auch etwas zum Leben haben«, schob Stina zustimmend hinterher.

»Okay, verstehe«, sagte Märtha. »Das kriegen wir hin. Solange wir nicht wie diese Finanzhaie werden, die das Geld auf die Seite legen und ständig nach mehr gieren. Oder wie die Typen, die das Gesetz in ihrem Sinne auslegen und am Ende nicht mehr zwischen gut und böse unterscheiden können.«

»Ob wir es nun so oder so auslegen«, sagte Kratze. »Ich weiß ja nicht, ob wir als Vorbild durchgehen, aber wie auch immer, wir brauchen was zu beißen.«

»Ja, ja, ich weiß«, sagte Märtha. »Denkt an die Golftasche und das Las-Vegas-Geld. Früher oder später treiben wir es wieder auf, und dann regelt sich alles.«

Da alle wussten, dass Märtha gerade jetzt kein Ohr für Widersprüche hatte, gingen sie ins Haus zurück und machten sich daran, den Erpresserbrief fertigzuschreiben. Diesmal mussten sie nichts aus alten Zeitungen ausschneiden und zusammenkleben oder etwas ähnlich Altmodisches, nein, Snille hatte auf dem Recyclinghof in Nacka einen voll funktionsfähigen Computer mitgenommen. Von dem verschickten sie den Erpresserbrief per Mail und beendeten diesen langen Tag damit, dass sie den PC vom Bootssteg warfen und danach mit Likör anstießen.

Als Märtha an diesem Abend zu Bett ging, war sie sehr müde und fiel sofort in den Schlaf. Aber zur Wolfsstunde, etwa um 4 Uhr, erwachte sie mit einem Ruck. Jetzt erinnerte sie sich, wer dieser Carlsson gewesen war, der ihr auf der Polizeiwache über den Weg gelaufen war. Das war der Zollbeamte von Årlanda, der die Golftasche hatte sehen wollen. Er war der Letzte, der sie in Besitz genommen hatte. Was war geschehen, nachdem sie die Tasche auf dem Tisch vergessen hatten? Niemand hatte beweisen können, dass die Tasche vernichtet worden war, es hatte sie aber auch keiner im Abstellraum oder der Fundsachenabteilung gesichtet. Und was hatte Blomberg noch über das Aquarium gesagt? Dass es nicht ihm gehörte …

Kommissar Blomberg saß tief versunken über den Ermittlungsunterlagen, als der Anruf kam. Der Zollbeamte Carlsson hatte einen Insidertipp bekommen, der den Diebstahl im Historischen Museum betraf, und hatte den Zeugen sofort gebeten, nach Kronoberg zu kommen.

»Die Gelegenheit muss man wahrnehmen«, sagte Carlsson, während er gleichzeitig bedauerte, dass er selbst dem Verhör nicht beiwohnen konnte, weil er Hockeytraining hatte. »Aber Sie sind ja ein echter Profi, und wenn Sie möchten, können Sie gern meinen Sessel benutzen«, sagte er abschließend und eilte mit seiner Sporttasche und dem Hockeyschläger zur Tür hinaus. Blomberg seufzte, der Zollbeamte Carlsson hatte es wirklich verstanden, sich ins rechte Licht zu rücken. Das Telefon klingelte, und der diensthabende Pförtner meldete sich noch einmal wegen des Besuchs.

»Ja, schicken Sie den Informanten hinauf!«, sagte Blomberg müde.

»Gut, Frau Anderson ist unterwegs«, antwortete der Kollege, und kaum hatte Blomberg ihren Namen gehört, war er wieder wach.

»Was sagen Sie? Nein, die lassen Sie bitte keinesfalls herein! Nicht diese Tante. Wie, es ist schon zu spät? Sie wird gleich hier sein? Aber …«

Es klopfte an der Tür, und bevor er sich von dem Schreck erholen konnte, ging sie mit ordentlichem Schwung sperrangelweit auf. Diesmal trug Frau Anderson einen eleganten Hut, ein schickes Kostüm und ihre große, geblümte Stofftasche. Sie duftete nach Parfüm.

»Ja hallo, Herr Kommissar Blomberg, wie schön, Sie zu sehen!«, sagte Märtha und legte die Tasche auf dem Tisch ab. »Wir sitzen doch sicher hier, wenn Sie mich vernehmen wollen, nicht wahr?«, fügte sie hinzu und setzte sich auf denselben Platz wie beim ersten Mal.

»Vernehmen?«

»Ja, weil ich eine heiße Spur habe, müssen Sie wissen. Und die Sache ist wichtig, Sie schreiben besser gleich mit.«

Blomberg warf Märtha einen müden Blick zu und setzte sich widerwillig auf die andere Seite des Tisches.

»Und?«

»Das Historische Museum und das Gold, das verschwunden ist, Sie wissen doch …«

»Ja, wir haben uns bereits darüber unterhalten.«

»Ich habe einen Verdächtigen gesehen, als ich dort war.«

»Ich dachte, Sie hätten Ihren Mann gesucht.« Blombergs Stimme war säuerlich wie Essig.

»Nein, nicht ihn, er ist tot. Nein, ich habe gesehen, wie ein Streifenwagen vor dem Museum vorfuhr. Ich glaube, dass das ein Polizeiauto mit falschem Kennzeichen war, dass es nur so gespritzt war wie ein Streifenwagen. So was hört man ja heutzutage sehr oft.«

»Natürlich, ein Streifenwagen mit falschem Kennzeichen …« Blomberg hatte das Aufnahmegerät noch nicht angestellt.

»Dann habe ich auch Diebe gesehen«, fuhr Märtha fort. »Sie trugen Lederwesten, auf denen ›HadesEngel‹ stand. Sie sind mit zwei Männern von den Grandidos ins Goldzimmer gegangen.«

»Ganz bestimmt. Weil die so gute Freunde sind …«

»Sie haben sich ganz herzlich umarmt, das können Sie mir glauben.«

»Liebe auf den ersten Blick«, brummte Blomberg.

»Dann haben sie Bier getrunken und im Wunschbrunnen gebadet. Wirklich richtig nett. Das hätten Sie erleben müssen! Aber was sehe ich denn da? Sie haben meine Aussage ja gar nicht aufgezeichnet, Herr Wachtmeister. Schämen Sie sich!« Märtha sah Blomberg scharf an, so dass er nicht anders konnte, als das Aufnahmegerät anzuschalten.

»Und wissen Sie, was die Jungs dann gesagt haben?«, fuhr Märtha fort. »Ja, dass sie all ihre Frauen miteinander teilen wollten. Gerade so, als seien wir Frauen eine Handelsware. Ist das nicht ein übles Frauenbild, Herr Wachtmeister? Nein, da mache ich nicht mit.«

»Ich weiß nicht, ob das bei Ihnen noch aktuell ist. Sie müssen sich bestimmt keine Sorgen machen.«

»Wie bitte? Schämen Sie sich, Herr Wachtmeister! Nur weil ich sechzig plus bin, müssen Sie mir nicht auf die Nase binden, dass ich als Frau nicht mehr tauge. Das war jetzt wirklich gemein von Ihnen! Jetzt haben Sie mich richtig beleidigt. Dafür erfahren Sie jetzt auch nicht von mir, wer das Gold geklaut hat. Guten Morgen, Kapitän!«, sagte Märtha und sprang so schwungvoll auf, dass der Stuhl umkippte.

»Ja, guten Morgen«, sagte Blomberg erleichtert und machte das Aufnahmegerät aus, froh, sie so schnell wieder los zu sein.

»Ach so, da war doch noch was. Ich habe ja das Fischfutter dabei«, sagte Märtha plötzlich, als sie schon auf halbem Wege zur Tür war.

»Ich weiß nicht, ob das nötig ist …«

»Aber ja«, sagte Märtha, öffnete ihre Stofftasche und holte eine Plastiktüte mit Fischfutter heraus. Bevor Blomberg reagieren konnte, stand sie schon vor dem Aquarium.

»Kommt her, kleine Fischlein, hier gibt es was zu essen!«

Blomberg stolperte über den Designerteppich, und bevor er bei Märtha war, hatte diese bereits so viel Fischinnereien ins Aquarium gekippt, dass das Wasser ganz trübe wurde und die Fische in alle Richtungen flüchteten. Da fiel Märthas Uhr ins Wasser.

»Na so was, Herr Wachmeister, was für ein Missgeschick! Meine beste Uhr!«, sagte sie und steckte ihre Hand tief ins Aquarium. Dann füllte sie die leere Tüte mit Kies und den Steinchen vom Boden und langte sicherheitshalber noch einmal richtig zu, bevor sie die Uhr herausfischte und sie obendrauf legte.

»Halleluja, Kapitän. Alles in Ordnung. Was für ein Glück, dass meine Uhr wasserdicht ist!«, rief sie und tätschelte ihm mit feuchter Hand die Wange. Dann legte sie die Tüte mit dem Kies aus dem Aquarium in eine Einkaufstüte und steckte diese in ihre Handtasche.

»So. Jetzt hoffe ich, dass die Fische glücklich sind.«

»Sie meinen, die, die noch leben …«

»Leben Sie wohl, Herr Wachtmeister. Ich hoffe, Sie haben genau aufgeschrieben, was ich gesagt haben, damit Sie diese Diebe vom Museum auch fassen. Die hatten so fürchterliche Tätowierungen. Haben Sie so was auch, Herr Wachtmeister?«

Blomberg packte Märtha am Arm und zeigte ihr freundlich, aber bestimmt den Weg zur Tür.

Als sie aus der Polizeiwache kam, ging sie zu einem Wagen, der etwas weiter vorn in der Straße stand, und klopfte an die Fensterscheibe. Anders lächelte und öffnete die Tür.

»So, jetzt können wir fahren. Das hättest du sehen sollen! Blomberg hat völlig die Nerven verloren, als er mich wiedergesehen hat«, kicherte Märtha.

»Hast du die Diamanten?«

»Ja, ja, und ein paar Fischabfälle auch.«

42

Snille öffnete das Fenster, reckte und streckte sich und sog genüsslich die milden Düfte des Frühlings ein. Heute würde er den Tag mit Märtha und seinen Freunden verbringen, Erdbeertee mit Moltebeerenlikör trinken (was Märthas neue kulinarische Entdeckung war), Stinas frischgebackene Zimtschnecken essen, Computerspiele spielen und natürlich die Motorräder beobachten, die am Haus vorbeikamen und den Berg hinauffuhren. Obwohl die Rocker schon manchmal gefährlich wirkten, dürfte doch eigentlich nichts passieren, wenn man nett zu ihnen war?

Er ging hinaus, zog seine Jacke über und lief zum Briefkasten vor, um die Post zu holen. Da entdeckte er, dass ANDERSON aussah wie ANDENS SON. Snille musste lachen. Jemand war gegen den Briefkasten gefahren, so dass Märthas Name plötzlich ganz anders aussah. So ein Pech! Na ja, das konnte man reparieren, er würde einfach neue Buchstaben anbringen. Snille ging los, um seinen Werkzeugkasten zu holen, und kam kurz darauf mit der Kiste auf seinem Rollator zurück. Er warf einen Blick den Hügel hinauf und fragte sich, ob einer von denen wohl mit Absicht gegen den Briefkasten gefahren war. Wenn er ehrlich war, hatte er schon ein bisschen Angst. Es war zwar schön, mit den Kerlen über Motorräder zu fachsimpeln, so wie Männer es gern tun, aber bei diesen Rockern hier war ihm wirklich etwas mulmig zumute. Sie hatten Märtha ja mehr oder weniger gedroht, als sie sich geweigert hatte, das Grundstück zu verpachten. Was sie jetzt wohl vorhatten? Mit solchen Typen musste man vorsichtig sein. Es war ein Gefühl, als könnten die ihn jederzeit mit dem kleinen Finger k.o. schlagen. Aber auch als junger Mann hätte er gegen die keine Chance gehabt. Die hätten ihn umgenietet, bevor er überhaupt die Fäuste geballt hätte. Nein, das Beste war, sich mit ihnen gutzustellen. Nett zu sein, den Briefkasten zu reparieren und ansonsten so zu tun, als wäre nichts. Die Sonne schien, und draußen war es hell und wunderschön. Was war schon ein verbeulter Briefkasten, wenn der Frühling nahte, was machte das schon? Nein, man musste das Beste aus seinem Leben machen und aufhören, sich über Kleinigkeiten aufzuregen.

Er hatte es wirklich gut, und sein Leben gefiel ihm, auch wenn Märtha ziemlich oft Diebstähle plante. Die Liebe musste noch lernen, die Dinge gelassener anzugehen. Sie war immerhin auch fast achtzig und hatte viel zu viel Energie. Ach, wie schön würde es sein, wenn sie ihre Millionen zusammenhatten und sich endlich zur Ruhe setzen konnten! Denn auch wenn er vielleicht lieber auf dem Sofa gelegen oder in der Werkstatt an etwas herumgebastelt hätte, so musste er doch immer bei allem dabei sein, was sie sich ausdachte. Er machte sich Sorgen um sie und wollte nicht, dass ihr etwas zustieß. Und dann hatten sie ja auch wirklich jede Menge Spaß miteinander. Ja, mittlerweile hing er so sehr an ihr, dass er sich ein Leben ohne sie gar nicht mehr vorstellen konnte. Ohne dass es ihm bewusst gewesen war, war Märtha mehr als eine Freundin geworden. Er hatte das Gefühl, dass er sich offen gesagt tatsächlich in sie verliebt hatte. Verliebt in eine Verbrecherin! Bei dem Gedanken musste er lächeln und lachte leise in sich hinein. Das musste er gerade sagen.

Snille hatte soeben mit der Reparatur des Briefkastens begonnen, da hörte er den vertrauten Klang einer Harley-Davidson. Schnell holte er sein Handy heraus und schoss ein Foto. Tompa bemerkte es, fuhr langsamer und direkt auf ihn zu.

»Hey du, ich mag das nicht, wenn du knipst, verstanden?«

»Ich fotografiere doch nicht Sie, sondern das Motorrad.«

»Ach so.«

»Von so einer Tourenmaschine, wie Sie sie fahren, habe ich viele Jahre lang geträumt!«

»Ja, eine echte King of the Road.«

»Das sind tolle Teile, fast wie eine Street Rider«, sagte Snille. »Aber ich habe im Hafen unten noch ein paar wesentlich schönere gesehen, das kann ich Ihnen sagen.«

»Im Hafen?«

»Völlig verrückt. Die hätten Sie sehen sollen, alle brandneu. Da stand eine ganz neue glänzende Electra Ultra.«

»Mir erzählst du keinen Schrott. Eine Electra Glide Ultra im Hafen von Stockholm?«

»Ja, ehrlich. Ein luftgekühlter Twin-Cam-Motor. Wollen Sie die Maschine sehen?« Snille blätterte die Fotos in Märthas Handy durch und lud das Bild. Er hielt ihm das Handy vor die Nase. »Schick, nicht wahr?«

»Oh, Mann.«

»Da stehen noch mehr. Hier sind sie.«

Snille zeigte ihm ein Bild nach dem anderen, und als nun immer mehr Luxuskarossen und Boote auf dem Display auftauchten, beugte Tompa sich vor, um besser sehen zu können.

»Wo ist das denn im Hafen?«

»Hinter den Toren des alten Werftgeländes. Da gibt es alles Mögliche.«

Tompa zupfte an seinem Helm und bat Snille, die Fotos noch einmal aufzurufen. Er schien immer interessierter, und schließlich öffnete er die Motorradtasche und zog einen Zweithelm heraus.

»Was hältst du von einer kleinen Tour mit der Karre? Eine Spritztour runter zum Hafen?«

Auf einer Tourenmaschine? Snille überlegte hin und her. Konnte er das noch? Aber bei ihrer letzten Trainingseinheit hatte Märtha gesagt, dass er richtig gelenkig geworden sei. Es auszuprobieren war sicher kein Fehler, diese Chance kam nicht noch einmal.

»Ich bin nicht bange«, sagte Snille und griff nach dem Helm, während er überlegte, ob seine Antwort möglicherweise etwas altmodisch geklungen hatte.

»Also!« Tompa stellte Snilles Rollator am Rand des Gebüschs ab und half ihm auf den Sozius.

»Du kommst da doch wohl ins Lager rein, damit ich die tollen Teile auch sehen kann?«, fragte Tompa. Snille nickte, brummte vor sich hin und setzte den Helm auf.

»Wissen Sie, Schlösser sind und waren nie ein Problem für mich«, sagte er und lächelte wie ein junger Gott.

Märtha hatte Snille den ganzen Morgen nicht gesehen und machte sich langsam Sorgen. Er hatte kein Wort verloren, sondern war einfach verschwunden. Und das, obwohl er sonst so gewissenhaft mitteilte, was er vorhatte. Keiner der anderen wusste, wohin er gegangen war, Kratze sagte nur, Tompa hätte ihn auf dem Motorrad mitgenommen. Aber er hätte sie doch vorgewarnt, wenn er vorgehabt hätte, mit den BandAngels zu reden. Märtha war so unruhig, dass sie nichts mit sich anfangen konnte. Was war passiert? Tompa würde ihm doch hoffentlich nichts antun? Hoffentlich kippte das Motorrad nicht um, dann könnte Snille sich richtig verletzen!

Der Gedanke ließ sie nicht los, und Märtha lief eine ganze Weile im Haus von einem Zimmer zum anderen, bis sie eine Idee hatte. Sie sollte sich besser um ihn kümmern, etwas Leckeres für ihn backen und dafür sorgen, dass sie mehr unternahmen. Mehr gemeinsame Zeit verbrachten, nicht nur Überfälle planten. Wenn er doch nur wohlbehalten zurückkam! Ja, dann könnten sie einen Spaziergang machen, Beeren pflücken und Blumen und so. Und herabgefallene Zweige und Tannenzapfen vom Rasen aufsammeln.

Märtha ging in die Küche und überlegte, wie sie es anstellte, einen leckeren Kuchen zu backen. Sie fragte Stina um Rat und stellte in ihrem Eifer, etwas besonders Gutes aufzutreiben, die ganze Küche auf den Kopf. Nach zwei Versuchen war es ihr schließlich gelungen, einen Käsekuchen mit Himbeeren zu backen, das war sein Lieblingskuchen. Er sah nicht ganz so schön aus, aber der Teig war lecker. Sie trug den Kuchen hoch ins Zimmer und deckte den Kaffeetisch besonders schön. Dann nahm sie ihr Strickzeug in die Hand und wartete. Und sie wartete und wartete bis weit in den Nachmittag hinein, und als sie schließlich, nach mehreren Stunden, seine Schritte auf der Treppe hörte, da war sie so erleichtert, dass ihr fast die Tränen kamen. Schnell zündete sie die beiden Duftkerzen an und warf einen letzten Blick auf den Kaffeetisch, wo der Käsekuchen an seinem Ehrenplatz stand, umgeben von einer Kaffeekanne, einer Schale Waffeln und einer Flasche Eierlikör. Ja, in letzter Minute hatte sie den Moltebeerenlikör noch gegen einen Eierlikör aus Österreich ausgetauscht. Eier taten Männern gut, hatte sie in einer Ratgeberkolumne gelesen.

Als Snille endlich den Raum betrat, standen seine Haare ab, seine Kleider waren zerknautscht und auf seinem Gesicht lag ein seliges Lächeln.

»Was für ein Motorrad, Märtha. Wir sollten uns auch eins zulegen«, sagte er und verstummte dann, als er die brennenden Kerzen sah. »Du liebe Zeit, haben wir Stromausfall?«

»Nicht direkt«, murmelte Märtha und wurde rot.

»Da bin ich aber froh, denn im Moment bin ich wirklich zu müde, um Dinge zu reparieren. Du kannst dir nicht vorstellen, was ich erlebt habe.«

»Ja, eine gewisse Ahnung habe ich schon. Hat es etwas mit Harley-Davidsons zu tun?«

»Dass du immer meine Gedanken lesen kannst!« Snille war völlig verzückt, setzte sich und zog Märtha an sich heran. »Ja, ich habe Unmengen Harley-Davidsons unten im Lager gesehen. Und weißt du was – jede Menge Luxuswagen und Boote, genau wie beim letzten Mal. Ich habe alles fotografiert und Tompa auch.« Er suchte nach seinem Handy. »Ich zeig sie dir!«

Märtha legte seine Hand in ihre.

»Wollen wir nicht vielleicht erst eine Tasse Kaffee trinken?«, fragte sie und sah ihn ganz ernst an. »Ich weiß nicht, ob du es dir vorstellen kannst, aber ich habe dich unglaublich vermisst, obwohl du nur ein paar Stunden fort warst.«

»Wirklich? Was ist das eigentlich für ein Kuchen?«

»Ein Käsekuchen. Na ja, er sieht vielleicht nicht ganz perfekt aus, aber er ist lecker«, sagte Märtha. »Der Teig war es jedenfalls.«

»Du hast gebacken?« Snille wachte endlich auf. »Einen richtigen Käsekuchen, meinen Lieblingskuchen? Und Eierlikör …« Er strich ihr unbeholfen übers Haar.

»Weißt du was, Märtha? Auch wenn ich eine Menge ganz wunderbarer Oldtimer und Motorräder gesehen habe, habe ich doch die meiste Zeit an dich gedacht. Nach einer Weile, als wir da durchs Lager schlichen, da bekam Tompa plötzlich so finstere Augen, und ich … na ja, ich habe mich furchtbar erschreckt, und da dachte ich, wenn, also, ich dachte …« Snille versagte die Stimme.

»Was hast du gedacht?«

»Na ja, wenn ich dich nicht wiedersehen dürfte …«

Snille druckste herum und räusperte sich mehrmals, denn er wollte noch etwas sagen. Schließlich nahm er Anlauf.

»Dass mir noch einmal so eine Frau wie du über den Weg gelaufen ist, Märtha. Du hast dein Nest in meinem Kopf und in meinem Herzen gebaut und lebst dort jetzt dein wildes Leben.«

Da musste Märtha lächeln und legte ihren Kopf an seine Brust.

Und so kam es, dass dieser Tag einer der besten Tage wurde, die Snille je erlebt hatte. Am Morgen eine Spritztour auf einer Harley-Davidson und dann eine innige Zeit mit seiner Märtha am Nachmittag. Erst als die Kerzen in den Kerzenständern hinuntergebrannt waren und der Kaffee eiskalt war, kamen sie auf die Idee, den Käsekuchen zu essen, der entweder von einem Fuß oder einem Ellenbogen etwas abgekriegt hatte. Aber an einem Tag wie diesem spielte das keine Rolle, denn auch wenn sie nicht mehr die Jüngsten waren, hatten sie eine wichtige Entscheidung getroffen. Sie hatten sich verlobt.

43

Die Wanduhr tickte, und die Senioren saßen in der Bibliothek und warteten auf die Abendausgabe der Nachrichten. Sie hatten im Radio gehört, dass der Überfall auf die Handelsbank so gut wie aufgeklärt sei und dass man auch bei den Ermittlungen über den Goldraub aus dem Historischen Museum vorwärtskam. In den Nachrichten sollte live zur Pressekonferenz der Polizei geschaltet werden. Märtha und Snille, die eigentlich ihre Verlobung und die Rückkehr der Diamanten feiern wollten, kamen ganz vom Thema ab. Ihnen war klar, dass es jetzt ernst wurde, denn das Historische Museum war abgesperrt, die Spurensicherung war noch am Tatort und arbeitete. Außerdem hatte der Polizeisprecher gesagt, dass auf den Diebstahl des Goldes mehrere Jahre Gefängnis stünden. Diese Nachrichten im Radio hatten sie wirklich erschreckt. Keiner von ihnen sagte etwas. Alle saßen da und warteten.

Märtha musste an das Gefängnis in Sollentuna denken, wo sie im vergangenen Jahr nach ihrem Überfall auf das Nationalmuseum gelandet waren. Die kleine Zelle mit festmontierten Möbeln und Toilette und Waschbecken aus Metall. Dahin wollte sie nicht noch einmal. Nach Hinseberg ebenso wenig. Das Frauengefängnis lag zwar schön, und man konnte sich dort auch draußen bewegen, selbst Essen kochen und Gymnastik machen, aber Gnade einem Gott bei manchen der Insassen. Mit Schaudern erinnerte sich Märtha, wie unheimlich Liza gewesen war. Die hatte Märtha bedroht! Nein, dahin wollte sie nicht zurück, und die anderen wollten es auch nicht.

Noch nie zuvor war die Stimmung in der alten Villa so gedrückt gewesen. Wir haben wirklich das Gefühl für die Geschwindigkeit verloren, dachte Märtha und musste einsehen, dass sie ihre Verbrechen nur als Einsatz für die Gesellschaft betrachtet und die Folgen völlig ausgeblendet hatten. Aber was sie getan hatten, waren nichtsdestotrotz kriminelle Handlungen gewesen, und jetzt schien die Polizei den Dieben auf der Spur zu sein. Vielleicht würden sie wieder gezwungen sein, ins Ausland zu flüchten. Das war zwar ein guter Grund, sich wieder auf spannende Reisen in fremde Länder zu begeben, aber so lange waren sie ja noch gar nicht wieder zu Hause. Und sie konnten doch nicht ständig aus dem Koffer leben.

Märtha hatte ihr Strickzeug dabei, doch obwohl sie sich Mühe gab, ein fröhlich buntes Muster für Snille zu stricken, ließ sie die ganze Zeit Maschen fallen und fing sogar an, falsche Muster zu stricken. Der Gedanke, dass die Polizei vielleicht hinter ihnen her war, ließ sie nicht los. Die Männer hätten besser keinen Äther verwendet, dachte sie, das hatte Spuren hinterlassen. Außerdem konnte allein das noch ein paar Jahre mehr hinter Gittern bedeuten. Aber dieser Wachmann war ja offenbar so ein richtiger Besserwisser gewesen, und da konnte man schon mal die Geduld verlieren. Für solche selbstherrlichen Typen müsste es ein Warndreieck geben, dachte sie. Damit man einen Bogen um sie machte. Da erklang die Nachrichtenmelodie, und alle richteten ihren Blick nun auf den Fernsehschirm.

Der Goldraub war nicht der Aufmacher, die Sendung begann mit den miserablen Finanzen in den europäischen Ländern. Dieses Problem hatte man vorübergehend mit neuen Krediten gelöst, die nicht gedeckt waren, und nun stand ihnen das Wasser nicht mehr ganz bis zum Hals. Märtha hatte für diese Schwarze-Peter-Politik nicht viel übrig, sie vertrat die Meinung, dass man Goldreserven hinterlegen müsse und für das, was man tat, auch eine Deckung vorweisen können sollte.

»Wir haben immerhin richtiges Gold«, sagte sie stolz und nickte zum Garten hinüber. Snille war gleicher Meinung.

»Aber nur, weil wir da draußen echtes Gold liegen haben, werden wir nicht übermütig. Das Gold ist ja nur geliehen«, korrigierte Anna-Greta.

»Aber ich frage mich wirklich, wie es mit den Finanzen auf der Welt weitergehen soll«, jammerte Märtha. »Aber am Ende muss doch einer den Schwarzen Peter haben.«

»Ach weißt du, die Weltwirtschaft kannst du wirklich anderen überlassen«, sagte Kratze und seufzte tief. Doch bevor Märtha antworten konnte, wurde der Beitrag über das Historische Museum angesagt. Ein bärtiger Reporter mit Mikrophon in der Hand stand mit Blomberg, der Uniform trug, vor der Museumstreppe.

»Haben Sie noch immer keine Spur von den Golddieben?«, fragte der Bärtige.

»Interpol ist informiert. Wir haben unsere Kontakte. Früher oder später wird das Gold wieder auftauchen.«

»Was sagen Sie zu dem Erpresserbrief? Wird die Regierung das Lösegeld bezahlen?«

»Schon aus Prinzip zahlt der Staat nie Lösegeld.«

»Aber nach Auskunft des Museums wollen die Diebe, dass das Lösegeld an alte und arme Menschen und Leute, die Hilfe benötigen, ausgezahlt wird. Dann würde vielleicht …«

»Kein Kommentar. Unsere Aufgabe ist es, die Täter zu finden.«

»Der Schatz von Timboholm und das andere Gold, das sich in den Vitrinen befand, sind unersetzbare Kulturzeugnisse für Schweden. Wird der Staat diese Kostbarkeiten wirklich nicht retten?«

»Dazu kann ich nichts sagen. Entschuldigen Sie mich, aber jetzt muss ich …«

Das Interview wurde abgebrochen, und die Seniorengang sah schweigend zu, wie die Kamera durch das Goldzimmer schwenkte und die leeren Vitrinen heranzoomte. Märtha drückte auf die Fernbedienung und schaltete aus.

»Zumindest im Moment gibt es keinen Grund zur Unruhe«, sagte sie. »Aber es wäre ein Skandal, wenn sie sich weigern zu zahlen.«

»Natürlich müssen sie zahlen«, meinte Snille. »Etwas anderes kann ich mir gar nicht vorstellen.«

»Wie auch immer haben wir unsere Sache gut gemacht, die Vitrinen sehen ganz unbeschädigt aus«, sagte Stina, die immer auf die Ästhetik achtgab.

»Findest du? Ja, mit Bohrer und Stichsäge kriegt man das hin«, erklärte Snille.

»Der Polizist hat gesagt, sie wären dabei, den Fall aufzuklären, aber es sieht ganz und gar nicht so aus, als ob sie eine heiße Spur hätten. Ich glaube, dass sie mit ihren Ermittlungen auf der Stelle treten«, sagte Anna-Greta erleichtert.

»Und stell dir vor, dass sie uns nicht gefasst haben! Trotz der vielen Anhaltspunkte …«, gab Snille zu bedenken.

»Aber Stina hat die Spuren doch mit dem Feuerlöscher beseitigt. Hast du das vergessen?«, fragte Märtha.

»Ach wirklich Stina, hast du das gemacht?« Kratze wachte auf und sah sie bewundernd an. »Du bist einfach spitze. Dass du so geistesgegenwärtig warst!«

»Wenn man liest, kann man viel lernen«, antwortete Stina und frischte ihren Lippenstift ganz lässig auf. »Aber man muss eben Bücher lesen. Ich weiß nicht, ob man bei Computerspielen auch so viel lernt.«

»Hä?« Kratze verstummte.

»Aber was sollen wir tun? Der Staat hat noch keine Öre bezahlt, weder an die Altersheime noch an die Kultureinrichtungen«, seufzte Märtha.

»Auf unser heimliches Konto auch nicht«, ergänzte Anna-Greta. »Ja, entschuldigt, aber Gunnar hat mir gezeigt, wie das geht, deshalb habe ich ein kleines Konto für uns selbst eröffnet, damit wir Geschenke kaufen können, wenn wir die Seniorenheime besuchen.

Die alten Menschen haben sich beim letzten Mal doch so gefreut. Außerdem sind die Kosten für den Lagerraum im Hafen beträchtlich. Wirklich ein schlechtes Geschäft, wir bezahlen, ohne auch nur ein Ding dort zu lagern.«

»Ja, ja, wir brauchen Geld und hatten das Glück nicht gerade auf unserer Seite. Es kann nicht immer alles perfekt sein«, sagte Märtha, die an diesem Tag völlig durcheinander war. Sie versuchte, sich zusammenzureißen und an die polizeilichen Untersuchungen, nicht bezahltes Lösegeld und Geld auf Abwegen zu denken, doch es gelang ihr nicht so recht. Sie wollte viel lieber Snille küssen. »Wisst ihr, wenn man länger darüber nachdenkt, ist es wohl ein sinnloses Unterfangen, vom Staat Geld zu verlangen«, sagte sie dann. »Es braucht so lange, bis die eine Entscheidung getroffen haben. Wenn das so weit ist, sind wir alle schon im Grab. Warum schicken wir nicht stattdessen Briefe an ein paar Spekulanten?«

»Ja, die sind immer schnell dabei«, sagte Kratze und nickte. »Aber für die muss das Geschäft auch lukrativ sein, damit sie zur Stelle sind.«

»Schade, dass wir nicht noch mehr Gold aus dem Goldzimmer mitnehmen konnten. Wenn der Härter nicht so alt gewesen wäre und die Bildsteine nicht zerbrochen wären, dann hätten wir vielleicht noch mehr einpacken können, und dann könnten wir jetzt noch etwas verschenken …«, meinte Snille.

»Ja, der Härter war vielleicht ein wenig alt, aber es ist immer schwierig, das Verfallsdatum auf den Verpackungen zu finden«, tröstete Märtha. »Aber …«

»Das Gold müssen wir behalten«, fiel ihr Anna-Greta ins Wort. »Das gehört dem Staat. Es reicht schon, dass man mit so vielen anderen Dingen einen Reibach gemacht hat.«

»Und wenn wir so eine Briefkastenfirma erfinden, die die Finanzhaie kaufen dürfen?«, mischte sich nun auch Gunnar in die Diskussion ein. »Irgendein Scheinunternehmen, das nach etwas klingt und bei dem sie glauben, dass sie damit Geld verdienen können?«

»Sehr gut«, riefen alle wie aus einem Munde, aber als ihnen klar wurde, dass sie nicht die geringste Ahnung hatten, wie man solche Scheinfirmen ins Leben ruft, ging der Enthusiasmus in leises Brummeln über. Sie waren alle ein bisschen deprimiert, weil der Goldraub noch nicht eine Öre eingebracht hatte, obwohl sie alles so akribisch genau geplant hatten. Mit einem Mal fing Anna-Greta zu kichern an.

»Der Golddiebstahl ist den Bach runtergegangen, aber wir haben uns neu erfunden, wisst ihr? Früher haben wir die Beute geschnappt und sie dann verloren. Jetzt haben wir einen Teil der Beute nicht mitgenommen und können den anderen Teil nicht zu Geld machen.«

Sie sah Gunnar ins Gesicht und brach dann in ein derartiges Gelächter aus, dass die anderen sich auch nicht halten konnten und mitlachen mussten.

»Vielleicht sollten wir wieder mal einen Versuch unternehmen, das verlorengegangene Las-Vegas-Geld zu suchen. Diese Millionen müssen doch irgendwo abgeblieben sein«, überlegte Snille.

»Du hast recht. Wir haben uns verzettelt und zu viele Dinge auf einmal gemacht. Ich kann ja mal versuchen, ob ich mich in diese Anwaltskanzlei einhacken kann«, schlug Gunnar vor.

»Das wäre toll, denn die Kanzlei Beyling hat garantiert Dreck am Stecken«, antwortete Snille. »Ich habe da gerade Unmengen neuer Luxuskarren und Motorräder auf dem Werftgelände gesehen. In den Lagerräumen befanden sich sogar Kunstgegenstände und Oldtimer.«

»Ja, genau, das hatte ich völlig vergessen.« Märtha sah so schnell auf, dass ihr das Strickzeug vom Schoß rutschte. »Als wir mit dem Handytyp am Wachhäuschen gesprochen haben, habe ich ein paar Codes notiert, die er neben dem Computer hängen hatte. Snille, weißt du noch? Das sah wie eine Liste aus.« Märtha begann, in ihrer großen Tasche nach etwas zu suchen. »Stellt euch vor, wir könnten auf diese Art Beylings Kunden ermitteln. Dass ich daran nicht früher gedacht habe.« Sie kramte noch eine Weile, dann angelte sie einen zerknautschten, zusammengefalteten Zettel heraus und übergab ihn Gunnar. »Denn auch wenn die Kanzlei Beyling die Lager nur mietet, müssen sie doch irgendwo die Namen der Eigentümer verzeichnet haben.«

»Natürlich haben sie das.« Gunnar stand auf und setzte sich an den Computer. »Gebt mir ein oder zwei Stunden, vielleicht schaffe ich das.«

Anna-Greta nahm dicht neben Gunnar Platz und gab den anderen ein Zeichen, sich zu verziehen. Daraufhin machten die es sich in dem gemütlich eingerichteten Hobbykeller bequem, wo sie einen Billardtisch, einen Spieltisch und schöne Sessel stehen hatten. Während sie da saßen und warteten, spielten sie Bridge, von dem sie meinten, dass es für die grauen Zellen mindestens so gut war wie Kreuzworträtsel und Sudoku. Aber es fiel ihnen schwer, sich zu konzentrieren, und allen war es egal, ob Kratze schummelte, obwohl er mehrere Karten auf den Boden fallen ließ und auf mysteriöse Art und Weise die ganze Zeit gewann. Gunnar und Anna-Greta ließen sich Zeit, und es dauerte über zwei Stunden, bis die beiden endlich hinunter in den Keller kamen und Bericht erstatteten. Und offenbar hatten sie dieses Mal wirklich geschuftet, denn Anna-Greta hatte keinen Knutschfleck am Hals.

»Hört mal her, das ist verrückt! Die Sachen gehören ein paar hohen Tieren in der Gemeinde«, sagte Gunnar und zeigte auf den Ausdruck, den er in den Händen hielt. »Außerdem haben wir eine alte Auflistung über Luxuswertgegenstände gefunden, die einmal Cornegie und der Care Trust GmbH gehört haben.«

Snille pfiff.

»Dazu kommen ziemlich viele Dinge, die einem gewissen Blomberg gehören …«, fuhr Anna-Greta fort.

»Aber doch wohl nicht meinem Kommissar Blomberg?«, rief Märtha und war mit einem Mal hellwach.

»Doch, ich glaube, das ist er, denn dieser Blomberg ist Vorsitzender des Polizeipensionsfonds. Außerdem geht er bald in den Ruhestand und hat hohe Steuerschulden. Er hat Motive ohne Ende.«

»Mir schwant da was«, sagte Stina. »Unsere Überweisungen an den Pensionsfonds der Polizei haben funktioniert, aber dann ging etwas nicht mit rechten Dingen zu.«

»Genau. Über den Pensionsfonds der Polizei konnte er nämlich unser Konto in Las Vegas zurückverfolgen. Jemand, der sich mit EDV auskennt und hacken kann, kann Überweisungen zu sich selbst umlenken …«

»Und er hat das Geld für sich abgezweigt«, beendete Anna-Greta Gunnars Satz. »Schamlos, nicht wahr?«

»Blomberg hat kürzlich Gemälde, Autos und Boote für mehrere hundert Millionen Kronen erworben, alles Dinge, die in der Kanzlei Beyling verzeichnet sind«, fuhr Gunnar fort. »Das kann doch kein Zufall sein.«

»Aber was hat das mit uns zu tun?«, fragte Kratze, dem es schwerfiel, den Gedankengängen der anderen zu folgen.

»Das, was Blomberg gekauft hat, darunter Bilder von Liljefors und Zorn, hat einen Wert von zweihundert Millionen Kronen. Blomberg ist also über den Pensionsfonds an unsere Überweisungen gekommen und hat sich dann alles selbst überwiesen.«

»So ein Dreckskerl!« Kratze verdrehte die Augen.

»Dass eine Anwaltskanzlei schwarze Geschäfte und Besitztümer versteckt! Ich habe immer gedacht, Anwälte helfen ehrlichen Bürgern im Kampf gegen Gauner und nicht umgekehrt«, sagte Stina.

»Willkommen in der Wirklichkeit«, antwortete Gunnar und lächelte.

»Solche Schweine!«, entfuhr es Märtha. »Gunnar, kann ich mal die Ausdrucke sehen?«

Er reichte sie ihr, und Märtha studierte die Unterlagen eine ganze Weile lang, während die Falte zwischen ihren Augenbrauen immer tiefer wurde.

»Wisst ihr was? Jetzt wird Blomberg und diesen Typen, die die Gesellschaft betrügen, Hören und Sehen vergehen. Wir werden uns jede Öre zurückholen. Dafür werde ich sorgen!«

»Aber kleine Märtha, wie willst du das anstellen?«, fragte Snille besorgt. »Wir wollten doch nicht schon wieder ein Verbrechen begehen.«

»Nein, ich habe da eine Idee. Das delegieren wir«, antwortete Märtha und grinste.

44

»Guten Morgen, schönes Wetter heute, nicht wahr?« Snille hatte lange warten müssen, bis er Tompa endlich zu Gesicht bekam. Schnell hatte er seinen Mantel übergezogen und war hinausgeeilt. Als der Rocker den Hügel hinunterkam, tat Snille so, als wäre er zufällig auf dem Weg zum Briefkasten. Er hob die Mütze hoch.

»Hi!«, antwortete Tompa.

»Schauen Sie mal, das habe ich in meiner Schreibtischschublade gefunden. Ich glaube nicht, dass Sie eine so schöne Maschine schon einmal gesehen haben«, sagte Snille, kramte in seiner Manteltasche und zog eine zerknitterte, alte Fotografie heraus. »Schick, nicht wahr? Die hatte ich, als ich achtzehn war und die Mädels aufgerissen habe. Die wurden sofort schwach.«

»Ja, Bräute ticken völlig aus, wenn sie so was hier sehen.« Tompa fuhr mit dem Daumen langsam über das Foto, dann gab er es zurück.

»Aber dieses Motorrad ist natürlich ein Witz gegen die Luxusteile, die wir im Lager unten gesehen haben«, sagte Snille. »Was für Maschinen! Die Kanzlei Beyling muss Geld wie Heu haben.«

»Beyling? Die kennst du?«

»Ja, denen gehören ja die Objekte, die wir gesehen haben.«

Tompa richtete sich auf und sah Snille forschend an.

»Ach so. Gerissene Typen sind das. Was die für Kunden haben … Und die machen solche Kerle noch reicher. Scheiße«, sagte er und schob sich eine Portion Snus in die Wange.

»Und dann all diese Luxusyachten, die Autos und die Kunstgegenstände, die so herumstehen und verstauben …«, seufzte Snille.

»Ja, diese Schlipsträger haben eine tolle Fassade, aber …« Tompa spuckte eine snusbraune Matsche in den Kies. »Manche Betrügereien sehen netter aus als andere, aber sie sind der gleiche Scheiß …«

»Über eine Sache habe ich nachgedacht. Denen kann doch nicht alles gehören, was da unten steht, oder was meinen Sie?«, fragte Snille. »Die Dinge sind offenbar nur auf sie überschrieben, oder?«

Tompa sah aus, als würde er nachdenken.

»Schon klar. Auch windige Typen brauchen Anwälte. Ich gehe jede Wette ein, dass Beyling eine Heidenangst hat, dass die Sache auffliegt. Aber jetzt muss ich los, tschüss, bis bald!« Tompa verstummte, hatte es mit einem Mal ganz eilig und machte sich auf den Weg. Snille sah ihm lange hinterher, öffnete den Briefkasten und ging zurück ins Haus.

»Na, wie lief's?«, fragte Märtha, als er ihr im Flur entgegenkam.

»Genau nach Plan, meine Liebe! Ein paar Samen konnte ich säen. Der wird sich bald in Bewegung setzen.«

Viele Tage brauchte Tompa nicht zum Nachdenken. Schon zum Ende der Woche hatte er Jörgen davon überzeugt, und am Freitag brachen sie in Richtung Stockholm auf. Sie rasten am Stureplatz vorbei, und als sie am Restaurant Riche angekommen waren, rollten sie auf den Gehweg, parkten die Motorräder und nahmen die Helme ab. Jörgen fuhr sich mit der Hand durch die klebrigen Haare, und Tompa knöpfte die Lederjacke auf. Um diese Jahreszeit war es in Lederklamotten und Stiefeln ziemlich warm, aber manchmal musste es eben sein. Mit einem wohlplatzierten Tritt beförderte er eine Bierdose über den Asphalt.

»Alles klar?«

Jörgen nickte, und sie gingen auf die Kanzlei Beyling zu. Sie machten an einem schicken Eingang in der Birger Jarlsgata 4E halt, wo ein roter Teppich und hübsche Ölgemälde hinter dem Glas zu sehen waren. Sie klingelten, und als sie eine Frauenstimme fragte, wer sie seien, antwortete Tompa mit heller Stimme.

»Der Blumenbote.«

Als sie hineingegangen waren, zogen sie ihre Lederwesten zurecht und nahmen den Fahrstuhl nach oben. Das Anwaltsbüro befand sich im dritten Stock, und da drückten sie die Klingel. Tompa trat ungeduldig von einem Fuß auf den anderen. Auch wenn er das, was jetzt bevorstand, schon oft getan hatte, war es ihm jedes Mal etwas unangenehm. Aber es war höchste Zeit, dass die BandAngels Resultate vorweisen konnten. Noch hatten die Anführer der Hades-Engel nicht für ihre Aufnahme gestimmt, und als Anwärter durfte man nicht allzu lange herumbummeln. Erpressung und Geld eintreiben, sie mussten zeigen, wozu sie taugten.

Eine Sekretärin öffnete. Als sie hineingingen, bemerkte Tompa, dass das Scharnier an der Sicherheitstür kaputt war … Wunderbar, dann konnte also der Alarm nicht funktionieren.

»Bitte zu Anwalt Birgerson.«

»Er hat sein Büro ganz hinten im Gang, aber haben Sie denn einen Termin?«

»Den haben wir immer!«

Ohne eine Antwort abzuwarten, stiefelten Tompa und Jörgen direkt in den Flur und lasen die Namensschilder. Vor Birgersons Tür stoppten sie, sahen sich an und nickten. Mit einer schnellen Bewegung riss Tompa die Tür auf. Birgerson, der hinter seinem Schreibtisch saß, machte ein erschrockenes Gesicht.

»Wer sind Sie? Sie haben keinen Termin.«

»Wir sind hier, um Ihnen ein paar Fragen zu stellen, die uns beschäftigen.«

Birgerson drückte diskret auf einen Knopf, der die Überwachungskamera aktivierte. Tompa bemerkte den Lichtreflex und nickte Jörgen bedeutungsvoll zu. Sein Kumpel sah sich hastig um, trat einen Schritt zurück und schnitt wortlos das Kabel durch.

»Jetzt sollten Sie eine Erklärung abgeben.« Birgerson versuchte, sehr energisch zu klingen.

»Schöne Teile haben Sie da im Hafen …«

»Ich weiß nicht, wovon Sie reden.«

Tompa holte sein Handy heraus und zeigte ihm die Bilder, die er im Lager gemacht hatte.

»Wie in aller Welt …?«

»Motorräder, Boote, Oldtimer, Kunst und lauter solche Kleinigkeiten. Alles brandneu. Dass gerade Sie hier in der Kanzlei so viel ›besitzen‹!«

Die Ironie in seiner Stimme war nicht zu überhören. Birgerson tastete nach dem Alarmknopf. Nichts geschah. Tompa sah es und grinste. Kaputte Sicherheitstür. Die Handwerker hatten den Alarm offenbar ausgestellt, um arbeiten zu können.

»Was haben Sie mit all diesen Luxuskarossen vor? Wollen Sie sie Ihrer Frau schenken?«, fragte Tompa höhnisch.

Birgerson gab keine Antwort.

»Ach so, Sie sind nur der Strohmann … Und, zahlen sie gut, all die Steuerhinterzieher? Und Sie werden reich damit, stimmt's? Reich wie blöd!«

»Ich sehe keinen Grund, Ihnen Auskunft über die Geschäfte meiner Klienten zu geben.« Birgerson schlug zurück.

»Aber Ihnen gehört die Kanzlei. Weiß die Polizei davon? Von Ihren dubiosen Geschäften, meine ich.«

Birgerson stand plötzlich die Angst ins Gesicht geschrieben, er räumte Unterlagen auf seinem Schreibtisch zur Seite und tastete nach seinem Handy. Tompa bemerkte das und beförderte es mit einer schwungvollen Bewegung auf den Boden.

»Was zum Teufel! Verschwinden Sie!«, schrie Birgerson.

Tompa und Jörgen gingen auf ihn zu und zogen ihn von seinem Stuhl. Birgersons Stirn glänzte, und er roch nach Angst. Sie stießen ihn in die Seite.

»Sie wissen genau, worum es hier geht. Sie haben eine Kanzlei, die unsaubere Geschäfte abwickelt. In einer Woche wollen wir zehn Millionen Kronen sehen, nur dann halten wir dicht. Ansonsten pfänden wir das Zeug, dafür wird man ja einiges bekommen.« Tompa lächelte, aber es war nur sein Mund, der sich bewegte. Er drückte dem Anwalt seinen Ellenbogen hart in die Seite. »Haben Sie das kapiert, oder sollen wir gleich zur Polizei gehen?«

»Aber …«

»Wirtschaftskriminalität, puh, wie das stinkt! Das bedeutet für Sie einige Zeit hinter Gittern.« Jörgen grinste fies.

»Wir in der Kanzlei haben uns nichts vorzuwerfen, nur Sie sind auf die Idee gekommen, dass …«

Tompa und Jörgen beförderten auch den Computer auf den Boden und traten sein Handy in eine Ecke des Zimmers.

»Versuchen Sie es erst gar nicht. Zehn Millionen, nicht vergessen! Wir melden uns!«

»Aber …«

»Und wenn Sie nicht bezahlen …« Tompa hielt ihm die Faust unter die Nase. »Dann sehen wir uns gezwungen, Ihre Schulden einzutreiben, und dann sehen Sie alt aus. Und lassen Sie die Polizei aus dem Spiel, sonst ist es vorbei mit Ihnen. Ihr Sohn geht auf das Östra Gymnasium und ist ein vielversprechender Außenstürmer bei den Brommajungs. Sie wollen doch sicher nicht, dass dem Kleinen etwas zustößt? Tun Sie, was wir sagen, dann passiert ihm nichts.«

Als Birgerson sein Handy endlich wiederfand, hatten die zwei Rocker sein Büro bereits verlassen. Von unten war nur noch das Geräusch zu hören, wie zwei Motorräder starteten und davonfuhren. Er ging ans Fenster und sah hinaus. Mist. Er war überarbeitet und hatte nicht die Zeit gefunden, sich um diese Dinge im Hafen zu kümmern, und irgendein Idiot musste die beiden ins Lager gelassen haben. Jetzt sah es schlecht für ihn aus. Er hatte keine zehn Millionen. Die Kanzlei lief schlecht, obwohl er versucht hatte, den Schein zu wahren, und als ob das nicht schon reichte, passierte auch noch so was. Birgerson war ein Mann, der sich immer beherrschen konnte, aber jetzt begann er zu weinen. Er hatte nicht die geringste Ahnung, wie er aus dieser Geschichte heil herauskommen sollte.

Der Zollbeamte Carlsson steckte seinen USB-Stick in Blombergs Computer und klickte das Icon an. Diesmal hatte er die Aufnahmen von den Überwachungskameras im Historischen Museum und im Goldzimmer heruntergeladen. Er beugte sich vor und zeigte auf eine Person.

»Hier haben wir die Tante, die ich meinte. Sie ist mir auf Årlanda mal begegnet. Und auf den Bildern, die wir von der Handelsbank haben, ist sie auch zu sehen.« Carlsson platzierte seinen Zeigefinger auf einem verschwommenen Bild von Märtha, wie sie eine Runde nach der anderen um den Wunschbrunnen drehte und dabei etwas über der Schulter trug, vielleicht war es eine große Handtasche. Ab und zu beugte sie sich über das Geländer und zählte vielleicht das Geld im Wasser, manchmal sprach sie mit ein paar älteren Herrschaften. »Und das ist doch dieselbe Frau, die Sie vorgeladen hatten, oder?«

»Ach du lieber Gott, die! Nein, nicht die schon wieder«, stöhnte Blomberg und griff sich an die Stirn.

»Haben Sie sie in Untersuchungshaft genommen?«

»Nein. Ich wollte sie einfach nur schnell wieder loswerden. Die ist total verwirrt. Sie war nur zufällig im Museum.«

»Aber sie ist zufällig an ganz schön vielen Orten! Sie ist immer da, wenn etwas passiert, und schauen Sie sich die Bilder der Überwachungskamera an. Direkt nach dem Diebstahl hält sie etwas Großes und Buntes unter dem Arm. Es sieht aus wie ein Helm.«

Blomberg zeigte mit der Kugelschreiberspitze auf den Bildschirm und musste lachen.

»Dieses Bunte da, wissen Sie, was das ist? Das ist ihre Stofftasche.

Da sind große Blumen drauf, völlig verrückt. Und raten Sie mal, was sie darin herumträgt? Fischfutter!«

»Fischfutter, sind Sie sicher?«

»Ganz verdammt sicher, und wenn Sie mir noch einmal mit diesem Weibsbild kommen, dann …« Blomberg suchte nach etwas ganz Furchtbarem, mit dem er drohen konnte. »Ja, dann räume ich all Ihre Blumentöpfe weg und richte das Büro komplett neu ein!«

45

Jeden Tag konnte es jetzt passieren, dass die Seniorengang aufflog. Die Pflanzen draußen auf dem Beet wuchsen mit rasanter Geschwindigkeit, und das wertvolle Gold wurde immer mehr von immer längeren und dickeren Wurzeln bedeckt. Geduldig warteten die alten Leute. Die Tage vergingen, und bald kam der Juni, aber weder der Staat noch die Gemeinde, noch jemand anders machte Anstalten, das Lösegeld zu bezahlen. Wenn nun ein Kaninchen anfing, Tunnel im Beet zu graben und ein Goldhalsband oder einen alten Goldbarren herausscharrte? Nein, es war kein so gutes Gefühl, das Gold im Garten liegen zu haben, und zu Geld hatte es ihnen bislang nicht verholfen. Die Senioren waren nahe daran, die Hoffnung aufzugeben. Sie hatten Briefe an Zocker und Spekulanten geschrieben, aber niemand zeigte auch nur eine Spur Interesse an Schwedens Kulturdenkmälern.

»Wir hätten vielleicht schreiben sollen, dass wir einen Altenpflegedienst oder ein Seniorenheim zu verkaufen haben, dann hätten wir bestimmt eine Antwort bekommen«, seufzte Märtha.

»Oder eine Schule«, schob Snille hinterher, und da nickten alle und saßen noch eine Weile niedergeschlagen da.

Auch von der Polizei hörte man merkwürdigerweise nichts mehr. Keine neuen Berichte in den Nachrichten. Entweder waren die Ermittlungen ins Stocken geraten, oder sie hockten irgendwo auf der Lauer. Unruhe breitete sich aus, und Märtha war vollauf damit beschäftigt, die anderen bei Laune zu halten. Sie veranstaltete ein paar zusätzliche Gymnastikstunden, um alle zu beschäftigen, und versuchte, jeden Einzelnen damit zu trösten, dass kein Mensch unnötigerweise in einem Kräutergarten voller Mist herumgrub. Als die anderen keine Reaktion zeigten, erhob sie die Stimme und sagte mit Nachdruck:

»Und schon gar nicht in einer Pflanzung, auf der obendrauf ein Ameisenhaufen ist!«

Und da räumte Kratze ein, dass sie möglicherweise recht haben könnte.

Im Hafen von Stockholm tat sich auch nichts, und Märtha und Snille machten sich Sorgen, dass ihr Plan nicht funktioniert haben könnte. Ab und zu überlegten sie, ob sie die Neuigkeit von ihrer Verlobung verkünden sollten, einfach nur um die Totengräberstimmung zu beenden. Aber natürlich wollten sie auch, dass Feststimmung aufkam, und danach sah es im Moment wahrlich nicht aus. Was brachte es, etwas Erfreuliches mitzuteilen, wenn dadurch niemand in Feierlaune geriet? Nein, erst mussten sie sich aus dieser unangenehmen Situation, in die sie sich hineinmanövriert hatten, befreien. Ein paar der allerschönsten Kulturdenkmäler Schwedens waren in ihrem Garten verbuddelt, und dort konnten sie nicht für alle Zeit liegen bleiben.

»Es gibt etwas, was ich über unsere neue Lebenseinstellung noch nicht wusste«, sagte Märtha etwas später am Abend, als sie und Snille in ihrem Zimmer saßen und redeten. Sie hatten zwar nichts von ihrer Verlobung verraten, schlichen aber oft zueinander. Besuch zu bekommen war sowieso schön, und wenn man es nicht als selbstverständlich ansah, dass der andere da war, war es noch spannender. Märtha fand außerdem, dass es gut so war, dass Snille sein eigenes Zimmer hatte, wenn man bedachte, wie schlampig er war.

»Neue Lebenseinstellung?«, fragte Snille und wedelte seine Pantoffeln vom Fuß. »Wie meinst du das?«

»Na ja, früher haben wir schnell reagiert, jetzt sitzen wir da und warten ab. Dafür braucht man eine Menge Geduld.« Märtha setzte ihre Nachthaube auf und streckte sich, um an die Ohrstöpsel zu kommen. Trotz der Aufbisschiene schnarchte Snille ganz fürchterlich.

»Ausdauer und Geduld, so ist das nun mal. Geduld, ja, das ist eine Übung für dich, meine Kleine.«

»Was hast du gesagt?«

»Mhh, ja ... dass du mit der Nachthaube ganz süß aussiehst.«

»Ach, du Lieber«, sagte Märtha und drückte ihn sanft.

Beim Morgengrauen erwachte Snille von ganz ungewohnten Geräuschen, die vom See her kamen. Keine Motorräder, nein, es klang eher wie ein großer Außenborder und ein Schwerölmotor. Snille rüttelte Märtha wach.

»Du, ich höre Boote, die in unsere Bucht hineinfahren.«

Märtha und Snille warfen sich schnell die Morgenmäntel über und sahen hinaus. Vom Balkon erkannten sie ein Petterssonboot und zwei Luxusyachten, die am Steg lagen. Dunkel gekleidete Band-Angels-Mitglieder machten sie fest und sprangen an Land. Kaum hatten die Motoryachten angelegt, tauchten wieder fremde Geräusche auf. Autos und Anhänger ...

»Ein Bentley«, stellte Snille selbstsicher fest.

»Was hast du gesagt, Schatz?«

»Bentley, und mein Gott – da kommt auch ein Jaguar!«

»Wahnsinn«, sagte Märtha.

Märtha und Snille sahen zur Straße hinunter. Eine Karawane aus Autos kam den Hügel hinaufgefahren. Jetzt waren alle in der alten Villa wach, und kurz darauf leisteten die anderen ihnen Gesellschaft auf dem Balkon, wo ein Auto nach dem anderen und reihenweise Motorräder vorbeikamen.

»Erkennst du die Wagen, Snille?«, fragte Märtha, die, obwohl sie noch ziemlich müde war, jetzt wissen wollte, ob ihr Plan aufgegangen war. Aber der Mann ihres Herzens war beim Anblick dieser großartigen Fahrzeuge nicht mehr ansprechbar und brachte kein gescheites Wort heraus.

»Und da kommt ein alter T-Ford und da ein paar Harley-Davidsons«, schwärmte er.

»Ja, was für ein phantastischer Konvoi«, sagte Kratze und rieb sich die Augen. »So viele Luxusfahrzeuge habe ich in meinem ganzen Leben nicht gesehen.«

Ein Teil der Fahrzeuge wurde auf dem Grundstück der Band-Angels geparkt, aber als ihre Stellfläche voll war, dirigierten sie die restlichen Fahrzeuge hinüber auf das Grundstück der Senioren.

»Die machen einfach, was sie wollen, sie nehmen überhaupt keine Rücksicht«, sagte Stina, als sie sah, wie Autos, Anhänger und Boote verschiedener Größen einfach auf ihrem Grund und Boden abgestellt wurden.

»Schsch, Stina, lass sie machen. Genau darauf haben wir doch gewartet«, antwortete Märtha.

Snille, der eine Weile schweigend auf dem Balkon gestanden hatte, begann unruhig hin- und herzustromern.

»Das ist doch völlig verrückt, Märtha. Ich fühle mich so verdammt schuldig. Die haben offenbar das komplette Lager unten im Hafen leergeräumt. Ich frage mich, wie sie an all die Schlüssel gekommen sind, oder haben sie alle Fahrzeuge kurzgeschlossen?«

Märtha ergriff seine Hand.

»Mein Lieber. Krumme Geschäfte, wie sie diese Rocker und die Kanzlei machen, sind deren Sache. Du hast überhaupt nichts getan. Du hast dich nur verplappert.«

»Ja, ich weiß, aber das mit Absicht, und ich habe ihnen auch gezeigt, wo die Fahrzeuge standen.«

»Es wird alles gutgehen, warte nur ab.«

»Wenn du das sagst«, meinte Snille, sah aber trotzdem unglücklich aus. Ihm war nämlich aufgegangen, dass die Sache gefährlicher war, als sie es sich vorgestellt hatten. Er hatte ja alle Autos und Boote im Hafen unten gesehen, und jetzt waren sie auf dem Weg hierher. Tompa würde vielleicht auf die Idee kommen, dass Snille so einige von ihnen wiedererkennen würde, und versuchen, ihn zum Schweigen zu bringen. Snille summte ein bisschen vor sich hin, sagte aber kein Wort zu Märtha. Er wollte nicht, dass sie Angst bekam.

Eine ganze Weile sahen sie noch zu, wie ihr Grundstück mit Autos zugeparkt wurde, bis es ihnen vor den Augen flimmerte. Erschöpft zogen sie sich zurück.

»Ich glaube, für heute haben wir genug erlebt«, sagte Märtha abschließend und schloss die Balkontür. »Am besten wir legen uns noch einmal hin, wir brauchen jede Stunde Schlaf, die wir kriegen können.«

Diese Idee gefiel auch den anderen, und so gingen sie zurück in ihre Zimmer. Aber es dauerte lange, bis sie wieder in den Schlaf fanden. Denn es war nicht leicht einzuschlafen, wenn plötzlich Diebesgut im Wert von mehreren Millionen Kronen auf dem eigenen Grundstück stand.

46

An diesem Morgen gab es erst spät Frühstück, aber nachdem sie Kaffee getrunken, Eier, Joghurt und Müsli gegessen hatten, wurden sie langsam wieder fit. Märtha stand auf und ging mit Snille ins obere Stockwerk. Sie warfen einen Blick aus dem Fenster. Draußen standen unglaublich luxuriöse Autos, Anhänger und Boote.

»Es ist völlig verrückt. Ein Meer von Luxusartikeln«, sagte Snille.

»Ja, und jetzt ist es so weit, dass du in Aktion trittst«, antwortete Märtha. »Du musst dir jetzt alle Mühe geben, richtig böse zu sein, Snille.«

»Böse? Das ist aber nicht ganz einfach, kleine Märtha. Ich bin doch immer gutgelaunt.«

»Aber siehst du das denn nicht? Der ganze Garten ist mit Dingen zugeparkt, die nicht uns gehören. Es wäre doch sonderbar, wenn wir uns nicht furchtbar aufregen würden!«

»Aber so ist es nun mal. Wie soll ich denn richtig böse sein, wenn ich es nicht bin? Ich bin einfach so froh und glücklich darüber, dass, na ja, du weißt schon … Du und ich …«

Märtha hörte seine Worte, ihr wurde warm ums Herz, und sie verlor den Faden. Plötzlich war Der Große Plan gar nicht mehr so wichtig. Eine Umarmung von Snille und sie fühlte sich mindestens genauso großartig wie nach einem Banküberfall. Märtha wurde nachdenklich.

»Dass ich auf einen Menschen wie dich so lange warten musste«, murmelte sie kaum hörbar. »Es tut so gut, dass wir so viele schöne Sachen zusammen tun können. Kuscheln und so …«

»Ja, natürlich.« Ich komme nur manchmal bei den Dingen, die du dir ausdenkst, nicht ganz mit, dachte er, war aber diplomatisch genug, es für sich zu behalten. Stattdessen lächelte er und zog sie an sich. Da erklangen plötzlich Schritte auf der Treppe, worauf sie sich räusperten und murmelten, dass eine umfangreiche und wichtige Arbeit auf sie warte. Und dann gingen sie hinunter in die Küche.

»Jetzt müssen wir den Sack zumachen«, sagte Märtha und nickte den anderen zu. »Allerhöchste Zeit, dass wir den BandAngels Bescheid stoßen, das kriegen wir schon hin.«

»Wovon sprichst du? Ich verstehe gar nichts«, sagte Stina.

»Wir versuchen, eine Rockerbande auszuschimpfen, die Knüppel und Schlagringe hat«, erklärte Snille, der nun erkennbar bleich um die Nase war.

»Huch«, rief Stina. »Ihr seid aber mutig.«

»Vielleicht kann Gunnar mitgehen«, meinte Anna-Greta und sah sich um, aber der hatte sich schon aus dem Staub gemacht.

»Ach was, ich werde das regeln. Manchmal muss man sich einen Ruck geben«, sagte Snille und fühlte sich von der Unterstützung der anderen motiviert – aber ganz ehrlich hatte er noch nie in seinem Leben solche Angst gehabt. Märtha sah das.

»Ich begleite dich«, sagte sie entschlossen. »Zu zweit geht alles besser, nicht wahr?«

Kurz darauf hakte Snille Märtha ein, und sie wanderten gemeinsam hinauf zur gelben Villa. Als sie dort waren, nahm Snille Haltung an und klopfte fest und energisch an die Haustür. Tompa öffnete und feixte, als er seine betagten Nachbarn sah. Aber er bat sie nicht hinein, sondern ließ sie in der Türöffnung stehen.

»Ja, es geht um die Fahrzeuge auf unserem Grundstück. Es ist unser Grundstück«, sagte Märtha. »Wir möchten, dass Sie …«

»Ja?«

»Ja, es ist ganz einfach so, dass wir unser Grundstück selbst benötigen«, erklärte Snille ganz vorsichtig. »Wir sind verärgert, dass Sie Ihren Krempel da einfach abgestellt haben.«

»Wie bitte, Krempel? Nennst du einen Cruiser etwa Krempel?«

»Nicht direkt, nein, so meine ich das nicht, aber ... die Autos verstellen die Aussicht, und so können wir da keine Blumen pflanzen, und es ist ziemlich schwierig, sich zwischen all den geparkten Fahrzeugen hindurchzubewegen.«

»Weißt du was? Die Karossen stehen da, solange es nötig ist. Verstanden? Ihr hättet ja eine Pacht haben können, aber jetzt ist es zu spät. Selbst schuld.«

»Aber das Grundstück gehört uns«, protestierte Märtha, nun etwas energischer als zuvor.

»Hörst du schlecht?«

»Aber wie lange soll das Zeug denn noch da stehen bleiben?«

»Das ist unsere Sache.«

Nun erschien auch Jörgen in der Türöffnung. Sein Oberkörper war nackt, und Märtha sah, dass seine Brust von oben bis unten tätowiert war.

»Tut mir leid, das war's jetzt. Wiedersehen!«, sagte er.

»Können Sie den Kram bis zum Montag entfernen?«, fragte Märtha hartnäckig.

»Nichts da. Wir müssen nach Kopenhagen. Das dauert eben so lange wie es dauert.«

»Aber der Rasen ...«

»Du, wir müssen auf die Jahresversammlung, okay? Beruhige dich, das Gras wächst schon wieder nach, verstanden?« Jörgen machte Anstalten, die Tür zu schließen.

»Aber mein Lieber«, setzte Märtha noch einmal an.

»Abhauen, habe ich gesagt.«

Märtha und Snille traten den Rückzug an, Snille fasste Märtha wieder am Arm, und so gingen sie langsam den Berg hinunter. Als sie wieder ins Haus kamen, waren sie richtig erleichtert.

»Genau wie wir es uns gedacht haben und wie es auf ihrer Homepage steht«, sagte Snille. »Sie fahren zur Jahresversammlung der HadesEngel nach Kopenhagen. Dann müssen wir einfach nur loslegen!«

»Sollen wir das wirklich machen? Wenn uns jemand auf die Schliche kommt«, fragte Stina. »Uns auflauert …«

»Mach dir keine Sorgen, es wird schon gutgehen«, sagte Kratze tröstend und legte den Arm um sie. Da sah sie ihn mit großen Augen an und wurde ganz still. Denn jetzt war er wieder ganz der alte Kratze, wie früher, bevor diese Hokuspokusdame alles auf den Kopf gestellt hatte.

Schon am Freitagnachmittag verließen die BandAngels die Villa. Die Motorräder knatterten eins nach dem anderen in einer Abgaswolke den Myrstig hinunter. Die Seniorengang stand auf dem Balkon und betrachtete das Schauspiel. Als das letzte Motorrad vom Hof gefahren war, strich sich Märtha über ihre Schürze und sah sehr entschlossen aus.

»Meine Lieben, ich fürchte, es wird heute Abend keinen Moltebeerenlikör geben. Wir haben zu viel zu tun.«

»Können wir denn wirklich ganz sicher sein, dass keiner mehr im Haus ist? Und dass auch keiner zurückkommt?«, fragte Stina ängstlich.

»Im Leben kann man nie ganz sicher sein. Aber manchmal muss man ein Risiko eingehen. Erst dann kann man etwas verändern und die Lage verbessern«, sagte Märtha.

»Oder verschlechtern«, murmelte Kratze.

»Aber dieses Mal wird es schon gutgehen«, schob Snille schnell hinterher. »Und vergesst nicht, dass wir für viele wichtige Dinge kämpfen.«

»Die Pflege, die Betreuung und die Altersheime …«, begann Anna-Greta.

»Die Altenpflege und die Kultur«, sagte Kratze.

»Und die Schulen«, fügte Stina hinzu, doch da unterbrach sie Märtha.

»Für Gesellschaftskritik ist später noch Zeit. Eins nach dem anderen, jetzt müssen wir uns darum kümmern, Fotos zu schießen und Maß zu nehmen«, beschloss sie. »Snille und ich knipsen, und ihr, Stina und Kratze, notiert die Hersteller und messt alles, was im Garten steht, nach. Vergesst die Boote am Anleger nicht.« Sie reichte ihnen ein Rollmaßband, das von Snilles Bildsteingießaktionen mit PVC bekleckert war.

»Und was ist mit Lillemor? Wenn sie sich fragt, was wir da machen?«, fragte Stina.

»Kein Problem. Sie ist am Wochenende bei so einer Tarot-Seance«, antwortete Kratze.

»Ach so, dann ist sie also auch von der Bildfläche verschwunden. Wie üblich«, sagte Stina verbissen, der es noch immer schwerfiel, diese dunkelhaarige Glückssucherin in ihrer Nähe zu tolerieren.

»Und du, Gunnar, du kannst vielleicht dabei behilflich sein, unsere Fotos auf dem Computer zu speichern«, fuhr Märtha fort, ohne Notiz von der Freundin zu nehmen. Der hochgewachsene Mann aus Värmland nickte zufrieden, denn es freute ihn sehr, dass er sich wieder im Zentrum des Geschehens aufhalten durfte.

»Es kommt darauf an, dass wir den Bildern die richtigen Hersteller und Maße zuordnen. Du verstehst, wie ich es meine?«

»Ja, klar«, antwortete er und grüßte zum Spaß.

»Also, dann legen wir jetzt los«, gab Märtha das Kommando, aber erst, nachdem Snille sich noch einmal vergewissert hatte, dass niemand mehr im Haus der Rocker war. Außerdem hatte Stina Anders und Emma über ihr Vorhaben informiert, also waren sie am Wochenende auch in der Stadt. Vielleicht brauchte die Seniorengang ja irgendwann Hilfe.

»Es gibt zwar heute viel zu tun«, sagte Kratze, »aber dafür fällt auch die Gymnastik aus.«

Alle begannen mit ihren Aufgaben und waren froh, dass es Juni war und noch lange hell am Abend. Denn die Herstellernamen herauszufinden und die Wagen, Motorräder und Boote im Wert von an die zweihundert Millionen Kronen zu vermessen, brauchte seine Zeit. Die Stunden vergingen, und erst gegen neun Uhr abends hatten sie den praktischen Teil erledigt. Dann kam die Arbeit am PC. Märtha servierte Kaffee und Tee mit warmen Baguettes, und nach einer kleinen Pause ging es weiter. Kurz vor Mitternacht waren sie fertig, aber da hatten sie auch schon alle Fahrzeuge zum Verkauf ins Netz gestellt, zudem noch zwei Bilder, die sie in der Kajüte eines Segelbootes gefunden hatten.

»Jetzt nutzt die Gelegenheit zu schlafen«, sagte Märtha, »denn man weiß ja nie. Es könnte sein, dass morgen wieder eine Menge Arbeit auf uns zukommt.«

In diesem Moment wusste sie noch nicht, wie recht sie behalten sollte.

47

Olle Marling war miserabel gelaunt, als er in dem alten, heruntergekommenen Clubraum der HadesEngel in Orminge herumstapfte. Er war mit dem Fuß an ein heißes Auspuffrohr gekommen, und die Wunde hatte sich infiziert. Blutvergiftung. Der Arzt hatte ihn angewiesen, Ruhe zu halten, doch dazu hatte er natürlich nicht die geringste Lust. Rocker-Clubs aus ganz Skandinavien würden am nächsten Tag in Kopenhagen zusammenkommen, und er hatte jede Menge Entscheidungen zu treffen. Jahreshauptversammlung. Etwas später am Abend, wenn er fertig war, würde er mit einigen Kumpels runterdüsen. Fuck, er war hundemüde, und sein Fuß tat sauweh. Jetzt konnte er ein Bierchen vertragen. Er holte sich eine Flasche aus dem Kühlschrank und suchte nach einem Öffner. Da fiel sein Blick auf die brandverletzte Schaufensterpuppe.

»Shit«, brummte er und hob das Puppenvieh hoch. Die Lederklamotten hingen in Fetzen hinunter, und der eine Schuh fehlte. Die Puppe sah völlig bescheuert aus. Langsam trank er sein Bier aus und humpelte aus dem Clubraum. Draußen schien die Sonne, und nicht eine einzige Wolke war am Himmel zu sehen. Es duftete nach Gras, und die Blätter bewegten sich leicht im Wind. Eine Schar Vögel krähte auf den Beeten. Er humpelte hinüber, wedelte um sich, um sie zu verjagen, lief eine Weile im Kreis herum und setzte sich dann wieder. Die Vögel pickten die frisch gesäten Samen heraus. Olle Marling seufzte. Wütend ging er in den Werkzeugschuppen und holte eine alte Harke heraus. Dann nahm er ein Messer aus dem Werkzeugkoffer und spitzte das Ende des Stiels an.

Danach ging er zurück in den Clubraum und holte die Puppe. Der Kopf war lose, aber er schraubte ihn wieder fest, so gut es ging. Er schob den Stiel unter die halb abgebrannten Kleider der Schaufensterpuppe. Das war nicht ganz leicht und dauerte eine Weile. Doch als er damit fertig war, trat er zufrieden einen Schritt zurück, um sich sein Werk anzusehen. Die perfekte Vogelscheuche. Zufrieden nahm er die Puppe unter den Arm und humpelte wieder zurück zu den Beeten. Dort steckte er die Stange in die Erde und klopfte sie, so gut es ging, in die Erde. Hübsch, dachte er noch, doch da kamen die Vögel auch schon zurück und pickten weiter nach den Samen, als wäre nichts passiert.

Er fluchte und beschloss, die blöde Puppe auf den Müll zu schmeißen. Jetzt hatte er genug davon, er musste wieder an die Party denken, auf der ihn alle ausgelacht hatten: erst dieser peinliche Lotteriegewinn und dann sein Abgang, als er vor Wut mit der Puppe unter den Arm hinausgerannt war. Seitdem stand sie ihm eigentlich nur im Weg. Höchste Zeit, sie loszuwerden. Vielleicht könnte er damit den BandAngels einen Denkzettel verpassen? Er musste an die Mafia und die abgeschnittenen Pferdeköpfe denken. Die BandAngels konnten die Puppe zurückbekommen, der verbrannte Körper würde sie in Angst und Schrecken versetzen. Er musste lachen und ging mit der Puppe zurück ins Haus.

Kratze war mit den Beeten sehr beschäftigt, als er Lärm von der Straße her hörte. Ein Bote auf einem Motorrad kam mit einem großen Paket den Hügel hinaufgefahren. Der Fahrer stieg ab, klingelte an der Tür der gelben Villa, doch niemand öffnete. Er versuchte es noch einmal, doch als niemand öffnete, sah er sich um und entdeckte Kratze. Da sprang er wieder auf seine Maschine, fuhr hinunter zu den Briefkästen und hielt am Gartentor an. Er winkte Kratze zu sich.

»Ich habe für die Nachbarn da oben ein Paket. Wissen Sie, wann die nach Hause kommen?«, fragte er.

»In zwei Tagen«, antwortete Kratze und schielte misstrauisch auf den Absender. »Sie haben mich gebeten, ihre Post entgegenzunehmen, solange sie fort sind.«

Der Motorradfahrer schien keine Bedenken zu haben, zog einen Apparat aus der Lederweste und hielt Kratze das Display zum Unterschreiben hin.

»Bitte eine Unterschrift, das ist schon alles.«

Kratze nickte, schmierte etwas völlig Unleserliches hin und gab ihm den Apparat zurück. Dann nahm der Paketbote den Karton vom Gepäckträger und stellte ihn an den Zaun.

»Bitte sehr. Schönes Wochenende«, sagte er und fuhr schon wieder los. Kratze hob die Hand und winkte. Dann rief er die anderen.

»Was ist das denn?«, fragte Snille und beäugte das mannshohe, rechteckige Paket.

»Ich glaube, ich weiß es«, sagte Kratze. »Schau dir mal diese lange, schmale Form an. Das kann eigentlich nur die Schaufensterpuppe sein.«

»Du liebe Zeit! Dann ist sie wieder bei uns«, rief Anna-Greta.

Märtha trat näher und schielte hinein. Vorsichtig fing sie an, das Paketpapier aufzupuhlen, während die anderen um sie herumstanden und zusahen.

»Mein Gott, das ist die Schaufensterpuppe, aber seht nur, die hat gebrannt!«

»Was sagst du?«, fragte Snille und schaute auch durch die kleine Öffnung.

»Und wenn die Scheine jetzt auch verbrannt sind?«, rief Stina und kam vorsichtig näher.

»Das muss ein ganz spezieller Scherz sein. Oder eine Rache für das, was dem Chef der HadesEngel auf dem Fest passiert ist«, meinte Kratze.

»Das ist doch egal. Hauptsache, das Geld ist wieder da«, sagte Anna-Greta zufrieden. »Dann müssen wir doch nur den Inhalt rausholen, oder?«

»Sollen wir das wirklich?«, fragte Stina ängstlich.

»Ja, sicher. Und dann legen wir die Puppe wieder zurück, damit es keiner merkt«, schlug Märtha vor und fing schon an, der Puppe den Kopf abzuschrauben. »Meine Lieben, heute ist unser Glückstag. Schaut mal, die Scheine sind noch da!«

»Na so was«, rief Anna-Greta, krempelte die Ärmel hoch und steckte die Hand hinein in die Millionen. Auf ihrem Gesicht breitete sich ein seliges Lächeln aus, als sie mit den Fingern zwischen dem Papiergeld hin- und herfuhr. »Ach ja, wunderbare, echte Scheinchen. Wie herrlich. Das ist aber ein gutes Gefühl«, seufzte sie.

»Stopp, Moment mal. Ich habe eine viel bessere Idee«, unterbrach Märtha sie plötzlich.

»Wieso? Hier liegen immerhin mehrere Millionen!«, protestierte Anna-Greta.

»Aber das Geld vom Überfall auf die Handelsbank ist registriert.«

»Ach was, das können wir doch wieder waschen. Solvalla!«, sagte Anna-Greta ganz lässig.

»Stimmt, aber manchmal macht es Sinn, schon einen Schritt weiter zu denken«, sagte Märtha und sah sich prüfend um. »Jetzt gehen wir mit dieser Puppe zu unseren lieben Nachbarn hinüber. Die HadesEngel haben es so gewollt, und dann ist es auch das Klügste, nicht daran zu rühren. Ich verspreche euch, es wird das Beste für uns alle sein. Ihr könnt euch auf mich verlassen!«

Anna-Greta wollte schon den Mund aufmachen, um zu widersprechen, doch als sie Märthas energischen Gesichtsausdruck sah, hielt sie an sich. Also nahm sie brav die Hände aus den Geldscheinen und richtete sich auf. Dann sah sie besorgt zu, wie ihre Freundin den Kopf wieder anschraubte und die Puppe zurück in die Verpackung steckte, woraufhin Snille den Karton auf den Rollator legte und zur Villa hinauflief. Mit fünf Millionen im Korb.

Seit die Seniorengang annonciert hatte, riefen die Leute an wie verrückt. Anna-Greta hatte die Anzeigen »Verkauf aus Nachlass« überschrieben, und so etwas lockte viele Interessenten an. Auto oder Boot, Motorrad oder Traktor. Es spielte fast keine Rolle, was sie angeboten hatte, alles, was sie verkaufen wollten, war heiß begehrt. Um den Ablauf des Tages unter Kontrolle zu behalten, hatte Anna-Greta am Telefon Stellung bezogen und dann die Besichtigungstermine so gelegt, dass nicht alle potentiellen Käufer auf einmal eintrafen. Ein guter Vorsatz, doch sie glaubten nicht ernsthaft, dass es klappen würde.

»Das kann ein langer Tag werden«, sagte Märtha und stellte vier Kannen mit frisch gebrühtem Kaffee in die Fliederlaube. Sie hatten schon ein stärkendes Frühstück zu sich genommen, und über den Tag verteilt sollte es Kaffee mit Häppchen geben, damit sie durchhielten. Die Keksdose war mit Waffeln randvoll, und auf einem Brett lag ein frisches Steinofenbrot. Außerdem hatten sie mehrere Kilo Äpfel, Apfelsinen und Bananen als Verpflegung besorgt und für Kratze, der von Bonbons mehr hielt, gab es einige Tüten saure Bonbons. Snille hatte sie Zitronenlakritze und einen Käsekuchen mit Erdbeeren hingestellt, den sie am Morgen noch gebacken hatte. Liebe gab einem offenbar Ozeane von Kraft, und seit sie sich verlobt hatten, hatte sie angefangen, Snille auf so eine typisch weibliche Art zu verwöhnen. Nie zuvor hätte sie sich träumen lassen, dass sie sich in die Küche stellen und backen würde. Aber sie freute sich so sehr, wenn Snille glücklich war.

Es war schön und windstill, das Wasser lag spiegelblank da, und draußen auf der Förde konnte man die Vögel weit oben am Himmel sehen. Die ersten Finnlandfähren waren auf dem Weg hinein nach Stockholm, und am Bootssteg schaukelten drei große Boote: ein Petterssonboot, eine Segelyacht und ein Motorboot. Zwei Luxusyachten, die dort keinen Platz mehr gefunden hatten, ankerten in der Bucht. Zum Glück hatten Anders und Emma versprochen, den Rentnern beim Verkauf zu helfen, und das war wirklich von

Vorteil, denn es erhöhte die Glaubwürdigkeit, da so viele verschiedene Dinge verkauft werden sollten. Kratze war der Einzige, der das überflüssig fand, zumindest was die Boote betraf, denn das erledigte er selbst wirklich am allerbesten. Aber ehemals Seemann gewesen zu sein ist die eine Sache, Schiffe und Boote heimlich zu verkaufen eine andere. Stina nahm sich eine Waffel, summte ein bisschen vor sich hin und sagte dann:

»Wisst ihr was, mir geht eine Sache durch den Kopf. Wie sollen wir denn erklären, dass uns das alles gehört?« Sie sah über das Grundstück, auf dem Boote und Autos so dichtgedrängt standen, dass man kaum zwischen ihnen hindurchgehen konnte.

»Erbe«, sagte Anna-Greta. »Wir haben schließlich ›Nachlass‹ in die Anzeigen geschrieben. Wir können ja Geschwister gehabt haben, die Boote, Autofabriken und so was besessen haben«, sagte Anna-Greta.

»Schlau«, antwortete Märtha.

»Und was ist mit der Kunst?«, fragte Stina. »Eins der Gemälde ist ein echter Zorn.«

»Dasch könn wir schon gansch jung gekautt ham. Wertschteigerung, nischt wahr«, sagte Anna-Greta, die den Kugelschreiber im Mund hatte.

»Aber den hätten wir doch besser in einem Auktionshaus versteigert«, meinte Snille.

»Wenn wirsch nur geschafft hättn«, antwortete Anna-Greta, die den Stift noch immer nicht ausgespuckt hatte.

Die Diskussion ging hin und her, während die Sonne immer höher am Himmel stieg und die Seniorengang auf die ersten Kunden wartete. Sie besprachen verschiedene Lügen, die sie zur Erklärung vorbringen konnten – aber besonders glaubwürdig klangen sie alle nicht, deshalb einigten sie sich darauf, so wenig wie möglich zu erklären. Aber die größten Sorgen bereitete ihnen der Gedanke, dass einer der BandAngels früher als erwartet zurückkommen könnte oder dass einer der Kunden sie durchschauen würde und auf den Gedanken käme, dass es sich um Diebesgut handelte.

»In der Welt der Kriminalität geht es immer etwas drunter und drüber«, versuchte Märtha, die anderen zu beruhigen.

»Am besten lügen wir frei heraus«, meinte Kratze. »Wenn man nur genug lügt, glauben einem die Leute.«

»Wir tun einfach so, als seien wir Politiker, die in einem Nachtclub waren und ertappt worden sind«, schlug Stina vor.

»Ja, genau, und dann improvisieren wir«, stimmte Märtha zu. Und kaum hatte sie das ausgesprochen, hörten sie auch schon ein Motorengeräusch von draußen. Es war acht Uhr morgens, und der erste Interessent des Tages war im Anmarsch. Gunnar stand auf, perfekt vorbereitet mit all seinen Computerausdrucken, und Anna-Greta nahm ihr Notizbuch fest in die Hand, in dem sie die Dinge abhaken wollte. Wie Märtha trug sie eine Gürteltasche, damit sie von denen, die bar bezahlen wollten, gleich das Geld kassieren konnten, und zudem hatte sie noch eine Laptop-Tasche mit einem iPad dabei, das Gunnar und sie für die Überweisungen der größeren Beträge benutzten.

Der erste Kunde war ein Mann, der einen Bentley kaufen wollte. Snille kam in Fahrt und redete so viel von Beschleunigung und Pferdestärken, dass er ganz vergaß, dass er das Auto verkaufen wollte, und hätte Märtha nicht im letzten Moment eingegriffen, wäre ihnen gleich eine Million durch die Lappen gegangen. Zwei Motorräder, ein Jaguar und eins der Boote waren allerdings ganz leicht zu verscheuern, und Märtha und Anna-Greta lobten die Verkaufsseiten im Internet.

»Es ist unglaublich, wie einfach man das Zeug loswird!«, rief Anna-Greta und ging hinein, weil sie die übervolle Gürteltasche leeren musste. Die Scheine schob sie in einen Umschlag, auf dem Bentley, Jaguar und so weiter stand, und versteckte den Umschlag in einer Kleidertruhe. Wenn unter den Kunden auch Langfinger waren, dann würden sie zwischen all den Handtüchern und Bettlaken keine Kronen finden! Die Boote und der Bentley hatten allerdings so einen hohen Wert, dass sie nur eine Anzahlung entgegennehmen konnten und Anna-Greta das iPad zu Hilfe nehmen oder den Kunden ein Einzahlungskonto für die Restsumme nennen musste.

»Aber an Ihren Augen kann ich sehen, dass Sie ein ehrlicher Mensch sind«, sagte sie immer zum Abschluss ihrer Geschäfte, und dann hoffte sie inständig, dass die Käufer die restliche Summe auch wirklich auf das Konto einzahlen würden.

Die Telefone klingelten, und ein Wagen nach dem anderen hielt bei ihnen am Hügel. Die Geschäfte liefen glänzend. Oldtimer, Motorräder und Jaguare verkauften sich ebenso problemlos wie die Bilder, die Märtha in der Kajüte einer Yacht gefunden hatte. Neben dem Zorn lag dort auch noch ein Bild von Matisse, aber das war nicht so leicht an den Mann zu bringen. Wie oft Stina auch beteuerte, dass das Gemälde echt sei, die Leute glaubten ihr einfach nicht.

»Das können Sie wem anders erzählen«, sagten sie und zuckten mit den Schultern, doch Stina fühlte sich trotzdem sehr geschmeichelt. Erst als zufällig jemand vorbeikam, der kürzlich noch Direktor am Modernen Museum gewesen war, verkauften sie das Bild, und dies zu einem derart hohen Preis, dass Anna-Greta auf dem ganzen Weg zur Kleidertruhe lachen musste. Der Strom an Interessenten riss nicht ab, und am Nachmittag waren Märtha und ihre Freunde völlig erledigt. Sie fingen schon an, die Anzeigen zu verwechseln, und hatten bald den Überblick verloren, welche Objekte bereits einen Käufer gefunden hatten und welche noch verkauft werden sollten.

»Das macht doch nichts«, rief Stina ausgelassen. »Wir haben einen Mordsspaß, und die Hauptsache ist schließlich, dass die Kasse klingelt.«

»Aber ein Motorrad aus den dreißiger Jahren als Moped zu verkaufen, ist schon etwas dämlich«, antwortete Snille empört.

»Musst du gerade sagen, der einen echten Zorn als Aquarell eines unbekannten Künstlers angepriesen hat«, konterte Stina sofort. »Wenn ich nicht aufgepasst hätte, wären uns mehrere Millionen durch die Lappen gegangen.«

»Streitet euch nicht, meine Lieben. Gleich gibt es Kaffee und belegte Brote und als Nachtisch noch Käsekuchen«, unterbrach sie Märtha, die sehr darauf achtgab, dass es keine Zankereien gab und die Stimmung gut war. Und mit Zitronenwaffeln lockte sie die anderen auch noch. Als Abwechslung zu den üblichen mit Schokoladenfüllung.

In dem Moment kamen gleich mehrere Leute den Myrstig hinaufgefahren, und die Seniorengang musste wieder in Aktion treten. Und weil sie es deshalb nicht schafften, den stärkenden Nachmittagskaffee zu sich zu nehmen, ging es mit ihren Geschäften nun wirklich durcheinander. Anna-Greta kam mit dem Abhaken ihrer Listen nicht hinterher, und Snille verkaufte dasselbe Objekt mitunter mehrmals. In einem schwachen Moment veräußerte er zudem Lillemors Auto, weil er es so hässlich fand, doch dann besann er sich, weil es ihm ja gar nicht gehörte. Aber den gröbsten Schnitzer erlaubte sich Kratze, der aus Versehen das Pferd des Nachbarn verhökerte. Das stand brav am Rand des Grabens und kaute vor sich hin, so dass Kratze in der Hektik dachte, es gehöre auch dazu. Gott sei Dank gelang es Stina, die die Jüngste von allen und nicht ganz so müde wie die anderen war, das Geschäft in letzter Sekunde zu verhindern.

Wie auch immer, ein Luxusauto oder -boot verschwand nach dem anderen, und am Samstagnachmittag war auf den beiden Grundstücken wieder richtig Platz. Alle waren fix und fertig, und Anna-Gretas Pferdewiehern klang auch viel kraftloser als sonst. Aber sie war bester Dinge, denn schon jahrelang hatte sie nicht mehr so viel Geld in den Fingern gehabt wie an diesem einen Tag. Lächelnd legte sie wieder einen Umschlag mit Scheinen in die Holztruhe aus dem achtzehnten Jahrhundert, tätschelte den Verschluss, auf dem TRAUTES HEIM, GLÜCK ALLEIN geschrieben stand und rief aus:

»Jetzt ist die Truhe randvoll, und das Geld duftet nach Lavendel!«

»Ja, es ist wunderbar, das Las-Vegas-Geld zurückzubekommen, wenn auch auf Umwegen«, antwortete Märtha. »Geschieht Beylings ganz recht, wenn sie die Typen decken, die krumme Geschäfte machen.«

»Von Kommissar Blomberg ganz zu schweigen«, meinte Snille.

»Ja, er ist selbst schuld. Einfach unser Geld klauen!«, regte Stina sich auf.

»Stellt euch nur sein Gesicht vor, wenn er das leere Lager sieht«, grinste Kratze.

»Darauf trinken wir«, sagte Märtha und holte den Champagner heraus. »Und ich möchte die Gesichter der BandAngels sehen, wenn sie nach Hause kommen. Sie können zwar schimpfen und toben, aber viel dagegen tun können sie nicht. Alles ist weg.«

Snille richtete sich nervös auf, und Stina kratzte mit dem Zeigefinger an der Tischplatte herum.

»Aber ich hab trotzdem Angst«, sagte sie mit weinerlicher Stimme. »Manchmal schauen die mich so böse an. Wenn sie nun meinen, die Sachen hätten ihnen gehört?«

Da sprang Kratze auf und sah richtig wütend aus.

»Du Gute! Sie werden natürlich glauben, dass wir ihnen die Dinge gestohlen haben …«

»Ach du liebe Zeit!«, rief Anna-Greta.

»Ihnen gestohlen? Ihr Lieben, daran habe ich noch gar nicht gedacht. Es gibt wirklich viel, auf das man achten muss«, stöhnte Stina.

»Ja, ich fürchte, dass diese Aktion nun auch zu unseren Verbrechen zählt«, sagte Snille mit erstaunlicher Gelassenheit.

»Dann sind wir wirklich schlecht dran«, war Kratzes Kommentar.

»Sollten wir vielleicht einfach alles stehen und liegen lassen?«, schlug Stina vor und sah sehr besorgt aus. »Oder wir überlegen uns etwas, aber dann schnell!«

»Schnell? Meine Liebe. Das ist nicht so leicht. Und wir haben es ziemlich eilig ...«, seufzte Anna-Greta.

»Das regelt sich schon, keine Sorge. Wir haben alles unter Kontrolle«, sagte Märtha, »... zumindest sollten wir das haben«, fügte sie hinzu, allerdings mit so dünner Stimme, dass es niemand hören konnte. »Wir verlassen Värmdö für eine Weile, bis sich die Lage beruhigt hat.«

»Wir sollen das Haus verlassen?«, riefen die anderen wie aus einem Mund. »Nein, es gefällt uns hier doch so gut.«

»Vielleicht hätte ich das früher sagen sollen, aber weder Snille noch ich wollten euch Angst machen. Wir haben nämlich einen Plan.«

Märtha schielte zu Snille hinüber, und er nickte ermutigend. Da holte sie einmal tief Luft, stellte das Champagnerglas zur Seite und faltete die Hände. »Hört zu. Das klingt vielleicht nicht so gut, aber es ist nicht alles so finster, wie es aussehen mag.«

Die fünf und Gunnar waren so sehr mit sich beschäftigt, dass sie Lillemor überhaupt nicht bemerkten. Sie war von ihrer Tarotkarten-Seance bei einer Freundin nach Hause gekommen und spazierte nun zufrieden und gutgelaunt den Berg hinauf. Ein bisschen schwankte sie sogar, denn es hatte ehrlich gesagt mehr als ein Glas Wein gegeben ... Doch dann stutzte sie. Hier sah es ganz anders aus als am Vortag, an dem sie aufgebrochen war! Die Autos, die so dicht an ihrem Zaun gestanden hatten, waren fort, und auch der Cruiser 16, auf den Tompa so stolz gewesen war, war verschwunden. Es dauerte eine Weile, bis sie begriff, was passiert war. Erst sah sie einmal zu dem Grundstück hinüber, dann noch ein paar Male und traute dennoch ihren Augen nicht. Mit zittrigen Händen öffnete sie ihre Handtasche und zog ihr Handy heraus. Sie schaffte es mit Mühe und Not, die Tasten zu bedienen, und ihre

Stimme klang mehr als verschwommen, doch sie brachte immerhin heraus:

»Weißt du was, Tompa? Du wirst es nicht glauben, aber alle eure Fahrzeuge sind weg!«

Dann ging sie ins Haus und fiel in ihr Bett. Alles drehte sich, sie war sternhagelvoll und bald darauf in einer anderen Welt.

48

Einer berüchtigten Rockerbande etwas zu klauen ist eine gefährliche Angelegenheit. Völlig verschreckt hatten sich Anna-Greta, Gunnar, Stina und Kratze am Küchentisch versammelt, um sich mit einer Tasse heißer Schokolade etwas zu beruhigen und gemeinsam zu überlegen, was sie tun konnten. Märtha und Snille versuchten, sie zu trösten und aufzumuntern, so gut es ging, doch auch sie betrachteten die Lage als mehr als prekär. Am wahrscheinlichsten war, dass die Rocker glauben würden, dass ihre Nachbarn die Täter seien. Deswegen musste die Seniorengang auf eine Flucht vorbereitet sein und die Villa vielleicht sogar für immer verlassen.

»Es tut mir leid, aber wir müssen wohl weg, ob wir wollen oder nicht«, fasste Märtha die Situation zusammen und sah die anderen ernst an. »Und ich glaube auch nicht, dass uns viel Zeit bleibt. Aber ihr müsst euch keine Sorgen machen. Snille und ich haben eine Unterkunft organisiert, wo wir uns bis auf weiteres verstecken können, und Anders und Emma kommen bestimmt auch und helfen.«

»Aber wohin sollen wir denn ziehen, das müssen wir doch wissen«, meckerte Kratze.

Märtha holte ihre geblümte Stofftasche und suchte nach ihrer Mappe. Trotz der Kunststoffhülle waren die Papiere darin faltig. Auch Märtha hatte ein bisschen weinen müssen, denn das Leben in der Villa war einfach schön gewesen, und zudem hatte sie ein schlechtes Gewissen, weil sie ihre Freunde schon wieder zwang, umzuziehen. In Zukunft musste vorausschauender geplant werden. Sollten sie noch mehr Verbrechen begehen, durften die nicht mehr solche einschneidenden Folgen haben.

»Es ist schon traurig, dass wir Värmdö verlassen müssen, aber wir können ja später zurückkehren. Doch jetzt schaut euch das hier mal an, das sieht doch gar nicht schlecht aus, oder?«, fragte sie, öffnete die Mappe und begann zu blättern. »Snille und ich haben im Internet ein Haus gesucht, und das haben wir gefunden. Ich glaube, wir haben gute Voraussetzungen dafür, dass es uns in unserem Versteck gut gefallen wird.« Sie legte die Karte und einen Stapel Fotos auf den Tisch, die sowohl das Häuschen als auch die nähere Umgebung zeigten.

Die anderen waren anfangs ein bisschen eingeschnappt, dass man sie nicht von Beginn an in die Planung einbezogen hatte, aber dann sahen sie schließlich ein, dass sie vollauf beschäftigt gewesen waren und Märtha und Snille ihnen so nicht nur die Entscheidung, sondern auch die Arbeit abgenommen hatten. Kurz vor Mitternacht stand fest, wie sie vorgehen wollten, und nun konnten sie sich endlich ein paar Stunden Schlaf gönnen.

»Wir müssen unsere Sachen heimlich packen, damit unsere Nachbarn nicht merken, dass wir uns aus dem Staub machen. Und nicht nur das. Wir müssen damit fertig sein, bevor sie zurückkommen«, sagte Stina, und ihre Stimme zitterte.

»Stimmt, aber das kriegen wir schon hin«, sagte Kratze und strich ihr sanft über die Wange. Sein Seitensprung mit Lillemor und Stinas heftige Reaktion darauf hatten bewirkt, dass er nun eher Angst um sie hatte. Er war egoistisch und blöd gewesen, und auch wenn die Treffen mit Lillemor etwas sehr Spannendes gehabt hatten, wollte er keinesfalls riskieren, Stina für immer zu verlieren. Natürlich hatte er seine Stina am allerliebsten. Das war immer so gewesen. Dass sie das nicht wusste!

Früh am nächsten Morgen begannen sie zu packen. Eine völlig verheulte Anna-Greta musste ihre Schallplattensammlung zurücklassen.

»Wenn sich die Lage beruhigt hat, kommen wir wieder und holen die Kisten«, sagte Märtha tröstend. »Außerdem ziehen wir weit weg von Stockholm und Gunnars Familie, dann hast du ihn endlich für dich allein. Das ist doch auch schön, oder?«

Widerwillig ließ Anna-Greta sich darauf ein, die Schallplatten zu verstauen, und dann murmelte sie, dass ihre kriminelle Tätigkeit ihr Privatleben langsam kaputtmache. Sie verstand sich mit Gunnar so gut und hatte sich darauf gefreut, viele Abende mit ihm zu verbringen, gut zu essen, im Internet zu surfen und gemeinsam die Schallplatten anzuhören. Aber jetzt musste sie alles einpacken, und nicht einmal ihren alten Schatz mit Aufnahmen von Hornmusik konnte sie mitnehmen. Bei ihrer nächsten Besprechung würde sie die Frage nach dem Privatleben aufwerfen und darauf bestehen, dass ihre kriminellen Aktivitäten in den Hintergrund traten. Sie konnten doch nicht ständig Überfälle veranstalten und Erpresserbriefe schreiben. Natürlich wollten sie alles tun, um denen zu helfen, denen es schlechtging, aber sie mussten das schließlich nicht in einer Taktung tun, als seien sie Jugendliche, die unter Stress standen.

Es gab viel zu tragen, und genau wie Märtha es gesagt hatte, mussten sie erneut Anders und Emma um Hilfe bitten. Die Geschwister kamen in ihrem Volvo Kombi und hatten sogar einen sehr geräumigen Anhänger dabei. Die persönlichen Gegenstände der Seniorengang wurden im Wagen verstaut, und um das, was keinen Platz fand, wollte Anders sich später kümmern. Denn den Hänger brauchten sie für etwas anderes. Gemeinsam mit Kratze befestigten sie ihn am Transporter, und dann luden sie den ganzen Whisky ein, der noch im Erdkeller stand, dazu legten sie ein paar Flaschen Likör und Champagner.

»Schade um die schönen Getränke«, sagte Kratze und streichelte traurig über eine der Kisten.

»Wer nicht alles riskiert, der verhungert und stirbt«, sagte Stina, die nicht so gut reimen konnte, wenn sie nervös war.

»Okay, bist du fertig? Dann fahre ich los«, sagte Anders und tuckerte den Hang hinunter, bis er an den Abzweig zur Straße kam. Sie hatten früh morgens nachgeschaut und festgestellt, dass das die einzige Stelle war, von wo aus man weder die alte Villa noch die gelbe Villa sehen konnte. Von dort aus konnte man also nicht erkennen, dass die Autos und Boote nicht mehr da waren. Anders zog die Handbremse an, stieg aus dem Wagen und sah sich um.

»Ja, hier ist es prima, nur noch ein Stückchen«, sagte er und setzte sich wieder ins Auto. Dann fuhr er rückwärts etwas näher ans Gebüsch, so dass sich der Anhänger quer stellte und den Weg blockierte.

»Genau so, jawohl«, sagte er zufrieden und stieg aus. Dann lief er um den Wagen herum und öffnete die hinteren Türen. Gemeinsam mit Snille und Kratze gab er ein paar Kisten, in denen die Whiskyflaschen standen, einen Schubs, so dass sie auf die Straße kullerten. Dann öffnete er die Motorhaube, drehte die Zündkerze los und gab sie Snille.

»Und jetzt kommt das Schlimmste«, seufzte Kratze und kippte noch ein paar Kisten um, so dass Champagner und Likör auf den Whisky fielen und dabei einige Flaschen zerbrachen. Langsam sickerte das edle Getränk durch den Kies und weiter ins Gebüsch.

»Ein Jammer«, murmelte Kratze, dem es immer leidtat, wenn edle Tropfen verschwendet wurden. Zielstrebig ging er zum Anhänger und tunkte die Hand in eines der unzähligen, gut duftenden Rinnsale. Dann leckte er lange und sehr sorgfältig alle Finger ab und ließ auch den Daumen nicht aus.

Das Treffen in Kopenhagen hatte sich hingezogen, doch nun hatte die Führung endlich beschlossen, die BandAngels als vollwertige Mitglieder aufzunehmen. Was die obersten Anführer dazu bewogen hatte, dem Antrag einhellig stattzugeben, war die erfolgreiche Aktion am Hafen gewesen, bei der die BandAngels das Lager leergeräumt hatten. Die Kanzlei Beyling hatte alles verloren, nachdem sie die zehn Millionen nicht gezahlt hatte, und jetzt hatte die Rockerbande Sachen an Land gezogen, die viel, viel mehr wert waren. Es lohnte sich immer, Geld einzutreiben. Tompa und Jörgen jubelten bei der Entscheidung und gönnten sich so viele Bierchen, dass sie die ganze Zeit nur noch sangen und grölten. Am Samstagabend nahm das Feiern kein Ende. Sie zogen über die Strøget, die Fußgängerzone der dänischen Hauptstadt, und als der neue Tag anbrach, hatte Tompa, besoffen und völlig überdreht, der Meerjungfrau – die Lille Havsfruen oder so hieß – eine Badehose aufgesetzt, so dass sie urkomisch aussah. Sie wurde nicht schöner davon, dass er ihr einen Hut überzog und eine Sonnenbrille aufsetzte und die Lippen mit Motoröl beschmierte. Am Ende hatte Jörgen ihn stoppen müssen, weil Tompa das Logo der BandAngels in die Schwanzflosse geritzt und hintendran auf Dänisch *Ich liebe dich* geschrieben hatte. Glücklicherweise war Tompa immer gut drauf, wenn er betrunken war, also machte es ihm nichts aus, als Jörgen das Logo wieder durchstrich. Munter singend zogen sie weiter zum Strand, bis sie schließlich auf einer Parkbank völlig versackten. Als sie aufwachten, wankten sie bei einem wunderschönen Sonnenaufgang zurück zu ihrem Hotel, fielen wieder in den Schlaf und wachten erst zur Mittagszeit wieder auf, als sie ihren Rausch ausgeschlafen hatten. Tompa lag noch ungeduscht auf dem Bett, die Hände im Nacken verschränkt, als ihm sein Handy einfiel.

»Mal sehen, wer jetzt wieder angerufen hat«, brummte er und griff zum Telefon.

»Lillemor«, sagte er und zeigte auf das Handy, als Jörgen ihn verwundert anstarrte.

»Ach so, die Hokuspokustante«, murmelte Jörgen und sah zu, wie Tompa mit halbgeschlossenen Augen die Mailbox abhörte und hier und da nur »mhh« von sich gab, ohne wirklich etwas zu sagen.

»Ja, klar, wir kommen sofort!«, sagte er am Ende wie zu sich selbst, lächelte und legte das Handy auf dem Nachttisch ab. Er drehte sich zu Jörgen um. »Lillemor ist schon witzig. Sie war stockbesoffen und hat erzählt, dass alle unsere Fahrzeuge weg seien.«

»Und wenn sie nun recht hat? Vielleicht war jemand von Beyling da und hat sich das Zeug zurückgeholt.«

»Ach was, die war total zu. Nee, reg dich nicht auf.«

»Aber wenn nun doch etwas dran ist. Ich finde, wir sollten sofort losfahren, sicherheitshalber«, sagte Jörgen. Und das taten sie dann.

Es war kurz vor dem Abendessen, als Tompa, Jörgen und vier weitere BandAngels-Mitglieder grölend in den Myrstig einliefen. Aber schon in der Kurve am Hang sahen sie, dass hier irgendetwas nicht stimmte, und hielten an. Der Bus der Alten stand schräg und mit einem Rad im Gebüsch, und der große Anhänger blockierte die Straße. Überall sahen sie Kisten auf dem Boden, und zerschlagene Flaschen mit alkoholischen Getränken lagen über den Weg zerstreut. Ein paar richtig teure Whiskyflaschen waren ins Gebüsch gerollt.

»Fuck!«, rief Tompa laut. »Die Alten sollten wirklich nicht mehr Auto fahren!«

Die Rocker stiegen von ihren Motorrädern ab und sahen sich die Verwüstung an.

»Ach, wieso denn nicht? Schau mal, Whisky und Champagner. Lass sie ruhig weiter Auto fahren. Wollen wir ein paar Pullen einsacken?«, schlug Jörgen vor.

»Ja, super Gelegenheit!«, antwortete Tompa und griff nach einer Flasche. Die Jungs liefen um den Hänger herum und überlegten, wie sie ihn wegschieben konnten. Da raschelte es plötzlich im Gebüsch, und Märtha kam vom Strand angelaufen.

»Entschuldigen Sie bitte, welch ein Missgeschick! Ich habe versucht zu fahren, das hätte ich besser sein lassen«, setzte sie an und wedelte entschuldigend mit den Armen. »Wir haben einen Abschleppdienst gerufen, der wird die Sache in Ordnung bringen. Kann ich Ihnen vielleicht unten an der Sauna bei uns einen Drink anbieten, bis der Schlepper kommt? Es gibt auch Hering und Schnaps.«

Tompa und Jörgen betrachteten den Anhänger, überlegten und sahen dann hinunter zum See.

»Lassen Sie die Motorräder einfach stehen. Da passiert nichts. Die stehen doch gut so. Und nehmen Sie sich gern eine Flasche mit, wir können ohnehin nicht alles trinken«, fuhr Märtha fort und zeigte auf die kaputten Kisten.

»Hering und Schnaps. Na ja, warum nicht? Was meint ihr?«, Tompa drehte sich zu seinen Kumpels um.

Die Jungs, die den ganzen Weg von Kopenhagen mit nur zwei Pausen hinter sich gebracht hatten, waren aufgeheizt und müde und hatten gegen einen gedeckten Tisch nichts einzuwenden. Und gegen Hering und Schnaps erst recht nicht. Die Tante hatte recht. Sie konnten die Maschinen einfach hier unten am Hang stehen lassen, und vielleicht nahmen sie hinterher auch noch kurz ein Bad im Meer. Die vielen Stunden in den schwarzen Lederklamotten hatten ihre Spuren hinterlassen. Alles stank nach Schweiß.

»Okay«, murmelten Tompa und Jörgen, und die anderen nickten zustimmend. Sie setzten die Helme ab, und dann folgten sie Märtha hinunter zum Strand. Vor der Sauna stand draußen auf der Terrasse eine schön gedeckte Bierbank mit verschieden eingelegtem Hering und mehreren Flaschen Schnaps. Koskenkorva, Fliederbranntwein und der gute Smirnoff glitzerten in der Sonne, und von der Sauna her duftete es wunderbar nach Birkenzweigen.

»Bitte, bedienen Sie sich. Keine Jahreszeit ist so herrlich wie der Frühsommer. Das muss man genießen!«, sagte Stina forsch und versuchte zu verbergen, dass ihre Beine derart zitterten, dass die Kniescheiben aneinanderklapperten. Die Jungs kämmten ihr verschwitztes Haar, brummten etwas wie »danke« und schauten erfreut zu, wie die alten Damen die Schnapsgläser füllten. Snille und Kratze servierten Knäckebrot und Brotlaibe aus dem Steinofen, während Märtha ihnen die Schalen mit Hering, Eiern und Rote-Bete-Scheiben hinüberschob.

»Wissen Sie, wir Alten haben alle im selben Chor gesungen. Da würde doch jetzt ein Trinklied passen, oder?«

»*Was sollen wir trinken, sieben Tage lang*«, begann Märtha fröhlich, worauf der Rest der Seniorengang inklusive Gunnar mehrstimmig sangen und die BandAngels belustigt einstimmten. »Skåååål«, riefen alle hinaus zum Wasser und gossen die Schnäpse schnell die Kehlen hinunter. Der Hering mit Brot und Beilage machte die Runde, und kaum hatten sie angefangen, ging es auch schon weiter.

»Jetzt singen wir ›*So trolln wir uns*‹«, sagte Anna-Greta mit ihrer Donnerstimme und hielt das Schnapsglas hoch. »Alle Mann bereit?«

Und ob sie es nun waren oder nicht, Anna-Greta überstimmte sie doppelt und dreifach.

»So trolln wir uns ganz fromm und sacht vom Weingelag und Freundenschmaus.« (Da fing sie an zu kichern.) »Wer nach des andern Liebster schielt und hält sich noch als Nobelmann …« Und da brach sie in einen Lachgalopp aus und vergaß ihren Text.

Da setzte Stina ein:

»Pass auf, dem Spielmann, der dir spielt …« Aber als sie zu der Textstelle »springst du ins Grab voran« kam, musste sie an die Rocker denken und bekam solche Angst, dass ihr das Wort im Hals steckenblieb.

Aber Märtha, der klar war, dass solche Hünen mehr als zwei Schnäpse brauchten, um betrunken zu werden, sprang sofort ein. Fast ohne Pause stieß sie auf die Sauna, den herannahenden Sommer, die Birken, die Schlüsselblumen und den ganzen Alkohol, der nun auf dem Weg lag, an, während Kratze nachschenkte und achtgab, dass kein Glas leer blieb. Etwas später, als die BandAngels sich schon mehrere Gläschen genehmigt hatten, begannen ihre Lederklamotten zu kleben, und der Gestank breitete sich aus.

»Was meinen Sie, wie wäre es mit einem kleinen Bad vor dem Essen? Kommen Sie doch mit!«, meinte Snille und begann, sich den Oberkörper freizumachen.

»Ja, wenn alle baden, werde ich Essen kochen«, stimmte Märtha ein. »Wie wäre es mit etwas Gegrilltem? Ich habe wunderbares Lammsteak …«

»Aber wir wollen doch nicht … Fuck«, sagte Jörgen.

»Hören Sie mal. Der Abschleppdienst braucht offenbar noch eine ganze Weile, bis er da ist, und Sie sind lange gefahren. Wie wäre es? Heute Abend sind wir gute Nachbarn und übernehmen das Essen. Dann können Sie in Ruhe in die Sauna gehen und baden. Das klingt doch nicht schlecht, oder?«

»Ich weiß nicht«, sagte Tompa und ließ mit der Antwort auf sich warten. Er musste an das Telefongespräch mit Lillemor denken und dachte, er sollte jetzt mal nachschauen, ob auch alles in Ordnung war. Aber na ja, wenn er jetzt zu ihr ginge, würde sie bestimmt darauf bestehen, ihm weiszusagen, und er käme nicht so schnell wieder fort. Außerdem hatte sie ja einen Rausch gehabt und lag sicher noch im Bett und schlief sich aus. Wenn wirklich etwas Ernstes passiert wäre, hätten die Alten ja auch ein Wort verloren. Erst einmal etwas in den Bauch zu bekommen konnte kaum schaden. Manchmal konnte Lillemor richtig nörgelig sein. Da war es mit diesen Muttchen und Väterchen ruhiger, und diese Märtha führte sich nicht immer so sonderbar auf.

»Ein bisschen Essen und Sauna wären cool«, entschieden Tompa und Jörgen, und die anderen stimmten ihnen zu. Erleichtert fingen sie an, ihre schweißtriefenden Jacken und die schmutzigen Stiefel auszuziehen.

»Prima, dann gehen die Mädels und ich los und bereiten das Essen vor«, sagte Märtha und lief den Weg hinauf. »Und Kratze, du kannst uns vielleicht helfen, den Grill anzuwerfen.«

Kratze nickte und kam mit, während sich Snille und die Jungs auszogen. Sie warfen ihre Kleider einfach in den Vorraum, so wie es

Snille auch tat, gingen dann in die Sauna und setzten sich auf die Bänke. Snille goss Wasser auf die Steine und konzentrierte sich, so gut es ging, darauf, nichts zu verschütten. Trotzdem landete das meiste Wasser daneben, denn die Wahrheit war, dass er noch nie in seinem ganzen Leben solche Angst gehabt hatte. Da saß er jetzt ganz allein mit sechs betrunkenen BandAngels-Typen zusammen, weil Märtha die Idee gehabt hatte. Was hatte sich das verrückte Huhn dabei eigentlich gedacht? Snille versuchte, sich selbst bei Laune zu halten, indem er von Motorrädern und Reisen, die er als junger Kerl unternommen hatte, erzählte. Außerdem hatten Kratze und er schon am Vormittag eine Kiste Bier vor die Sauna gestellt, deshalb sprang er immer wieder hinaus und holte Nachschub für die anderen. Die Stimmung wurde immer besser, und keiner langweilte sich, auch wenn es langsam wirklich zu heiß wurde. Snille goss eine weitere Kelle Wasser auf die heißen Steine und rief lauthals:

»Zeit für ein kleines Bad, meine Herren?«

»Ja, echt, ist voll heiß hier drinnen«, antwortete Tompa, und die BandAngels-Mitglieder taumelten munter grölend hinunter zum Wasser. In dem Moment fiel Snille ein, dass die Luxusyachten ja nicht mehr da waren, und bekam Panik. Gleich würden Tompa und die anderen Jungs kapieren, was los war.

»Wissen Sie was, man kann von dem Ufer da hinten super ins Wasser hinein«, rief er und zeigte in die andere Richtung. »Einfach nur losrennen und reinspringen!«

»Jawoll! Ich bin der Erste!«, schrie Tompa laut jodelnd.

»Ja, hüpft ihr jungen Kerle ins Meer. Ich mache mal langsam und dusche«, sagte Snille und zögerte noch.

»Wir grillen gerade das Lamm. Möchten Sie Pommes frites dazu?«, rief Märtha den Hügel hinunter.

»Ja, logisch«, brüllte Tompa fröhlich und ging voran zum Strand. »Der Letzte ist ’ne Memme«, gröhlte er, und dann stürzte er sich mit dem Kopf zuerst ins Wasser. Snille sah ihm hinterher, und kaum waren die Jungs hinterhergesprungen, zog er seine Kleider an und rannte zur Straße hinauf.

»Lammsteak«, rief er, und das war das Codewort für die anderen. Schnell kamen Kratze, Stina und Anna-Greta aus den Büschen hervor und flitzten in die Sauna. Sie rafften in Windeseile die Kleider und Schuhe der Jungs zusammen und stopften sie in Einkaufstüten. Danach rannten sie, so schnell es ging, zu ihrem Bus, wo Anders und Emma gerade den Anhänger entkuppelten.

»Ist die Kleidertruhe auch drin?«, fragte Anna-Greta, als sie sich ins Auto warf.

»Ja, die haben wir eingeladen«, rief Emma atemlos.

»Die Koffer auch?«

»Ja, wir haben alles eingepackt«, antwortete Anders.

»Prima. Dann mal los«, sagte Snille, öffnete die Motorhaube, steckte die Zündkerze an ihren Platz, während Märtha auf den Fahrersitz kletterte. Sobald Kratze und die Mädels auf der Rückbank Platz genommen hatten, startete sie den Wagen. Der Motor heulte auf, das Auto beschrieb eine Kurve, die sie beinahe ins Gebüsch befördert hätte, und dann trat Märtha voll in die Bremsen.

»Huch, das geht ja ab«, sagte Märtha und öffnete die Beifahrertür, so dass auch Snille einsteigen konnte. »Jetzt haltet euch fest!«

»Ja, was denkst du denn, was wir tun?«, brummte Kratze und klammerte sich mit beiden Händen am Türgriff fest. »Warum hast du nicht Anders ans Steuer gelassen?«

»Er fährt doch den Volvo. Emma und er sind gerade mit den letzten Kisten losgefahren und warten auf uns unterwegs.«

Am Vorabend, als Märtha und ihre Freunde eingesehen hatten, dass sie die Villa verlassen mussten, hatten sie beschlossen, sich dort zu verstecken, wo sie kein Mensch suchen und noch weniger finden würde. Unter Anleitung von Kratze hatten sie alles Gold aus dem Boden ausgegraben, aber weil sie sehr unter Zeitdruck standen, lief auch das nicht ganz glatt. Die Pflanzen waren ordentlich gewachsen und hatten so viele Wurzeln gebildet, dass die

Seniorengang in ihrem Eifer sowohl Erde und Regenwürmer als auch Mist und Samen mitgenommen hatte, dazu die Hälfte eines Ameisenhaufens voller Knotenameisen. Aber am Ende hatten Kratze und Stina das Beet wieder glattgeharkt, dann das Gold in neue, schwarze Müllbeutel gelegt und diese mit Mühe und Not ins Auto bugsiert.

Die Entscheidung, die Villa zu verlassen, hatten sie nicht leichten Herzens getroffen, und Märtha tat es leid, dass sie sich auch von der Ausstattung des Fitnessraums verabschieden musste. Nur Gymnastikschuhe, Seile und ein paar Hanteln, mehr konnte sie nicht einpacken – und da musste Kratze lächeln, und er sah plötzlich ungewöhnlich fröhlich aus. Kleider, Badartikel, Küchengeräte und andere Dinge des täglichen Gebrauchs wanderten auch ins Auto, das am Ende so vollgestopft war, dass Anders und Emma kaum noch Platz hatten. Aber jetzt sollten die Geschwister auf dem Parkplatz direkt nach der Skurubrücke auf sie warten, so dass sie gemeinsam weiterfahren konnten. Natürlich nur, wenn alles nach Plan lief …

Märtha fuhr mit hoher Geschwindigkeit auf den Värmdöväg, und gleich auf der ersten geraden Strecke holte sie ihr Handy heraus und reichte es Stina.

»Schnell, ruf die Polizei an!«

Stina wählte eilig 112.

»Bin ich richtig bei der Polizei? Es geht um den Überfall auf die Handelsbank. Sie können das Geld und die Diebe im Myrstig 3, Norra Lagnö abholen«, sagte Stina mit verstellter Stimme. »Die Jungs sind gerade in der Sauna unten am Meer, wenn Sie sofort losfahren, können Sie sie dort noch festnehmen. Die Beute? Die ist in einer Schaufensterpuppe versteckt. Sie ist ein bisschen angebrannt, aber lassen Sie sich davon nicht beirren. Das ist nur Tarnung. Beeilen Sie sich, bevor diese Rabauken abhauen können!«

Stina legte auf und zog die Prepaidkarte heraus.

Lillemor schreckte bei dem Ton des Martinshorns zusammen. Ihr Kopf dröhnte, und sie ärgerte sich, dass sie wieder einmal zu viel billigen Wein getrunken hatte. Dass sie es einfach nicht lernte. Heutzutage vertrug sie nicht mehr so viel. Na ja, jetzt war es zu spät, und sie hatte schon fast den ganzen Tag verschlafen. Ungeschickt ließ sie sich kaltes Wasser übers Gesicht laufen und ging hinüber ins Wohnzimmer, um nachzusehen, was geschehen war. Sie öffnete die Balkontür. Ach, da waren ja die Motorräder von den Jungs – wie schön, sie waren ihrem Rat gefolgt und von Kopenhagen heimgekehrt. Aber warum hatten sie die Maschinen unten am Hügel vor dem Gebüsch geparkt? Das war merkwürdig. Und jetzt die Polizeisirenen, was war da los? Es klang fast, als wären die verdammten Polizisten direkt auf dem Weg zu ihr! Kurz darauf verstummten die Sirenen, zwei Streifenwagen kamen angeschleudert und stellten sich absichtlich quer. Und jetzt? Die Karten hatten ihr zwar schon gesagt, dass ihr in dieser Woche spannende Ereignisse bevorstünden, aber das war doch wirklich ein wenig übertrieben! Lillemor quetschte sich in die Ecke ihres Balkons, von wo sie eine bessere Sicht hatte.

Die Polizisten sprangen mit gezogenen Waffen aus den Wagen und rannten hinunter zur Sauna am Ufer. Es dauerte einen Moment, bis sie reagierte, doch dann lief sie vor Neugier auf die Straße. Dort konnte sie gerade noch beobachten, wie Tompa, Jörgen und die anderen den Hügel hinaufflüchteten, hinter ihnen die Polizisten. Sie waren verschwitzt und krebsrot und rannten, so schnell sie konnten, während die Handtücher, die sie um die Hüften gewickelt hatten, wie Wäsche im Sturmwind flatterten. Die Stoffteile landeten schließlich eins nach dem anderen auf der Erde, doch die Jungs rannten weiter. Am Ende hatten die Polizisten sie eingeholt und konnten ihnen Handschellen anlegen. Lillemor hatte noch nie so viele nackte, verschwitzte Kerle auf einen Schlag gesehen, und noch weniger welche, die von Polizisten verfolgt wurden. Sie starrte Tompa an. Er tat ihr richtig leid, wie zwei Polizeibeamte ihn und die anderen Jungs energisch ins Auto schoben. Danach kontrollierten die Beamten, dass sich niemand mehr oben im Haus versteckt hielt.

Sie fanden keine weiteren Mitglieder der Rockerbande, dafür eine Schaufensterpuppe mit verbrannter Lederbekleidung. Es war ein urkomischer Anblick, wie ein Polizist den Hügel hinabgeschlendert kam und die Puppe hinter sich herschleifte. Und dann, genau in dem Moment, als er sie in den Kofferraum des Streifenwagens legen wollte, passierte etwas Eigenartiges. Der Kopf fiel ab, und ein Bündel Geldscheine flatterte den Hang hinunter. Ja, ein Schein nach dem anderen flog im Wind davon, und es dauerte eine ganze Weile, bis der Polizist merkte, was geschah. Der Kollege, der am Steuer des Steifenwagens saß, fuhr die Fensterscheibe hinunter und schrie.

»Verdammt, Blomberg, passen Sie auf die Puppe auf! Sehen Sie denn die Geldscheine nicht? Das Geld von dem Überfall, genau wie die Frau am Telefon gesagt hat. Und heiliges Ofenrohr, ich glaube, sie hatte recht!«

»Ja, ja!«, murrte Blomberg.

»Dann rennen Sie mal den Scheinen hinterher, und sammeln Sie sie ein!« Carlsson gestikulierte wild.

»Halt's Maul«, fluchte Blomberg zurück, aber er rannte trotzdem dem Geld hinterher. Als er es eingesammelt hatte, stopfte er es zurück in die Puppe und schraubte brav den Kopf wieder fest. Dann trug er sie fluchend das letzte Wegstück bis zum Wagen und bat Carlsson, den Kofferraum zu öffnen.

Lillemor starrte hinüber. Vielleicht nicht ganz so sehr auf die Polizisten wie auf den nackten Tompa, der auf dem Rücksitz saß. Als sie den nackten Körper unter die Lupe nahm, tröstete sie sich. Es war ihr ja nicht gelungen, ihn zu verführen, aber vielleicht hatte sie da auch nicht viel verpasst.

Der Volvo und sein Anhänger donnerten mit hoher Geschwindigkeit auf den Värmdöväg, und es dauerte nicht lange, da tauchte die Skurubrücke vor ihnen auf.

»Nach der Brücke musst du abbiegen«, sagte Emma, und Anders nickte. Unten glitzerte das Wasser, und am Horizont waren die ersten Segelboote in Sicht, die Saison stand bevor. Und an den Stränden leuchtete schon das frische Grün. Bald würde die Natur am allerschönsten sein, aber jetzt hatten sie keine Zeit, den Anblick zu genießen. Sie waren auf der Flucht, und die alten Leutchen konnten jeden Moment ankommen. Kaum hatten sie die Skurubrücke passiert, bog Anders rechts ab, lenkte noch einmal nach rechts, steuerte dann auf den Seitenstreifen und hielt an. Er ließ den Motor laufen.

»So, jetzt müssen wir nur noch abwarten«, sagte er.

»Ich gehe eine rauchen«, antwortete Emma, zündete sich eine Zigarette an, öffnete die Tür und stieg aus. Sie steckte das Feuerzeug wieder in die Tasche, sog den Rauch ein und musste husten. Eigentlich hätten sie jetzt mit dem Segelboot draußen auf dem Wasser sein können, aber stattdessen hatten sie auf Märthas Bitte hin »den nächsten Schritt vorbereitet«. Beihilfe zum Verbrechen, wie gesagt. Emma lächelte gequält. Zum Glück war jetzt nicht mehr viel zu tun. Bald würde die Seniorengang die Großstadt verlassen haben, und Anders und sie hätten ihre Ruhe. Sie musste sich schließlich um die kleine Malin kümmern. Langsam wurde es mit ihren kriminellen Aktivitäten und der Betreuung der fünf, sechs Alten etwas viel. Auf der anderen Seite hatte Märtha ihr ja eine Million Kronen zugesteckt, damit sie diese Segeltour am Ende des Sommers wirklich in die Tat umsetzen konnten. Nun stieg auch Anders aus und zündete sich eine Zigarette an. So standen sie eine Weile da und rauchten, während sie auf die anderen warteten.

»Glaubst du, es wird ruhiger für uns, wenn sie die Stadt verlassen haben?«, fragte er.

»Ehrlich gesagt, bei ihnen weiß man nie.«

»Nein, da hast du recht. Man weiß es einfach nicht.«

Als Märtha auf den Parkplatz geschlittert kam, sah sie zu ihrer großen Erleichterung, dass Emma und Anders schon bereitstanden. Sie hatten am Wagen den Aufkleber SENIORENFRIEDEN angebracht, und alles schien ruhig zu sein. Sie hielt neben dem Volvo und fuhr die Fensterscheibe hinunter. Die beiden drückten ihre Zigaretten aus.

»Alles in Ordnung, aber den Putzwagen haben wir nur mit Mühe und Not noch untergebracht«, sagte Anders und zeigte auf den Volvo.

»Und die Plastiktüten?«

»Ja, ja, alles unter Kontrolle, die haben wir im Anhänger verstaut.«

»Prima, dann tauschen wir«, sagte Märtha und stieg aus. Stina kam hinterher.

»Tschüss, meine Lieben und drückt die Daumen, dass alles glattgeht. Bis bald«, sagte sie und winkte den anderen auf dem Rücksitz zu.

»Ja, viel Glück«, sagten Snille und Anna-Greta gleichzeitig, und Kratze beugte sich vor und forderte Märtha auf, auf Stina gut achtzugeben.

»Selbstverständlich, du kannst unbesorgt sein«, antwortete sie. »Wir sind schließlich vorbereitet.«

Als Anders und Emma nun ihren Volvo Kombi verließen und auf den Fahrersitzen im Bus Platz nahmen, klemmte sich Märtha hinter das Steuer des PKWs. Sie startete den Motor und wollte gerade losfahren, da riss Stina an der Beifahrertür.

»Hey, vergiss mich nicht«, piepste sie und quetschte sich hinein, Mopp und Kehrblech in der Hand.

»Nein, nein, natürlich nicht, wie gut, dass du an das Putzzeug gedacht hast«, murmelte Märtha kleinlaut, denn sie war so in Fahrt gewesen, dass sie beinahe ohne ihre Freundin losgefahren wäre. »Du hast doch hoffentlich deine Kreislauftropfen?«, fragte sie noch sicherheitshalber, denn bei Stina wusste man nie, sie hatte so eine Tendenz, ohnmächtig zu werden, wenn es zur Sache ging.

»Sicher«, sagte die Freundin und sah in ihrer Tasche nach. Aber da waren die Tabletten nicht, sie hatte sie wohl doch vergessen. Da regte sie sich glücklicherweise derart auf, dass ihr Blutdruck auch davon stieg.

Märtha fuhr in Richtung Stockholm voran, der Bus folgte diskret mit ein paar Fahrzeuglängen Abstand. In der Nähe des Historischen Museums fuhr Anders auf den Parkplatz am Narvaväg, um dort zu warten, während Märtha auf den Parkplatz des Museums auf den Hof bog. Dort öffnete sie die Wagentür, und Stina und sie stiegen mit Mühe aus. Dann gingen sie ums Auto herum, öffneten die hinteren Türen und holten den Putzwagen mit den Müllsäcken, die Staubtücher, Putzmittel und zwei rote Eimer heraus. Märtha sah sich um, bemerkte ein paar Kinder, die auf den Eingang zuliefen, doch ansonsten war nichts los. Stina legte die Putzsachen über die Säcke, und so liefen sie als ältere Raumpflegerinnen getarnt zum Eingang. Als sie hineingehen wollten, fiel Märtha etwas am Bus auf. Auf der einen Seite war SENIOREN-FRIEDEN zu lesen, aber auf der anderen hatten sie den Aufkleber WOHLFAHRTS-AUFSICHTSBEHÖRDE befestigt. Ihre Lieben, nun hatten sie es in der Eile falsch gemacht, dachte Märtha, aber sie tröstete sich damit, dass Wohlfahrts-Aufsichtsbehörde und Seniorenfrieden fast so klangen, als gehörten sie zu ein und derselben Organisation. Mit frischem Mut traten Stina und sie durch die Eingangstür des Museums und liefen geradewegs auf das Goldzimmer zu.

»Jetzt verhalten wir uns einfach still und unauffällig und versuchen, keine Aufmerksamkeit auf uns zu ziehen«, flüsterte Märtha auf dem Weg hinein, aber kaum hatte sie das gesagt, da hörte sie auch schon ein ganz sonderbares Geräusch direkt hinter sich. Märtha sah sich um, doch obwohl sie sich einmal rundherum drehte, konnte sie nichts in ihrer Nähe entdecken. Erst als sie mit ihrem Putzwagen auf den Wunschbrunnen zurollten, merkte sie, dass sie ein Kabel hinter sich herzog. Aus Versehen hatten sie den

Mopp mitgenommen, in dem sich Snilles eingebaute Stichsäge befand, und jetzt klapperte das Kabel wie eine kleine, vergnügte Schlange hinter ihnen her. Wenn es wenigstens der Mopp mit dem Batterieantrieb gewesen wäre, doch dies hier war der allererste Prototyp, der mit Kabel. Glücklicherweise verfügte das Museum über so wenig Personal, dass keiner davon Notiz nahm. Keine Aufsicht, so weit das Auge reichte.

»Sag jetzt nicht, dass wir auch noch den Roboterstaubsauger dabeihaben«, brummte Märtha, doch dann fiel ihr ein, dass Emma ihn einpacken wollte. Deshalb war Märtha beruhigt, bis sie merkte, dass mit dem Teil doch etwas nicht stimmte. Es fühlte sich ungewöhnlich schwer an. Na ja, vielleicht bildete sie sich das in der Aufregung auch nur ein, und außerdem war es auch nichts, was sie ändern konnte.

»Jetzt putzen wir als Erstes rund um den Wunschbrunnen«, sagte sie und versuchte, ganz ruhig und beherrscht zu klingen.

Stina nickte, und so begaben sich die zwei Damen mit ihren Putzwagen so diskret und gelassen wie möglich vor zum Wunschbrunnen. Das Wasser glitzerte märchenhaft, und in der spartanischen Beleuchtung konnte man die blitzblanken Münzen sehen, die die Museumsbesucher hineingeworfen hatten. Hier und jetzt würden sie mit ihrer sorgsam einstudierten Putzarbeit beginnen und sich dabei den Brunnen zunutze machen. Erst putzen und wischen, und dann hinein mit dem Gold! Es würde schon gutgehen. Es war nur so, dass Märtha, als sie den Besen aufstellte, merkte, dass etwas nicht stimmte. Der Besen war gar kein normaler Besen, sondern ein batteriebetriebener Rasenmäher. Snille hatte nämlich schon lange die Ansicht vertreten, dass Rasenmäher für Frauen viel zu groß und schwerfällig seien und hatte sich eine neue Variante ausgedacht. Damit er besonders die Damen ansprach, hatte er ihn so verändert, dass er einem Putzwerkzeug ähnelte, und das war ganz offenbar genau so ein Apparat. Wie gesagt, wenn man packt, sollte man dies in Ruhe tun, denn jetzt, da Märtha nichts Böses ahnte und den schweren, aber gefällig designten Besen aufstellte, sprang das Ding mit einem Ruck an, gefolgt von einem ohrenbetäubenden Lärm. Lautstark bewegte sich der Apparat in wilder Fahrt über den Steinboden, Märtha wie einen Schwanz hinter sich herziehend. Ganz erschrocken versuchte sie, das Gerät wieder auszuschalten, doch der Besen war nicht einmal ein normaler Rasenmäher, sondern offenbar ein frisierter.

»Was machst du da?«, schrie Stina schrill.

»Einen Besen jagen«, zischte Märtha.

Und da, genau da in diesem Tohuwabohu, stürmte eine Schulklasse in den Raum. Der Lärm der Schüler übertönte das Donnern des Rasenmähers ebenso wie eventuelle Sprengungen in der Innenstadt. Der ganze Saal vibrierte.

»Schaut mal, wie cool!«, rief ein Mädchen in genau dem Augenblick, als der Besen gegen den Wunschbrunnen krachte und hängen blieb. Der Motor lief noch, aber dann schaffte es Märtha endlich, mit ihren zittrigen Händen den Knopf zum Abschalten zu finden. Völlig benommen lehnte sie sich an das Geländer, um Kraft zu schöpfen, doch dann wurde sie von Stina schnell wieder ins richtige Leben zurückgeholt.

»Märtha, ich glaube, wir haben eine Sache übersehen«, sagte ihre Freundin.

»Du meinst, nur eine Sache?«, antwortete Märtha.

»Probier mal, dann merkst du es. Die Müllsäcke sind viel zu schwer. Wir schaffen es gar nicht, die in den Wunschbrunnen zu heben.«

»Gott, nicht auch das noch!«

Märtha tastete nach ihrem Handy, um Hilfe zu holen, doch dann fiel ihr ein, dass sie ihr iPhone im Auto liegengelassen hatte. Stina und sie hatten ja eigentlich nur vorgehabt, am Wunschbrunnen vorbeizuspazieren und die Müllsäcke mit dem Gold ganz diskret ins Wasser zu werfen, wenn keiner hinsah. Dann wollten sie verschwinden. Jetzt standen sie da in ihren weißen Putzkitteln und hatten die Wagen voll mit gestohlenem Gold, während sich der Raum gleichzeitig mit tobenden Schulkindern füllte. Stina begann, nach ihren Kreislauftabletten zu suchen, und Märtha griff in ihre Tasche, um sich eine Dschungelpastille in den Mund zu stecken. Da stürmte eine Horde lärmender Jungs auf sie zu, und die schrien aus vollem Hals.

»Eine so alte Frau wie Sie kann doch nicht putzen?«, sagte der Älteste, der eine Schirmmütze und eine Zahnspange trug, und zeigte mit dem Finger auf Märtha. Sein Freund, der Kaugummi kaute, grinste breit.

»Nein, wenn man so alt ist wie ich, ist man tot«, antwortete Märtha und sah ihn scharf an. »Weißt du, mein Kleiner, ich, ich arbeite hier, während du und deine Freunde hier nur herumschreit und tobt. Ich wette, du schaffst es nicht mal, einen Müllsack auf einmal hochzuheben.«

»Klar kann ich das.« Der Junge lachte laut, und sein Kamerad grinste hämisch.

»Gib mal nicht so an! Ihr werdet ihn nicht einmal aus dem Wagen bekommen.«

»Und das soll schwer sein?« Sein Kamerad war jetzt auch zur Stelle.

»Wir schaffen es, diese Müllsäcke hochzuheben und sie in den Brunnen zu werfen, aber ihr nicht. Ich wette, dass ihr euch nicht traut, sie in den Wunschbrunnen zu werfen«, machte Märtha weiter.

Dann ließ sie ein überhebliches Lachen folgen, und mehr brauchte es nicht. Der Junge winkte seine Kumpels heran, und im nächsten Moment hatten sie sie auch schon derb zur Seite geschoben.

»Phh!«, rief der Junge mit der Zahnspange und sah sie herausfordernd an. Dann packte er einen der Säcke, hob ihn hoch und warf ihn ins Wasser. Das war das Zeichen für die anderen, die unter Affengebrüll die anderen Säcke folgen ließen.

»Und was sagen Sie jetzt?«, grinste der Junge mit Zahnspange sie an.

»Du lieber Himmel! Es ist ja unglaublich, was für starke Jungs ihr seid«, sagte Märtha und schlug die Hände mit gespielter Überraschung zusammen.

Dann spazierte sie mit Stina hinaus, während das Kabel am Mopp hinter ihnen hersprang. Die beiden Damen liefen diskret zum Ausgang, und als Märtha diesmal hinaus auf die Straße kam, warteten glücklicherweise keine Polizisten auf sie. Ganz in Ruhe konnten Stina und sie zurück zu ihrem Auto gehen. Sie schoben die Putzwagen hinein, achteten darauf, auch Besen und Mopp einzuladen, und schlossen die hinteren Türen. Dann fuhren sie los und hupten, als sie an Anders und den anderen auf dem Narvaväg vorbeifuhren. Offenbar hatte noch keiner die Verfolgung aufgenommen, trotzdem fuhren Märtha und Anders, so schnell es ging, aus der Stadt hinaus. Denn auch wenn sie nun die Altertumsdenkmäler aus Schweden zurückgegeben hatten, so hatte die Seniorengang doch noch andere spektakuläre Überfälle auf dem Gewissen. Und da würde es das Beste sein, für eine Weile unterzutauchen, bis sich die Aufregung gelegt hatte.

EPILOG

Die bleierne Novemberdunkelheit überrollte die Provinz schon früh am Tage, und es fiel ein schwerer, eiskalter Regen. In der Finsternis zwischen dichtem Fichtenwald und vor Regen triefenden Baumstämmen war die Landschaft öde und verlassen, bis auf ein kleines, flackerndes Licht in der Ferne. Tief im Wald konnte man nur vage ein Gebäude erkennen, durch dessen Fenster ein schwacher Lichtstrahl drang. Es schien, als wohne jemand mitten in dieser steinigen Landschaft, und wer sich näher heranwagte, erblickte bald einen alten, von einer Natursteinmauer umgebenen Bauernhof. Ein gut instandgehaltenes, rotes Häuschen mit weißen Fensterrahmen tauchte auf, und auf dem Hof standen ein VW-Bus und ein Volvo Kombi. In den Fenstern brannten Kerzen. In Småland nahe dem kleinen Örtchen Vetlanda war wieder einmal Stromausfall.

»Es ist doch gemütlich mit den Kerzen, nicht wahr?«, sagte Märtha. »Aber Snille, mein Lieber, kannst du vielleicht trotzdem den Generator anschalten? Wir wollen noch mal ins Internet.« Sie streichelte ein bisschen über den Computer, bei dem nichts mehr lief, die Batterieladung Rot anzeigte und der sich im selben Moment ausschaltete. Seit Anna-Greta sie in die Welt der Computer eingeführt hatte, wollte sie ständig im Internet surfen, und das war hier im tiefsten Småland nicht immer ganz unproblematisch.

»Ja, Snille, mein Schatz, wir müssen unbedingt ins Netz. Es ist wichtig, dass wir die Überweisungen rechtzeitig in Auftrag geben«, fügte Anna-Greta hinzu.

Sie waren mit ihrem Projekt All inclusive bereits voll im Gange, und ihre Auszahlungen waren durchaus ungewöhnlich. Jede Woche ließen sie Geschenkschecks und Zahlkarten von Blumenboten an die Seniorenheime und andere Bedürftige im Land verteilen. Vom Las-Vegas-Geld – oder dem Gewinn vom Verkauf von Beylings Lager (wie auch immer man das betrachten wollte) – hatten sie sich drei Immobilien in Stockholms Nobelviertel Östermalm kaufen können, und die Mieteinnahmen nutzten sie für ihre wohltätigen Aktionen. Gunnar und Anna-Greta verwalteten das Geld und ließen es den Seniorenheimen, Pflegeheimen, Schulen, Theatern, Museen und anderen Einrichtungen, die sie unterstützen wollten, direkt zukommen. Die Empfänger erhielten die Almosen zusammen mit einem Blumenstrauß. Die Sache mit dem Blumenboten war eigentlich überflüssig, aber Märtha vertrat die Auffassung, dass es auf diese Art doch wesentlich schöner sei, das Geld zu verteilen. Manchmal überreichte die Seniorengang ihre Zuwendungen auch mit Obstkörben. Das Geld aus Las Vegas hatte zudem für den Erwerb eines Hofes in Småland, den sie selbst bezogen hatten, gereicht, und so hatten sie ein wunderbares Gebäude mit Schuppen, Stall, Holzunterstand und einer großen Werkstatt gekauft, in der Snille experimentieren konnte. Hier wollten sie sich eine Weile zurückziehen, bis die Jagd auf die Golddiebe zu Ende war. Denn obwohl sie das Gold zurückgegeben hatten, konnte man ja nie wissen, auf welche Ideen die Polizei kam.

Sie alle vermissten die Villa und ihr spannendes Leben dort, aber die Freunde wussten ja, dass der Hof in Småland eine Übergangslösung sein würde. Snille hatte schon monatelang keine richtige Harley-Davidson mehr gesehen, dafür aber gelernt, wie man ins Internet ging, und sich nun damit getröstet, schöne Bilder von Motorrädern anzuschauen. Kratze wiederum verlor kein Wort über Lillemor, aber manchmal sah man ihn mit den Tarotkarten am Tisch sitzen. Da seufzte Stina leise, doch ließ ihn in Frieden. Dann kam sie auf die Idee, ihm beizubringen, worauf man beim Pilzesammeln achten musste, und nachdem sie geduldig mit ihm die verschiedenen Pilzsorten durchgegangen war, hatten sie ausgedehnte Spaziergänge im Wald miteinander unternommen. Er wurde Experte für Steinpilze und Pfifferlinge, und am Ende war er ein viel eifrigerer Pilzsammler als sie. Anna-Greta und Gunnar wiederum saßen fast ununterbrochen am Computer. Sie hatten ja die Hauptverantwortung für all die Geldtransaktionen, und es machte ihnen Heidenspaß, so große Summen verschenken zu können. Oft hatten sie das Grammophon auf volle Lautstärke gestellt, so dass man die Musik im ganzen Obergeschoss hörte, doch mittlerweile hatten sie keine Lust mehr auf Volkslieder und auch ihr Faible für Hornmusik war vorüber. Jetzt legten sie Gospels und Verdi auf, und das gefiel auch den anderen.

Märtha war in der Zwischenzeit ein bisschen ruhiger geworden. Da sie ihre Fitnessausrüstung nicht mehr besaß, begnügte sie sich mit einer halben Stunde Gymnastik pro Tag. Im Gegenzug forderte sie die anderen auf, mal eine Stunde spazieren zu gehen, und da Kratze hoffte, auf dem Weg auf Pilze zu stoßen, widersprach er nicht, was er sonst ganz sicher getan hätte.

Ja, im letzten halben Jahr seit den dramatischen Tagen draußen auf Värmdö war viel passiert. Wenn Märtha einen schwachen Moment hatte und die Reue sie überkam, dann konnten ihr die BandAngels schon leidtun, die nun für ihren Überfall auf die Handelsbank einsaßen, aber für Leute, die andere bedrohten und erpressten, hatte sie wiederum auch nicht viel übrig. Außerdem tat es ihnen sicher gut, ein paar Jahre hinter Gittern zu sitzen, da bekamen sie gesundes Essen und konnten Sport treiben. Solchen Hünen wie Tompa und Jörgen konnte ein bisschen Bewegung nicht schaden. Zudem war ihr zu Ohren gekommen, dass eine Gefängnisstrafe das Ansehen von Rockern nur erhöhte, vielleicht waren ihr die Jungs nicht einmal böse.

Anders und Emma hingegen waren nicht gerade in Hochstimmung, denn sie hatten den Auftrag bekommen, die Villa zu verkaufen und sich um die Sachen, die die Rentner in der Eile zurückgelassen hatten, zu kümmern. Und natürlich machten sie sich Sorgen um Stina und ihre Freunde, die nun tief im finsteren Wald in Småland hausten. Also kamen sie ab und zu vorbei, um nachzusehen, ob alles in Ordnung war. Aber Märtha hatte sie getröstet und gesagt, dass das doch nur vorübergehend sei, und jedem ein paar hunderttausend zugesteckt. Und dann hatte sie hinzugefügt, dass sie sich, sobald sich die Lage beruhigt habe, einen neuen Wohnsitz zulegen und sich wieder zum Wohl der Gesellschaft engagieren wollten. Aber was sie genau damit meinte und worum es eigentlich ging, darüber sagte sie nichts. Eins nach dem anderen, sie blieb dabei.

Und dann war da noch die Sache mit der Verlobung. Irgendwie hatte dieses Vorhaben immer mehr Platz in Märthas Kopf eingenommen, und einen Tag, nachdem es Snille und ihr so richtig gut miteinander gegangen war, hatte sie sogar ihre tägliche Gymnastikeinheit vergessen. Nun war es höchste Zeit, den anderen davon zu erzählen, dachte sie, doch dann fiel ihr ein, dass Snille gemeint hatte, sie sollten die frohe Botschaft erst verkünden, wenn sie wieder in Sicherheit waren und sich nicht länger verstecken mussten. Ja, ein Verbrechen zog so vieles nach sich, das Leben war viel komplizierter geworden, als sie es sich vorgestellt hatte. Tatsächlich musste man vieles im Auge behalten.

Märtha seufzte und stand auf, um sich einen Kaffee zu kochen. Als Abwechslung hatte sie sich überlegt, den Kaffee heute mit Eierlikör zu servieren. An dem Tag, an dem sie Värmdö verlassen hatten, war sehr viel Moltebeerenlikör auf dem Myrstig gelandet, und etwas Vergleichbares hatte sie in den Geschäften hier vor Ort nicht auftreiben können. Daraufhin begann eine Diskussion, ob sie selbst beginnen sollten zu brennen, aber Anna-Greta hatte darauf hingewiesen, dass es so fürchterlich roch, wenn man zu Hause Schnaps brannte und dass es doch besser sei, etwas im Internet zu kaufen, zumal der Spirituosenladen einen Lieferservice hatte. Aber da es angeraten war, noch für eine gewisse Zeit nicht in Erscheinung zu treten, wurde sie mit ihrem Vorschlag überstimmt, und stattdessen musste der Bols Advocaat Original mit Eierlikörеis für die Zwischenzeit reichen. Und das war gar nicht so schlecht. Ein bisschen Abwechslung brachte wieder Schwung in die Bude.

Märtha gähnte und sah zufällig die Vetlanda-Post auf dem Tisch liegen. Dort lag sie schon seit gestern, aber keiner war bislang dazu gekommen, sie zu lesen. Märtha fing an, darin zu blättern, und wollte sie gerade wieder zur Seite legen, da fiel ihr Blick auf eine kleine Meldung. Sie handelte vom Historischen Museum.

Das Museumspersonal hatte im Goldzimmer eine sonderbare Beobachtung gemacht. Kurz nach dem freudigen Tag, an dem ein Aufseher die gesamten verschwundenen Goldschätze im Wunschbrunnen gefunden hatte, waren plötzlich Ameisen durch den Saal gekrabbelt, und das Aufsichtspersonal hatte Spezialisten zur Schädlingsbekämpfung rufen müssen. Auf dem Grund des Wunschbrunnens war das Wasser zudem trüb geworden. Eine seltene Form von Jerichorose war zwischen den Münzen, die im Wasser lagen, emporgewachsen, und es gab auch ein Gerücht, dass ein Museumsbesucher Seerosen und eine Cannabispflanze unten im Brunnen gesichtet hatte – von dem jedoch schnell behauptet wurde, dass es sich um ein Lügenmärchen handeln würde. Allerdings hatte niemand eine Erklärung für diese Gewächse, auch wenn die Polizei die Vermutung anstellte, dass dies im Zusammenhang mit der Rückgabe des Goldes stehen könne. Märtha überflog die Nachricht ganz schnell und fuhr erschrocken zusammen. Sie starrte auf die letzten Zeilen: *Mit Hilfe der Erdproben aus dem Brunnen erhofft sich die Polizei nun, die Täter überführen zu können.*

»Uups«, sagte Märtha und ließ die Zeitung auf den Boden rutschen. Sollte ihnen alles gelungen sein, und am Ende stolperten sie über solch ein kleines Detail? Aber dann beschloss sie, sich nicht verrückt zu machen. Niemand würde sie hier finden, so tief im Wald. Sie konnten es sich hier noch ganz in Ruhe eine Weile gemütlich machen. Emma und Anders konnten den Bus und den

Volvo ja über die Grenze nach Dänemark fahren und dort neue Schilder besorgen. Die Polizei glaubte vermutlich sowieso, dass die Golddiebe die Landesgrenzen längst überschritten hätten. Märtha hob die Zeitung auf und legte sie zurück auf den Tisch. Dann ging sie zu ihrer neuen Kaffeemaschine und legte eine Kapsel mit Schokoladengeschmack hinein. Danach holte sie die Flasche Eierlikör und deckte den Tisch. Neue Gewohnheiten und neue Geschmäcker. Bloß nicht stagnieren, immer in Aktion bleiben, dachte sie. Brühkaffee und Moltebeerenlikör gehörten nun der Vergangenheit an. Jetzt war es Zeit für Espresso, Eierlikör und neue Überfälle.

Wenn alle ihr Frühstück gegessen hatten und gutgelaunt waren, dann würde sie eine Besprechung einberufen. Sie hatte nämlich einen Plan. Die Seniorengang sollte sich erneuern und in Zukunft mehr Geld verschenken als je zuvor. Dann konnten Snille und sie vielleicht endlich die Neuigkeit von ihrer Verlobung verkünden …

Mittlerweile war das Jahr schon weit fortgeschritten, doch der Zollbeamte Carlsson hatte die Jagd auf die Diebe noch immer nicht aufgegeben. In seinem schrill eingerichteten Raum in der Polizeidienststelle Kronoberg leuchteten die stahlgrauen Lichtspots ununterbrochen auf sein fleißiges Köpfchen. Der taubengraue Farbton harmonierte mit den neuen roten Gardinen und der Farbe an der Wand. Diesmal hatte er den Hausmeister gebeten, alles in einem leuchtenden Rot zu streichen, das einen hervorragenden Kontrast zu Schwarz bildete. Also waren Stühle und Tisch schwarz, aber die Kissen waren in Grau-, Blau- und Lilatönen gehalten, so dass der Raum richtig schick aussah. Außerdem hatte er zwei neue Aquarien angeschafft – von denen allerdings keines so schön war wie das alte. Irgendwie fehlte ihnen dieses glänzende Funkeln. Vielleicht lag es an dem Kies? Er musste dafür sorgen, dass sie wieder so schöne kleine Steinchen bekamen.

Zerstreut blätterte er in den Analyseergebnissen aus dem Labor.

Wie oft schon hatte er die Kollegen im Labor gebeten, sich mit der Analyse der Proben von den Tatorten zu beeilen, doch leider ergebnislos. Vielleicht klappte es diesmal? Er scrollte durch alle Antworten und gab plötzlich einen kleinen Schrei von sich.

»Ha, jawoll, jetzt buchten wir sie ein! Endlich!«, schrie Carlsson, und seine Stimme überschlug sich, während er die Zahlen von der Erdanalyse durchging. »Blomberg, hier haben wir den Beweis.«

»Wie bitte, was sagen Sie?«, fragte Blomberg müde und sah von seinem Computer auf.

»Ich habe gesagt, dass wir sie jetzt haben, wir können die Alten verhaften. Ich glaube, der Fall ist gelöst.«

»Wirklich?«

»Ja, freuen Sie sich nicht? Sie sind gar nicht richtig bei der Sache, Blomberg. Was ist los? Kann ich Ihnen irgendwie helfen? Sie sehen in den letzten Monaten immer so niedergeschlagen aus.«

»Ich? Ich doch nicht!«, entgegnete Blomberg und wurde rot. »Na ja, ein paar dumme Geschäfte. Ich habe eine Stange Geld verloren. So was frustriert einen immer.«

»Ja, natürlich«, antwortete Carlsson. »Ganz ehrlich, eigentlich habe ich darum gebeten, dass das Zimmer neu gestrichen wird, um Sie ein bisschen aufzumuntern. Wir sollten uns hier schließlich wohl fühlen. Man lebt nur einmal.«

Blomberg sah richtig gequält aus.

»Aber, Blomberg, machen Sie sich um das Geld keine Sorgen. Als meiner Gehaltserhöhung zugestimmt wurde, habe ich darum gebeten, Ihr Gehalt auch zu erhöhen.«

Blomberg stutzte, schluckte einige Male, aber er konnte sich gerade noch beherrschen.

»Schrecklich nett von Ihnen«, sagte er und spürte, wie er aus der Haut fuhr. Der Ärger explodierte in ihm drin. Gleichzeitig sollte er noch dankbar sein. In der Kanzlei Beyling hatte man es noch nicht geschafft, die Dinge im Hafen zu versichern, und so hatten sie alles verloren. Zumindest hatte Birgerson das behauptet, aber der

Schweinehund hatte sich selbst ein neues Auto zugelegt. Einen Bentley. Carlsson bemerkte Blombergs mürrisches Gesicht.

»Aber wissen Sie was, ich habe noch etwas, das wird Sie freuen.« Der ehemalige Zollbeamte stand auf, ging hinaus in den Flur und kam mit einem strahlenden Gesicht zurück.

»Schön, nicht wahr?« Er fuhr über die schwarzen Lederklamotten. »Die lag unten im Keller in der Unordnung, da dachte ich, die kann man doch mitnehmen.« Er hielt die verbrannte Schaufensterpuppe hoch, die er in einen Weihnachtsbaumständer gesteckt hatte. »Egal, welches Zimmer man damit ausstattet, das ist etwas Besonderes, das ist das Tüpfelchen auf dem i.«

»Du liebe Zeit, nicht auch noch diese Puppe«, stöhnte Blomberg auf.

»Wie, gefällt sie Ihnen nicht? Im Leben geht es doch darum, zu nehmen und zu geben. Ich habe Ihre Katze ertragen.«

»Ach so, Einstein.« Blomberg verstummte und hatte mit einem Mal ein schlechtes Gewissen. Seit dem Tag, an dem Carlsson darauf bestanden hatte, seine zwei Aquarien im Büro aufzustellen, hatte er im Gegenzug begonnen, Einstein zur Arbeit mitzunehmen. Aber Carlsson hatte den Wink mit dem Zaunpfahl nicht verstanden, sondern sich weiter mit seinen Fischen beschäftigt und vorgesorgt, indem er ein katzensicheres Schloss angebracht hatte.

»Wie wäre es, wenn wir arbeiten würden, anstatt so viel Unsinn zu reden? Was haben Sie gesagt, Sie haben etwas erwähnt, dass wir die Täter nun endlich einbuchten können. Worum ging es da, hatte es mit den Rentnern zu tun?«

»Ja, mit den Golddieben. Wissen Sie, die Erdprobe aus dem Wunschbrunnen ist mit der Erde aus dem Beet vor der alten Villa identisch. Die BandAngels haben ausgesagt, dass sie die Schaufensterpuppe aus dem Erdkeller der alten Leute geholt hätten, und das mussten wir natürlich überprüfen. Im Erdkeller selbst haben wir keine Spuren sichern können, aber die Proben von den Beeten waren interessant. Die Phosphatwerte des Bodens dort und von den

Erdteilchen, die wir im Wunschbrunnen gefunden haben, stimmen überein. Und was die Sache besonders interessant macht, ist, dass eine von den alten Leutchen, die dort gewohnt haben, die Tante, die wir von den Bildern der Überwachungskamera kennen, ist.«

»Nicht die schon wieder!«

»Doch, Blomberg, das ist jetzt kein Spaß. Ich bin jede Aufnahme der Überwachungskameras ganz genau durchgegangen. Sie ist immer zu sehen, beim Überfall auf die Handelsbank, beim Goldraub und auch da, wo jemand das Gold zurückgibt. Und die Schaufensterpuppe haben wir an ihrem Wohnort gefunden.«

»Aber der Überfall auf die Handelsbank ist doch aufgeklärt ...«

»Na ja, richtig überzeugt bin ich davon nicht. Die BandAngels sind zwar schon verurteilt, bestreiten aber alles hartnäckig. Und einen Haken gibt es sowieso. Die Hälfte von den zehn Millionen, die gestohlen worden sind, ist nach wie vor verschwunden.«

»Das stimmt, da haben Sie eine Aufgabe«, sagte Blomberg und hob Einstein auf seinen Schoß. Die Katze beruhigte ihn und bewahrte ihn vor einem Nervenzusammenbruch.

»Kommen Sie mal her, dann sehen Sie es. Ich habe hier alle Aufnahmen der Überwachungskameras. Die Alte ist überall. Bislang ist es uns nicht gelungen, sie der Verbrechen zu überführen, aber mit den Erdanalysen haben wir endlich den Beweis, der uns gefehlt hat.«

Carlsson legte die Erdanalyse auf den Tisch und beugte sich vor zum Bildschirm. Blomberg setzte Einstein widerwillig in den Katzenkorb und ging zu seinem Kollegen hinüber. Dem Zollbeamten war nun die Aufklärung der schwereren Verbrechen übertragen worden, während auf seinem Schreibtisch vor allem kleine Einbrüche und Handtaschendiebstähle lagen. Ihr gemeinsamer Chef Strömqvist war also der Meinung, dass Blomberg nicht mehr der beste Mann für die Aufklärung des Falles sei, und hatte die Ermittlungen Carlsson übertragen. Hätte Blomberg bis zu seiner Pensionierung nicht nur noch zwei Monate gehabt, wäre er unter die Decke gegangen, so fand er sich mehr oder weniger gut damit ab. Bald konnte er dieser verdammten Polizeidienststelle den Rücken kehren und war bis dahin vollauf damit beschäftigt, wertvolle Informationen auf seine USB-Sticks zu speichern. Genug Material für zahlreiche packende Krimis. Mit irgendwas musste er schließlich künftig Geld verdienen, nachdem er im Hafen doch schon alles verloren hatte.

»Und, was wollen Sie mir zeigen?«, fragte Blomberg und kratzte sich im Nacken.

»Schauen Sie hier mal!« Carlsson klickte auf einen Ordner, auf dem Goldzimmer stand.

Die Bilder zeigten die Rentnerin, die Märtha hieß, wie sie eine Runde nach der anderen um den Wunschbrunnen drehte und sich umsah.

»Und was ist daran das Besondere?«, gähnte Blomberg.

»Das«, antwortete Carlsson übereifrig und klickte auf einen Ordner, auf dem Handelsbank stand. »Übrigens komisch. Vor ein paar Tagen kamen Mails von der Handelsbank mit offenbar neuen Logos, die mir ganz fremd waren.«

»Kann vorkommen. Irgendwas müssen sie in einer Bank nach drei Uhr nachmittags doch noch tun«, erwiderte Blomberg.

»Aber schauen Sie sich zum Beispiel mal diese Logos an«, sagte Carlsson und klickte auf die Handelsbank GmbH Gibraltar und die Handelsbank GmbH Tomelilla.

»Vorsichtig, öffnen Sie die nicht«, rief Blomberg sofort. »Man kann nie wissen.«

»Okay, vielleicht sollte ich die lieber löschen. Aber schauen Sie mal. Diese alte Frau …«

»Anderson heißt sie«, ergänzte Blomberg.

»Ja, sehen Sie, hier steht sie vor der Handelsbank auf dem Karlaväg am selben Tag, an dem der Raubüberfall passiert ist und telefoniert mehrmals mit ihrem Handy. Und sehen Sie, auf einem Bild sieht es aus, als würde sie selbst in die Bank gehen.«

»Sie selbst? Kann das sein?«, fragte Blomberg plötzlich ganz interessiert und beugte sich vor. »Na so etwas, vielleicht haben Sie da wirklich etwas entdeckt. Wissen Sie was, jetzt würde ich gern alle Bilder noch einmal mit Ihnen gemeinsam anschauen.«

Carlsson strahlte.

»Wunderbar, das klingt großartig. Aber es sind wirklich viele. Wie wäre es zuerst mit einer Tasse Kaffee?«

»Ja, klar, im November braucht man besonders viel Kaffee, um wach zu bleiben.«

Zufrieden ging Blomberg hinüber in die Küche. Vielleicht würde er sich hier doch nicht mit einem so schlechten Ruf verabschieden, denn offensichtlich würden sie die Täter noch hinter Schloss und Riegel bringen! Er lächelte, nahm einen Kaffeefilter, löffelte Kaffee hinein und stellte den Wasserkocher an. Carlsson wiederum holte ein paar Kekse aus seiner Aktentasche und lief zu Blomberg hinüber, stieß aber in seiner Hektik an den Katzenkorb, so dass Einstein erwachte. Das Katzenvieh fauchte, und er starrte es wütend an. Wie er diese Katze hasste! Es war höchste Zeit, mit Blomberg Klartext zu reden. Das feiste Tier hatte die Krallen an seinem Designersofa geschärft und auf seinem kleinen Sessel eklige Haare hinterlassen, und das war überhaupt nicht schön. Brummelnd ging er hinüber in die Küche und holte Tassen aus dem Schrank.

Drüben im Büro setzte Einstein sich in seinem Katzenkorb auf und begann, langsam und gründlich seine Tatzen zu lecken. Danach streckte er sich der Länge nach und sah erwartungsvoll hinauf zu der schön warmen Tastatur, die soeben frei geworden war. Mit einem eleganten Sprung landete er auf dem Tisch, so dass die Erdanalyse in den Papierkorb fiel, und tappte weiter zum Computer. Dann streckte er sich genüsslich auf der Tastatur aus. Der Schwanz lag über Enter, und die rechte Tatze landete auf dem Ziffernblock. Lautstark begann Einstein darauf zu schlagen, und er wischte anmutig mit den Tatzen vor und zurück, wie Katzen es nun einmal tun. Zuerst drückte er fest auf das Icon der Handelsbank GmbH Tomelilla, danach bewegte er sich zu einem anderen Buchstaben, so dass sich das Icon der Handelsbank GmbH Gibraltar öffnete.

Kurz darauf begann der Computer wie von selbst zu arbeiten, und diese Vernichtung der von der Polizei so mühsam eingeholten Informationen ging in die Polizeigeschichte ein. Ein Ordner nach dem anderen verschwand vom Bildschirm, und damit auch die Bilder der Überwachungskamera. Von dem Virus, der sich im Nachhinein bis ins tiefste Småland zurückverfolgen ließ, hatte kein IT-Fachmann je etwas gehört. Und deshalb war man gegen ihn auch völlig machtlos. Das Komische war, dass er nicht komplett alles zerstörte, sondern nur die Informationen, die Überfälle und Diebstähle in den letzten zwei Jahren betrafen. Aber das Allermerkwürdigste war, und das verblüffte die IT-Abteilung der Polizei ganz besonders, dass sogar ihr Rezept für die leckeren Kaffeewaffeln verschwunden war.

DANK

Über ein Jahr habe ich an »Jetzt kriegt jeder was ab« geschrieben – eine Arbeit, die noch unendlich viel mehr Spaß gemacht hat, weil ich bei vielen, die mich auf diesem Weg begleitet haben, so großartige Unterstützung fand.

An erster Stelle freue ich mich wahnsinnig über die enorme Hilfe von meinem Verlag Forum. Danke an Teresa Knochenhauer, meine Lektorin, die mein Manuskript auf Herz und Nieren geprüft und hier und da gefeilt hat. Dank an Adam Dahlin, den Leiter der Literaturabteilung, für deine aufmunternden Worte. Ebenso ein Dankeschön an Liselott Wennborg Ramberg, Åsa Ernflo und Anna Cerps für die viele Arbeit, die ihr euch mit meinem Text gemacht habt und für all die Verbesserungen, die ihr mir vorgeschlagen habt. Und Dank auch an Anna Käll und Nils Olsson für den zweiten genialen Umschlag.

Darüber hinaus möchte ich Göran Wiberg, Bernt Meissner und Bo Bergman in der Vertriebsabteilung bei Bonnier Danke sagen, Danke für euer Engagement für dieses und die vorherigen Bücher, ebenso ein herzliches Dankeschön an Sara Lindegren, Annelie Eldh, Barbro Almgren und Karin Eklund in der Marketingabteilung für die jahrelange Unterstützung.

Außerhalb des Verlags habe ich meine Testleser gehabt, die während der Arbeit ihr Feedback abgegeben haben. Dazu gehören Inger Sjöholm-Larsson, deren gutes Zureden und herzhaftes Lachen eine wunderbare Quelle der Inspiration für mich war, und Lena Sanfridsson, mit der ich kurz gesagt ganz wunderbar neue Ideen ausprobieren konnte. Mein herzliches Dankeschön gehört außerdem Barbro von Schönberg, deren Unterstützung und Aufmunterung mich als Autorin wirklich bei Laune gehalten haben, und an Ingrid Lindgren, die immer sofort und in allen Lebenslagen bereit war, das, was frisch aus meiner Feder kam, zu kommentieren.

Danke ebenso an Mika Larsson für all deine durchdachten und professionellen Hinweise, dein Lob und deine offene und ehrliche Kritik mit demselben fröhlichen Tonfall, Isabella Ingelman-Sundberg für deine Unterstützung und die unzähligen Male, die du das Manuskript durchgelesen und mir zügig ein nachvollziehbares Feedback gegeben hast, Gunnar Ingelman, der mich während des Schreibens nicht allein gelassen und unterstützt hat, und Henrik Ingelman-Sundberg für all deine unsentimentalen, kritischen und gradlinigen Kommentare, die einfach Gold wert waren.

Ich bedanke mich auch bei Magnus Nyberg dafür, dass du den Text gelesen, gemocht und kommentiert hast. Dein Lachen und deine Hinweise sind oft ausschlaggebend dafür, wie es dann in meinen Händen mit dem Manuskript weitergeht! Danke auch an Kerstin Fägerblad, dass du den ganzen Text noch einmal von der allerersten Fassung bis zum fertigen Buch durchgelesen hast und dass du mir gemeinsam mit Marike Ollner bei den Recherchen in Solvalla zur Seite standest. Bedanken will ich mich auch bei Solbritt Benneth, Bengt Björkstén und Karin Sparring Björkstén für eure unschätzbare Hilfe.

Rasche und inspirierende Meinungsäußerungen bekam ich auch von Ingegerd Jons, Anna Rask und Agneta Lundström, eure Kommentare bedeuten mir viel! Danke ebenso an Peter Östman und Malin Elgborn für ihre hilfreiche Rückmeldung.

Last but not least richte ich meinen Dank an Maria Enberg, Lena Stjernström, Peter Stjernström, Lotta Jämtsved Millsberg und Umberto Ghidoni von der Grand Agency. Danke für all euer Engagement beim Verkauf von *Wir fangen gerade erst an* in über zwanzig Länder!

Wie alles begann …

Lesen Sie auch den ersten Band
mit den diebischen Rentnern

WIR FANGEN GERADE ERST AN

Catharina Ingelman-Sundberg
Wir fangen gerade erst an
Roman
Band 19681

Wie viel schöner ist es, im Leben voll zu entbrennen,
als auf kleiner Flamme zu köcheln

Alles begann mit dem Chor in diesem trostlosen Altenheim. Das Singen erinnerte Märtha, Snille, Kratze, Stina und Anna-Greta an bessere Tage und daran, dass es im Leben noch so viel zu entdecken gab. Überall sonst ist es besser als hier, sagten sich die fünf Freunde und schmiedeten einen verwegenen Plan. Sie würden ein Verbrechen begehen, um ins Gefängnis zu kommen. Denn dass es dort besser war, das wusste doch jeder. Aber die Planung und Durchführung eines Verbrechens sind gar nicht so einfach – schon gar nicht, wenn man es ehrlich meint.

Das gesamte Programm gibt es unter
www.fischerverlage.de

fi 19681 / 1